El tiempo de las mujeres

Ignacio Martínez de Pisón

El tiempo
de las mujeres

EDITORIAL ANAGRAMA

BARCELONA

Diseño de la colección:
Julio Vivas
Ilustración: «Memphis Tennessee», foto © William Eggleston, 1974

Primera edición en «Narrativas hispánicas»: enero 2003
Primera edición en «Compactos»: enero 2006

© EDITORIAL ANAGRAMA, S. A., 2003
    Pedró de la Creu, 58
    08034 Barcelona

ISBN: 84-339-6829-7
Depósito Legal: B. 2449-2006

Printed in Spain

Liberdúplex, S. L. U., ctra. BV 2249, km 7,4 - Polígono Torrentfondo
08791 Sant Llorenç d'Hortons

1. MARÍA

El último coche de nuestro padre fue un Simca 1200 de color granate. Mamá había cubierto la tapicería con unas fundas de ganchillo, y en la bandeja trasera había puesto unos cojines con nuestros nombres: María, Carlota, Paloma. A nosotras esas fundas y esos cojines nos parecían horribles, y cuando digo nosotras la incluyo también a ella, nuestra madre, que decía que sí, que sí, que ya sabía que eran horribles pero que a nuestro padre le encantaban y qué le íbamos a hacer. Después papá murió y las fundas y los cojines siguieron ahí, y si alguna de nosotras sacaba alguna vez el tema, ella hacía un gesto que quería decir no me distraigas ahora, por favor, y decía exactamente eso:

–No me distraigas ahora, por favor.

No hacía ese gesto ni decía eso cuando le hablábamos de cambiar el papel de las paredes o de pintar el armario del dormitorio: sólo cuando se mencionaba el asunto de las fundas y los cojines, y no hacía falta ser un lince para darse cuenta de que esas fundas y esos cojines no le parecían tan horribles.

Otra de las expresiones características de nuestra madre era: Ha llegado el momento de coger el toro por los cuernos. Recuerdo habérsela oído al poco de quedar viuda, cuando por primera vez se enfrentó al Simca, que seguía donde mi padre lo había aparcado la noche misma de su muerte: delante del club White Horse. Estábamos las tres con ella, y cuando dijo que había llegado el momento de coger el toro por los cuernos creímos que iba a llamar a la puerta del burdel y montar un escándalo. Lo que hizo, sin embargo, fue meterse en el coche y preguntar:

–¿Y ahora qué?

Se refería a qué había que hacer para que aquello se pusiera en marcha. Mantenía la llave de contacto entre el pulgar y el índice como un cocinero que no se decide a echar esa última pizca de sal, y nos miraba, Paloma y Carlota sentadas en el asiento de atrás, yo en el del copiloto. Nos miraba como diciendo ¿me vais a explicar de una vez cómo funciona?, como exigiendo esa indicación simple y definitiva que debía convertir aquella inmovilidad en movimiento. De algún modo pensaba que los coches funcionaban solos y porque sí, que para que echaran a andar bastaba con girar una ruedecilla o pulsar un botón, como si se tratara de una lavadora o de un televisor. Le dijimos que tenía que meter la llave y hacer contacto y después quitar el freno de mano, eso de ahí era el embrague y ese otro pedal el acelerador, para el intermitente debía dar ahí...

–Pero, hijas mías –nos interrumpió ella con leve reproche–, ¿cómo podéis saber tanto?

Dijo eso como diciendo: ¿A quién creéis que engañáis? No puede ser tan complicado. Luego hizo uno de sus típicos mohínes infantiles, y alegremente empezó a pisar pedales y a manipular las palancas del freno y del cambio. El motor estaba ya en marcha y, cuando quisimos darnos cuenta, el Simca dio un salto brusco y salió disparado hacia un cercano cruce de caminos. Soltamos las cuatro un grito unánime:

–¡Aaaaahhhh...!

Entre el cruce y nosotras había unos cien metros de carretera, una triste parada de autobús, un par de bancos de cemento, una hilera de abetos más bien raquíticos. Mamá, inmovilizada por el terror, no hacía otra cosa que aferrarse al volante y pisar con fuerza el acelerador, y mientras tanto el Simca seguía avanzando en primera, a una velocidad cada vez mayor y con un ruido de mil demonios.

–¡Haz algo, mamá! ¡Haz algo! –imploró Paloma, y ella apartó una de las manos del volante y empezó a santiguarse de un modo frenético y a repetir:

–¡Dios mío, ayúdanos, Dios mío, ayúdanos...!

Pero no, no era eso lo que nosotras esperábamos que hiciera, y entre Carlota y yo, ella desde el asiento trasero, yo desde el mío, agarramos como pudimos el volante y conseguimos esquivar uno de los bancos de cemento y los primeros abetos. Como nuestra madre seguía sin despegar el pie del acelerador, lo único que podíamos hacer era tratar de sortear los obstáculos que nos salían al paso, y el Simca avanzaba en zigzag entre el arcén de los abetos y el de la parada y los bancos.

–¡Aaaaahhhh...! –gritábamos con cada nuevo bandazo.

En algún momento el Simca debió de rozar algo, y eso terminó de desestabilizarlo. Perdido todo control sobre la dirección, el coche invadió la rotonda central aplastando setos y parterres y salió despedido hacia la pequeña acequia que, una decena de metros más adelante, cruzaba la carretera. La acequia bajaba casi sin agua y el coche se incrustó en el murete de hormigón del otro lado con un ruido seco de cristales rotos y un chapoteo final algo ridículo, las ruedas traseras girando en el vacío.

–¿Estáis bien, hijas mías? –preguntó mamá volviéndose a mirarnos–. Menos mal que he conseguido evitar lo peor...

Ninguna de las tres supo nunca a qué se refería con ese lo peor, y tampoco parecía aquél el momento de extenderse en preguntas y consideraciones. Salimos todas por las puertas de la derecha (las de la izquierda se habían quedado atrancadas), y alguien, supongo que ella otra vez, volvió a preguntar:

–¿Estáis bien? ¿Seguro que estáis bien?

El susto y un golpe encima de una de mis cejas: eso fue todo. Paloma, presa de un ataque de nervios, empezó a gimotear y a repetir entre sollozos que éramos una familia sin suerte, primero papá y ahora casi nosotras, y las demás acudimos a consolarla. Pobrecita, tenía entonces catorce años y acababa de romper con su primer novio.

–¡Señoritas! –oímos que alguien nos llamaba.

Estábamos en mitad de la acequia, el agua mojándonos los tobillos, y no nos habíamos dado cuenta de que una veintena de mujeres nos observaba desde la orilla y el puente. Vestían batas de imitación seda, blusas desteñidas, amplias camisetas con propaganda de cerveza, y estaban todas como despeinadas y sin arreglar. Seguramente se habían levantado hacía poco, si no lo habían hecho al oír nuestros gritos. Prostitutas, pensé, porque estaba claro que eran las prostitutas de los clubes cercanos. Españolas casi todas, pálidas, rechonchas, con el pelo rubio y las raíces oscuras.

Chubby

–No se preocupen por nosotras –dijo mamá–. No ha sido nada.

bump n head

–Pues a ésa le está saliendo un buen chichón –replicó una.

–¡Rápido! ¡Un filete! –intervino otra.

–¡Mejor unos cubitos de hielo! –ordenó una tercera.

De repente todas habían concentrado su atención en mí, y era verdad que en la frente me estaba creciendo un bulto redondo y compacto como una pelota de golf. Salí de la acequia y las putas me rodearon para examinarme el chichón con una mezcla de admiración y espanto. Mamá volvió a decir que no se preocuparan por nosotras, que no había pasado nada, pero de un modo espontáneo acabó formándose una comitiva en dirección a los burdeles. Yo iba delante, en el grupo de las putas, y mamá y mis hermanas algo más atrás, al principio protestando, finalmente en silencio y como avergonzadas. No habíamos llegado al White Horse cuando alguien me colocó en la frente unos cubitos de hielo envueltos en una toalla.

–Mejor ahora, ¿verdad que sí? –me preguntaron.

–Preferiría sentarme –contesté.

–Claro, bonita. Por aquí.

El interior del White Horse olía a desinfectante perfumado. Un cubo con una fregona apoyada en un taburete impedía simbólicamente el acceso al bar, pero alguien dijo que el suelo ya se había secado y encendió los neones de colores que había detrás de la barra. Me hicieron sentar en un sofá con varias quemaduras de cigarrillo y a mi lado se iluminó también un farolito sostenido por una ninfa. No había ninguna ventana al exterior, las gruesas cortinas de la entrada cerraban el paso a la luz del sol: en aquel sitio siempre era de noche. Con un ojo tapado eché un rápido vistazo al local: tres columnas con baldosines de espejo, reproducciones de Gauguin en las paredes, una fuentecilla horrible con un caballo de escayola que justificaba el *stucco* nombre del negocio. Yo había imaginado los prostíbulos como unos lugares misteriosos, no sabría decir si excitantes o siniestros, en los que se espesaba una atmósfera de peligro y perversión y donde la voluptuosidad era una presencia que lo impregnaba todo, como un olor, pero aquello era sólo un bar feo y sin encanto, y el único olor que había era el del desinfectante.

–¿Serían tan amables de darme un vaso de agua? –preguntó mamá, con una entonación de señorita de buena familia que no se avenía muy bien con aquel ambiente.

Una de las putas la condujo a la cocina, y yo miré a mis hermanas, sentadas en sendos taburetes, y creo que en ese momento las tres pensamos lo mismo: que aquél era el último lugar en el que había estado nuestro padre, que tal vez alguna de aquellas mujeres solícitas y vulgares había sido la última en hablar con él, en tocarle, en darle un beso si es que las prostitutas dan besos a sus clientes. Y de repente nos echamos a llorar. Nos echamos a llorar al mismo tiempo y sin mediar palabra, y el nuestro era un llanto incontenible y desesperado. Nos sentíamos desgraciadas, muy desgraciadas, pero eso no había manera de explicárselo a esas putas que ahora se preocupaban doblemente por nosotras, y mucho menos a nuestra madre, que enseguida apareció con su vaso de agua y que siempre creyó que su marido había muerto en el coche al volver de una cena de negocios.

Por entonces vivíamos en Villa Casilda, la vieja casa familiar del paseo de Ruiseñores. Se llamaba así en honor a nuestra abuela materna, y allí habían nacido mamá y su hermano Federico, que murió siendo niño, y allí también nací yo pero no mis hermanas, a las que ya cogió la época en la que no se paría en las casas sino en las clínicas.

Tenía Villa Casilda un jardín pequeño y descuidado, en el que destacaba la presencia de un níspero de tronco recio y copa frondosa que, pese a su aspecto vigoroso, solía dar unos frutos amargos y resecos, casi incomibles. Junto al níspero estaban un columpio oxidado y unos sacos de cemento que habían sobrado de unas obras en el sótano, y estaba también la caseta que primero fue sólo de Dama y que luego fue de Dama y de Mirón, su hijo de padre desconocido, y que después, cuando Mirón murió atropellado por el motorista de Telégrafos y su madre acabó muriendo de tristeza, ya no quisimos que fuera de ningún otro perro y quedó allí, abandonada e inútil, descascarillándose bajo la lluvia, pudriéndose. Todo eso estaba en la parte del jardín que daba a una calle estrecha con casas como la nuestra. El otro lado era el que daba al paseo, que ya por entonces empezaba a llenarse de edificios de apartamentos, con sus altas grúas y sus banderas de España ondeando en las azoteas. Allí la fachada estaba completamente cubierta de hiedra, que había alcanzado el tejado en su persecución de la luz, y cada año teníamos que podarla una o dos veces para evitar que cegara las ventanas. Al interior de la casa se accedía a través de una puerta demasiado grande en proporción al resto, con una escalinata y dos columnas neoclásicas más bien pretenciosas, y todas las ventanas de esa fachada estaban protegidas por unos postigos de listones que le daban un ligero aire mediterráneo.

Pero lo que más llamaba la atención era la torrecilla que coronaba el conjunto, una torre como de palais francés, de forma circular y con el tejado cónico y ojos de buey, como diseñada por un ilustrador de cuentos infantiles. Allí, en la Redonda, que era como llamábamos a aquella habitación, teníamos las tres establecido el lugar de nuestros juegos y disfraces, el de nuestras canciones y adivinanzas, un lugar que con el tiempo sería también el de las confidencias, las prácticas de baile, la petición de deseos mirando la luna. Recuerdo como algo vivo y cercano los dibujos del sol en la pared y los cristales, el silbido del viento a través de las rendijas, cierto crujido característico con que la escalera de caracol acogía nuestras pisadas. Recuerdo también los pequeños desconchados de la pared, la grieta que subía desde el suelo como un río con dos afluentes casi simétricos, el lugar exacto en el que una mano infantil (¿la de nuestra madre?, ¿la del desafortunado Federico?) escribió una fecha, 27-XII-43, que yo siempre consideré una referencia importante para alguien, acaso una efeméride privada, y que tal vez no fuera conmemoración de nada y sólo quisiera celebrar que ese día de ese mes esa mano infantil escribió esa fecha.

En el segundo piso estaban una habitación sin ventanas que utilizábamos para guardar trastos, el cuarto ropero y los dormitorios. El más grande, en el lado de la hiedra y el paseo, era el nuestro, el de Paloma, Carlota y mío. Los otros dos estaban enfrente: a la izquierda el de nuestros padres y a la derecha el de los abuelos, que luego fue sólo el del abuelo y finalmente el de invitados, aunque eso era nada más una forma de hablar porque en casa nunca teníamos invitados y aquella habitación mantenía el mismo mobiliario incómodo y solemne que cuando vivían los abuelos: el inmenso armario de tres cuerpos (seguramente lleno de folletos de propaganda y de anuncios de promociones que habían sido del abuelo), las fotografías enmarcadas de los últimos Papas hasta Pablo VI, la pesada cama de hierro forjado con adornos de bronce en la que nacieron mamá y su hermano Federico y en la que también nací yo pero no ya mis dos hermanas.

Esa cama, la de los nacimientos, era también la de las muertes, y se usó en los últimos velatorios de la familia. Del de la abuela no puedo acordarme pero sí del siguiente, el del abuelo, y entonces no me extrañó que la cama se bajara al primer piso y se instalara en la estancia noble de la casa, la biblioteca, con la chimenea de mármol a los pies, a un lado la vieja mesa de nogal y al otro las estanterías con la enciclopedia Espasa, las obras completas de Blasco Ibáñez y los *Episodios nacionales* encuadernados en tela. Digo que no me extrañó entonces sino años después, cuando tuve que ocuparme del velatorio de papá y traté de disponerlo todo tal como lo había visto en aquella ocasión anterior. ¿A quién se le pudo ocurrir la idea de velar a los difuntos en la biblioteca, donde la presencia de una cama (y no digamos de una cama con un muerto) siempre tendría algo de insólito y estrafalario?

Aquella noche de mayo, mientras le decía a mamá que no se preocupara, que yo me encargaría de todo, debió de ser la primera vez que fui consciente de estar comportándome como una persona adulta. Había llamado por teléfono Delfín, el tío Delfín, que no era nuestro tío pero lo llamábamos así porque lo considerábamos como de la familia. Eran más de las doce y yo misma corrí a contestar, y reconozco que es difícil de creer pero supe que mi padre acababa de morir. Lo supe desde el primer instante, antes incluso de que Delfín hablara, antes de que dijera que había ocurrido algo muy grave, María, algo gravísimo. Y todavía Delfín no había acabado de decir lo que había pasado y ya mamá y mis hermanas me rodeaban en la penumbra del salón, trémulas, silenciosas, adivinando también ellas lo que yo había adivinado.

–¿Quién es? ¿Qué pasa? –dijo mamá arrancándome el teléfono de la mano.

Acabada la conversación, se sentó en el sofá y se tapó la cara con las manos. Permaneció en esa postura no sé cuánto rato. Luego le di un beso en la sien, y fue entonces cuando le dije que no se preocupara y cuando por primera vez fui consciente de estar comportándome como una persona adulta. Subí al segundo piso, entré en el cuarto ropero y recorrí uno por uno todos los trajes de mi padre hasta encontrar el que andaba buscando, un milrayas de doble botonadura y chaleco a juego. De todos los suyos ése era mi favorito, el que mejor le sentaba, el que le daba un aspecto más mundano y juvenil, y yo en aquellas horas de dolor y aturdimiento sólo pensaba en proporcionar a mi padre un aspecto mundano y juvenil para toda la eternidad.

Entre Carlota y yo nos las arreglamos como pudimos para

instalar la cama en la biblioteca, y junto a ella, estirado sobre la silla del escritorio, coloqué el milrayas. A media mañana llegó la furgoneta de la Sangre de Cristo. Llevaban el cadáver de papá en una caja negra con refuerzos metálicos que parecía el estuche de algún instrumento musical. Llegaron después dos empleados de la funeraria y con ellos venía Delfín, que olía a coñac y se mantuvo un buen rato abrazado a mí. Me preguntó si estaba segura de querer verlo en ese momento, antes de que terminaran de preparar el cadáver, y yo asentí con la cabeza, como si eso formara parte de mis nuevas responsabilidades de persona adulta. Entonces se abrió la puerta de la biblioteca, que ahora olía como las salas de espera de los dentistas, y vi a mi padre muerto y desnudo, con dos algodones asomándole por la nariz, el vientre como hinchado y el sexo fláccido y largo, y ahora me arrepiento de haberlo visto de ese modo, muerto y desnudo, porque ya siempre lo recuerdo así, y cada vez que pienso en él pienso también en esos algodones y en ese vientre y en ese sexo.

Entre los empleados de la funeraria había una mujer con una bata azul y el pelo envuelto en una redecilla que, entre otras cosas, se ocupaba de darle unos puntos de sutura en los párpados para que no se le abrieran los ojos en mitad del velatorio. Esa mujer me dijo que me fuera a descansar, que enseguida lo maquillarían y lo vestirían, que iba a estar más guapo que un querubín. Y yo salí de la biblioteca y es verdad que más tarde mi padre mostraba un aspecto bien distinto: decoroso y casi apuesto en el impecable milrayas, con una expresión apacible y hasta risueña en un rostro sin arrugas, con el pelo insólitamente peinado con brillantina. Así lo vio ya mamá cuando apareció vestida de negro y con los ojos hinchados de tanto llorar. Se sentó en la silla que había junto a la cama, la silla en la que poco antes había estado el milrayas, y se limitó a mirarle en silencio. Luego acercó su cara a la de él y tal vez le susurró algo al oído, y yo pensé que siempre habían hecho muy buena pareja y que incluso así tenían un aire más que presentable, ella con aquellas ojeras y aquel luto improvisado, él simplemente muerto.

Entonces, cuando ya parecía que su despedida había concluido, hizo el clásico gesto de quien acaba de recordar algo importante y rebuscó en los cajones del escritorio hasta dar con unas tijeritas. Tenía que haberlo imaginado: mi madre no iba a permitir que enterraran a su marido sin guardar consigo algo que hubiera sido suyo, verdaderamente suyo, hasta el último minuto. Adelantó con lentitud las tijeritas y le cortó un mechón de pelo de la parte del flequillo, y entonces vi que se volvía hacia ambos lados, hacia el lado de la enciclopedia Espasa y hacia el lado de la chimenea de mármol, y daba la impresión de que estuviera buscando a alguien, no sabría decir a quién.

–¿Qué pasa, mamá? –le pregunté.

Ella me miró como quien acaba de ser objeto de una arbitrariedad irreparable y luego protestó débilmente:

–¿Quién le ha puesto brillantina? ¡Él nunca en la vida usó brillantina!

Desde que enviudó hasta pocas semanas antes de morir, el abuelo se dedicó a sacar provecho de las ofertas y promociones comerciales más diversas. Coleccionaba catálogos, folletos y recortes con anuncios, y los estudiaba durante horas con el fin de seleccionar las campañas y sorteos que pudieran interesarle. Según él, esas promociones sólo buscaban embaucar a los tontos, y de lo que se trataba era de dar una lección a las firmas comerciales, demostrarles que no todos éramos tontos y que podíamos aprovecharnos de ellas sin que ellas se aprovecharan de nosotros. Eso era lo que le llevaba a participar en todas o casi todas las promociones que no exigieran ningún desembolso previo ni generaran ningún tipo de obligación posterior.

–¡Gratis! –decía–. ¡Siempre gratis y sin compromiso!

Con frecuencia intentaba explicarnos los fundamentos teóricos de su peculiar afición:

–¿Por qué pagar por un artículo que alguien está dispuesto a regalarte? ¡A ver, decidme! ¿Por qué? No podéis contestar,

¿verdad? Naturalmente que no, porque la única respuesta posible es: por estupidez. ¡Por estupidez! O lo que es lo mismo: por desinformación.

Entonces hacía un gesto teatral y señalaba el armario atestado de folletos y recortes.

—Y contra la desinformación..., la información. ¡In-for-mación! ¡Precisamente lo que yo tengo! Mientras todo el mundo hace cola para comprar un objeto equis, pongamos una gorra o un mechero o un paraguas, yo sé, ¿me habéis oído bien?, yo sé quién o quiénes están deseando enviarme a casa esa gorra, ese mechero, ese paraguas. ¡Gratis, por supuesto! Siempre gratis y sin compromiso.

El caso es que, si una marca de productos alimenticios regalaba a quienes lo solicitaran un completo libro de recetas, estaba claro que al menos uno de ellos iba a ser para el abuelo, y lo mismo ocurría con ofertas similares hechas por supermercados, grandes almacenes, editoriales, casas de discos, fabricantes de jabones o de muñecas o de lo que fuera. Así fue como el abuelo consiguió que le hicieran un sinfín de obsequios, entre los que recuerdo flotadores y colchonetas hinchables Kodak, balones Nivea para la playa, delantales Avecrem y Gallina Blanca, camisetas con los más diversos lemas y logotipos comerciales, muestras de detergentes y cremas para las manos, cepillos de dientes, esponjitas perfumadas y frasquitos de colonia, pastillas de caldo, sopas vitaminadas, sombreros mexicanos de Tomates Orlando, sombreros cordobeses de Tío Pepe, sombreros tiroleses de no sé qué marca de queso, boquillas reductoras de nicotina (él, que no fumaba), muestras también de repelentes de insectos y anticongelantes para coche, soluciones limpiadoras para lentillas (él, que no usaba lentillas), llaveros, calendarios, bolígrafos, mecheros, agendas de mutualidades y de compañías de seguros, bolsas de viaje Mundicolor, abanicos y paipais con el toro de Osborne o la chica de Pilé 43, paraguas de Coca-Cola y Fanta, compresas, tiritas fosforescentes, sobres de leche en polvo y de cacao en polvo y de café en polvo, alimentos de régimen, tintes para el pelo... En la familia todavía se recuerda que, cuando estaba agonizando, en esa media hora de lucidez previa a la muerte, aludió varias veces a unas neveritas de picnic Danone que tenían que haber llegado y no habían llegado. Insistió en que nos acordáramos de reclamarlas si no las recibíamos antes de fin de mes, y casi se puede decir que ésa fue su última voluntad porque enseguida entró en un coma del que ya no regresaría. Allí nació otra de nuestras expresiones privadas, la de las neveritas: decíamos a ver con qué neveritas nos sale éste y todas sabíamos que de esa persona en cuestión sólo podía esperarse una solemne estupidez.

Estaban además los concursos, en los que el abuelo participaba con alegre perseverancia fuera cual fuese el premio prometido, que casi siempre consistía en automóviles, perlas auténticas, enciclopedias de la salud o de la naturaleza, ¡un sueldo para toda la vida! (así, entre signos de admiración), apartamentos en la costa murciana y, sobre todo, viajes, muchos viajes: viajes alrededor del mundo, viajes a las islas Canarias, viajes más modestos a cualquier capital cercana, simples visitas a fábricas, panificadoras, obradores, cooperativas. Incluso en estos sorteos participaba el abuelo (él, que siempre había detestado viajar), y de los dos únicos premios que obtuvo en todo ese tiempo uno era precisamente un viaje (a unas bodegas riojanas) y el otro un equipo completo de hombre-rana, que luego resultó ser menos completo de lo anunciado (tan sólo las gafas de bucear, el tubo y las aletas) y que le obligó a posar para una foto para el periódico local junto al gerente de la tienda de artículos deportivos.

En cuanto al otro premio, el de la excursión a las bodegas, fue el motorista que le traía el telegrama el que atropelló al pobrecito Mirón y lo mató. Carlota y yo estábamos en la Redonda ensayando unos pasos de baile para la función de fin de curso cuando oímos el chirrido de los neumáticos, el breve aullido del perro, las voces alteradas procedentes de los otros pisos y la calle. Tardamos apenas unos segundos en bajar, y encontramos a Mirón agonizando sobre los adoquines. A su lado estaban nada más Dama, que le recorría la espalda con la lengua como

18

si así pudiera recomponerle el espinazo roto por varios sitios, y el motorista, que nos miró consternado y juró que no lo había visto, que no se explicaba de dónde había podido salir. Nos agachamos a acariciarlo y el pobre perro respondió con un ronroneo desfallecido, como cuando se subía al sofá y se echaba a dormir entre nosotras, y eso bastó para que Carlota, que era la que más lo quería y lo consideraba su perro, se echara a llorar y a repetir no te mueras, Mironcito mío, no te mueras. Enseguida aparecieron mamá, Paloma, el abuelo, y a todos dedicó el mismo ronroneo, como si ésa fuera su forma de despedirse, y cuando por fin llegó papá, que había salido a hacerle el rodaje al Simca, comprado esa misma semana, pareció que había estado esperándole porque fue verle llegar, despedirse también de él con un suave ronquido y morirse. Mi madre sacó una sábana vieja que yo recordaba de nuestra infancia, una sábana con molinitos naranja en el embozo, y lo cubrió, y entonces alguien preguntó qué se hacía con los perros que morían atropellados, quién se encargaba de retirarlos.

—Supongo que el ayuntamiento —dijo mi padre—. Los recogen con un camión y se los llevan.

—Pero ¿cuánto pueden tardar? —dije yo—. No vamos a dejar que se pudra en mitad de la calle...

—No te preocupes, Mirón, yo estaré a tu lado hasta que lleguen esos hombres del ayuntamiento —dijo Carlota entre sollozos.

Entonces el motorista, que no había encontrado el momento de marcharse, carraspeó con nerviosismo, pronunció el nombre del abuelo y mostró el telegrama como quien agita un pañuelo en una plaza de toros. Mi inconsolable hermana seguía diciéndole al perro que estuviera tranquilo, Mironcito, que ella no iba a dejarle solo, y entonces el abuelo exclamó con un regocijo a todas luces inconveniente:

—¡Me ha tocado! ¡Me ha tocado la visita a las Bodegas Mendiluce!

Yo nunca en mi vida he asistido a una inoportunidad mayor. Suficiente en todo caso para convertir el dolor en rabia, la rabia con que Carlota acusó al abuelo de ser el verdadero culpable de la muerte de su perro: si no se hubiera presentado a todos esos absurdos sorteos, ningún motorista habría venido a traer telegramas y Mirón todavía estaría vivo. ¿Absurdos? Según el abuelo, no se podían calificar de absurdos unos concursos en los que no había nada que perder y sí mucho que ganar. Al final papá tuvo que intervenir para poner paz. Dijo que no era ése el momento de discutir y que lo primero era resolver lo de Mirón: no lo íbamos a dejar ahí, lo meteríamos en el Simca y ya veríamos lo que haríamos con él.

Entré yo también en el coche, y lo mismo hizo Carlota, por supuesto, que insistió en no separarse de Mirón hasta el último minuto. Sentada en el asiento trasero con el perro muerto en el regazo, envuelto en la sábana de los molinitos, tenía algo del clásico patetismo de la imagen de la Piedad. Yo lo sentía mucho por ella, sabía lo mal que lo estaba pasando y por su bien deseaba que aquella despedida fuera lo más breve posible. Lo cierto, sin embargo, es que, una vez dentro del coche, no sabíamos adónde teníamos que dirigirnos. Optamos por preguntar a un guardia pero eso casi fue peor porque, siguiendo sus indicaciones, fuimos a parar a un vertedero donde un letrero bien grande amenazaba con multar a quienes abandonaran animales muertos en ese recinto. ¿Y ahora qué?, pregunté por señas a mi padre.

—Ya sé —dijo él—. Iremos a la concesionaria de la limpieza municipal. Seguro que allí se harán cargo de él.

—¿No sería más sencillo salir al campo y enterrarlo? —propuse.

—Enterrarlo de cualquier modo... —protestó mi hermana—. Enterrarlo como a un perro.

—Es que es un perro, Carlota.

En la concesionaria nos atendió el guardabarrera, que en una de las servilletas de papel que llevaba para el almuerzo nos hizo un plano con la carretera de la Cartuja y el desvío que debíamos coger.

—Pero ¿no pueden hacerse cargo ustedes? —preguntamos.

—Imposible —contestó el hombre, y en el asiento de atrás Carlota empezó a gimotear y a repetir:

—Nadie te quiere, Mirón, nadie te quiere...

Para entonces hacía ya un rato que Mirón emitía un insoportable olor a mierda, y la verdad es que papá y yo íbamos con las ventanillas abiertas y las narices tapadas. Carlota, en cambio, no parecía percibir aquel hedor, y yo noté que mi padre, preocupado, la observaba de vez en cuando por el retrovisor.

Las indicaciones del guarda de la concesionaria nos llevaron a una zona despoblada, de colinas pedregosas y secas, con alguna sabina aislada cada varios kilómetros y una triste carretera de un solo carril. Era lo que le faltaba a nuestro estado de ánimo. Papá detuvo el coche ante un letrero.

—C.E.R.O. —leyó—. Centro de Eliminación de Residuos Orgánicos. Aquí es.

Un hombre con la camisa abierta y una gorrita de Pinturas Lepanto sesteaba junto al cobertizo con tejadillo de uralita. Papá salió del coche para preguntarle, y cuando volvió sólo dijo:

—La zanja.

Eso dijo, la zanja, y yo no sé si lo que mi hermana esperaba encontrar era un bonito cementerio de animales, con el césped cuidado, el caminito de grava y los setos, pero seguro que había imaginado un lugar menos desolado e inhóspito. Seguimos avanzando por la carretera, que ahora era un camino de tierra con grandes huellas de neumáticos, y mi padre sacó el brazo por la ventanilla y volvió a decir:

—La zanja.

Desde donde nosotros estábamos sólo se veía el montón de tierra y de piedras que había junto a lo que debía de ser la zanja. Allí el camino se estrechaba bastante, y papá prefirió acercarse marcha atrás para luego salir con más facilidad. Por eso no vimos realmente la zanja hasta que la tuvimos al lado, y lo que entonces vimos fueron los cincuenta o sesenta perros muertos que, en diferentes posturas y distintos grados de descomposición, se amontonaban en el fondo de la zanja.

21

–¡Dios mío! –dijo mi padre–. Ese hombre no me ha dicho que hubiera pasado ya el camión...

Nos volvimos los dos hacia Carlota pero ya era demasiado tarde. También ella lo había visto, y aquel espectáculo de animales reventados, de órganos putrefactos, de vientres destrozados, de vísceras sueltas y huesos descarnados, aquella imagen brutal de podredumbre y muerte la sumió en un estado de inmovilidad absoluta y casi diría de terror.

–Déjame a mí –le dijo papá, llevándola de regreso al coche–. Yo me encargo. Tú vuelve al coche.

Carlota se dejó llevar como una niña obediente y yo me senté a su lado en el asiento de atrás, mientras nuestro padre cogía por ambos extremos la sábana que envolvía a Mirón y la arrastraba hasta el borde de la zanja, y entonces la que no pudo evitarlo fui yo, que de golpe sentí cómo el vientre entero pugnaba por subirme hasta la garganta, y me apresuré a abrir la puerta y a vomitar fuera para no manchar la tapicería del Simca recién estrenado más de lo que ya la había manchado el cadáver de Mirón.

He dicho antes que una de las expresiones favoritas de nuestra madre era la de coger el toro por los cuernos. Volvió a utilizarla cuando tuvo que matricularse en una autoescuela para obtener el carnet de conducir. Si hubiera dependido sólo de ella, yo creo que jamás se habría decidido a dar ese paso, pero tras la muerte de papá le habían ofrecido llevar la representación de una firma de ropa infantil y el único requisito que habían puesto era ése: que tenía que conducir su propio coche. Aunque en realidad lo que ellos le habían exigido era que tuviera coche en propiedad, no que tuviera el carnet, cosa que sin duda daban por supuesta, y mamá no había mentido al decir que tenía un Simca 1200 de color granate que precisamente ese día estaba en el chapista.

Llegó a casa en un taxi cargado de grandes maletas.

–¡Chicas, chicas! –saludó desde el jardín, mientras el taxista iba sacando las maletas–. ¡Me han dado el trabajo!

–¿En serio? ¿Y no te han dicho nada del carnet?

Mamá se encogió de hombros y dijo:

–Conducir, conducir... No es tan importante como la gente cree. Lo más sensato sería vender el Simca...

Aquello resultaba bastante inverosímil: era como contratar a un socorrista que no supiera nadar. Entre todas metimos en casa los maletones con los muestrarios y ella seguía diciendo que había trenes y autobuses, seguro que se las arreglaría. Por la noche buscamos en un mapa la zona que le habían adjudicado: dos modestos barrios rurales y una docena de pueblos mal comunicados. Mamá seguía con el índice la línea verde de la carretera y leía los nombres de los pueblos: Villamayor, Perdiguera, Leciñena..., qué nombres tan bonitos.

–Pero eso ya son los Monegros –dije yo–. Puro secarral.

–¿Y qué? ¿Los niños de los Monegros no tienen derecho a ir bien vestidos? Aquí, en Perdiguera, creo que tenemos un buen cliente... ¿A ver? Sí, ya lo decía yo: Creaciones Anita.

El día siguiente era sábado y decidí acompañarla en su primera jornada como viajante de comercio. De todos los maletones que le habían dado tuvo que elegir dos y, cargando cada una con uno de ellos, cogimos el autobús de línea que llevaba al Arzobispado, que era el lugar donde paraban los autobuses que iban por esos pueblos.

–He visto la ropa y es horrible –dije mientras esperábamos–. ¡Qué cosas más cursis, con tantas puntillitas y tantos volantitos!

–Hija mía, tú siempre tan negativa...

El autobús olía a sardinas en aceite y a sudor y, aunque el terreno era llano, la carretera estaba llena de curvas. Mamá apoyó la cabeza contra la ventanilla y consiguió echar una cabezada. Despertó al cabo de un cuarto de hora, con los pliegues de la cortinilla marcados en rojo sobre la piel de la cara. Echó un vistazo al paisaje desértico y exclamó:

–Dios mío, ¿qué sitio es éste?

–Puro secarral. Te lo había dicho.

Los pueblos de esa zona eran alargados y tristes, con pocos

comercios y algún que otro bar oscuro y lleno de moscas, y nosotras los recorríamos de punta a punta sabiéndonos observa-
das desde las ventanas de las casas, todas de uno o dos pisos, todas sin gracia. Para la gente de aquellos lugares debíamos de
constituir un espectáculo extraño, dos mujeres desconocidas re-
soplando bajo el sol del mediodía y arrastrando aquellas maletas por las calles vacías, y sólo cuando nos veían entrar decidi-
das en la tienda de ropa infantil perdían todo interés por
nosotras, como si por fin el enigma que nos acompañaba hubiera quedado resuelto y su curiosidad debidamente satisfecha.
Ya en la tienda, yo me sentaba a descansar en cualquier sitio y
mamá saludaba con su mejor sonrisa:

–Hola, qué tal. Soy la nueva representante de Textil Los
Muñecos. Supongo que no conoce usted nuestras novedades
para este invierno... ¡No se las pierda! ¡Son ideales!

El autobús pasaba cada tres horas, y eso hacía que tuviéramos que aguantar largas esperas en alguno de aquellos bares oscuros y llenos de moscas. Dejábamos enfriar el café con leche y
mamá aprovechaba para pasar a limpio los pedidos, casi siempre escasos y poco productivos: un pedido de baberos de ositos,
otro de pantaloncitos de peto, un par de pijamas.

–Pero, mamá... –la interrumpí una de esas veces–. ¿Tan
mal nos van las cosas? Yo pensaba que, entre la pensión de viu-
dedad y lo que te dejó papá, teníamos la vida solucionada...

–Claro que sí, hija mía.

–Lo que tienes que hacer es sacarte cuanto antes el carnet.
Estas caminatas, estas esperas... ¿Cuánto tiempo crees que vas a
poder aguantar?

–Tú no te preocupes. No es asunto tuyo.

–Tienes el coche. Sólo te falta aprender a conducir. ¿Qué
piensas? ¿Que la próxima vez acabarás también en una acequia,
como aquel día? Ahora, desde luego, no estaríamos aquí, perdiendo el tiempo como dos tontas. Seguro que ya habríamos
completado la ruta y estaríamos tan ricamente en el jardín de
casa... La verdad: no comprendo esa cerrazón con lo del carnet.

–¡María, por favor! ¡Te he dicho que no es asunto tuyo!

En los otros pueblos los pedidos no eran mucho mayores: más pantaloncitos de peto, algunos patucos, algún gorrito. A última hora de la tarde estábamos en la cafetería de la estación de Sariñena, el más grande de los pueblos que le habían correspondido a mamá y el quinto que visitábamos aquel día, y esperábamos en silencio y con gesto sombrío el tren que debía devolvernos a casa. Yo dije que estaba cansada, pero en realidad no estaba cansada sino exhausta.

–Media horita y en casa –replicó mamá, cerrando los ojos y ocultando un bostezo con la palma de la mano.

Miré el panel de los horarios: faltaba una hora para que llegara nuestro tren y otra hora u hora y media de viaje.

Volví a decir que estaba cansada, pero ahora además de cansada estaba harta y de mal humor:

–Si de verdad no estamos tan apuradas, ¿por qué aguantar todo esto? Las incomodidades, el cansancio... Total, ¿para qué? ¿Para cobrar unas comisiones que casi no cubren ni los gastos?

–¡Ya está bien! –me interrumpió, dando un manotazo en la mesa que hizo temblar las tazas de los cafés–. ¡Te he dicho que no me voy a sacar el carnet y no me lo voy a sacar! ¡Por mucho que insistas! ¿Está claro?

En el silencio de aquella cafetería su tono sonó amargo y desafiante. Luego echó un vistazo a su alrededor como pidiendo disculpas por haber elevado la voz y trató de justificarse:

–Eso de los coches no es para mí.

Pasaron muy pocos días antes de que entre las tres hijas consiguiéramos convencerla de lo contrario. Si aquel día era sábado, creo que fue el jueves o viernes siguiente cuando la acompañamos a su primera clase de conducir. Nos detuvimos un instante delante de la puerta de la autoescuela, y ella nos pidió que no la dejáramos sola, por favor, que no le gustaba la idea de estar a solas con desconocidos, como si el profesor estuviera condenado a ser siempre un desconocido.

–No te preocupes tanto...

Eso le decíamos nosotras, que no se preocupara tanto, que dentro de una hora todo habría pasado, pero mamá no se decidía a meterse en el Seat 127 que aguardaba con la puerta abierta. La verdad es que era todo un poco ridículo: nosotras allí, diciéndole que respirara hondo y se tranquilizara, animándola a entrar en el coche, abrazándola con apuro y emoción, como si se dispusiera a iniciar un viaje larguísimo y temiéramos no volver a verla nunca más. El profesor nos apremiaba con chasquidos de lengua y miradas burlonas por encima del techo del 127. Luego, cuando vio que nos metíamos las tres en el asiento de atrás, puso mala cara pero se limitó a decir que eso era una clase de conducir, señoritas, no un autobús de línea.

–Usted se calla –intervino mamá, en un repentino arranque de dignidad–. Mis hijas vienen conmigo porque lo digo yo.

Se trató sólo de un pronto, de un breve arrebato de cólera, pero bastó para aportar una inesperada grandeza a actos tan simples como sentarse en el asiento de un coche y cerrar una puerta y agarrar un volante, y fue entonces, en medio del silencio y la expectación general, cuando mamá soltó un bufido particularmente solemne y volvió a decir lo del toro y los cuernos.

–Ha llegado el momento de coger el toro por los cuernos –dijo, y en la lágrima que empezó a resbalarle por la mejilla me pareció ver reflejadas nuestras cabezas: la de Paloma, la de Carlota, la mía.

2. CARLOTA

Cuando atropellaron a Mirón, yo pensaba que no podía haber en el mundo una persona más desdichada: pobre Mironcito mío, lo que llegué a llorar por él. Claro que entonces no sabía nada de lo que con los años me ocurriría y no podía imaginar que ese sentimiento, el de la desdicha, la infelicidad, es como un pozo en el que puedes hundirte y hundirte sin llegar nunca a tocar el fondo. ¿Cuánto tiempo faltaba para que conociera a Fernando y volviera a creerme, esa vez con un poco más de razón, la persona más desdichada del mundo? Pero no adelantemos acontecimientos. Estábamos con lo de la muerte de Mirón y la absurda visita a las Bodegas Mendiluce. ¿De quién habría surgido la idea de que tenía que ser yo quien acompañara al abuelo? Recuerdo una conversación de mis padres. Mamá decía que yo era una chica muy sensible y papá que estaba en una edad difícil, aunque eso era algo que no mucho antes les había oído decir de María y que sólo la muerte de papá impediría que acabaran diciendo también de Paloma. Así que las tres éramos unas chicas muy sensibles y las tres estábamos en una edad difícil. Pero ¿hay alguna edad que no lo sea? A lo mejor la infancia, la primera, primerísima infancia, cuando todavía no te enteras de nada y te pasas el día durmiendo o yendo de unos brazos a otros: a lo mejor ésa es la única edad fácil en la vida de las personas. Porque, vamos a ver, en aquella época había en casa representantes de edades muy distintas, y a mí no me parecía que ninguno de ellos estuviera atravesando lo que se dice una edad fácil. El abuelo, por ejemplo. ¿Puede haber una edad más difícil que la suya, con la incontinencia de orina que él tenía y la necesidad de dormir con unos pañales que mamá le hacía y que cada semana lavaba a mano y colgaba a secar en el tendedero del jardín, al que daba una de las ventanas de nuestra habitación? Eso por no hablar de lo cascarrabias que era ni de su disparatada manía de presentarse a concursos y coleccionar gorritas, flotadores y mecheros sólo porque eran de promoción o, como él decía, gratis y sin compromiso: ¿estaba o no estaba en una edad difícil? Pero tampoco creo que la de papá y mamá fuera una edad mucho más fácil. De las tres hermanas yo he sido siempre la más observadora y más sagaz, y creo que María (y no digamos Paloma) no llegó a darse cuenta de cómo estaban las cosas en el matrimonio poco antes de la muerte de nuestro padre. Mamá no debía de estar pasándolo muy bien. Fue en aquella época cuando empezó a repartir botellas de pacharán por los sitios más inverosímiles. En el cuarto de la plancha, detrás del armario de las medicinas, en el ropero: en el lado del ropero en el que en verano se guardaba la ropa de invierno y en invierno la de verano. Está claro que mamá no era una esposa feliz y que por eso se echaba de vez en cuando un buen trago de pacharán a escondidas y luego se iba quedando dormida por todas partes. ¿A eso se le llama estar en una edad fácil? ¿O tal vez a lo de papá, que al año siguiente moriría en la cama de una puta? Yo sabía que nuestro padre tenía sus líos porque en casa solía ser yo la que contestaba al teléfono y hubo épocas en que le llamaban muchas mujeres. Unas le llamaban por asuntos de trabajo (¿está el señor Tal?, de parte de la secretaria del señor Cual) y otras por otros asuntos, aunque papá siempre fingía que se trataba de trabajo. Cuando yo estaba delante, decía que por supuesto que sí, que se acordaba del contrato de la semana anterior, que había habido un problema con la empresa de transportes, etcétera. Hubo un tiempo en que era siempre la misma voz de mujer, y papá le hablaba de lo del contrato y la empresa de transportes. Después me hacía una seña para que me fuera y yo, desde lejos, le oía cambiar de tono y me lo imaginaba diciendo algo así como ¡te has vuelto loca! o ¡cuántas veces te he dicho que no me llames a casa...! ¿Suelen ser así las conversaciones telefónicas que se tienen cuando se está en una edad fácil?

Pero otra vez me estoy alejando de lo que quería contar, y lo que quería contar era que mis padres habían decidido que yo era una chica muy sensible y que estaba en una edad difícil. Por eso (¿por eso?, ¿qué relación había entre una cosa y otra?) tenía que ser yo la que acompañara al abuelo en la visita a las bodegas riojanas. Fuimos hasta Logroño en autobús y allí nos esperaba un señor con un cartel que decía: BODEGAS MENDILUCE – RIOJA CINCO ESTRELLAS. Nos metimos en un coche en cuyas puertas ponía exactamente lo mismo y al cabo de un rato llegamos a Haro, a una oficina en la que una señora con un sombrerito color burdeos nos dio la bienvenida y nos regaló una caja de madera con tres botellas de vino. Bueno, bueno, bueno, repetía el abuelo, satisfecho por los agasajos, y yo lo miraba con rencor porque no podía dejar de pensar que él y aquellas bodegas y aquel absurdo viaje eran los culpables de la muerte de Mirón. La señora del sombrerito color burdeos hizo un gesto de cuando quieran empezamos, pero nadie se movió porque el abuelo había cogido uno de los ceniceros de la mesa y lo miraba con arrobo: Rioja Cinco Estrellas..., ¿me lo puedo quedar como recuerdo? Claro, cómo no, contestó ella, y luego hizo lo que seguramente el abuelo estaba esperando: abrir un armarito metálico lleno de sacacorchos, libros de fotografías, bolígrafos y vasos de vino con el eslogan de las Bodegas Mendiluce y animarle a llevarse todo lo que quisiera. Bueno, bueno, repetía otra vez el abuelo con los ojos brillantes, y yo no entendía cómo aquellos obsequios sin valor podían despertar unos deseos tan intensos. Luego el abuelo miró su reloj de Seguros La Unión y dijo que eran las doce y media. Aquélla fue su manera de decir que ya iba siendo hora de empezar la visita. Metimos en el maletero todos aquellos regalos y la señora del sombrerito color burdeos anunció que nos explicaría el largo proceso de

29

elaboración del vino. De la cepa a la mesa, fueron sus palabras. El abuelo volvió a decir bueno, bueno, y yo estaba cada vez más harta: harta del abuelo, harta de aquella mujer, harta de todo. Fuimos a ver unos viñedos cercanos. Salieron todos a estirar las piernas pero yo preferí quedarme en el coche. Estábamos en verano, a mediados de julio. El abuelo vestía una de esas guayaberas color hueso que entonces llevaban los viejos, y en la espalda tenía una mancha de sudor en forma de seta gigante. La señora del sombrerito señalaba aquí y allá y, al menos mientras yo todavía podía oírla, hablaba de las diferentes variedades de uva, de la calidad de la tierra, de las técnicas de recolección. El abuelo se apartó unos metros buscando un sitio donde orinar. Luego volvió a su lado y siguió sus explicaciones fingiendo interés. De vez en cuando se agachaba junto a una de las cepas y entonces mostraba la parte trasera del pantalón, el culo y los muslos también sudados, con una sombra negra en forma de pagoda. Una de esas veces sacó del bolsillo su navajita de propaganda de Ferreterías Lorenzo y cortó un racimo, y yo pensé dos cosas. Pensé que aquellas uvas debían de estar verdes e incomibles y que el abuelo era capaz de comérselas sólo porque eran gratis: gratis y sin compromiso. Y pensé también que, cuando yo tuviera mi propia casa y mi propia familia, no aceptaría ningún obsequio promocional, ningún artículo de propaganda, ningún sobrecito de muestra. Nada. Nunca. Nada de nada. Volvieron al coche, y la señora del sombrerito color burdeos dijo que teníamos mesa reservada en el mejor restaurante de Haro. El abuelo se metió una uva en la boca y me guiñó un ojo, como diciendo: ¿Qué te parece eso? ¡Estamos invitados a comer en el mejor restaurante! Luego escupió las pepitas por la ventanilla y se metió otra uva verde y gratuita, y yo le odié con todas mis fuerzas.

Así que nos llevaron al restaurante. Yo, no hace falta que insista, estaba de un humor de perros y lo encontraba todo espantoso: los pretenciosos marcos de los cuadros, los floripondios del papel pintado, la propia comida, que tan exquisita les pareció a los demás. ¿Habrían cambiado las cosas si aquel restaurante hubiera sido el más elegante y mejor del mundo? No, seguro que no. Estaba descubriendo que el odio puede llegar a resultar placentero y había decidido entregarme a él como quien sucumbe a una tentación irresistible, cultivarlo dentro de mí con solicitud y delicadeza. Miraba al abuelo probar los pimientos rellenos y pensaba: Te odio cuando comes. Le miraba llenarse la copa de vino hasta el borde y pensaba: Te odio cuando bebes. Le miraba asentir con la cabeza y pensaba: Te odio cuando te mueves pero también cuando no te mueves. Le miraba levantarse para ir al lavabo y pensaba: Te odio cuando andas y cuando no. Le odiaba, en definitiva, y quería seguir odiándole, y cuando por fin salimos de allí me sentía mucho mejor que antes, a gusto conmigo misma y con mi odio. La señora del sombrerito color burdeos anunció que empezaba entonces la parte principal de la visita. ¡Las bodegas!, exclamó poniendo voz de niña y dando un par de palmaditas en el aire. Parecía, la verdad, un poco achispada. Yo traté de calcular lo que había podido beber. ¿Cuántas botellas de vino nos habían servido? Creía recordar que dos, aunque muy bien podían ser tres, demasiadas sin duda, ya que ni el conductor ni yo lo habíamos probado. ¡Eso, eso! ¡Las bodegas!, exclamó también el abuelo. Por la manera en que le brillaban los ojos comprendí que habían sido tres y no dos las botellas y que, si la mujer aquella estaba un poco achispada, él estaba completamente borracho. Llevaba un par de horas bebiéndose todo el vino gratis y sin compromiso que pasaba a su lado, y yo había estado tan concentrada en odiarle que no me había dado ni cuenta de la curda que había acabado agarrando. El coche nos dejó a la entrada del edificio, quiero decir del más antiguo de aquellos edificios, porque a las bodegas originales, que eran de principios de siglo, se habían ido añadiendo otras más recientes y bastante más feas. Las paredes eran de ladrillo visto, con el nombre de la empresa pintado sobre unos azulejos adornados con racimos de uva y hojas de parra. Nos hicieron pasar a un salón donde una pequeña exposición de fotografías recorría la historia de las Bodegas Mendiluce. Ya entonces noté que el abuelo no podía evitar tambalearse cuando se detenía ante una de aquellas fotos. Luego nos enseñaron unas vitrinas repletas de trofeos ganados en ferias nacionales e internacionales, y vi al abuelo cogerse del brazo de la mujer. Cójase, no tenga vergüenza, cójase, le animó ésta con regocijo. Así me gustan las mujeres: que se dejen coger, le dijo el abuelo con picardía, y se echaron los dos a reír. Entramos por fin en las bodegas, que eran frescas y oscuras, con grandes barriles de roble alineados a lo largo de anchos pasillos. La señora del sombrerito nos dio unos vasos y nos hizo probar diferentes vinos. Hablaba de cosechas mejores y peores, de crianzas y grandes reservas, e intentaba iniciarnos en los secretos de la cata. Primero el color, luego el olor, finalmente el sabor, decía, y primero levantaba el vaso, luego se lo acercaba a la nariz, finalmente se lo llevaba a los labios. Color..., olor... ¡y sabor!, repetía, y con expresión de placer paladeaba un pequeño sorbo de vino y después lo escupía sobre el suelo de piedras gastadas. Entonces el abuelo levantaba su vaso y decía color. Se lo acercaba a la nariz y decía olor. Y se lo vaciaba de un solo trago y con una amplia sonrisa exclamaba: ¡Y sabor! La mujer se echaba a reír y le decía que era un gamberrete, que menudo peligro tenían los hombres como él. Lo repitieron no sé cuántas veces: color, olor ¡y sabor! La señora del sombrerito escupía el sorbo y el abuelo daba un nuevo trago de vino, y ella volvía a reír y a decirle que era un juerguista de tomo y lomo y que qué bien lo estaban pasando. El abuelo jamás desaprovecharía la ocasión de consumir algo que no le costara un duro, daba lo mismo que se tratara de caramelos balsámicos, chocolatinas o, como en este caso, vino de Rioja. Si además tenía a su lado a una mujer que le reía todas las gracias, para él debía de ser lo más parecido a estar en la gloria. Ahora el abuelo, más que cogido, iba colgado del brazo de ella. Daba la sensación de ir a caerse en cualquier momento. La señora del sombrerito quiso recuperar algo de su anterior seriedad y prosiguió con la exposición que había dejado a medias. Lo peor vino cuando pronunció la palabra taninos y el abuelo se puso a repetirla, taninos, taninos, como si en realidad estuviera diciendo mininos,

mininos, y llamara a unos gatos imaginarios escondidos entre los barriles. Venid, taninos, venid con papá, decía, y la mujer, entre risas, le imitaba: Taninos bonitos, venid con mamá. Volví entonces a sentir el odio renaciendo dentro de mí. Lo sentí como una energía secreta que brotaba de mi interior, como una flecha que buscaba un punto en el que clavarse. Fijé la mirada en el abuelo y me concentré en su imagen, en el mechón de pelo blanco que le colgaba sobre la frente, en los ojos entrecerrados y húmedos, en la cadenita con la cruz de San Antonio colgándole del cuello, en el cerco ya seco de sudor en la guaya- *short country coat* bera, en los zapatos de rejilla... No quería que esa energía mía se dispersara y se perdiera, y de algún modo la dirigí hacia él, hacia ese mechón y esos ojos y ese cuerpo encorvado. Fue en ese momento cuando deseé su muerte. Muérete, pensé, muérete como murió Mirón. Cáete al suelo y retuércete de dolor. ¡Muérete ya! El abuelo seguía con la tontería de los taninos, taninos. La señora del sombrerito estaba tan excitada que el sombrerito se le había acabado cayendo. Cuando los dos se agacharon para cogerlo, el abuelo agitó los dedos y le lanzó un par de ridículos zarpazos: ¡Taninos, taninos! Pero fue ésa la última vez que lo dijo. De repente se llevó una mano a la frente o, más que a la frente, a las cejas, el dedo corazón en una ceja y el pulgar en la otra, y movió la cabeza a un lado y a otro con los ojos muy abiertos y un parpadeo como de lechuza. No veo, dijo, no veo bien... La mujer creyó que se trataba de una broma: ¡Sí!, ¡estás ciego!, ¡ciego de vino! El abuelo hincó una rodilla en el suelo y luego hincó la otra y empezó a caer despacio, muy despacio, como los toros que se resisten a morir ante el torero. Apoyó por fin la cabeza en el suelo y quedó allí tendido, con la boca abierta y la blanca tripa asomándole por debajo de la guayabera. La señora del sombrerito color burdeos, que seguía aún con el sombrerito en la mano, se arrodilló junto a él y le agarró una muñeca. La excitación se le había pasado por completo cuando con expresión preocupada se volvió hacia mí y me dijo: Este hombre no está bien.

Qué largas se me hicieron las horas siguientes, desde que se lo llevaron en la ambulancia hasta que, ya de noche, vi detenerse el Simca 1200 de papá ante la entrada del dispensario. Por fin una cara conocida, una persona de confianza. Me dio un beso rápido y me preguntó cómo estaba el abuelo. Dormido, dije, le han puesto una inyección y se ha quedado dormido. Me preguntó también cuánto vino creía yo que había podido beber. Ya lo conoces. Como era gratis... ¡Viejo estúpido! ¿A quién se le ocurre?, exclamó él haciendo crujir los nudillos, que era lo que hacía cuando se enfadaba, y a mí me extrañó que se refiriera en esos términos al abuelo, que al fin y al cabo no era su padre sino su suegro. Yo, por supuesto, había empezado ya a echarme la culpa de lo que le había pasado. Porque, vamos a ver, no hace falta ser culpable para sentirse culpable y, aunque sabía que no existía una relación directa entre mi comportamiento y su arrechucho, no podía sino arrepentirme de haberle odiado con tal intensidad. ¿Y si en realidad no era un simple arrechucho? ¿Y si resultaba ser algo más grave y hasta mortal? No quería ni pensarlo. Eso sí que no podría perdonármelo. Lo cierto es que ahora veía al abuelo con otros ojos y que la última imagen de él que se me había quedado grabada (el mechón de pelo, los ojos húmedos, la cruz de San Antonio...) se me representaba una y otra vez para enternecerme y conmoverme. Habían metido al abuelo en una habitación y a mí no me habían permitido entrar a verle. Cada vez que alguien abría la puerta yo, desde el pasillo, veía el taburete en el que habían dejado su ropa: la guayabera, el pantalón, los zapatos de rejilla. Recuerdo la breve discusión entre papá y el médico de guardia, papá diciendo que le vistieran, que se llevaba al abuelo a casa, y el médico tratando de ganar tiempo: Este hombre tendría que permanecer en observación. Recuerdo también el viaje de vuelta, el abuelo recostado junto a mí, yo acomodándole entre los horribles cojines de mamá y limpiándole de restos de vómito los pliegues del cuello. El abuelo recuperaba de vez en cuando la conciencia y decía ¡a casa, a casa...!, y papá se volvía hacia él y le miraba con desprecio: Sigue borracho. ¡Lo que habrá tenido que beber! Yo le pedía que dejara dormir al abuelo y no fuera

34

injusto con él, aunque seguramente se lo pedía para expiar mis culpas, porque yo sí que había sido injusta, muy injusta, y ahora sentía una necesidad compulsiva de acariciarle, de velar su sueño, de limpiarle de restos de vómito aunque hacía tiempo que no quedaban restos de vómito.

Llegamos a casa de madrugada. Mamá y María nos esperaban en el jardín. María llevaba puesto un pijama de Oxford University que a mí me gustaba mucho y al año siguiente acabaría heredando. Mamá, en cambio, estaba vestida de calle, con una chaqueta fina y zapatos, como si un sexto sentido le hubiera dicho que lo de su padre no era una simple borrachera y que tenía que estar preparada para cualquier emergencia. Mamá es de esas personas que siempre piensan que va a ocurrir lo peor, que vamos a sufrir un accidente, que nos va a caer un rayo en la antena, que vamos a tener un corte de digestión. La verdad es que esa vez acertó porque lo del abuelo había sido una embolia y ya sólo le quedaban seis días de vida. Pero entonces no sabíamos nada de eso. Papá nos dijo que nos acostáramos, que él llevaría al abuelo a su habitación y para cuando despertara seguro que se le habría pasado. De lo que ocurrió durante esos seis días no guardo un recuerdo muy vivo, aunque sí sé que, por insistencia de mamá, se llamó a un médico y que esa misma noche ingresaron al abuelo. A mí no me dejaron ir a visitarle porque era demasiado pequeña. Mamá se pasaba todo el tiempo con él en el hospital. A casa venía sólo a ducharse y cambiarse de ropa. Entonces nosotras no le preguntábamos por el abuelo porque bastaba con verle la cara, esas ojeras oscuras que no eran de haber dormido poco sino de haber llorado mucho. Al cabo de unos días le trajeron a casa para que pudiera morir en su cama y entre los suyos. Como subirle por las escaleras iba a ser complicado, papá hizo instalar en la biblioteca su pesada cama de hierro forjado. Luego, ya muerto, no se le movió de ahí. De ese modo se sentó un extraño precedente para cuando, cuatro años después, murió papá, al que habría sido lo lógico velar en su propia cama y en su dormitorio y no en aquella cama horrible que nada tenía que ver con él ni en aque-

moho

lla estancia, la biblioteca, que olía a polvo y a moho. ¿Quién fue la que organizó de ese modo aquel velatorio? Supongo que mamá o María, pero otra vez estoy anticipando acontecimientos, y lo que yo quería decir era que entonces tenía miedo, mucho miedo. Estaba asustada porque había deseado la muerte del abuelo y ahora el abuelo se estaba muriendo. Por las noches me despertaba preguntándome por qué el abuelo no se curaba si yo ahora lo deseaba con todas mis fuerzas. Papá y mamá no querían que entrara a verle pero tampoco yo estaba muy segura de querer. Un día María subió la escalera gritando: ¡El abuelo habla! ¡Se ha curado! ¡El abuelo se ha curado! Corrimos todos a la biblioteca, incluidas Paloma y yo, y era verdad que el abuelo estaba hablando. Tenía la piel muy blanca y la barba sin afeitar. Mamá le cogió una mano y nos pidió silencio. Fue entonces cuando dijo aquello de las neveritas de picnic Danone que tanto le gusta recordar a María. Tienen que llegar antes de fin de mes, logró decir con gran esfuerzo, y mamá, conteniendo las lágrimas, le dijo que sí, que ella se encargaría de reclamarlas si no llegaban. Entonces el abuelo cerró los ojos y ya nunca los volvió a abrir, y mamá nos mandó salir porque quería estar a solas con él. Murió al día siguiente, y yo recordaba al abuelo y ya no lo recordaba como un viejo cascarrabias que habría abandonado a su familia por un sombrero de Tío Pepe o un paraguas de Coca-Cola sino como el típico abuelo bueno que saca a pasear a sus nietas y da de comer a las palomas, aunque él muy pocas veces nos sacó a pasear y por supuesto jamás dio de comer a las palomas. Pero ¿qué importancia tenía eso si era así como yo lo recordaba, como el abuelo ideal que nunca había sido y cuya muerte me hacía sentir otra vez la persona más desdichada del mundo? Durante aquellos días me erigí en algo así como la defensora de su memoria y no toleraba la menor ironía. Al velatorio acudieron, por ejemplo, unos parientes de Madrid y yo oí a mis padres hablar con ellos en voz baja. Hablaban de dinero, de las cuentas del abuelo. Mamá dijo que había estado en el banco y que en esas cuentas no había ni un duro. Recordó al abuelo enfadándose y diciéndonos que no le queríamos y que sólo le aguantábamos para quedarnos con la herencia. ¿Qué herencia? ¿No se referiría a las neveritas esas?, bromeó entonces papá. A mí eso me pareció una falta de respeto. Les dije que, si querían burlarse del muerto, al menos no lo hicieran delante de él, y la verdad es que mis padres y los parientes esos de Madrid se miraron avergonzados y no volvieron a hablar hasta que hubieron salido de la biblioteca. Claro que entonces lo primero que dijeron fue algo que por aquella época estaba harta de oír: mamá dijo que yo era una chica muy sensible y papá que estaba en una edad difícil.

No fueron las de Mirón y el abuelo las únicas muertes de ese verano. Dama murió a principios de septiembre. En casa dijeron que no había podido soportar la pérdida de Mirón y había muerto de tristeza, pero yo pensaba que también nosotras teníamos algo de culpa. El tío Delfín acababa de comprarse una roulotte, y aquel mes de agosto fue el primero de los cuatro que pasaríamos con él, yendo de playa en playa y de cámping en cámping. A Dama no la dejaron venir. Dijeron que en la roulotte no podía viajar y en el coche no cabía. También dijeron que no era la primera vez que la dejábamos sola y que no había por qué preocuparse: tenía su caseta, tenía el jardín, y una vecina se había comprometido a darle de comer y cambiarle el agua. Dijeron muchas cosas y hasta lograron convencerme, pero el caso es que volvimos a finales de agosto y Dama murió muy poco después. ¿Cómo no sentir que al menos una parte de la culpa me correspondía? Llevaba un mes y pico castigándome por lo del abuelo y ya había aparecido otra muerte para renovar ese sentimiento de culpa. Ay, Dama, mi querida y vieja Dama, si no te hubiéramos abandonado así, quién sabe si... De su entierro hablaré más tarde. Antes quiero hablar del veraneo, de ese primer mes de agosto que pasamos con el tío Delfín, viajando de aquí para allá y durmiendo en la roulotte. No fue aquél un verano cualquiera. Fue el verano de mi primera regla. En el colegio nos habían preparado para ese momento. Nos habían dicho que iba a ser uno de los momentos más bonitos e importantes de nuestras vidas y que lo recordaríamos durante muchos años al menos una vez al mes. También nos habían dicho que, cuando ocurriera, no debíamos hacer nada, sólo permanecer atentas a nuestro organismo, tratar de captar todo un mundo de nuevas sensaciones. Me vino a primeras horas de la mañana, cuando todavía los demás dormían en la roulotte. Seguí las instrucciones recibidas y no hice nada, sólo permanecer atenta. Quise creer que me dolía la tripa, un dolor leve, distinto del que había tenido una Semana Santa de dos o tres años antes en que Paloma y yo nos empachamos de mermelada de ciruelas, pero seguramente no sentí ni eso. Me dije que por fin había llegado el momento. Hubo unos minutos en que me creí importante, muy importante, y no hacía sino preguntarme cuántas niñas habría en el mundo que en ese instante estuvieran pasando por lo mismo que yo. Y luego... Luego, ¿qué? Luego nada. Mis hermanas, mis padres, el tío Delfín fueron levantándose y saliendo de la roulotte, mientras yo me hacía la dormida en mi colchoneta, atenta como estaba a mi organismo. ¿Ya? ¿Eso había sido todo? ¿En eso consistía el famoso mundo de nuevas sensaciones? Yo había imaginado que un hecho tan decisivo como aquél llegaría acompañado de fuertes dolores y grandes desgarros, que la sangre y los gritos lo llenarían todo y que al final se alcanzaría un estado de aérea placidez y hasta de placer. Había imaginado aquella primera menstruación como un atisbo o un anticipo parcial de esos coitos y esos partos para los que mi cuerpo empezaba a estar facultada. Pero no. Una pequeña mancha y un leve dolor de tripa: a eso se había limitado todo. Cuando ya me harté de permanecer atenta a mi organismo, me limpié con unas servilletas de papel y me vestí. Salí de la roulotte. Papá y el tío Delfín jugaban con unas paletas de playa, mientras mamá y mis hermanas terminaban de desayunar en la mesa plegable. Con esa voz quebradiza con la que se supone que se debe anunciar este tipo de cosas dije: Mamá, ya. Ella me echó un vistazo rápido y asintió como diciendo: Sí, sí, ya veo que te acabas de despertar. Yo insistí:

¡Mamá, ya! Mamá me miró sin comprender y María me secundó: ¡Mamá!, ¿estás tonta o qué? Entonces sí que comprendió. ¡Vamos, vamos!, dijo. Me cogió de la mano y me llevó de vuelta a la roulotte. Sacó de su bolsa unas cuantas compresas, que entonces eran bastante más gruesas e incómodas que las de ahora, casi como pañales pequeños, y me explicó cómo se usaban. Mamá, que nunca me había hablado de cómo nacían los niños y todas esas cosas, quiso aquel día darme una especie de cursillo intensivo. Ya está bien, dije, todo lo que me estás diciendo ya me lo han dicho en el colegio. ¿En el colegio? Sí, la madre Ochoa. ¡La madre Ochoa! ¡Qué sabrá una monja! María y Paloma habían entrado a ver qué hacíamos. Mamá empezó a hablar de la semillita que el marido planta en el cuerpo de la mujer y yo me sentí a la vez orgullosa y decepcionada. Orgullosa porque me había convertido en el centro de atención de mi madre y mis hermanas. Y decepcionada porque todo aquello había pasado y yo seguía siendo la misma de antes.

Nada parecía haber cambiado, pero en realidad era al revés: todo había cambiado. Todo en mí había cambiado y yo no quería que nadie lo supiera. O no, no es que no lo quisiera. Es que se me había aleccionado para ello. Se me había dado a entender que aquello era lo más parecido a un secreto, algo de lo que sólo se podía hablar en la intimidad y como a escondidas, bajando la voz y nombrándolo sin nombrarlo. Diciendo tengo eso o diciendo me ha venido, estoy en esos días, mamá, ya. Papá (y por supuesto el tío Delfín) estaba excluido de aquella intimidad y no tenía que saberlo. De hecho ninguno de los dos se enteró. Ni siquiera les extrañó que yo aquel día no bajara a la playa y me quedara hojeando revistas junto a la roulotte. El secreto, mientras tanto, iba creciendo dentro de mí y se iba convirtiendo en un bien precioso, en algo así como un tesoro cuya custodia me hubiera sido encomendada. Desde aquel día y hasta finales de mes casi no volví a pisar la playa. Temía exhibirme en bañador. No es que pensara que ahora los chicos fueran a verme de otra manera ni que temiera que los hombres me imaginaran desnuda o desearan tocar mis pequeñas tetas. No.

Es que la escasez de ropa me hacía sentir indefensa, vulnerable. Me parecía que, cuanta más ropa llevara puesta, mejor protegido estaría ese tesoro mío. Encontraba amenazas por todas partes: en cualquier juego divertido, cualquier palabra amable o rasgo de simpatía. Y para plantar cara a esas amenazas no bastaba con la ropa. Tenía que encerrarme en mí misma y volverme triste, arisca, solitaria, que era algo que yo nunca había sido. Volverme incluso fea. Aún ahora me incomoda ver las fotos que conservo de aquel verano, porque nunca había estado ni volvería a estar tan fea como entonces. El pelo (¡mi bonito pelo castaño!) se me ve sucio y descuidado, los labios mucho más delgados de lo que realmente eran, los ojos esquivos y como sin brillo, la expresión mustia de quien ha optado por la soledad y la tristeza... ¿Y todo por qué? Porque quería mantener a buen recaudo ese tesoro mío, que ni yo misma sabía en qué consistía. En una de esas fotos se me ve delante de una iglesia, con calcetines blancos y falda plisada hasta la rodilla, las manos a la altura del regazo. ¿Quién podría sentir simpatía o interés por una chica así, rancia, sosa, poco agraciada, con un aire como de estar siempre en pleno acto de contrición? Aquél fue también el verano en el que me acostumbré a frecuentar las iglesias, los rezos, las sotanas. Las iglesias eran lo contrario de las playas. Allí mi tesoro estaba a salvo, libre de toda amenaza. Las iglesias me garantizaban esa soledad y esa tristeza que yo andaba buscando, y en su interior me sentía segura y a gusto, casi relajada. Pero no se trataba de una mera sensación de bienestar, de decir ¡qué fresquito se está aquí! o ¡qué agradable este silencio! Había algo más profundo. Las altas bóvedas, las majestuosas columnas, las imágenes invariablemente ceñudas o llorosas, los deslumbrantes altares, los retablos transmitían una reconfortante impresión de intemporalidad y solidez, de algo que existía y había existido siempre en un estado de irrevocable perfección, de algo que estaba muy por encima de mí y de mis escasas fuerzas. Mi familia no solía visitar los pueblos y ciudades en los que veraneábamos. Su recorrido quedaba limitado a muy pocos sitios: la playa, el cámping, el supermercado, un par de cafeterías. Alguna vez, sin embargo, salíamos todos a dar un paseo y, cuando pasábamos por delante de alguna iglesia, yo preguntaba: ¿Os importa que os espere ahí dentro? Mis padres nunca habían sido demasiado amigos de curas y monjas, pero tampoco podían oponerse a una cosa así: ¿cómo iban a prohibir a una de sus hijas que entrara en una iglesia? Decían que muy bien, que a la vuelta pasarían a recogerme, y luego se miraban como diciendo: Pero ¿qué es lo que tiene esta chica? Estaba, por supuesto, en una edad difícil. Lo que mis padres no sabían era que yo acudía a la iglesia todos los días, o al menos todos los días que podía. Solía ir a misa de doce porque a esa hora ellos estaban ya en la playa, pero también me acercaba algunas tardes. Decía que me iba a hacer un recado y me metía en la iglesia a pasar un rato. Me gustaba lo que decían los sacerdotes en los sermones. Me gustaba que hablaran de la extrema justicia y la extrema generosidad de Dios, que dijeran que dentro de nosotros, en lo más hondo de nuestra alma, habría siempre una partícula, un pedacito de divinidad, como una luz minúscula que nunca se apagaría, y que de ese pedacito podríamos en cualquier circunstancia extraer las fuerzas que necesitábamos para nuestra salvación. También me gustaba que hablaran de amor, de cómo el amor es un pálido reflejo del rostro de Dios, que es lo que una vez le oí decir a un sacerdote negro en una boda. ¡El amor, un pálido reflejo! ¡Qué bello debía de ser entonces el rostro de Dios! Pero ya estoy otra vez corriendo demasiado, porque esto sucedió mucho después (mi etapa mística duró varios años), y ahora no recuerdo haber asistido a ninguna boda durante aquel mes de agosto. Sí recuerdo un funeral, que era algo que se avenía mucho mejor con mi estado de ánimo. Lo recuerdo porque ese día llovía a mares y de repente mamá apareció a mi lado. Llevaba una camiseta amarilla que contrastaba con el luto de los demás. ¡Aquí estabas! ¡Llevamos una hora buscándote! No añadió una sola palabra más porque enseguida vio mis ojos y comprendió que había estado llorando. No por nada, sólo porque en los funerales se llora muy a gusto, con todo ese dolor que percibes a tu alrededor y que te llega tan adentro aunque no sepas ni quién es el muerto. Mamá se sentó a mi lado y esperó a que todo acabara. Para entonces, en torno a su paraguas, que había dejado apoyado en un reclinatorio, se había acabado formando un pequeño charco.

La palabra salvación se había vuelto mágica para mí. Salvación, salvación: sonaba tan bien, tan rotunda. A mí esa palabra me hacía pensar en esos momentos en que todo parece que va mal y de golpe se arregla, como cuando vuelve la luz después de un largo apagón. Había encontrado el camino de la salvación y lo único que tenía que hacer era no abandonarlo: seguir con mis misas diarias, mis rosarios en voz baja, mis tres avemarías antes de acostarme. Pero ¿y la salvación de los demás? La de mis padres y mis hermanas, la de todas esas personas a las que los sacerdotes llamaban mis seres queridos. Yo sospechaba que existían motivos más que suficientes para empezar a preocuparme por ellos, por su salvación, y ahora que todos conocían el secreto de mi fervorosa religiosidad parecía haber llegado el momento de ayudarles. Vosotros, ¿por qué no vais a misa?, les decía de repente durante la comida. ¿Y por qué no rezáis? ¿No os dais cuenta de que os estáis condenando? Algunas mañanas esperaba a que volvieran de la playa y les increpaba: Mucho preocuparos por vuestros cuerpos. ¿Y vuestras almas qué? En otras ocasiones les veía sin hacer nada o dormitando y no podía contenerme: Cualquier momento es bueno para dar gracias a Dios nuestro Señor. Reconozco que aquellos últimos días de agosto llegué a ponerme pesada, muy pesada. Si al principio podía resultar gracioso ver a una niña de once años tomándose tan en serio su labor de evangelización, no pasó mucho tiempo antes de que unos y otros acabaran de mí hasta la coronilla. Fue papá el que explotó. Ocurrió en el coche, en uno de nuestros últimos viajes antes del regreso definitivo. Habíamos estado en un cámping en la provincia de Valencia y nos dirigíamos a otro que estaba, creo, en la de Tarragona. El tío Delfín, que era el que conducía porque el coche era suyo, dijo: Hay para rato. El que quiera que se eche una siesta. Papá y mamá dijeron que no tenían sueño y yo aproveché: Pues si no tenéis nada mejor que hacer... Y saqué un rosario de cuentas negras que había comprado con el dinero que mis padres me habían dado para helados y golosinas. Un rosario os ayudará a sentiros más cerca de Dios, de la santidad, dije, y ahí los tenías a todos, pequeños y mayores, rezando conmigo en el coche del tío Delfín: misterios dolorosos, primer misterio, Dios te salve, María, etcétera. Porque lo curioso es que papá no explotó de golpe sino que esperó a que acabara el rosario. ¡Ya está bien! ¡No aguanto más!, exclamó, y en vez de reñirme a mí se puso a reñir a mamá: ¡Esta niña se va a volver loca! ¡Y lo que es peor: nos va a volver locos a todos! ¡Dile que esto se ha acabado, que es la última vez que nos hace rezar un rosario y que, como siga así, le vamos a prohibir que vaya a la iglesia! ¿Me has oído? ¡Venga! ¡Díselo! Le decía que me lo dijera como si yo no estuviera delante. Mamá, por supuesto, no me dijo nada. Se limitó a mirarme con el ceño fruncido y como diciendo: Ya has oído a tu padre. Aquel día papá no paró de refunfuñar hasta que llegamos al nuevo cámping. Yo, en cuanto me quedé a solas, me puse a rezar otro rosario. Rezaba, claro está, por la salvación de su alma, porque me parecía que su escaso aprecio por las cosas de Dios y de la iglesia le estaba poniendo al borde de la condenación eterna. Estaba empezando los misterios gloriosos cuando mis padres me pidieron que les acompañara al supermercado. Pero en realidad no fuimos al supermercado sino a un parquecito cercano con una fuente seca y unos columpios. Mamá hizo un gesto a papá como diciendo: Habla tú. Papá dijo mira, Carlota, y se quedó callado. Entonces mamá me acarició el pelo y dijo: Supongo que te has dado cuenta de lo preocupados que estamos... Papá la interrumpió: Aunque tampoco es para tanto. Hay muchas chicas que pasan por esa fase... ¿Qué fase?, pregunté. Ésa, dijo mamá, la de ir a misa todos los días y pensar en meterse monja. Pero yo no quiero meterme monja, repliqué, y vi cómo ellos intercambiaban una mirada de alivio. Menos mal..., suspiró papá. No, dije, lo que yo quiero es ser sacerdote.

En aquel cámping dije mi primera misa, si es que a aquello

se lo podía llamar misa. Fue a la hora de la siesta y en el interior de la roulotte, la única hora y el único sitio en los que podía sentirme a salvo de intrusiones y miradas indiscretas. Utilicé la mesa plegable como altar y un camisón de mamá como casulla. Sobre el mantelillo de hule coloqué una servilleta de tela, una vinagrera llena de agua, un par de ceniceros plateados y una copa de cristal que en el instante de la consagración levantaba con unción. Mi única feligresa era Paloma, que había comulgado esa primavera y se sabía muy bien su papel. Se sentaba, se arrodillaba y se ponía en pie cuando correspondía, y en cada momento adoptaba la actitud que convenía: de respeto e interés durante la epístola, de devoción durante la eucaristía. Pero lo mejor de Paloma era que conocía todas las réplicas de la liturgia y que las daba siempre con presteza de alumna aplicada: levantad el corazón, lo tenemos levantado hacia el Señor, podéis ir en paz, demos gracias a Dios... Aquella misa no duró ni un cuarto de hora. Cuando terminamos, yo estaba como en trance, en un estado de exaltación provocado sin duda por la intensa experiencia espiritual que acababa de tener. O tal vez no había nada de eso sino que era así como creía que me debía sentir. Estoy sofocada, ¿verdad? Dime. ¿Estoy roja?, pregunté a Paloma. No, estás blanca, blanca como la leche, dijo ella, repitiendo la frase con la que mis padres me reprochaban que no bajara a la playa. ¡Mira!, ¡me tiemblan las manos!, insistí. Paloma se encogió de hombros: ¿Estás bien?, ¿seguro que estás bien?, ¿quieres que avise a mamá? Yo me llevé un dedo a los labios y la cogí por los hombros como había visto hacer a las monjas del colegio: Ni se te ocurra. Recuerda que es un secreto entre las dos. Un secreto, asintió ella, muy seria. Para Paloma todo aquello no era más que un juego, pero yo sabía que insistiendo en lo del secreto la tendría siempre de mi lado: No tienes que decírselo a nadie. Somos como los primeros cristianos: si nos descubren, nos echan a los leones. ¿Verdad que no quieres que nos echen a los leones?

Pero mi actuación más sobresaliente de aquella época fue la del entierro de Dama. Hacía varios días que estábamos de vuelta en casa. Cuando papá nos despertó por la mañana y anunció que tenía que darnos una mala noticia, María dijo: Dama, ¿verdad? Estuvimos entonces unos instantes en silencio y yo pregunté: ¿Y qué vais a hacer?, ¿también a ella la vais a tirar a la zanja? No, no, no, dijo papá. A Dama la enterraremos. La enterraremos en el jardín. La enterraremos como Dios manda. No sabía papá lo que yo entonces podía entender por un entierro como Dios manda. Tenía un par de horas para prepararlo. Primero salí a la calle y cogí todas las flores que pude: adelfas, margaritas y también jazmines, olorosos jazmines de una casa cercana que iban a derribar para hacer apartamentos. Luego busqué en el ropero la ropa que pudiera tener una apariencia más eclesiástica. A Paloma, que se ofreció para hacer de monaguillo, la hice ponerse una camisa de seda clara y un mantón rojo y negro. Para mí elegí un sombrerito con aspecto de bonete y un quimono azul oscuro que hacía años que mamá no se ponía. María vio que estábamos preparando algo así como una representación teatral y dijo que también ella quería participar. Esto es muy serio, es un entierro, dije. Pero es el de Dama, ¿no?, replicó ella. Era cierto: también ella tenía derecho. María subió con nosotras a la Redonda, y con una sábana y dos broches improvisó una bonita túnica como de monje tibetano, que luego se puso sobre una camiseta naranja y una falda de tenis. A través de uno de los ojos de buey vimos que papá estaba ya cavando la pequeña fosa. La estaba cavando en la parte delantera del jardín, en el lado de la hiedra y el paseo, en el lado también del tendedero en el que mamá solía colgar a secar los pañales del abuelo. ¡Espera!, le gritamos, ¡ahora mismo bajamos! Formamos el cortejo al pie de la escalera. Yo, la sacerdotisa, iba delante. Ante mis ojos sostenía, envuelto en un velo casi transparente, un palo de escoba a cuyo extremo había atado un crucifijo. Me seguían María y Paloma, cada una a un lado, María con el gong japonés del comedor y Paloma con la campanilla de plata de la vitrina. Ya, dije en cuanto llegamos al jardín, y mis hermanas hicieron sonar sus respectivos instrumentos. ¿Se puede saber qué...?, preguntó mamá asomando la cabeza por la ventana de la cocina. Papá, por su parte, nos señaló con la pequeña pala de jardinero y dijo: Estas niñas están como cabras. Con esos disfraces y el follón que montábamos, debíamos de parecer una mojiganga, que era justo lo contrario de lo que yo pretendía. Para mí todo aquello iba completamente en serio, y me preocupaba que el cortejo fúnebre careciera de la debida solemnidad. Silencio, dije en cuanto llegamos a la fosa. El sonido del gong y la campanilla había atraído a varios niños del vecindario, que nos observaban con curiosidad desde detrás de la verja. ¡Vosotros!, ¡no os quedéis ahí!, ¡esto es un entierro!, ¡pasad!, les grité. Me sentía como investida de una autoridad incontestable. En mi voz y en mis gestos había algo que hacía que mis órdenes no pudieran ser desobedecidas. Aquellos niños pasaron silenciosos y cabizbajos y se situaron alrededor de la fosa y de la bolsa del Sepu que contenía el cuerpo de Dama. Papá se había alejado unos metros y nos miraba con expresión burlona. Mamá, a su lado, se secaba las manos en el delantal. Entonces papá le dijo algo al oído y los dos sonrieron. Yo empecé a hablar. Dije que estábamos allí reunidos para dar el último adiós a nuestra querida Dama. Dije que Dama había sido siempre un modelo de afecto desinteresado y de fidelidad sincera. Dije que ahora Dama había muerto pero que su recuerdo seguiría vivo durante muchos años. Dije unas cosas tan bonitas que yo misma me fui emocionando y llegó un momento en que no pude evitar derramar unas cuantas lágrimas. ¿Por quién lloraba? ¿Por Dama? ¿Por el abuelo y por Mirón? ¿O simplemente por mí? Sólo sé que, cuando mi alocución concluyó, también mis hermanas y algunos de aquellos niños tenían los ojos llorosos. Miré a mis padres, que habían dejado de sonreír. Descanse en paz, dije. María cogió la bolsa del Sepu y la depositó en el hoyo mientras Paloma hacía sonar su campanilla. Luego hice que cada uno de esos niños cogiera una flor y la dejara caer sobre Dama. Ninguno se negó. Hicimos lo mismo mis dos hermanas y yo. Al final sobraron dos flores y yo miré a mis padres como diciendo: ¿A qué esperáis? Mamá se acercó, cogió una de las flores y la tiró a la fosa. Después papá cogió la otra y la tiró también. La ceremonia, ya lo sé, no había sido demasiado ortodoxa, pero yo me sentía igualmente orgullosa. Me sentía orgullosa de mí misma, del ejemplo que una niña como yo acababa de dar a aquella pareja de adultos descreídos.

3. PALOMA

Salí de casa temprano, cuando todavía mi madre y mis hermanas estaban dormidas. Era un sábado de febrero. Faltaba un día para mi cumpleaños y hacía tiempo que había decidido marcharme antes de que llegara esa fecha.

7 de febrero

Del espejo retrovisor cuelga un rosario con un crucifijo. Ese espejo no está ahí para vigilar los coches que vienen por detrás sino para vigilarnos a nosotros, los pasajeros. También nosotros podemos ver al conductor. En el reflejo, su cabeza calva tiene forma de huevo. Un autobús conducido por un huevo con gafas de sol. El crucifijo bailotea y choca una y otra vez contra el cristal. Los golpecitos son suaves, inaudibles desde donde yo estoy, pero constantes. Pienso que al cabo de los años podrían llegar a dejar una marca, un arañazo. Con el tiempo ese arañazo se convertiría en una fisura y esa fisura en una grieta. Y el cristal, un día, se desplomaría sobre el conductor calvo y provocaría un accidente: una decena de muertos por culpa de un golpeteo insignificante. Así veo yo la vida: hasta el hecho más nimio puede desencadenar una catástrofe. Mi asiento es el número 11, pasillo. Al otro lado del pasillo duerme un viejo. Los viejos dormidos parecen muertos. A mi derecha viaja una mujer gorda que al principio ha tratado de iniciar una conversación y luego se ha quedado dormida. Las mujeres gordas dormidas sólo parecen eso, mujeres gordas dormidas. Escribo todo lo que se me ocurre. Mi asiento es el 11. El número está en el respaldo del asiento, encima del hueco donde alguna vez hubo un cenicero. Tampoco la mujer gorda tiene cenicero porque en esta parte no está permitido fumar. Con el movimiento del autobús las letras se alargan y se tuercen, y las íes parecen eles. Miro las caras de los otros viajeros. Hay uno que parece un colibrí, con la boca diminuta y la nariz en forma de pico. Repito: colibrí. Ele, i, be, erre, i. Seguramente todos nos parecemos a algún animal. La mujer gorda parece un jabalí. El viejo dormido parece un hurón, un hurón muerto. ¿A qué animal me parezco yo? Juan Antonio es igualito a los chimpancés de las películas de Tarzán.

Juan Antonio era el repartidor de la panadería. Tiene gracia que aquella mañana me hubiera despedido de él, y no de mi madre ni de mis hermanas. Me lo encontré nada más salir de casa y se me quedó mirando con su cara de mono. Por un momento temía que fuera a decirme algo. Algo como: ¿Dónde vas con esa bolsa? O como: ¿Estás segura de lo que estás haciendo? Pero muchas chicas salen de su casa con una bolsa de viaje y nadie piensa que estén huyendo de nada. Juan Antonio acababa de detener el motocarro con el motor en marcha. Sacó tres barras de pan y dos botellas de leche (era sábado, ya lo he dicho) y entró en el jardín para dejarlas junto a la puerta, el pan dentro de una bolsa de tela, la leche semiescondida detrás de una columna. Hasta luego, dije. Hasta luego, repitió. Nos dijimos hasta luego como si el lunes o el martes fuéramos a encontrarnos en el mismo sitio y a la misma hora.

El autobús hace una parada en una estación de servicio. La gente baja a estirar las piernas. Yo no. Yo me quedo y pienso. Pienso en lo que tengo que hacer a mi llegada y descubro que no lo sé. Sé cosas que no haré ni hoy ni mañana ni pasado mañana. Sé que no veré a mi madre ni a mis hermanas. Sé que no veré a ninguna de las personas a las que hasta ahora veía. Sé que no iré a la academia. Pero no tengo la menor idea de lo que haré dentro de un par de horas, esta tarde, mañana. Eso hace que me sienta diferente de todos los del autobús. Cuando lleguemos, seguro que habrá alguien esperándoles, alguien que les ayudará a llevar las maletas y les acompañará a la casa o al hotel en el que pasarán la noche. Yo ni siquiera sé dónde pasaré la noche. Para ellos este viaje, aunque sea de ida, es también un viaje de vuelta. Para mí es sólo de ida.

Elegí Barcelona como podía haber elegido cualquier otra ciudad. Había estado en Barcelona una vez, cuatro o cinco años antes. Estábamos en alguna playa cercana, en un cámping, y una mañana que salió nublada el tío Delfín y mis padres decidieron coger el coche y llevarnos al zoo. Recuerdo que asistimos al espectáculo de los delfines y que uno de ellos dio un salto cerca de nosotros y nos dejó empapados. Luego comimos en El Corte Inglés, en el último piso. Carlota preguntó al camarero en qué planta vendían los artículos religiosos, y papá se enfadó con ella y la castigó sin postre. Eso es todo lo que recuerdo de aquel viaje. Eso y la sensación de que en Barcelona siempre era verano. Ahora estábamos en invierno pero la sensación era la misma, pese a la ropa de abrigo de la gente y a los árboles recién podados. El autobús me dejó en la plaza Universidad y yo pensé: Ya está. Me he fugado de casa. ¿Y ahora qué? Me eché la bolsa al hombro y di mi primer paseo por la ciudad. Escogía las calles al azar y trazaba un plano mental de mi itinerario, zigzagueante e incierto como el vuelo de una mosca. Volví entonces a acordarme de aquellos viajes familiares, el tío Delfín conduciendo, papá haciendo de copiloto con profesionalidad y dibujando nuestro recorrido en el mapa de carreteras. Había carreteras por las que pasábamos con frecuencia, y el bolígrafo había acabado agujereando el papel. Me imaginé a mí misma como una línea en un plano. Estaría casi todo él en blanco, y habría una maraña de rayas en torno a Villa Ca-

silda y un agujero en el centro de esa maraña. Y ese agujero sería yo.

Estoy en el puerto. Veo barcos con nombres extranjeros.
Desde aquí el mundo parece más pequeño y todo da la impresión de estar más cerca. Esta misma brisa que ahora me
revuelve el pelo se lo ha revuelto también a alguna chica desconocida en algún puerto africano, italiano o francés. ¿Cuánta gente habrá en los cinco continentes que en este momento
estará mirando el mar y soñando con huir, con marcharse a
otro lugar, a cualquier otro lugar? Pero la gente que huye
siempre huye un poco de sí misma. Al menos eso es lo que
me pasa a mí. Atardece y me doy cuenta de que no he comido nada en todo el día. Tendría que pensar más en esas cosas:
cuándo comer, dónde dormir, cómo administrar mi dinero.
Todo el tiempo que tengo lo tengo para pensar pero nunca
pienso en lo que tengo que pensar.

Pasé aquella noche en la estación de Sants. Los bancos eran
duros e incómodos, y lo único que logré fue dar alguna que
otra cabezada. No muy lejos de mí descansaba un pequeño
grupo de mendigos, con perros, bolsas de ropa, botellas de cerveza. Dos vigilantes les dijeron que no podían quedarse allí y
les condujeron a la salida. A mí en cambio no me dijeron nada,
y supuse que mi apariencia debía de ser la de una joven viajera
que ha perdido su tren y está esperando el siguiente. ¿Cuánto
tardaría en parecer una mendiga? Tal vez unos pocos días, tal
vez una decena de años. Imaginé a alguien que viviera en ese
lugar. Llevaría muchos meses así, lavándose en los servicios de
la estación, comiendo cualquier cosa en la cafetería, curiosean-
do entre los quioscos y los escasos comercios, durmiendo a ra-
tos en los bancos de los andenes, y nunca nadie le habría mo-
lestado. Su aspecto sería decoroso y discreto, y durante todos
esos meses lo tomarían por un viajero más, uno más entre los
cientos de viajeros que dormitan a la espera de su tren. Me
imaginé a mí misma convertida en esa persona. Así me veía en-

tonces, como una viajera que espera interminablemente, una viajera que no va a ningún lado.

Pero las noches en las estaciones se hacen cortísimas, y entre el trasiego de los últimos trenes nocturnos y el de los primeros diurnos apenas hay un intervalo de calma. De repente se había hecho de día y yo acababa de cumplir dieciséis años.

8 de febrero

No puedo dejar de pensar en mis anteriores cumpleaños. En el del año pasado, mi primer cumpleaños sin papá. Todo como siempre: mamá me hizo un regalo (una novela juvenil), María preparó mi plato favorito (patatas con bechamel), Carlota se encargó del postre. Todo como siempre hasta que mamá, sin venir a cuento, se echó a llorar. No hay nada más triste que una fiesta familiar después de la muerte de alguien cercano. Y de todas las fiestas familiares la más triste es la cena de Nochebuena, que es cuando más se notan las ausencias. Lloró mamá la primera que pasamos sin papá. Lloró en mi cumpleaños, en el de María, en el de Carlota, en su propio cumpleaños, en el que habría sido el de papá si no hubiera muerto, en el aniversario de su boda. Lloró también la pasada Navidad, hace apenas mes y medio. Hoy cumplo dieciséis años y tengo ganas de llorar, pero mis motivos son distintos de los suyos.

Volví a pasear y me detuve ante el letrero de un hostal. Entré y pedí una habitación. Me atendió una mujer de acento andaluz. Para no tener que enseñar el carnet insistí en pagar por adelantado. ¿Una noche?, me preguntó. Una noche, dije. Tenía dieciséis años recién cumplidos pero estaba bastante desarrollada para mi edad, y cualquiera me habría tomado por una joven de dieciocho o veinte. Me registré con el nombre de Marta Moreno, una antigua compañera de colegio que se había ido a vivir a Galicia, y pensé que ojalá todo fuera tan fácil: cambiar de nombre y cambiar de vida, convertirse en otra persona, con otras alegrías y otras tristezas. La habitación era sencilla: una cama con cabecero de madera y colcha de cuadros; dos mesillas, una de ellas con lamparita, la otra sin; un armario; dos cuadros de payasos, como de habitación de niño; un espejo de pared; una ventana con la cortina hasta el suelo; una papelera debajo de una silla; otra silla; un radiador. Abrí mi diario e hice una lista con todos esos objetos. Me gustaba hacer listas de cosas, siempre me había gustado. Luego conté mi dinero, el dinero que desde las navidades llevaba ahorrando para ese momento, y calculé el tiempo que podría quedarme en aquel hostal: un par de semanas, quizá tres. Encerrarme en esa habitación, salir sólo para comer y cenar, volver a casa cuando se me hubiera acabado el dinero: era una posibilidad. En algún lugar se oía el ruido de una lavadora centrifugando. Me metí en el cuarto de baño, pequeño pero completo. La pastilla de jabón, como alguien que cargara con el pequeño cuerpo de un antepasado, tenía pegado el resto de la pastilla anterior, y pensé que también a ésta le habrían pegado en su día el resto de otra pastilla, y a ésta el de otra y así indefinidamente, hasta llegar al jabón con que se había lavado las manos el lejano primer huésped de aquella habitación en la que me disponía a pasar la noche. Abrí los grifos de la bañera. Mientras esperaba a que se llenara empecé otra lista, la más absurda de todas.

Nombres de ciudades que repitan siempre la misma vocal. Con la a, Yakarta. Con la e, Entebe. Después Rimini, Toronto. ¿Y con la u? Lo único que me apetece es pasarme el día metida en la bañera, con el bolígrafo a mano por si se me ocurre algo. Más ciudades con la a: Salamanca, Galapagar. ¿Valen Arkansas y Madagascar?

Encontrar piso no me resultó difícil. La mujer de acento andaluz, que desde el principio me había tomado por una estudiante, me aconsejó que buscara en la universidad. Escogí la facultad de Letras porque era la que estaba más cerca. Del panel de la entrada copié cuatro números de teléfono. Llamé al primero y me dijeron que la habitación ya estaba alquilada. El del segundo me informó de la dirección y el precio. Vale, dije. ¿Vale?, repitió él, ¿así?, ¿sin verlo? Vale.

El piso estaba muy cerca, en la calle del Tigre. Me abrió Jordi. Era de Lérida y parecía simpático. Le dije: Me llamo Marta, estudio idiomas. Poco a poco me iba inventando una biografía. Ya ves que la habitación no es muy grande..., dijo él. Yo negué con la cabeza porque no necesitaba más, y en ese momento se me ocurrió otra ciudad con la i: Brindisi. En un cajón encontré un transistor. Me tumbé en la cama a escuchar música. Por la noche conocí a Sergio, el otro compañero de piso. Jordi ya me había advertido que no lo vería demasiado porque trabajaba por las mañanas y estudiaba por las tardes. A Sergio le dije que era de Pamplona. Cenamos sopa de sobre y tortilla de chorizo y me explicaron la organización doméstica: los turnos para fregar y cocinar, el fondo para la compra. Dijeron: La ropa nos la lava la dueña de la casa, que vive en el piso de al lado. La basura se baja a las diez. Junto al teléfono hay una libreta para anotar las llamadas y arreglar cuentas cuando llegue la factura. Dije: Da lo mismo, no pienso llamar a nadie.

En el mueble del cuarto de estar había dos estantes llenos de libros. Esos libros eran de todos y de nadie. Habían llegado a ese sitio mucho antes que Jordi o que Sergio. El piso llevaba años alquilándose a estudiantes. Se iba uno y llegaba otro, y las cosas que alguien no quería o no podía llevarse quedaban a disposición de los que vinieran detrás. También el transistor que había encontrado en el dormitorio era anterior a mis compañeros. Después de cenar encendieron la tele y se pusieron a jugar al ajedrez. Jugaban deprisa, como si lo importante no fuera ganar o perder sino acabar cuanto antes, y yo pensé que todo era nuevo para mí: el olor de los cigarrillos de Sergio, el sonido de sus voces, las risas con que acogían los errores propios o ajenos. Jordi decía de vez en cuando una frase en catalán y yo le preguntaba el significado de algunas palabras. Y Sergio comentaba: Ya se ve que te gustan los idiomas...

Entre los libros del cuarto de estar estaba *El doctor Zhivago*. Lo cogí y empecé a leerlo. Jordi comentó que había leído algunos capítulos y le habían parecido lentos y aburridos. También dijo que el protagonista era un reaccionario. Jordi formaba parte de un grupúsculo de la izquierda radical, y en sus labios las palabras reaccionario, revisionista o contrarrevolucionario sonaban como el peor de los insultos. Pero para mí el protagonista de la novela no era Zhivago, y lo que Jordi opinara de él me importaba bastante poco. Para mí la protagonista era Lara, la Lara adolescente que mantiene una anómala relación con un hombre mucho mayor que ella, la Lara que se va de casa de su madre y se hace institutriz, la que con sus escasos ahorros salda una deuda de juego de su hermano Rodia, la que cae en una profunda depresión y primero le pide a Pasha, su novio, que se case con ella y luego le dice: Soy mala, déjame.

Me llevaba la novela en mis paseos por la ciudad y de vez en cuando me metía en una cafetería y leía treinta o cuarenta páginas. Los largos capítulos dedicados a Zhivago no eran más que caminos que conducían a Lara, y encontrármela siempre valía la pena porque era un poco como encontrarme a mí misma. Me reconocía en ella, me sentía identificada. Lo que me atraía de su historia era que, debido a la revolución y a la guerra, carecía de todo control sobre su vida y se veía abocada a un destino que no había elegido. Al igual que Lara, también yo estaba a merced de una fuerza superior, no elegida. Pero en mi caso no había guerra o revolución que lo justificara. Leía en aquella época las novelas como si fueran manuales de instrucciones, guías para orientarme en el laberinto de la vida, y una frase hallada por casualidad en un libro cualquiera podía convertirse en la clave que debía dar sentido a todo.

10 de febrero

Más ciudades con la a: Samarcanda, Casablanca. Podría hacer listas aún más disparatadas que ésta. Listas, por ejemplo, de estaciones de metro. Nunca había viajado en metro y esta mañana casi no he hecho otra cosa. He cogido la línea roja, he llegado hasta el final y he vuelto. Lo he repetido después con las otras tres líneas: hasta el final y volver, hasta el final y volver. El resultado es que, aunque sea por debajo, he acabado recorriendo toda la ciudad y me parece que ya la conozco un poco más. Una tontería, supongo: como leer el índice de un libro y creer que has leído el libro entero.

Aquellos días no rehuía la compañía de nadie pero tampoco la buscaba. A veces se me acercaba un chico en una cafetería y me preguntaba qué estaba leyendo. *Zhivago, Zhivago,* ¿eso no es una película?, decían. Los más audaces se sentaban a mi lado, se esforzaban por sostener una conversación y luego se despedían diciendo: ¿Vienes mucho por aquí? Entonces nos veremos. Debía de parecerles una persona extraña, misteriosa, y eso acaba asustando. Jordi me lo decía de vez en cuando. Me decía: Eres rara, tan solitaria, tan silenciosa. Es como si ocultaras algo. ¿Ocultas algo? Y yo decía: Sí. Y él se echaba a reír y decía: Entonces no ocultas nada. Los que ocultan algo siempre lo niegan.

Una tarde quedé con él para ir al cine. Llevaba la cazadora abrochada hasta el cuello y, aunque hacía calor, no se la quiso quitar. Se apagaron las luces. Empezó la película. Habrían pasado unos veinte minutos cuando me susurró al oído: Ahora mira. Entonces se desabrochó la cazadora y una paloma que llevaba escondida entre la ropa salió volando hacia la pantalla. Estaba como loca. Buscaba la salida en la única pared iluminada del local, y una y otra vez se estrellaba contra la blanca pantalla. Tuvieron que interrumpir la proyección y el acomodador, sofocado, gritó: ¡Como coja al que lo ha hecho, se va a enterar! Cuando pasó a mi lado me tapé la boca para que no se me escapara la risa, y Jordi dijo: Eso es lo raro en ti. Que nunca ríes. Es la primera vez que te veo reír. Por su manera de mirarme supe que estaba empezando a enamorarse de mí. Y pensé: Soy yo la que tendría que enamorarme de él o de alguien como él. Pero no me siento con fuerzas.

13 de febrero

Zhivago se casa con Tonia, y Lara se casa con Pasha. Pero el verdadero amor es el de Lara y Zhivago, que sin embargo tardan mucho en hacerse amantes. Es el suyo un amor al que están predestinados y que los demás perciben antes incluso que ellos mismos. Un amor hecho de largas esperas y continuos desencuentros. Un sentimiento tan poderoso que se alimenta de la ausencia del ser amado. ¿Existen en la realidad amores así?

Copio de la novela: Su amor era muy grande. Todos aman sin darse cuenta de lo que hay de extraordinario en su sentimiento. En cambio, para ellos (y en esto residía lo extraordinario) los instantes en que sobrevenía el estremecimiento de la pasión constituían momentos de revelación y de nueva profundidad de sí mismos y de la vida.

¿Existen amores así?

Pasaba sola la mayor parte del tiempo. Con Jordi solía coincidir en las comidas y las cenas y con Sergio sólo en las cenas, y prácticamente no veía a nadie más. Cuando alguno de ellos llevaba amigos al piso, me encerraba en mi cuarto a leer o escuchar la radio. La fama de arisca y antipática que me estaba creando me traía sin cuidado. Me había fugado de casa para estar sola, no para acudir a fiestas y reuniones, y hasta admitirles a ellos dos en mi soledad me parecía un sacrificio. Con esto no quiero decir que estuviera a disgusto en su compañía. Al contrario: eran buenos chicos y se esforzaban por hacerme la vida agradable. Lo que quiero decir es que yo sólo era yo cuando estaba a solas y que, cuando estaba con ellos, prefería ser otra persona. A su lado mi biografía inventada no paraba de crecer. Cenaba con ellos, veía con ellos la televisión, contestaba a sus preguntas, y cada frase que decía contenía una nueva mentira. Yo era una chica de Pamplona que se llamaba Marta y estudiaba idiomas. Era una chica de diecinueve años, con un padre médico y un medio novio en San Sebastián. Una chica que había cantado en un grupo musical y pasaba los veranos en Dublín. Mentir me daba seguridad, porque entre los demás y yo estaba esa Marta Moreno que me protegía y aislaba: por eso mentía sin parar. Pero con mis mentiras no hacía como algunos, que intentan dar una versión mejorada de sí mismos, crear esa figura superior en la que les gustaría convertirse. Con mis mentiras buscaba un espacio en el que ser yo misma, alguien distinto de esa Marta Moreno que hablaba con ellos.

También sobre mis proyectos mentía. A veces Jordi me preguntaba qué planes tenía para el futuro, y yo no podía decirle que el futuro no contaba para mí. Le decía: Viajar. Quiero pasarme la vida viajando. Me niego a vivir siempre en la misma ciudad. Me da miedo la palabra siempre. Y él me decía: Sí, eso está muy bien, pero yo te hablo del futuro inmediato, de lo que vas a hacer el mes que viene, el año que viene. Y yo le decía: De momento estoy aquí, ¿te parece poco? Pero Jordi había acertado sin saberlo, y hacía días que la cuestión me rondaba la cabeza. De mi casa había salido con una idea más bien vaga: llegar a una gran ciudad, encontrar un empleo y ordenar mi vida, llamar entonces a mi familia y decirles estoy bien, no os preocupéis por mí. Lo de la ciudad ya estaba. Lo del empleo, siendo una menor de edad fugada de su casa, parecía bastante más difícil. Jordi me preguntó si sabía escribir a máquina. Le dije que sí, y esta vez no mentía: había aprendido en el colegio. Me dijo: Tengo un amigo que vende sus apuntes de clase a una copistería. Seguro que puede coger alguna asignatura más. Si se los pasas a máquina, te da la mitad de lo que le den. El propio Jordi me prestó su máquina. Mecanografié sobre unos clichés varios folios de apuntes de economía de la empresa y cobré unas tres mil pesetas. Luego el amigo hizo sus cálculos y dijo que no le salía a cuenta, y Jordi me dijo que no me preocupara, que su grupo político necesitaba a alguien que pasara a máquina su revista. En realidad, lo que él y sus amigos sacaban ni siquiera podía considerarse una revista. No eran más que cinco o seis folios mal grapados en los que se acusaba al gobierno y al rey de estar perpetuando el régimen franquista y se recogían diversas proclamas sobre la dictadura del proletariado y lo que ellos llamaban la República Democrática de los Pueblos de España. Jordi dictaba y yo mecanografiaba. Luego él se llevaba los clichés y volvía con mi dinero. Jordi había decidido erigirse en algo así como mi benefactor, y llegué a sospechar que los billetes que me pagaba por mi trabajo salían directamente de sus bolsillos. Pero Jordi no sólo quería ser mi benefactor sino también mi maestro y mentor. Aprovechaba nuestras sesiones de mecanografía para darme cursillos acelerados de marxismo. Utilizaba con frecuencia expresiones que yo desconocía. Hablaba por ejemplo de las condiciones objetivas, y yo pensaba que lo único objetivo ahí era que él pagaba por estar conmigo. Con la excusa de la revista, pero pagaba. ¿Así era como los comunistas captaban a sus adeptos? ¿Pagándoles? No. Yo había visto antes miradas como las suyas, las de Jordi, había visto aquellas medias sonrisas y escuchado aquellos tonos de voz, y ahora estaba segura de que su interés por mí nada tenía que ver con políticas e ideologías.

16 de febrero
Zhivago le dice a Lara: Estoy celoso de los objetos de tu tocador, de las gotas de sudor de tu piel, de las enfermedades que están en el aire y pueden atacarte y envenenar tu sangre. Ya sé que todo esto debe de parecerte muy complicado. Pero no sé decirlo de una manera más comprensible y clara. Te quiero inconscientemente, hasta enloquecer, sin límites.

Jordi y sus amigos vendían sus revistas en la zona universitaria. Una mañana me pidió que le acompañara a la facultad de Químicas. Los amigos de Jordi no tenían aspecto de estudiantes. Exhibían aquellos papelotes y pedían a gritos una contribución para la causa del proletariado. La mayoría de la gente pasaba de largo, y sólo de vez en cuando alguno se detenía a curiosear. Había también gente que les observaba con hostilidad y se los sacudía dando un manotazo al aire. Agarré unas cuantas revistas y me puse también yo a vender. Cuando juntamos el dinero, resultó que yo era la que más había conseguido. Jordi me miró con una sonrisa. Debía de pensar que ya era de los suyos. Al día siguiente me pidió que volviera a acompañarle y le dije que no. Su decepción fue tan sincera y fulminante que me entraron ganas de reír.

Por la noche, mientras jugaba al ajedrez con Sergio, seguía todavía disgustado conmigo. Me senté a su lado y le acaricié el cuello. Fue un contacto breve y ligero, pero suficiente para que el cuerpo entero se le cargara de energía: se le erizó el vello, sus músculos se tensaron. Esperé a que Sergio saliera de la habitación para volver a acariciarle. Luego entré en su dormitorio y me eché en la cama. Jordi no me gustaba, no más que cualquier chico guapo de su edad, pero aún me gustaba menos la idea de que pudiera estar dolido conmigo. De repente, en la intimidad de la habitación me pareció más joven, un adolescente inseguro y tembloroso. Le ayudé a desnudarse, le obligué a tumbarse de espaldas, le hice masajes hasta que noté que empezaba a relajarse. Tenía veinte años y muy poca experiencia sexual. Trató de besarme en los labios pero aparté la cara. Besos no, dije. ¿Por qué?, dijo. Porque tú y yo no estamos enamorados, dije. Tú puede que no, yo sí, dijo. Lo hicimos dos veces. La primera vez llevé yo la iniciativa. La segunda se la dejé a él, y fue entonces cuando más le vi disfrutar. Después se pasó un buen rato haciéndome caricias y diciendo qué guapa eres, Marta, cómo puedes ser tan guapa. Me hacía también preguntas sobre mi familia: cómo eran mis padres, si tenía hermanos o no y qué tal me llevaba con ellos, si a alguno de ellos le apetecería alguna vez visitarme. Mis mentiras fluían con naturalidad y la existencia de Marta Moreno crecía al ritmo pausado de aquellas caricias. Me levanté. Volví a vestirme. Jordi me dijo: Cuéntame tu secreto. Yo le di una bofetada cariñosa y dije: Los hombres no os conformáis con nada. Ése es mi secreto: que siempre queréis tenerlo todo.

19 de febrero

Otro párrafo de *Zhivago*: Se amaron porque así lo quiso todo lo que les rodeaba: la tierra a sus pies, el cielo sobre sus cabezas, las nubes y los árboles. Su amor placía a todo lo que les rodeaba, acaso más que a ellos mismos: a los desconocidos por la calle, a los espacios que se abrían ante ellos durante sus paseos, a las habitaciones en que se encontraban y vivían.

Mis paseos por la ciudad tenían ahora algo parecido a un objetivo. Había decidido aprenderme los nombres de las calles. Aprendérmelos como quien estudia por placer una ciencia innecesaria. Me llegaba por ejemplo hasta la calle Numancia y luego hasta Nicaragua o Berlín, y lo único que me interesaba eran sus nombres. Leía los letreros de las calles, memorizaba sus nombres, y con eso me bastaba para creer que podía llegar a hacer mía la ciudad. Aquello no era muy diferente de las listas que hacía en mi diario: Sepúlveda, Casanova, Tuset, La Granada, Balmes, Mallorca, Roger de Flor. Pero la verdad es que ni siquiera estaba segura de querer hacer mía la ciudad.

Una mañana, recién despierta, oí desde la cama a la mujer que limpiaba la escalera. Eran unos sonidos característicos, siempre en el mismo orden y como pautados, durum-tac, durum-tac, separados por unos intervalos idénticos: el cubo medio lleno al ser depositado en el suelo, durum, el asa cayendo con un golpe seco, tac, la fregona frotando con brío las baldosas, y otra vez el desplazar del cubo y el golpear del asa y todo lo demás, durum-tac, durum-tac. En Villa Casilda había oído muchas veces esos sonidos. De hecho, me habían acompañado toda la vida. Los había oído siendo niña, cuando en casa todavía teníamos a Paca, nuestra vieja asistenta, y más tarde, ya adolescente, cuando entre las hermanas establecimos un sistema de turnos para barrer y fregar, y lo que esa mañana me sorprendió fue que los mismos, exactamente los mismos sonidos pudieran oírse en lugares tan distintos. Y esos sonidos me llevaron a pensar en mamá, en María, en Carlota, y a intuir que acaso mi fuga no se prolongaría mucho más. Que tal vez se estuviera acercando el momento del regreso.

20 de febrero
Sigo sin encontrar ninguna ciudad con la u.

21 de febrero

Me gusta el amor. Me gusta pensar que la gente se enamora. ¿Hay algo más grande que un gran amor? Y sin embargo detesto que se enamoren de mí. Desde que me acosté con Jordi, no hago otra cosa que rehuirle: me molestan esas silenciosas miradas suyas con las que trata de decirme algo. ¿Por qué sus miradas no pueden ser nada más que eso, simples miradas? Sólo estoy con él cuando está Sergio delante. Y entonces estamos bien. Si alguien está bien con otra persona sólo cuando hay gente delante, es que ni hay amor ni puede haberlo. En el fondo creo que volvería a acostarme con él, pero que no lo haría por amor sino por lástima. Así de estúpida me parece ahora mi vida: podría aceptar la lástima a cambio del amor.

Reina Elisenda, Carme Karr, Pedró de la Creu, Caponata, Doctor Carulla, Ganduxer. Una tarde, de vuelta de uno de mis paseos, me encontré a Sergio sosteniendo algunas de las revistas de Jordi y gritando, fuera de sí, que había que destruir todos esos papeles. Era raro que Sergio estuviera en el piso a esas horas. ¿Qué pasa?, dije. ¿Cómo que qué pasa?, me preguntó Sergio, ¿es que no te has enterado? Jordi me miró con incredulidad. Debes de ser la única persona en España que no lo sabe, dijo. Señalaron ambos el televisor. En ese momento un locutor leía un escueto comunicado que informaba de que, poco antes, un grupo de guardias civiles había ocupado el congreso de los diputados. Un golpe de estado, dijo Jordi, contrito. ¡Un golpe de estado!, gritó Sergio, ¡el ejército y la guardia civil acaban de dar un golpe de estado! Las imágenes no podían ser más explícitas: aquellos hombres vestidos con uniformes anacrónicos, aquellas voces innobles, el forcejeo con el ministro, los tiros al aire, el unánime agazaparse de los diputados. Veía las imágenes grabadas y tenía la sensación de que, si no hubiera sido por Jordi y por Sergio, me habrían parecido pura ficción, una representación teatral que no afectaba a la realidad y de ningún modo podría cambiar mi vida. ¿Qué significa esto?, dije, ¿que va a haber guerra?, ¿que vuelve la dictadura? Cualquier cosa, contestó Sergio, y luego añadió, histérico: ¡Y nosotros con el piso lleno de libros y documentos que podrían comprometernos! Pero tú no eres del partido, a ti no te pasaría nada, objetó Jordi con timidez. ¿Ah, no?, ¿estás seguro de eso?, replicó Sergio. Tú no tienes nada que ver, insistió Jordi. ¿Sabes cuánta gente que no tenía nada que ver murió en el treinta y seis?, dijo entonces Sergio, los ojos brillantes, la boca abierta en una sonrisa feroz, como si todas aquellas muertes lejanas le causaran algún tipo de placer secreto. Dije: Lo que no entiendo es quién está detrás de todo. Sergio, desafiante, miró a Jordi: ¿Se lo dices tú o se lo digo yo? Jordi suspiró y Sergio se volvió hacia mí: ¿Quién manda en el ejército? ¿Quién es el jefe máximo? Antes era Franco, ahora es el rey. ¡El rey, claro que sí! ¡Ningún militar se atrevería a dar un golpe sin el respaldo del rey! Agarró de nuevo las revistas. Rebuscó entre sus páginas hasta dar con una caricatura del rey en la que, caracterizado como Charlot en la película *El gran dictador*, aparecía jugando con un globo terráqueo. La señaló con el dedo y gritó: ¡Éste! No me gustaba el tono de su voz. No me gustaba esa forma de hablar, que convertía todas las palabras en insultos. Era como si Sergio, de algún modo, considerara a Jordi culpable de lo que estaba ocurriendo. Y lo malo era que también éste daba la impresión de pensarlo. Cualquier acusación, por disparatada que sea, acaba creando culpables. Jordi se dejó caer en el sofá. Estaba tan aturdido que parecía a punto de marearse. ¿Qué?, ¿no piensas hacer nada?, preguntó Sergio. ¿Qué quieres que haga?, dijo él. Sergio, en lugar de contestar, sacó un mechero y prendió fuego a una de las revistas. Luego la enrolló y la sostuvo en alto como una antorcha. Lo siguiente fue prender fuego a las otras revistas, tirarlas a la bañera y abrir las ventanas. Una suave corriente repartió por las distintas habitaciones ligeras nubes de humo blanco y volátiles restos de ceniza, y Sergio entraba y salía del dormitorio de Jordi con más revistas, libros y panfletos que se disponía a incinerar en la bañera. ¡Todo al fuego, todo al fuego!, repetía como si fuera una letanía. Me senté junto a Jordi y le acaricié el cuello, pero esta caricia no era como la de la otra vez.

Alguien llamó por teléfono y dijo que pusiéramos la radio. Fui a mi cuarto a buscar el transistor y, en efecto, la radio aportaba novedades de las que en televisión no decían nada. Se hablaba de tropas acuarteladas, divisiones acorazadas y capitanes generales que podían haberse sumado al golpe. Era todo bastante confuso, pero bastaba con ver la cara de Jordi para darse cuenta de que las noticias no podían ser peores. Tan ensimismados estábamos los dos, él escuchando la radio, yo viéndole escucharla, que ni siquiera percibíamos el intenso olor a quemado que había invadido el piso. Quien había llamado la primera vez volvió a hacerlo. Jordi le atendía y sacudía la cabeza. Luego colgó y me dijo: La gente está empezando a marcharse. ¿Marcharse?, dije. Se van a Francia, dijo. Tienen miedo. Yo le miraba y pensaba: Claro que tienen miedo. Tienen miedo como tú. Dije: ¿Y qué vas a hacer? ¿Marcharte también? Dijo: Puedo encontrarte sitio en uno de los coches. ¿No decías que querías viajar?

En un momento dado el humo me hizo toser. La tenue nube de antes se había vuelto más densa y oscura, y la ceniza cada vez más abundante se depositaba con suavidad en el suelo y los muebles. Corrí al cuarto de baño. Las altas llamaradas que salían de la bañera rozaban el techo y lo manchaban de negro. El calor allí era tremendo, y donde terminaba el alicatado de la pared la pintura había empezado a descomponerse en forma de grumos y escamas. La cortina de la ducha estaba medio enrollada sobre su propia barra, y en sus extremos había unos cercos negros que indicaban que el fuego había llegado a alcanzarla. Sergio, inclinado sobre la pequeña pira de papeles, recitaba entre dientes su letanía: Al fuego, todo al fuego. Le agarré del brazo y le obligué a volverse. Tenía los ojos húmedos, y me dio la impresión de que las llamas seguían reflejándose en ellos a pesar de que ahora quedaban a su espalda. Tenía también el pelo sucio de ceniza y la camisa tiznada y pegada al cuerpo. Sergio había dejado de ser el joven atemorizado y rencoroso que trataba

de destruir unos papeles comprometedores y se había convertido en un demente hipnotizado por la visión del fuego. ¿Estás
loco?, dije, y él gritó: ¡Hay que quemarlo todo! ¡No te das
cuenta del peligro que corremos! Puse el tapón de la bañera y
abrí los grifos. Las llamas humearon por última vez y se extin-
guieron con un suave rumor. Volví a toser, y sólo entonces, entre tos y tos, oí los insistentes timbrazos y las voces. En apenas
unos segundos, la dueña del piso y otros vecinos se congrega-
ron ante la puerta del cuarto de baño. ¡Dios santo!, ¡ha habido
un incendio!, ¡asegúrense de que está bien apagado!, exclamaban, y los más viejos tosían sin ganas y se ponían la mano en el
pecho, como si estuvieran a punto de sufrir un infarto. Sergio
decía que de incendio nada, que sólo se habían quemado unos
papeles, y los otros le recriminaban su actitud. En mitad de la
confusión y el griterío, Jordi me dijo al oído: Me voy, ¿vienes?
Metí mis cosas en la bolsa y me reuní con Jordi en el descansi-
llo. Desde allí seguían oyéndose las voces histéricas de Sergio y
los vecinos. Éstos gritaban: ¡Has podido provocar un incendio!,
¡nos has podido matar a todos! Y aquél replicaba: ¡Prefiero morir en un incendio que ante un pelotón de fusilamiento! El teléfono, entre tanto, no dejaba de sonar, pero nadie se molestaba
en cogerlo. Vámonos, dijo Jordi, ya están abajo.

En la calle nos esperaba un Dyane 6 con tres hombres dentro. A dos de ellos los conocía del día en que había estado ven-
diendo revistas en la universidad. Hablaban entre ellos en catalán y, en cuanto me vieron llegar, dijeron que no sabían si iba a
haber sitio para mí. Uno de los dos tendrá que cambiarse de
coche, dijo alguien. Nos acomodamos como pudimos, las bolsas y los abrigos sobre las rodillas, y el coche arrancó despacio,
con un bufido casi humano de cansancio. En la avenida Meri-
diana nos aguardaban dos coches, los dos ocupados por cuatro
personas. Llenos, por tanto. Nuestros compañeros de viaje nos
miraron a Jordi y a mí con disgusto: yo era la intrusa y él el
culpable de haber traído a la intrusa. Venga, arranca, no es un
viaje tan largo, dijo Jordi. Me cago en la madre que me parió,
dijo el que conducía. Hacía frío, y el vaho se adhería a los cris-

tales y difuminaba los contornos de las cosas. La noche nos cogió en la carretera. Viajábamos formando una pequeña caravana. Nos precedían los otros dos coches, más rápidos que el nuestro. De vez en cuando tenían que reducir la velocidad para que les alcanzáramos. En el Dyane se hablaba del más que probable triunfo del golpe. Tendremos que empezar a preparar la resistencia, dijo uno. La clandestinidad, casi la había olvidado, comentó otro, el mayor de todos. ¿De verdad creéis que puede haber una guerra?, preguntó el primero. Eso depende de lo que interese a los americanos, le contestaron. Intervino el conductor: Pero si tiene que haber guerra, habrá guerra; el tiempo de las guerras es también el tiempo de las revoluciones. Siguió a estas palabras un silencio sobrecogido, y Jordi, sentado junto a mí, se removió como buscando un mayor contacto conmigo. Pensé entonces en Lara y en Zhivago y en la grandeza de su amor en aquellos tiempos tan convulsos, y traté de verme a mí misma como la heroína de una novela así, capaz de mantener la pureza y la integridad de sus sentimientos a salvo de guerras y revoluciones. Pero ¿cuáles eran en mi caso los sentimientos que había que resguardar? Busqué con la mirada los ojos de Jordi, y él me lo agradeció con una sonrisa de alivio y sometimiento, como los niños cuando les levantan un castigo. No, por mucho que lo intentara, no podría enamorarme de él. No podría vivir ninguna de esas historias de amor que tanto me gustaba encontrar en las novelas.

23 de febrero

La tristeza es como un animal que se te mete dentro y te va devorando poco a poco, un animal que no puedes ni eliminar ni expulsar. ¿Cómo luchar sin hacerte daño contra algo que forma parte de ti?

En algún momento perdimos de vista los otros dos coches. Los reencontramos algo más tarde en la última gasolinera antes de la frontera. Junto a ellos se habían detenido otros automovilistas que también escapaban a Francia. Para combatir no se sabía si el frío o la ansiedad se frotaban las manos y daban pequeños saltos. Hablaban de los lugares a los que se dirigían y, temerosos de un posible cierre de fronteras, se apremiaban mutuamente: ¡Vamos, vamos!, ¡no podemos quedarnos aquí! Una mujer dijo que en Toulouse tenía parientes que podrían acoger a bastante gente. Algunos de los que viajaban con nosotros decidieron seguirla. Un coche iría a Toulouse, los otros se quedarían en Perpiñán. Se hizo un nuevo reparto de pasajeros y me ofrecí a cambiar de coche. Así iréis más anchos, dije, cogiendo mi bolsa. Hasta ahora, Marta, nos vemos dentro de un rato en Perpiñán, dijo Jordi. Pero los coches arrancaron y yo no iba en ninguno de ellos. Me había metido en la cafetería de la gasolinera y les veía avanzar en fila hacia el cercano puesto fronterizo. No creía que entonces fueran a advertir mi ausencia y, aunque así fuera, estaba segura de que nadie volvería por mí. Luego pedí un vaso de leche caliente y, provista de unas cuantas monedas, me situé junto al teléfono. Hice dos llamadas pero no pronuncié palabra alguna. La primera vez llamé a casa. Contestó María. ¡Diga, diga!, ¿quién es?, repetía, y yo colgué. La segunda vez llamé a Ramón, a su casa. Lo cogió él. Diga, dijo, y luego bajó la voz y dijo: Eres tú, ¿verdad?, sé que eres tú, Paloma. Ahora no puedo hablar, pero dame un número y te llamo enseguida. Vamos, Paloma, di algo. Yo me mantuve en silencio hasta que el teléfono se tragó la última moneda. Luego me tomé el vaso de leche.

4. MARÍA

Yo siempre he sido la más fea, y no, no es que sea muy, muy fea, no es que sea un monstruo, pero al lado de mis hermanas, sobre todo al lado de Paloma, resulta difícil aparecer guapa, verdaderamente guapa. El caso es que nos parecemos bastante las tres, siempre nos hemos parecido, y yo me pregunto cómo es que los mismos rasgos, o unos rasgos muy similares, pueden combinarse de forma que transmitan sensaciones tan distintas: de belleza y armonía en el caso de Paloma, de falta de gracia y hasta vulgaridad en el mío. Las tres somos altas, más que la mayoría de las mujeres, y tenemos el cuello bonito y los dedos finos aunque algo chatos. Nuestros ojos son del mismo color miel, que a veces se diría amarillo. Nuestras pestañas son igualmente largas. Nuestro pelo, castaño claro y tirando a liso. A ninguna de las tres se la podría calificar de tetuda o de culona, pese a que yo con el tiempo (y en menor medida también Carlota) no he logrado evitar una excesiva acumulación de grasa en los muslos, y en general tenemos una piel suave y poco velluda que se dora fácilmente con el primer sol del verano. No hay, por tanto, grandes diferencias entre nosotras, y sin embargo es cierto que yo no soy guapa y que Carlota sí lo es y que Paloma aún lo es más.

Aunque en realidad Paloma no ha hecho otra cosa que reeditar la belleza de nuestra madre, que fue guapísima y todavía lo es. A veces pienso que fue la aportación genética de mi padre lo que nos hizo retroceder todo ese terreno y que luego yo he sido una aproximación o un esbozo imperfecto de mi hermana Carlota, que a su vez lo ha sido de Paloma, quien finalmente es como la obra ya acabada y en su estado definitivo. Es decir, que tanto Carlota como yo, pero sobre todo yo, éramos necesarias para compensar el influjo perverso de la sangre paterna y recuperar esos dos pasos atrás, y que sin nosotras, pero sobre todo sin mí, no habría podido restaurarse en la persona de nuestra hermana menor la belleza de esa generación anterior.

Que nadie crea, sin embargo, que entre las hermanas hubo alguna vez algún recelo por ese motivo. Nada de eso. Desde que éramos muy niñas, o al menos desde que yo guardo memoria, regía nuestra relación una especie de benévolo orden superior según el cual las virtudes y los defectos se repartían entre las tres de un modo bastante equitativo, lo que evitaba las posibles insidias y sugería una primera idea de cuál podría ser nuestro lugar en el mundo. Se trataba de un reparto aleatorio y caprichoso, no necesariamente veraz, pero admitido por las tres, y a mí por ejemplo se me consideraba limpia, prudente, responsable, imaginativa, aplicada en los estudios, bien dotada para los deportes y, al mismo tiempo, autoritaria, irascible, testaruda y algo proclive a dar bofetones. A Carlota, en cambio, se le atribuían don de gentes y buen oído para la música y se la tenía por ingeniosa, alegre y dicharachera, pero también por llorona, desaseada e impuntual. Y Paloma, por su parte, era mañosa y amable, buena dibujante y mejor cocinera, pero consentida, perezosa, algo golosa... Ficticio o no, el resultado de este reparto no sólo era equilibrado y yo diría que justo, sino que establecía una idea de complementariedad que las tres aceptábamos como algo cierto, firme, inamovible: cada una de nosotras formaba parte de un todo mayor e inseparable, y sólo con relación a las otras dos éramos capaces de interpretarnos a nosotras mismas.

Este catálogo de virtudes y defectos era una descripción pero también un mandato, y yo creo que, al mismo tiempo que trataba de definirnos, nos obligaba a asumir como válida esa definición. Dicho de otra manera: si a mí se me consideraba irascible, a Carlota impuntual y a Paloma golosa, era porque entraba dentro de nuestra naturaleza y en alguna medida nos lo consentíamos. Lo que no nos habríamos tolerado habría sido un intercambio de papeles (yo golosa, Carlota irascible...), y eso quiere decir que, si bien no nos obligábamos a tener los defectos y las virtudes que se suponía que nos pertenecían, sí teníamos que evitar aquellos que le habían correspondido a otra hermana y no a nosotras... Reconozco que todo esto no son más que juegos infantiles, pero digo yo que algo habrán tenido que ver en la formación de nuestra personalidad.

Con el tiempo esta asignación de papeles acabaría simplificándose, y entonces yo ya sólo fui la lista, Carlota la simpática y Paloma la guapa. Eso pasó a incorporarse de tal modo a nuestras expresiones familiares que siempre que nuestra madre nos daba una orden lo hacía de una forma indirecta, preguntando quién era la guapa (o la simpática, o la lista) que iba a hacer tal cosa o tal otra, y así quedaba claro que era Paloma (o Carlota, o yo) la que tenía que levantarse del sofá y obedecer. Tales caracterizaciones formaban también parte de un código privado al que a veces recurríamos en presencia de extraños y que, si alguien se dirigía a nosotras diciendo oye, guapa (o tú, simpática), nos permitía replicar con un guapa no, simpática (o con un simpática no, lista) que solía ser unánime y que sumía a la otra persona en la mayor perplejidad, como cuando alguien carece de los datos necesarios para entender un chiste que los demás han acogido con ruidosas carcajadas. Supongo que en todas las familias acaban creándose códigos de este tipo, y ahora me acuerdo de la época, años después de lo que hasta ahora he contado, en que mi madre tenía un montón de pretendientes y de cómo nosotras los definíamos con claves que nadie más podía descifrar. Así por ejemplo, del típico idiota que fingía creer que nuestra madre no era nuestra madre sino nuestra hermana mayor decíamos que era un hermanitas. Llamábamos albaneses (por Albano, el cantante) a los que tenían aspecto de galán italiano, estorninos (¿por qué?) a los que nos parecían aburridos y ceremoniosos, y sincros a los puntuales, redondos y grasientos, porque precisamente así era el reloj de nuestra cocina, marca Synchro. A los que nos gustaban para mamá los llamábamos gregorios porque para que nos gustaran tenían que tener algo de Gregory Peck, el actor favorito de las tres, pero por desgracia los gregorios eran mucho más escasos que los sincros, los estorninos, etcétera.

A quien nunca habíamos tratado de encontrar un mote era a Delfín: claro que con un nombre así no hacía mucha falta. Había sido él, el tío Delfín, quien había ayudado a mamá a conseguir el empleo en Textil Los Muñecos. Alto, fuerte, bigotudo, el tío Delfín no era (ya lo he dicho) pariente nuestro, y sin embargo, después de más de veinte años de relación estrecha, papá y él habían acabado pareciéndose, hasta el extremo de que era habitual que los desconocidos los tomaran por hermanos. Lo de que habían acabado pareciéndose resulta difícil de explicar dado que papá no era alto ni fuerte ni llevaba bigote, pero es cierto que había algo en los gestos de cada uno de ellos, en su manera de sentarse o de cruzar los brazos o de frotarse las sienes, que necesariamente remitía a los gestos del otro, a la manera de sentarse, etcétera, de quien había sido su socio y amigo durante tanto tiempo. Ahora que papá había muerto, era como si sus gestos le hubieran sobrevivido. Delfín venía de vez en cuando a casa a comer, y ni yo ni mis hermanas podíamos dejar de pensar en nuestro padre cuando le veíamos hacer bolitas con las migas de pan o sostener con ambas manos la servilleta a la altura de la barbilla o apartar ligeramente el plato cuando lo daba por terminado. En todos esos actos nimios, intrascendentes, reconocíamos a nuestro padre.

El tío Delfín aparece ya en mis recuerdos más antiguos, al principio con una barba que le raleaba en las mejillas, después con un bigote indeciso como el de Ringo Starr en la foto de *Let it be*, finalmente con el bigote cerrado y terco que ya siempre conservaría, y mi memoria lo asocia a una Lambretta con sidecar en la que a veces nos llevaba a Carlota y a mí a dar vueltas por el parque, a las tardes de otoño en que papá nos llevaba a conducir (o, mejor dicho, a ver conducir) los karts del hotel El Cisne, a un domingo determinado en que me corté con un vaso roto y él me mantuvo la mano apretada con una servilleta mientras mamá corría en busca del botiquín y papá recogía los cristales... Lo que es curioso es que ahora, tantos años después, mantengo muy vivo el recuerdo de la camisa que llevaba puesta ese domingo, una camisa de cuadros amarillos, marrones y negros, una de esas camisas largas que se llevaban con jerseys finos de cuello alto, los faldones colgando por fuera del pantalón, y estoy segura de que, si volviera a ver esa camisa, la reconocería al instante y exclamaría: ¡Ésa es la camisa que llevaba el tío Delfín cuando me hice el corte en el dedo!

Pero era en verano cuando más lo veíamos, sobre todo desde que se compró la roulotte y empezamos a pasar con él los meses de agosto. Eso fue después de la muerte del abuelo, en una época en la que más o menos podíamos arreglárnoslas para viajar todos en el mismo coche, es decir, en el coche del tío Delfín, porque el tío Delfín era un loco de los motores y jamás habría aceptado ir en un asiento que no fuera el del conductor. El coche era un Renault 5 (¡un Renault 5 preparado para rally!, precisaba Delfín con satisfacción), y en él viajábamos los seis: los dos hombres delante, mamá y nosotras tres detrás, apretujadas y sudorosas, abanicándonos con revistas y distrayendo a la pequeña Paloma para que no se mareara. Íbamos, por ejemplo, a un cámping en Peñíscola o Vinaroz, y allí pasábamos cuatro o cinco días, hasta que teníamos que volver por algún asunto de trabajo de papá o de Delfín o de ambos (al fin y al cabo eran socios), y luego nos metíamos de nuevo en el coche e íbamos a una playa y un cámping diferentes, unas veces Santander, otras Palamós o Alicante, hasta que pocos días después regresábamos por otro asunto de trabajo y nos poníamos otra vez en marcha hacia otra playa y otro cámping, y así seguíamos hasta que por fin el mes de agosto acababa y todos descansábamos un poco de tantos kilómetros y tantas estrecheces.

Dormíamos los seis en el interior de la roulotte: Carlota y

Paloma, directamente en el suelo, en sendas colchonetas hinchables colocadas junto a la cocinilla, y los demás en las pequeñas camas plegables que había en ambas paredes, mamá y yo en un lado, papá y el tío Delfín en el otro, pero todos en un espacio tan reducido como aquél, apenas seis o siete metros cuadrados en los que el mezclado rumor de nuestras respiraciones lo llenaba todo. Yo estaba por aquella época en mitad de la adolescencia, en la que la intimidad se convierte en un bien precioso, y la verdad es que me incomodaba bastante una convivencia así. Si por mí hubiera sido, los habría echado a todos y me habría quedado con la roulotte entera para mí sola.

Quien carecía por completo de toda noción de intimidad era el tío Delfín. Sus deposiciones, trabajadas y dolorosas, eran uno de sus principales motivos de preocupación, y de algún modo condicionaban su vida: las fechas y horarios de sus viajes, la elección de los cámpings, la dieta alimentaria. Delfín vivía en parte para sus problemas intestinales, y lo que más llamaba mi atención era que hablara de ellos con absoluta tranquilidad, como si se tratara de un tema de conversación tan corriente como el que más.

–Siempre que estoy de viaje me pasa lo mismo. Una vez llegué a estar doce días sin ir. –En eso Delfín era bastante decoroso: en vez de cagar decía ir–. Ahora ya llevo seis. ¡Y mira que no paro de comer ciruelas! ¡Hoy me habré tomado más de medio kilo!

Con su insistencia hacía que todos sintiéramos esos problemas un poco como propios, y había verdadera expectación cada vez que agarraba una revista y acudía a encerrarse en uno de los retretes del cámping. Al cabo de media hora o una hora, le veíamos volver con la revista enrollada bajo el brazo, como una fusta.

–¿Qué? ¿Ya? ¿Ha habido suerte?

Si lanzaba en silencio la revista hacia cualquier sitio quería decir que no, que nada de nada, pero era peor cuando decía que así así, que poca cosa, porque entonces solía juntar el pulgar y el índice y formar con ellos una bolita pequeña y apretada, en un gesto lo bastante expresivo como para que a mí y a mis hermanas se nos revolvieran las tripas.

–Yo creo que me viene de la mili –decía–. Antes, cuando era jovencito, iba bastante bien. Empecé a ir mal en el cuartel, con esos retretes sin puerta y todo el regimiento pasando por delante...

Cuando finalmente lo conseguía, todo eran sonrisas y enhorabuenas, y el tío Delfín, como un cantante que desvía los aplausos del público hacia el director de orquesta, se quitaba méritos con un gesto y hacía un sentido elogio del último laxante que había probado, que solía ser el causante directo de aquel momento de felicidad. En esa materia, como es lógico, el tío Delfín era toda una autoridad, y seguramente había poca gente tan dispuesta a experimentar con los más diversos tipos de productos laxantes. Era ése el regalo que todos le traían de los viajes al extranjero, y así por ejemplo, siempre que algún conocido se iba a Andorra a comprar un reloj o una cámara fotográfica, Delfín le encargaba varias cajas de unos comprimidos llamados Feenamint, su laxante favorito.

–Era el que tomaba Elvis Presley –explicaba–. Me enteré por una revista cuando se murió. ¿A que no sabéis dónde la estaba leyendo? ¡Habéis acertado: en el retrete! Es la única ventaja que tiene esto: que no paras de leer revistas y poco a poco te vas haciendo una culturilla.

Está claro que el tío Delfín carecía de la más elemental noción de vergüenza, y había que verlo por la mañana, con una especie de calzoncillo negro (pequeño, más pequeño que los de los nadadores olímpicos, y ridículo, completamente ridículo) que dejaba a la vista la parte de arriba del culo, entregado a su sesión diaria de gimnasia, realizando varias tandas de ejercicios junto a la mesa plegable en la que mamá, papá y nosotras tres desayunábamos tostadas con mantequilla, y luego corriendo sudoroso por el camino que llevaba de las roulottes y las tiendas a la cafetería y los pinares. Cada vez que pasaba junto a nosotros con medio culo al aire y los hombros quemados por el sol hacía una seña en dirección a papá y le gritaba:

74

–¡Venga, hombre, anímate, que te estás poniendo fondón!

La verdad es que Delfín se mantenía en forma, desde luego mucho más que nuestro padre. Tenía unos brazos musculosos y un vientre casi liso del que estaba especialmente orgulloso. Tenía también un montón de pelo en el pecho, como nudos negros que bajaban desde el cuello en hileras regulares y le envolvían el costillar para luego desaparecer de golpe y reaparecer debajo del ombligo como un oscuro borbotón que se perdía bajo el elástico del calzoncillo. Delfín era sin duda un hombre que estaba a gusto consigo mismo y con su cuerpo, y Carlota, que por entonces tendría unos catorce años y le encontraba muy atractivo, solía acercársele en la playa del cámping y pedirle que sacara bola y moviera los músculos del pecho y la espalda como los culturistas, cosa a la que por supuesto él accedía de inmediato.

–¿De verdad lo encuentras atractivo? –le preguntaba yo a Carlota.

–Atractivo no. ¡Muy atractivo! Tan viril, tan...

–Pues a mí me da un poco de asco, con tanto pelo.

–¡A mí me parece guapísimo! –intervenía la pequeña Paloma, y nosotras la hacíamos callar:

–¡Silencio, criaja! –le decíamos, aunque en realidad sólo tenía un año menos que Carlota–. ¿Quién eres tú para hablar de hombres?

Es verdad que a mí Delfín me daba un poco de asco, pero yo creo que en aquella época me daban un poco de asco todos los hombres, y no sólo los hombres, también las mujeres, los niños, los animales. Me daba asco la simple idea del contacto físico, y hasta una convivencia tan estrecha como la que entonces manteníamos en la roulotte me hacía sentirme a disgusto y como sucia. Por eso, cuando llegaba la hora de acostarnos, me ovillaba en mi camastro y cerraba con fuerza los ojos, deseosa de desaparecer, de permanecer definitivamente oculta bajo la sábana. Lo normal era entonces que tardara en conciliar el sueño, y en el silencio de la noche se oían pedos y ronquidos y bostezos, que aumentaban esa sensación de repugnancia y me

75

hacían añorar esa idealizada intimidad mía, y entonces miraba dormir a Delfín y pensaba: Eso es un hombre. Dentro de no mucho tiempo yo estaré entre unos brazos como ésos. Lo que no sabía era que con el tiempo acabaría no entre unos brazos como ésos, sino precisamente entre esos brazos.

Volví a ver aquella roulotte en febrero de mil novecientos ochenta. Acababa de cumplir dieciocho años y llevaba varios meses matriculada en una carrera, Veterinaria, que no me interesaba y que abandonaría muy poco después. ¿Qué fue lo que aquella mañana de febrero me llevó al polígono industrial de la carretera de Teruel en el que mi padre y Delfín tenían alquilado un almacén? Supongo que algo tuvo que ver la muerte de papá. Nunca hasta entonces me había hecho demasiadas preguntas sobre su vida, y sólo cuando descubrí las circunstancias que habían rodeado su muerte empecé a verle como a un ser diferente del que yo había conocido y tratado, del buen marido y mejor padre de familia que algunas tardes nos iba a buscar al colegio y que por las noches se quedaba dormido delante del televisor mientras nosotras le desabotonábamos la camisa sin que se diera cuenta. Supongo también que el acceso a la mayoría de edad marca de algún modo a las personas y que yo, de repente, fui consciente de que tenía que sacar adelante a esa familia, a esa madre atolondrada y vulnerable que tardaría mucho en adaptarse a su nueva situación, a esas dos hermanas menores para las que la vida seguía siendo algo así como un juego de niños.

Era la época de los primeros novios, la época en la que a Carlota le gustaba meterse un cojín debajo de la ropa para simular un embarazo y en la que el muro que había delante de casa amanecía cada día con una nueva pintada llamando puta o guarra a la pequeña Paloma. Tal vez esas cosas habrían ocurrido igual si nuestro padre no hubiera muerto, pero a mí me daba la impresión de que sin él todo se había vuelto frágil, de que el suelo que pisábamos había perdido firmeza y consistencia, y de algún modo había decidido tratar de ocupar su lugar. Ésa fue sin duda una de las razones que aquella mañana de febrero me llevaron al almacén de la carretera de Teruel.

Había estado allí sólo una vez, varios años antes, acompañando a mi padre, y recordaba una avenida con grandes naves idénticas, unas cuantas parcelas entonces usadas como vertedero y un par de edificios alargados, con altas puertas metálicas y tejados en forma de dientes de sierra, que era donde Delfín y mi padre tenían el almacén, junto a varias empresas de transportes y algún que otro guardamuebles. En aquella ocasión no había llegado a salir del Simca y a través de la ventanilla había visto a mi padre acercarse a la puerta y llamar dando tres fuertes golpes con la palma de la mano, que era lo que solía hacer cuando alguna de nosotras pasaba demasiado tiempo en el cuarto de baño.

Esta vez la puerta estaba a medio abrir. Me asomé al interior. A la triste luz de la claraboya sólo distinguí varias pilas altísimas de cajas. Esperé un par de segundos y llamé a Delfín, que al momento apareció por uno de los pasillos que había entre las montañas de cajas. Llevaba puesta una bata azul como de dependiente de ultramarinos, y su primera reacción fue quitársela y echarla lejos de sí, una reacción más bien extraña en un hombre al que nunca había preocupado exhibirse con unos ridículos calzoncillos negros.

–¡María! ¿Qué haces tú aquí?

Le dije que quería conocer aquello, que quería saber cómo era el lugar en el que mi padre había trabajado, y Delfín hizo un gesto con los hombros como diciendo: Adelante, mira todo lo que quieras. Yo sonreí y eché a andar por uno de aquellos pasillos, el más ancho, que desembocaba en una escalera de hierro sin barandilla.

–La oficina –dijo él.

–¿Puedo subir?

La oficina ocupaba un pequeño altillo acristalado desde el que se dominaba la totalidad del almacén, y un simple vistazo me bastó para hacerme una idea de la cantidad de cosas diversas que podía haber en aquel sitio: detrás de las cajas había más cajas y detrás de éstas, como más tarde tendría tiempo de comprobar, había fotocopiadoras, muebles de oficina, electrodomésticos, acondicionadores de aire, una carretilla hidráulica, treinta o cuarenta extintores amarillos, dos sillas de ruedas, varias básculas, un reloj de péndulo, máquinas tragaperras, una mesa de billar y dos de ping-pong, un torno de ceramista, una prensa de litografía, máquinas de tricotar, butacas de cine, bicicletas estáticas y otros aparatos de gimnasio, uno de esos tractores que llaman dúmper, un par de motos, un piano electrónico, una roulotte...

—¡La roulotte! —exclamé con una alegría sincera e inexplicable, como agradeciendo el haber encontrado algo que me resultara familiar, y Delfín casi se excusó:

—En algún sitio tiene que pasar el invierno...

Bajé los escalones de dos en dos y me abrí camino entre todas esas cajas y esos trastos hasta llegar a la roulotte, medio escondida detrás del dúmper y los extintores amarillos. Luego me asomé a una de sus ventanillas y vi la cocina diminuta y las colchonetas deshinchadas en las que dormían Carlota y Paloma y las camas plegables en las que dormíamos los demás, yo con la sábana tapándome la cabeza, y parecerá una tontería pero aquella roulotte me trajo al instante recuerdos de una época aún cercana pero ya perdida para siempre en la que todavía mi padre estaba vivo, y en sólo un segundo pasaron entremezcladas por mi cabeza las imágenes de la Lambretta con sidecar y de los karts del hotel El Cisne y de la camisa de cuadros amarillos, marrones y negros, y con ellas pasaron también fugaces visiones de las playas y los cámpings de Vinaroz y Alicante y de los calurosos viajes en el Renault 5 y de los periódicos regresos por motivos de trabajo. Me volví entonces hacia Delfín, el tío Delfín, que se mantenía a cierta distancia, al otro lado de los extintores amarillos y le dije:

—Papá nunca hablaba de su trabajo...

Delfín señaló el dúmper, las bicicletas estáticas y todo lo demás e hizo un gesto que quería decir: Lo estás viendo.

–¿A qué te dedicas exactamente? –insistí–. ¿A qué se dedicaba mi padre?

–Negocios.

–¿Negocios?

–Negocios. Compra barato y vende caro. A eso se le llama negocios. ¿Quieres comprar algo?

Dejé pasar un par de segundos y luego pronuncié la frase que tenía preparada:

–En realidad he venido a pedirte trabajo. Estoy pensando en dejar la carrera y no quiero ser una carga para mi madre.

El tío Delfín apretó los labios y asintió despacio, y también en ese gesto reconocí un antiguo gesto de mi padre.

De la primera clase de conducir de mamá habíamos salido todas contentas. Se trataba, sin embargo, de una ilusión momentánea. Si aquella mañana el coche arrancaba cuando tenía que arrancar y giraba hacia donde debía y en el ángulo correcto, era sólo porque el profesor lo controlaba todo con los pedales suplementarios y la mano izquierda sobre el volante. Era, por tanto, él el que conducía, y de no haber sido así seguramente no nos habríamos movido del sitio o habríamos ido a chocar contra la primera farola. Si había una persona en el mundo definitivamente incapacitada para conducir, esa persona era nuestra madre. Para ella los mandos del vehículo carecían de una relación directa con sus movimientos: que el coche fuera para la derecha cuando ella volvía el volante hacia ese mismo lado tenía algo de mágico e inexplicable, y no había manera de hacerle entender que el motor se le acabaría calando si trataba de subir en cuarta una pendiente larga y pronunciada. Lo mismo podía decirse de las señales de tráfico, en cuya existencia jamás había reparado y que le resultaban tan indescifrables como una partitura para un profano, y tratar de resolver con ella los ejercicios sobre las preferencias en los cruces era una dura prueba para la paciencia de cualquiera.

–¿Por qué siempre tiene que tener preferencia el que viene

por la derecha? No es justo. ¿No sería más lógico que unas veces la tuviera uno y otras veces otro? –propuso una vez.

Decidimos turnarnos para acompañarla en las prácticas de conducción, los lunes Paloma, los miércoles Carlota, los viernes yo, que también me encargaba de repasar con ella el código de circulación, y acabamos las tres hartas de su total inutilidad. Bueno, las tres no. La verdad es que Carlota, que ya entonces decía que nuestra madre sólo necesitaba un marido nuevo, se entretenía pensando en la cantidad de hombres con los que gracias a esas lecciones iba a tener que relacionarse, y había hecho una lista de posibles candidatos que, junto al padre del primer noviete de Paloma, viudo según sus noticias, incluía al profesor y al dueño de la autoescuela (muy pronto tachados los dos), al examinador de Tráfico (¿cuánto faltaba para eso?), al guardia de la zona de prácticas, etcétera. Luego también ella empezó a desesperarse y ya no sabía dónde encontrar consuelo:

–Bueno, por lo menos puedo ampliar la lista con los posibles atropellados, los médicos, los sanitarios, los conductores de ambulancias, los de la casa de seguros... ¡Mamá, seguro que así acabaremos encontrándote marido!

No recuerdo cuántos meses tardó en conseguir el carnet. Lo que sí recuerdo es que la alcancé cuando ella iba por la octava intentona, porque para entonces yo había cumplido ya los dieciocho años. Empecé a dar las clases prácticas con ella y a acompañarla a los exámenes de los viernes, y cuando yo aprobé (al tercer intento), mamá obtuvo su decimocuarto suspenso. En total, suspendió aquel examen unas treinta veces, y también en aquella ocasión, la definitiva, lo hizo bastante mal y si consiguió el carnet fue gracias al profesor de la autoescuela, que debía de estar harto de ella y se plantó ante el examinador para exigirle que la aprobara en devolución de algún antiguo favor.

Entonces vino lo peor, porque nuestra madre todavía no se atrevía a salir sola en el coche y, siguiendo los consejos de no sé quién, se impuso el deber de llevarnos todas las mañanas al colegio. Es decir, a Paloma a la academia, a Carlota al colegio de monjas y a mí a la facultad, aunque yo iba ya muy poco por la facultad y solía decirle que me acercara directamente al almacén del tío Delfín en la carretera de Teruel. Salía mamá todas las mañanas muy segura de sí misma, y daba la impresión de que hasta le gustaba sentarse al volante. Dejaba a Paloma ante la entrada de su academia para repetidores y estudiantes sin futuro, y una parte de esa seguridad suya se desvanecía de un modo automático. Luego seguíamos hasta el colegio de Carlota, y allí mi madre ya tenía que controlarse para no temblar. La última parte del trayecto la hacíamos por tanto solas las dos, y yo le decía que no bajaría del coche mientras ella no me asegurara que estaba bien y también le decía que estuviera tranquila, que no tendría ningún problema para volver a casa.

–Estoy perfectamente, hija mía, sé cuidar de mí misma –me replicaba, y luego hacía un gesto que abarcaba los mandos del auto y decía–: ¿Te das cuenta de que todo esto lo han inventado los hombres? Los botoncitos, las palanquitas, las manivelas... Ellos siempre han tenido una relación especial con los objetos. Tu padre, por ejemplo...

Sus anécdotas sobre lo que ella llamaba la especial relación de mi padre con los objetos no eran nada del otro mundo (algo sobre una tubería reventada y sobre una inoportuna avería de los limpiaparabrisas del coche anterior, un Morris), pero a mí me gustaba la media sonrisa que se dibujaba en su rostro cuando hablaba de él, de mi padre, y además me parecía que eso la tranquilizaba y le daba confianza en sí misma. Al final nos despedíamos y yo la veía marchar y siempre pensaba que esa vez sí, que en esa ocasión conseguiría volver sola a casa, pero lo normal era que recorriera los cien metros que nos separaban del ceda el paso y que se quedara allí parada, sin atreverse a incorporar su vehículo al tráfico de la carretera, histérica por los bocinazos de los conductores que tenía detrás y casi bloqueada, incapaz de avanzar con el coche y también de apartarse. Entonces yo tenía que acudir a rescatarla. Corría hasta el ceda el paso y, haciendo oídos sordos a las protestas de los otros automovilistas, pedía a mi madre que se cambiara de asiento y me dejara su sitio.

–Lo siento, hija. Ya te dije que esto de conducir no es lo mío.

–No te preocupes, mamá.

La llevaba a casa y volvía luego en el coche, que de todos modos ella no iba a necesitar, porque, ahora que por fin tenía el carnet, seguía yendo en autobús a enseñar los muestrarios de Textil Los Muñecos.

Yo solía llevarla los sábados. Cargábamos en el Simca las maletas llenas de horrible ropita de niño y recorríamos algunos de los pueblos de su área, que hacía poco se había ampliado y llegaba hasta Barbastro.

–Barbastro es una buena plaza –me decía–. Ahí seguro que venderé mucho.

–Barbastro es una mierda –le decía yo–. En Barbastro no hay niños. Sólo soldados y curas.

–Bueno, ya verás cuando me den Binéfar y Monzón. Ahí sí que hay niños. ¡Cientos de niños!

Entonces entraba con sus maletas en alguna de aquellas tiendas de pueblo y yo la esperaba fuera, en el coche, y cuando, al cabo de varios pueblos y varias tiendas, reparaba en la rapidez y comodidad con que nos movíamos solía decirme:

–Tú y yo tendríamos que asociarnos.

–Mamá, yo ya tengo trabajo.

–¿Y qué es exactamente lo que haces en ese almacén?

–Ufff. De todo. No te puedes ni imaginar... –contesté, aunque en realidad mi trabajo consistía en contestar al teléfono las pocas veces que llamaban y atender a los ocasionales transportistas que llegaban a descargar mercancía.

–Sigo diciendo que tú y yo tendríamos que asociarnos.

Luego miraba a su alrededor como buscando algo y decía:

–Ya no sé ni dónde tengo la cabeza. ¿Te acuerdas de aquellos patucos de rayitas? Recuerdo haberlos puesto aquí. Y la semana pasada me desapareció un pijamita de fresas. Bueno, espero que alguien lo haya encontrado. Y que le dé buen uso.

Cuando volvíamos a casa nos encontrábamos con una nueva pintada en el muro: PALOMA, PUTA. ¿Paloma, puta? ¿Cómo podían decir una cosa así a una niña que acababa de cumplir quince años? Otras veces las pintadas decían TE LA VOY A METER BIEN METIDA o ERES UNA GUARRA y, aunque no ponía ningún nombre, todas sabíamos a quién se refería, y a mí más que nada me fastidiaba por mamá, que hacía como que no había visto nada pero estaba claro que se enteraba de todo.

Perdí la virginidad bien cumplidos los dieciocho años. Ocurrió justo antes de las vacaciones de Semana Santa, durante una de esas fiestas con las que mis compañeros de carrera pretendían financiar el viaje de fin de curso. A Alfredo lo conocía muy poco, sólo de vista, aunque era de los que en clase solían sentarse por mi zona, y de él sólo recordaba que en un par de ocasiones me había pedido los apuntes. La cena fue en el restaurante Casa Emilio, en el comedor de arriba, en el lado que da a la avenida de Madrid. Alfredo, sentado frente a mí, estaba vuelto hacia un par de chicas que hablaban de sus respectivos pueblos. Entre los estudiantes de Veterinaria se hablaba con frecuencia de ese tipo de cosas porque allí casi todos eran de pueblo: sus padres los mandaban unos años a estudiar a la ciudad y luego volvían para siempre junto a sus cerdos y ovejas. Después las chicas se callaron y fue Alfredo el que se puso a hablar de su pequeño pueblo de la provincia de Huesca. Pero ahora Alfredo no se dirigía a esas dos chicas sino a mí.

—¿A que no sabes qué es lo que más me gusta en esta vida? —me preguntó.

Yo negué con la cabeza.

—Lo que más me gusta... Imagínate: una mañana de finales de primavera o principios de verano. El camino que pasa por detrás de mi casa, un paseo de una hora hasta una fuente rodeada de helechos... La llaman la Fuente del Caño. En todos los pueblos hay una fuente que se llama así, pero ésta es diferente o a mí me lo parece. Es como si fuera mi fuente. Como si esa fuente estuviera siempre esperándome, reservándome su mejor agua. Eso es lo que más me gusta en esta vida: ir a la fuente, dar un trago larguísimo de agua helada, agua del deshielo, y luego tumbarme a mirar los montes... En esos momentos tengo la sensación de que el mundo es hermoso y ordenado, de que está bien hecho y vivir sigue valiendo la pena... ¿Y a ti? ¿Qué es lo que más te gusta en esta vida?

Me encogí de hombros y no dije nada, y lo que de verdad me estaba gustando era oírle hablar, oír hablar a alguien que, como él, podía sentir que el mundo era hermoso y ordenado y bien hecho, porque eso era algo para lo que yo me sabía incapacitada. Y también me gustaba pensar que aquel chico, Alfredo, se había desentendido del resto de la gente y hablaba sólo para mí, y estaba como invitándome a hacer con él esa misma excursión.

–¿Me llevarás algún día? –pregunté.

–Cuando quieras –dijo sonriendo, y yo deseé no tener que separarme de él en toda la noche.

Después de cenar fuimos todos a una discoteca sucia y oscura llamada Babieca. En aquella época todavía era costumbre alternar la música rápida con la lenta, y Alfredo, al que había perdido de vista a la salida del restaurante, se me acercó para sacarme a bailar en cuanto sonaron los primeros compases de *Angie*. Recuerdo el tacto de sus manos en la espalda y la calidez de su aliento en la mejilla izquierda. Recuerdo también su olor, un olor como a lavanda y a mandarina y a sudor, todo mezclado: ¿era así como olían los hombres? Bailamos tres o cuatro canciones más, sin decirnos nada, y luego volvieron a poner música rápida y Alfredo me acompañó a la barra y me invitó a un cubalibre. Nos sentamos en la zona más apartada del local, también la más oscura, aunque no tanto como para no ver que el tapizado del sofá estaba infestado de quemaduras y de manchas. Alfredo me hablaba al oído y sus palabras eran como un cosquilleo en toda mi piel. Vi pasar a varias compañeras de curso, que nos miraban con sonrisitas y cuchicheaban entre ellas. Alfredo me dijo que le apetecía. Sólo dijo eso, que le apetecía, pero el brillo de sus ojos era lo bastante explícito para que no cupieran dudas sobre qué era lo que le apetecía. Yo, nerviosa, quise decir no pero dije ¿aquí? y eso fue como decir sí, porque Alfredo me cogió de la mano y dijo: Tienes razón, aquí no. Me agarró por la cintura y, cruzando la pista, me sacó de aquella discoteca, y en el fondo yo estaba contenta de que todos vieran cómo Alfredo me tenía agarrada por la cintura y me sacaba de ahí. Nos abrazamos nada más llegar a la calle y nos besamos, y otra vez yo sentía sus manos en la espalda y su olor a lavanda y a mandarina. Estás tensa, me susurró él, pero no era cierto. Estaba excitada. Estaba excitada porque sabía que los próximos minutos iban a ser los últimos de mi virginidad. ¿Cuánto tiempo hacía que había hablado con mis hermanas acerca de eso? Apenas quince días, y me había irritado profundamente descubrir que yo era la única virgen de las tres. Sí, Carlota salía ya con Fernando y habían hecho varias veces el amor en su coche. Y Paloma, que entonces tenía quince años, ya se había acostado con tres chicos diferentes. De modo que era yo, la primogénita, la mayor de edad, la única que seguía siendo virgen, y tenía que callarme mientras ellas dos intercambiaban confidencias delante de mí y hablaban de sexo como dos expertas. ¿Era para irritarse o no? Me había sentido tan humillada, tan violenta, que, cuando me preguntaron cómo la había perdido, dije que había sido maravilloso, irrepetible, e incluso dije que había sido el mejor polvo de mi vida, un polvo-polvo, como si no hubiera hecho el amor una sino muchas, muchísimas veces, como si mi historial sexual fuera tan rico que me permitiera distinguir entre polvos-polvos, polvos a secas, semipolvos y simples birrias. Había mentido a mis hermanas. Les había mentido pero se trataba de una mentira que podía repararse con facilidad, y yo aquella noche sabía que había llegado el momento. Me había llegado el momento de perder la virginidad.

—¿Vamos al parque? —preguntó Alfredo, pero lo preguntó sin preguntarlo, informando nada más, vamos al parque y ya está.

Se refería al parque Primo de Rivera, al que todo el mundo llamaba parque grande. Por las noches, incluidas las noches como aquélla, las frescas noches de principios de primavera, solía llenarse de parejas que retozaban al abrigo de la oscuridad. Se repartían aquí y allá, al pie de un árbol o un seto, en los bancos de los senderos menos transitados, lo bastante alejadas unas de otras para que no pudieran oírse sus arrullos. Alfredo me llevaba cogida de la mano, y digo me llevaba porque yo era incapaz de orientarme a la escasa y lejana luz de las farolas. Él, en cambio, parecía conocerse muy bien la zona. Luego dijo aquí y yo repetí: Aquí. La hierba estaba fría y húmeda, pero de un modo que a mí me resultaba agradable, como cuando te frotas la cara con una toalla que aún no ha acabado de secarse. Alfredo lió un porro y me lo pasó. Yo no estaba acostumbrada. Di un par de caladas y me puse a toser, primero a toser y después a reír, luego a toser y a reír a un tiempo, y también Alfredo reía, y a mí me gustaba sentir su risa mientras me abrazaba y rodábamos por el césped, unidos nuestros cuerpos, fuertemente apretados. Hicimos el amor, y mientras lo hacíamos yo pensaba que Alfredo tenía un trato natural con el organismo, con ese pene tenso y crecido que sacudió un par de veces con la palma de la mano, con mi pubis, sobre el que instaló sus dedos con firmeza, un trato propio de una comadrona o un veterinario, me dije, de alguien que está acostumbrado a asistir a las vacas en el parto, y la simple idea me hizo volver a reír.

Después Alfredo dijo no sabes cómo me gustas y se quedó dormido. O tal vez no, tal vez sólo cerró los ojos, y yo pasé un rato acariciándole el pelo y convenciéndome a mí misma de que estaba enamorada: sí, hasta ese momento no me había dado cuenta, pero ahora lo sabía con certeza, me había enamorado de ese chico de pelo largo que soñaba con su pueblo y con el agua fresca de su fuente y con tumbarse a mirar los montes. ¿Tan necesitados estamos de afecto que basta con que alguien nos diga me gustas para que nos enamoremos de él? Hacía ahora bastante frío. A mí me habría gustado seguir así durante horas, pero era ya muy tarde y teníamos que marcharnos. Esperé sin embargo a que Alfredo abriera los ojos. Me acompañó un par de calles en dirección a casa y nos despedimos con un largo beso en los labios, y yo, tonta de mí, pensé que aquel beso no era sólo un beso, que era un te quiero y un amor mío y un qué ganas tengo de volverte a ver.

Esa misma tarde se iba a su pueblo de vacaciones y yo estuve todos esos días pensando que volveríamos a vernos y a hacer el amor, que desde aquella noche éramos algo así como novios aunque yo no le había dado mi número de teléfono ni él me había dado el suyo. Acabaron las vacaciones y el primer día de clase ocupé mi sitio de siempre. Él entró en el aula y pasó a mi lado sin mirarme. Se sentó justo en la otra punta. Yo no entendía nada: ¿cómo podía ser que me ignorara de esa forma después de lo de aquella noche? Le esperé a la salida y él accedió a tomar una Coca-Cola conmigo. ¿Qué ocurre?, le dije, ¿no me quieres saludar? No es eso, dijo, pero por su forma de comportarse supe que sí era eso: lo vi como acobardado y mustio, su mirada yendo y viniendo entre mis ojos y el suelo. A ti lo que te pasa es que tienes novia, dije. Tu novia de siempre, de tu mismo pueblo, que está esperando a que acabes la carrera para que vuelvas y os caséis, ¿es eso? Él no contestó. Se mantuvo un instante en silencio y luego me miró casi con rabia. Tú eres de esas que se acuestan con tíos a los que acaban de conocer, dijo. En mi pueblo esas chicas tienen un nombre, dijo, recogiendo su carpeta y levantándose. Yo ni siquiera me volví a verle marchar. Fue ésa la última vez que estuve en la facultad.

5. CARLOTA

Lo que yo llamo mi etapa mística duró desde aquel verano de mi primera regla hasta que conocí a Fernando. Es decir, unos cuatro años y medio, aunque no siempre fue como al principio, con esa unción y ese rigor que rayaba en el fanatismo. Había en mi curso bastantes chicas a las que les gustaban las clases de música o de dibujo. Había también unas cuantas incondicionales de las de gimnasia o pretecnología, que era como se llamaba a los trabajos manuales, y pocas, muy pocas, aficionadas a la literatura, la geografía o las ciencias naturales. Pero de todas las asignaturas la menos popular era la de religión, que en realidad sólo me gustaba a mí. ¡Ay, cuántas horas perdí y cuántas energías malgasté en el pequeño despacho de la madre Linares, la que impartía religión, una monja grande y gorda, con una sombra de bigote sobre las comisuras de los labios que justificaba su apodo de Cantinflas! En aquella época, finales de los setenta, se hablaba de monjas preconciliares y monjas posconciliares. La mayoría de las de mi colegio pertenecía a este grupo. Eran mujerucas pálidas y resecas que se juntaban para compartir apartamentos ajenos a la comunidad, seres furtivos, sin sexo ni edad precisos, que se peinaban como hombres y habían sustituido el hábito y la toca por un uniforme hecho de zapatos planos, faldas grises por debajo de la rodilla y jerseys finos sobre blusas de cuello redondo. Ellas decían que querían estar más cerca de la sociedad para estar más cerca de

Cristo, pero la madre Linares, que era de las otras, de las preconciliares, decía que eran todas unas irreverentes y que lo que de verdad les gustaba era reunirse a escuchar música de los Beatles y fumar cigarrillos. ¡Fumar cigarrillos!, protestaba escandalizada, ¿tú te imaginas a Santa Teresa fumando cigarrillos y oyendo canciones en inglés? A la madre Linares la vi siempre con hábito y con toca, y lo cierto es que habría sido incapaz de imaginármela con otra ropa. Con pantalones, por ejemplo. Con esos pantalones anchos como de franela gastada que llevaban las más posconciliares de las monjas posconciliares: ¡Pantalones!, ¿te imaginas a Santa Rosa de Lima en pantalones? La madre Linares me tenía por una especie de ayudante y contaba conmigo para todas las actividades que se organizaban en su despacho: los ejercicios espirituales de las mayores, las cuestaciones para el Domund, la recogida de ropa usada para los pobres del Refugio. Yo, por supuesto, colaboraba con entusiasmo. En nuestras visitas a la Quinta Julieta para preparar los ejercicios, en mis madrugadores domingos de postulante, en los recorridos que hacía de portal en portal arrastrando enormes bolsas de ropa y zapatos veía satisfacerse mi afán de superación, de perfección espiritual. Era como si el camino de la santidad fuera una cuestión de puntos que debía ir acumulando, como si necesitara una puntuación determinada para sentirme en paz conmigo misma y con Dios. ¿Cuántos puntos obtenía con cada bolsa de ropa? Pongamos que diez. ¿Y con cuántos acabaría dándome por satisfecha? Tal vez con mil, pero ¿por qué no con cien mil? Y quien dice cien mil dice un millón o dice cien mil millones, porque el caudal de la santidad se me presentaba tan inagotable como los propios números, e incluso hablar de infinito era hablar de poco porque siempre existía el infinito más uno o el infinito más un millón. Y entonces, si cada buena acción valía una cantidad determinada de puntos, ¿por qué perder el tiempo en las que estaban peor valoradas y no concentrar mis esfuerzos en las más arduas y por eso mismo mejor recompensadas?

La respuesta a esa pregunta la encontré cuando la madre

Linares me encargó que colaborara en los preparativos de las peregrinaciones a Lourdes. No estoy hablando de ayudar a los enfermos a subir o bajar del autobús ni de empujar camillas o sillas de ruedas por las rampas del santuario: eso habría sido poco para mí. Estoy hablando de visitar clínicas, hospitales, residencias para enfermos terminales o irrecuperables. Estoy hablando de ir de cama en cama y de habitación en habitación tratando de captar voluntarios para el siguiente viaje. Alimentaba en mi interior la secreta ilusión, la certidumbre incluso de que en una cualquiera de esas ocasiones asistiría a un milagro. Un milagro provocado en cierto modo por mí que sería como una señal divina, un signo de aprobación que Dios me dirigiría y con el que distinguiría mi fe inquebrantable, mi tenacidad, mi ardor. Por eso, y aunque yo nunca llegué a formulármelo con esta claridad, los enfermos que me interesaban eran los desahuciados, los incurables, los realmente desesperados: cuanto más grave fuera su estado de salud, mayor sería el milagro y mayor también mi recompensa. ¿A cuántos seres deformes, a cuántos moribundos pude llegar a ver en aquella época? Varios cientos, sin duda más de mil. Me acuerdo de un niño de unos ocho años que había nacido sin cráneo. Estaba obligado a pasar toda su vida entre almohadones, con un casquete como de aluminio encajado hasta las orejas y sujeto a la mandíbula con un barboquejo. Me acuerdo también de una mujer con la piel llena de ronchas y de habones. Parecía toda ella un enorme boniato, y el escaso pelo oscuro le caía sobre el rostro en un par de mechones ralos y desflecados. Y me acuerdo de un paralítico que sangraba sin cesar por la nariz y la boca y que alrededor de los labios y en el cuello tenía las costras resecas de la sangre expulsada a lo largo de la noche. La verdad es que ahora, en el recuerdo, me inspiran lástima, pero entonces no los veía como lo que eran, simples desgraciados para los que la muerte podía llegar a ser una bendición, sino como candidatos a una más que probable curación milagrosa, y en eso no había ningún motivo para la conmiseración y sí muchos para la alegría. Y también para la esperanza. Hay un refrán que dice que la esperanza es lo último que se pierde. Estoy de acuerdo. Por mal que estuvieran, por remotas que fueran sus posibilidades de mejorar, entre todos los enfermos que entonces conocí no encontré a ninguno que se hubiera resignado totalmente a su suerte, ninguno que hubiera renunciado del todo a la ilusión de recuperar la salud de un modo completo y definitivo. En lo más recóndito de su alma había siempre un resto adormecido de confianza, algo así como un ascua sobre la que hubiera que soplar para que la llama reviviera. Y tampoco hacía falta un soplo poderoso, extraordinario. Bastaba con uno suave, ligero. Aquellos hombres y aquellas mujeres sin futuro estaban dispuestos a conformarse con la más endeble e irracional de las promesas. Lo único que pedían era que llegara alguien que quisiera engañarles, alguien que les dijera que todavía estaban a tiempo de recuperar los buenos momentos, y ese alguien fui yo, una niña de trece años que hablaba como una iluminada y les aseguraba que habían sido elegidos por Dios para sus próximos milagros. Con qué facilidad se dejaban convencer. Con qué credulidad escuchaban mis historias sobre muñones que crecían ante el desconcierto de los médicos, piernas que recuperaban la movilidad después de treinta años, y niños comatosos que volvían en sí por la sola aplicación de unas gotas de agua de Lourdes. Todo eso era, por supuesto, pura invención, fantasías que improvisaba en el momento según quiénes fueran mis desdichados interlocutores. Lo curioso es que no tenía la sensación de estar mintiendo. Dios era capaz de hacer todo eso y mucho más, y daba lo mismo que los detalles concretos fueran producto de mi imaginación. Luego, cuando terminaba de contar uno cualquiera de esos milagros, bajaba la voz y añadía: Y esto aún no lo sabe mucha gente; si yo lo sé es porque le ocurrió al padre de una amiga mía. ¿Y ahora se encuentra bien?, me preguntaban. Ayer mismo lo vi y estaba como una rosa, contestaba yo.

No quiero pecar de inmodesta, pero el inesperado éxito de aquellos viajes a Lourdes tuvo algo que ver conmigo. Nunca había habido tal demanda de plazas, nunca el estado de los enfermos había sido tan grave. El día de la peregrinación quedábamos a eso de las seis de la mañana delante del cine Pax, que era propiedad del Arzobispado. Allí acudían los enfermos que podían valerse por sí mismos y algunos que no podían pero que contaban con el apoyo de algún familiar. Allí acudían también las ambulancias encargadas de recoger a los más graves en sus domicilios. Hacia las siete y media u ocho el convoy estaba ya listo para partir: dos autobuses delante, seguidos de cuatro o cinco ambulancias, y cerrando el grupo un tercer autobús, con una sábana en la parte de atrás en la que estaba escrito: ¡NOS VAMOS A LOURDES! ¡DIOS ES SALUD! Yo viajaba siempre en este último autobús. Me sentaba junto a algún enfermo y le daba conversación. Luego sacaba mi libro y leía un poco. En aquella época sólo leía a Santa Teresa, un librito encuadernado en tela que había tomado prestado de la biblioteca del colegio y que recogía fragmentos de diferentes obras suyas. No siempre entendía lo que Santa Teresa decía, pero lo que entendía me fascinaba. Me fascinaba, por ejemplo, ese afán suyo por hablar con Dios. Así lo decía, hablar con Dios, y yo pensaba que eso era exactamente lo que yo quería. Sí, pero ¿cómo? ¿Cómo hacer para que Dios me escuchara? Lo bueno de aquel libro era que en él encontraba respuestas a muchas de mis preguntas. La santa, por ejemplo, decía que para hablar con Dios, para lograr que Dios me escuchara, tenía que mortificar mi alma. Pero Santa Teresa lo decía con otras palabras, mucho más bonitas que las mías. Ella decía que el alma era como un gusano grande y feo que se encerraba en un capullo muy apretado y salía convertido en una mariposa blanca y graciosa. ¡Eso era lo que yo quería: que mi alma no fuera un gusano sino una mariposa! ¿Estaba o no estaba en el buen camino? Sí, sí que lo estaba. Para comprobarlo, me bastaba con echar un vistazo a los enfermos que me rodeaban en el autobús, casi todos adormilados, varios de ellos con la boca abierta, la baba resbalándoles por la barbilla. Esos enfermos eran la mortificación que mi alma necesitaba, el apretado capullo del que mi alma saldría convertida en mariposa. El viaje era largo y pesado. Cuando por fin llegábamos, los voluntarios teníamos que ayudar a todos esos enfermos a bajar de los autobuses y las ambulancias. Estábamos en una de las explanadas próximas al santuario. La costumbre ordenaba que nos hiciéramos unas cuantas fotos de grupo delante del autobús. Algunas veces me dejaban a mí hacer las fotos, y a través de las lentes de la cámara observaba a esos enfermos, mis enfermos, agotados e impacientes, junto a los voluntarios y a los médicos, rodeando todos a la madre Linares, a la que siempre se cedía un lugar preeminente en reconocimiento de su autoridad. La madre Linares, gorda, bigotuda y en realidad tan monstruosa como el más monstruoso de los enfermos que posaban a su lado. Entre los enfermos tuvimos varios hidrocéfalos con la cabeza hinchada como una calabaza, una mujer elefantiásica que hubo de hacer el viaje en una furgoneta especial, dos o tres con el cuello deformado por el bocio, media docena de parapléjicos en sus sillas motorizadas, un jorobado que permanecía doblado sobre sí mismo en ángulo recto, decenas de ancianos intubados o necesitados de suero o de oxígeno. Solían llevar cantimploras y botellas de plástico que después llenarían de agua milagrosa. Yo les hacía la foto. Decía atención al pajarito y ellos gritaban ¡patata, patata! y agitaban en el aire sus cantimploras vacías. Hecha la foto, la madre Linares iniciaba la marcha hacia el santuario y todos la seguíamos por la rampa, los voluntarios empujando algún carrito y volviéndonos de vez en cuando para que ningún enfermo quedara rezagado. Tiempo después vi por la televisión alguna de esas películas baratas con zombis y muertos vivientes y comprendí que era a eso a lo que más se parecían nuestros enfermos. Avanzaban despacio, arrastrando los pies, apoyándose unos en otros, atentos sólo a los gritos de ánimo de la madre Linares y a las canciones de iglesia que los más voluntariosos nos empeñábamos en cantar. Avanzaban como lo que eran: una caravana de monstruos, de criaturas surgidas de una imaginación dislocada y febril. Pero yo no los encontraba monstruosos ni horrendos. Nada de eso. Me detenía a veces a mirarlos y no los veía espantosos sino entrañables, casi hermosos, y me sentía orgullosa de ellos. Volvíamos a hacernos fotos al final, cuando ya la visita estaba acabando y los enfermos, extenuados y más bien mustios, iban ocupando sus sitios en los autobuses y las ambulancias. Los más animosos solían aprovechar esos minutos últimos para comprar souvenirs: postales de la gruta y la basílica, biografías de Bernadette Soubirous, botellitas con la figura de la Virgen de Lourdes, llenas por supuesto de agua milagrosa. Fue en una de esas tiendas donde se produjo el milagro. A casi todos los enfermos de aquel viaje, unos treinta, los habíamos reclutado en una asociación de paralíticos. A unos pocos los llevábamos en camillas con ruedas. Los demás se desplazaban en sillas. Éstos podían muy bien manejarse solos, pero siempre había algún voluntario que los acompañaba. Yo estaba al cargo de un pequeño grupo que quiso dar una vuelta por una de aquellas calles con tiendas. Hacía buen tiempo y los comerciantes habían sacado los expositores a la calle. Mis enfermos se movían de un lado para otro en sus sillas, y de vez en cuando me enseñaban algo que habían comprado o pensaban comprar. Yo trataba de atenderles a todos y en cualquier caso nunca los perdía de vista. Contaba las sillas. Si veía ocho, era que todo iba bien. Una de esas veces conté ocho, sí, pero sólo siete de ellas estaban ocupadas. Había una silla vacía. Delante de ella, de pie sobre sus atrofiadas piernas, torcidas y flacas como sarmientos, estaba Carlos, un hombre de unos treinta y cinco años, paralítico desde los dieciocho. Tenía los brazos separados del cuerpo como un equilibrista que trata de mantenerse sobre el alambre, y su abultado tronco se bamboleaba despacio como los borrachos de las películas. Y sonreía. Sonreía con la boca y los ojos muy abiertos. Nadie al principio se dio cuenta de lo que estaba ocurriendo: sólo él y yo. Carlos se miró las piernas sin acabar de creérselo y luego me miró a mí. En ese instante estuve segura de que iba a echar a andar. ¡Milagro!, exclamé, ¡la Virgen ha hecho un milagro! Todos entonces se volvieron a mirar. ¡Milagro!, volví a exclamar, ¡la Virgen ha sanado a Carlos! Dije sanado y no curado: me pareció más solemne, casi bíblico. Los otros paralíticos hicieron un corro en torno a Carlos, que seguía con su suave bamboleo, y alrededor de las sillas se formó un círculo más amplio de curiosos que hablaban en distintas lenguas. Yo estaba enfrente de él, dentro de aquel espacio dejado por las sillas. ¡Puedes andar!, le dije, ¡anda! Se hizo un silencio anhelante. ¡Anda!, repetí. Carlos asintió con la cabeza. Luego, todavía con la sonrisa en los labios, se desplomó. Se desplomó como esos rascacielos cuyos cimientos se vuelan con explosivos. Cayó de plano, recto hacia delante, sin dejar en ningún instante de sonreír y sin poner las manos para detener el golpe. Cayó además con tan mala suerte que se rompió la nariz contra el bordillo y tuvimos que llevarlo a toda prisa a una de las ambulancias cercanas. ¡Ay, qué decepción sufrí cuando le vi salir con media cara vendada y los ojos llorosos! ¿Para eso íbamos a Lourdes? ¿Para que nuestros enfermos regresaran igual de enfermos y encima descalabrados? No era ésa, desde luego, la señal divina que yo había estado esperando.

Pero, vamos a ver, tampoco es que esa decepción fuera tan intensa, desde luego no lo suficiente como para acabar de un plumazo con mi etapa mística. Cuando eso ocurrió sólo había pasado un par de años desde que se produjera mi transformación, y ya he dicho que esa etapa duró unos cuatro años y medio, hasta que conocí a Fernando. Mi acendrada religiosidad se mantuvo intacta aun después del fallido milagro. Recuerdo, por ejemplo, el fervor con el que todas las noches me arrodillaba a rezar sobre las frías baldosas del dormitorio. En la mesilla tenía un pequeño fanal con una imagen de la Virgen del Pilar que había pertenecido a la abuela Casilda y, a su lado, un retrato enmarcado del papa Pablo VI, que moriría muy poco después. Y en la pared, en la parte de pared que me correspondía, había clavado con chinchetas una Virgen de Murillo, un Jesucristo crucificado y un martirio de San Sebastián, así como buena parte de mi colección de estampas. Estampas de Santo Dominguito de Val y de los innumerables mártires de Santa Engracia y de San Mateo y el Ángel, reproducción si no recuerdo mal de un cuadro de Caravaggio. Estampas también de Santa Teresa, con esa carita dulce y redonda que suelen tener las monjas jóvenes y una mirada limpia y decidida que yo envidiaba. Formaban entre todas una especie de retablo, y su carácter piadoso y solemne destacaba doblemente por contraste con las fotos de gente sonriente, los pósters de cantantes, los retratos de actores de moda con que María y Paloma habían decorado su parte de pared. Ellas dos nunca rezaban antes de acostarse, y algunas veces me metían prisa para que acabara con mis oraciones y apagara la luz. Yo replicaba: Si rezo tanto es por vosotras, porque vosotras no lo hacéis. ¿No os dais cuenta de que me obligáis a rezar el triple? Ésa era la idea de la religión que tenía yo en aquella época, en la época de la madre Linares y las peregrinaciones a Lourdes. Con la madre Linares, la religión era sacrificio, sufrimiento, deseo de mortificación, y la mayor concesión a la alegría que nos permitíamos consistía en cantar de vez en cuando alguna canción de iglesia. Todo cambió con el inicio del nuevo curso. Sí, ya sé que he dicho que mi religiosidad se mantuvo intacta, pero eso no es del todo cierto. Una noche, mis hermanas descubrieron en mi pequeño retablo del dormitorio la foto del padre Ródenas. ¡Qué guapo es!, exclamó Paloma. ¡Y qué ojos tan bonitos!, añadió María. Es el padre Ródenas, el consejero espiritual de octavo, dije yo, haciendo un gesto de indiferencia, como si un consejero espiritual no pudiera ser guapo ni tener los ojos bonitos. Se parece a Gregory Peck, dijo María. Era verdad. El padre Ródenas era alto, un poco desgarbado, y llevaba el pelo liso y moreno peinado con la raya a un lado. Era verdad que el padre Ródenas se parecía a Gregory Peck, el actor preferido de mamá y también el nuestro, pero yo dije que no, que se parecía más a Juan Antonio, el chico de la panadería que todas las mañanas nos traía dos barras de pan y una botella de leche. ¡Qué estupidez!, replicaron mis hermanas, ¡nadie pondría una foto de Juan Antonio junto a su mesilla de noche! También eso era verdad. Decir que el padre Ródenas se parecía a Juan Antonio era como tacharle de feo y de vulgar, como decir que carecía por completo de encanto, cuando el padre Ródenas era un hombre muy atractivo, una de esas escasísimas personas que te seducen sin proponérselo, el típico profesor del que las alumnas se enamoran. Claro que yo jamás habría reconocido que estaba enamorada de él o que me gustaba o que simplemente me atraía un poco. No lo habría reconocido delante de mis hermanas, porque ni siquiera en mi fuero interno lo reconocía. ¿Enamorarme yo? ¡Yo sólo estaba enamorada de Jesucristo! Para mí el padre Ródenas no era más que el nuevo consejero espiritual, el sucesor de la madre Linares. De eso al menos trataba de convencerme a mí misma. Por eso, cuando alguien comentaba lo guapo y atractivo que era, yo siempre lo negaba con un bufido de indiferencia. Y sin embargo, cuando por la noche me ponía a rezar, ya no miraba la Virgen de Murillo ni el Jesucristo crucificado ni ninguna de las estampas de Santa Teresa, con su carita en forma de manzana. No. Ahora miraba sólo la foto del padre Ródenas. Me resultaba imposible apartar la vista de su cara, de su pelo liso y moreno, de sus bonitos ojos, de esos hoyuelos suyos, tan parecidos a los de Gregory Peck. Pero la exaltación que entonces sentía no era tan diferente de la de poco antes. ¿Cómo distinguir mi antiguo ardor místico de este ardor nuevo, que se parecía tanto a aquel otro, que me cortaba igualmente la respiración y me subía por la espina dorsal como un cosquilleo, que me hacía pasar en sólo un instante del frío al calor y me inundaba el pecho de un anhelo confuso e indefinible, del deseo de una vida superior y más bella, de una vida perfecta?

En mi primera entrevista con él le hablé de mis visitas a hospitales, de mi colección de enfermos, de cómo al lado de la madre Linares me sentía en disposición de alcanzar la santidad. El padre Ródenas me dejó hablar y al final comentó: Vaya, vaya. Tendría que ser yo quien acudiera a ti en busca de auxilio espiritual. Me gustó esa frase, me hizo sentirme satisfecha. Pero es que yo entonces no conocía su sentido del humor. Sólo cuando volvimos a hablar una semana después, comprendí que lo que yo había entendido no tenía nada que ver con lo que él había querido que entendiera. Había sido una frase irónica, una frase que quería decir exactamente lo contrario de lo que decía. Que quería decir: ¡A ver si, de una vez por todas, te dejas de misticismos y zarandajas y empiezas a comportarte como una chica normal! Pero ya digo que eso lo comprendí una semana después, cuando me encontré con el padre Ródenas por el pasillo que llevaba a la congregación mariana y me preguntó: ¿Qué? ¿Qué tal te va con la madre Cantinflas? Eso fue todo. Llamó madre Cantinflas a la madre Linares y yo, de golpe, me sentí ridícula. Sentí que todo lo que había hecho al lado de la madre Linares durante los dos últimos años era sencillamente ridículo. Todo: la preparación de los ejercicios, las cuestaciones, las recogidas de ropa y, por supuesto, las peregrinaciones a Lourdes. Si, por ejemplo, el padre Ródenas me hubiera dicho que todas esas actividades eran impropias de una niña de mi edad, si hubiera tratado de convencerme de que toda la energía de mi fervor religioso se estaba desaprovechando, yo habría sabido qué contestarle. Pero no. Lo que me dio a entender no fue que todo aquello fuera inconveniente o erróneo sino que era ridículo, y para eso no encontré respuesta. El padre Ródenas me miraba sonriente, esperando, y por primera vez me vi desde fuera. Me vi como seguramente él me estaba viendo: como una cría iluminada e histérica, una pequeña fanática, tonta y feúcha, siempre pegada a esa monja gorda y con bigote. ¡Qué horror! ¿Así era yo? El padre Ródenas, mientras tanto, seguía esperando. ¿Te has quedado sin habla? Yo dije: Sí, digo no. Quiero decir que bien, que me va bien... ¿Qué otra cosa podía hacer? ¿Afearle la conducta? ¿Exigirle una rectificación? ¿O tal vez echarme a reír, que era lo que en el fondo me apetecía? Pues nada, ahí la tienes, dale recuerdos, dijo él, señalando la puerta de la congregación. Luego siguió su camino y yo me quedé sola ante aquella puerta. Y en ese instante pensé que abrirla sería como decir sí a la madre Linares y que decir sí a la madre Linares sería como decir no al padre Ródenas. Y descubrí que por nada del mundo quería decir no al padre Ródenas. Ese día empecé a rehuir a la madre Linares. Me la encontraba por el colegio y fingía no verla. Me pedía que fuera a su despacho y yo improvisaba cualquier excusa. Lo que ahora me apetecía era dejar pasar las horas en el club, que era una especie de salón recreativo con un par de máquinas de millón, una nevera con refrescos y varias mesas para jugar a las cartas y al parchís. El padre Ródenas lo había convertido en algo así como su cuartel general. Le parecía un lugar menos solemne que el despacho o el confesionario. Le parecía que en ese ambiente podía establecer con sus pupilas una relación de camaradería y confianza. Fue allí donde una vez le oí la siguiente frase: Los católicos hemos de hacer el bien para ganarnos el cielo, no para evitar el infierno. Ésa era la diferencia entre su idea de la religión y la idea que yo había tenido hasta entonces. Una religión que miraba al cielo y no al infierno, que no hablaba de tinieblas sino de claridad, que prefería la belleza a la fealdad, la alegría al dolor. Una religión en la que se podía aspirar a ser feliz y a gozar de las cosas hermosas de la vida. Yo llevaba dos años buscando la infelicidad y la desdicha y ahora, de golpe, un sacerdote alto y guapo me daba a entender que todos esos sacrificios podían haberme servido de muy poco. Que las cosas bonitas y agradables de la vida no tenían por fuerza que ser pecaminosas. Que incluso esas cosas bonitas y agradables podían ayudarme a estar más cerca de Dios. ¿Cómo no iba a sentirme cautivada por una religión así?

Ahora puedo decir que esa religiosidad mía, tan exaltada, tan ardiente, estaba íntimamente unida a mi florecimiento sexual. Que incluso se confundía con mi pujante sensualidad de adolescente. Puedo decirlo ahora pero no entonces, porque aún no lo sabía. Pero es verdad que yo en aquella época era deseo en estado bruto. Deseaba a todos los hombres con los que tenía algún contacto, por pequeño que fuera. Deseaba a los novios de las chicas mayores, que a la salida del colegio solían esperar sentados en sus Bultacos y sus Montesas. Deseaba al pelirrojo de la heladería Torino, del que estaban enamoradas casi todas mis compañeras, y al tío Delfín, al que un verano había visto desnudo en una de las duchas de un cámping. Deseaba incluso a Juan Antonio, el repartidor, tan poco agraciado, tan bruto. Por la noche, cuando me acostaba después de rezar, me bastaba con cerrar los ojos para que la cabeza se me llenara de fantasías. La más habitual era la del baño en el río. No era un río conocido, en el que hubiera estado alguna vez. Era un río como los de las películas de vaqueros: con un gran remanso rodeado de árboles desde los que John Wayne podía mirar sin ser visto. Me bañaba desnuda en el remanso. Luego salía en busca de mi ropa y me encontraba cara a cara con el John Wayne de turno, que podía ser el pelirrojo de la heladería o cualquiera de los chicos de las motos. Mi ropa no aparecía por ningún lado y yo, avergonzada, me tapaba con las manos. Pero lo curioso es que esa vergüenza, ese pudor, estaban íntimamente ligados a un sentimiento de placer. Me causaba placer saberme observada, deseada. Me causaba sin duda mucho más placer que si la situación hubiera sido la contraria: el pelirrojo o cualquier otro bañándose desnudo y yo, vestida, espiándole desde detrás de un árbol. Me hacía sentirme voluptuosa, carnal, un poco puta. Luego regresaba a la realidad y a la culpa, y el recuerdo aún vívido de esa sensación de placer me mantenía durante horas en un estado de turbación. Supongo que eso es lo que pasa cuando alguien se empeña en sofocar un deseo tan impetuoso.

En cuanto empecé a frecuentar al padre Ródenas, éste se convirtió en el principal protagonista de mis fantasías. De las del río y de todas las demás: él era también el bombero que me rescataba entre las llamas de un rascacielos, el médico que me palpaba el pecho y el pubis en busca de síntomas, el pintor para el que yo posaba como la Venus del espejo. ¡Y qué sensación más rara cuando después estaba con él! Para mí era como si aquella intimidad no hubiera sido ilusoria sino real. Como si todo eso hubiera ocurrido de verdad y nosotros tuviéramos que ocultarlo como amantes clandestinos. En lo más profundo de mi corazón tenía la oscura convicción de que el padre Ródenas conocía mis fantasías, de que al menos podía adivinarlas, entrar en ellas como quien entra en un cine y se sienta a ver una película. Al fin y al cabo, ¿no éramos él y yo sus únicos personajes? ¿Por qué no podía ser que hubiera entre nosotros algún tipo de comunicación superior, un pasadizo secreto que uniera nuestras almas e hiciera que mis fantasías fueran suyas y las suyas también mías? Sí, ya sé que esto suena a disparate y que me estoy desviando otra vez. Lo que quería decir es que, delante del padre Ródenas, me sentía clara, transparente, y que eso me desarmaba. Era como si pudiera leer mis pensamientos y lo supiera todo sobre mí. También como si pudiera ver a través de mi ropa. Recuerdo que me confesaba con él cada dos o tres días y que en esas ocasiones, las únicas realmente en las que estábamos a solas, tenía la impresión de estar desnuda. ¡Pero desnuda por debajo de la ropa! En la penumbra del confesionario, a sólo unos centímetros de él, recitaba en voz baja mis pecados y aguardaba en silencio la penitencia y la absolución. Estaba todo ese tiempo temblorosa, anhelante, con la sensación de que nunca como entonces había estado tan cerca de ver realizadas algunas de mis fantasías. El padre Ródenas habría podido entonces hacer conmigo lo que hubiera querido. Si me hubiera dicho cómeme la polla, se la habría comido. Si hubiera querido follárseme allí mismo, yo no sólo no le habría puesto el menor impedimento sino que me habría apresurado a satisfacerle. El padre Ródenas, por descontado, jamás se aprovechó de ese poder que tenía sobre mí. Más bien al contrario. Un día me dijo: ¿No te parece que te confiesas con demasiada frecuencia? A principio de curso venías dos veces por semana. Ahora vienes casi todos los días... Yo no supe qué decir y él añadió: No hace falta que te inventes pecados para luego poder confesarte y sentirte más limpia. Tampoco entonces dije nada, pero pensé que el padre Ródenas se equivocaba. ¿Para sentirme más limpia? Si me confesaba no era para sentirme más limpia, sino para estar a solas con él. Yo diría, dijo el padre Ródenas, yo diría que tú no cometes pecados. Sí cometo. No cometes, así que vete. Te doy la absolución y no vuelvas por aquí hasta el mes que viene. ¿Cómo hacerle entender que estaba equivocado? ¿Cómo convencerle de lo mucho que pecaba, aunque fuera de pensamiento? ¿Cómo explicarle que precisamente pecaba cuando le visitaba en el confesionario? ¿Que en vez de acudir a él para sentirme más limpia lo hacía para ensuciarme un poco, para sentirme como en mis fantasías: voluptuosa, carnal, un poco puta?

La etapa que yo llamo de devoción por el matrimonio empezó después del verano siguiente, que fue el de nuestras últimas vacaciones en la roulotte, el verano también de la muerte de Pablo VI. Pero en realidad no se trataba de una etapa nueva, sino del final de mi etapa mística. Supongo que el matrimonio se me presentó como la fórmula ideal para conciliar el deseo y la religiosidad, tan ardientes los dos, tan vigorosos. El padre Ródenas me había dicho que había muchas formas de servir a Dios y que una de ellas consistía en fundar una familia cristiana. El padre Ródenas también me había dicho que, dentro del matrimonio, el placer físico no era pecado. Sus palabras exactas habían sido: El placer puede llegar a ser una de las expresiones supremas del amor conyugal. Eso tenía sentido: ¿cómo iba a ser pecaminoso albergar deseos, sentir placer, disfrutar del propio cuerpo, si esos deseos y ese placer y ese cuerpo eran todos ellos creaciones de Dios? Habría sido como regalarle un pastel a un niño y prohibirle que se lo comiera: esa crueldad no cabía en la imagen generosa que yo ahora tenía de Dios. Pero la capacidad de sentir placer tampoco podía ejercerse de un modo desordenado. Por eso la Iglesia había instituido el sacramento del matrimonio. ¡Ah, el matrimonio! Para mí esa palabra era sinónimo de felicidad. Casarme, vivir en un pisito pequeño y coquetón, tener un niño y luego otro niño y luego quién sabía cuántos más, tener por supuesto un marido cariñoso que me besara siempre que estuviéramos solos, que me susurrara al oído lo mucho que me quería y me llevara en brazos al dormitorio, que me desnudara despacio y me acariciara con suavidad... Tenía apenas catorce años y quería casarme. Casarme cuanto antes. Había, por supuesto, otras chicas en la clase que también hablaban de casarse, pero solían ser chicas que tenían problemas con sus padres y que sólo aspiraban a encontrar un novio y casarse para largarse de casa y perderlos de vista. No era mi caso. Yo me encontraba muy a gusto en Villa Casilda, con mi madre, mi padre, mis dos hermanas. ¿Huir? No, yo no quería huir de nada. Lo que yo quería era ser feliz y repartir felicidad a mi alrededor. Lo que yo quería era fundar una familia cristiana con la que servir a Dios.

Fue por entonces cuando me dio por hacer eso que tanto le gusta recordar a María: meterme un cojín debajo de la ropa para simular un embarazo. Me gustaba, sí, imitar los gestos de las mujeres preñadas, pasear por la casa con aquella tripa falsa y las manos en los riñones, sentarme en las sillas con la misma torpeza cautelosa que había observado en las embarazadas de los autobuses, que se agarraban hasta en dos o tres sitios diferentes antes de dejar caer el culo, estudiar mi rostro en el espejo en busca de ese cutis inmaculado y esa sonrisa beatífica de las futuras madres. Pero en realidad eso tampoco lo hacía con tanta frecuencia, y siempre como una broma, una comedieta para hacer reír a mis padres y mis hermanas. Lo que sí es verdad y María nunca supo es que por aquella época me acostumbré también a asistir a bodas. A bodas a las que no había sido invitada. A bodas de gente a la que no conocía de nada. Me enteraba de los casamientos siguientes por las amonestaciones que publicaban las distintas parroquias y allí estaba yo días después, viendo cómo los contrayentes se miraban con embeleso y nerviosismo mientras se entregaban las arras o intercambiaban los anillos, escuchándoles decir sí quiero con la voz casi siempre encogida por la emoción, esperándoles a la salida del templo entre los acordes de la marcha nupcial y la lluvia de granos de arroz. ¡Qué espectáculo tan bonito, las bodas! ¡Y cómo disfrutaba con el sermón cuando el cura hablaba del amor y decía cosas tan bonitas como las de aquel sacerdote negro, seguramente guineano, que dijo que el amor era un pálido reflejo del rostro de Dios! Había bodas bonitas y bodas feas, y a mí me parecía que un matrimonio surgido de una de las feas nunca iría del todo bien. Recuerdo la de una pareja de aspecto pobretón. El novio llevaba el pelo muy largo y unos pantalones de rayas, muy ceñidos y algo cortos. La novia, bastante mayor que él, ni siquiera iba de novia. Llevaba un vestido azul celeste, de manga corta y con un amplio escote cuadrado, que parecía sacado de las ilustraciones de algún cuento de hadas. Conté los asistentes: incluyéndoles a ellos, no pasaban de la docena. El sacerdote despachó la ceremonia en veinte minutos, y ni siquiera les dirigió unas frases de enhorabuena. Cuando todo acabó, los novios y los escasos invitados se hicieron unas fotos delante de la iglesia. Luego montaron todos en un autobús de línea y desaparecieron. ¡En un autobús! ¡Los recién casados en un autobús de línea! No me lo podía creer. ¿Es que no conocían a nadie a quien pedir prestado un coche? ¿Es que ni siquiera tenían dinero para coger un taxi? Estamos hablando del día de su boda. Un día que recordarán el resto de sus vidas. Un día del que inevitablemente recordarán esa ropa horrible y barata, esos poquísimos invitados, ese autobús de línea. ¿Con qué cara se mirarían cada vez que hablaran de su vida en común, del momento en que se convirtieron en marido y mujer? ¿Cómo podrían mirarse a los ojos cuando se recordaran a sí mismos subiendo a ese autobús y rebuscando en los bolsillos unas monedas con las que pagar los billetes? Yo, desde luego, para casarme así, no me caso. Eso al menos era lo que pensaba entonces, en una época como aquélla, en la que me pasaba las horas anticipando con la imaginación el día de mi boda: yo con el más bonito de los vestidos de novia, un sacerdote que pronunciaría las más hermosas palabras sobre el amor, flores y más flores por todas partes, un coche imponente y con vistosos lazos blancos esperándonos a la salida de la iglesia... No diré que tenía ya decidido cuál sería mi vestido de novia, pero casi. Porque otra de mis costumbres de entonces consistía en recorrer todas las tiendas de trajes de novia de la ciudad y pedir catálogos, folletos, fotografías, que más tarde contemplaba con auténtico arrobo. Si hubiera tenido algunos años más, me habría atrevido a probarme algún modelo. Como sólo tenía catorce años, me conformaba con llevarme aquellos catálogos diciendo que eran para mi hermana mayor. Luego, en casa, los guardaba en una vieja sombrerera que tenía escondida en el cuarto ropero. No por nada, sólo porque no quería que nadie asociara mi colección con la ridícula manía del abuelo de guardar anuncios y folletos.

Pero en realidad hubo bastantes cosas de las que María no tuvo conocimiento. Digamos que supo lo de los cojines y muy poco más, y que eso le bastó para acudir a mis padres con la historia de que yo no estaba bien de la cabeza. Pasaron los meses. Papá murió y mamá empezó a trabajar de representante de Textil Los Muñecos, y otra cosa que María no sabía era que de vez en cuando robaba prendas del muestrario de mamá. Era más fuerte que yo. Cuando veía todos aquellos pantaloncitos, monos, gorritos, batas, baberos, patucos extendidos sobre los muebles de la biblioteca, que era donde mamá solía preparar sus muestrarios, era como si en realidad estuviera viendo a unos niños vestidos así y como si esos niños, todos ellos, fueran hijos míos. Experimentaba entonces una sensación muy similar a la que tuve tiempo después, cuando estaba a punto de destetar a mi pequeño Germán y cada vez que pensaba en él notaba cómo me subía la leche. Justo eso era lo que me ocurría: que me invadía un fortísimo sentimiento de amor materno, como una oleada de calor que me ascendía por el tórax, me hacía cosquillas en las tetas y me tensaba los pezones. Ya he dicho que era más fuerte que yo. En cuanto veía aquella ropita, me salía la urraca que llevaba dentro. Elegía entonces la prenda que más me gustaba. Después, casi siempre de noche, bajaba a la biblioteca y la buscaba dentro de los maletones en los que mamá guardaba sus muestrarios. Mamá, a veces, echaba de menos alguna de aquellas prendas. Decía: ¿Y el pichi de los conejitos? Seguro que me lo he dejado en Sariñena, en la tienda de Paqui. O decía: ¿Y el albornoz de felpa? Era tan mono, con su capuchita y todo. ¡A saber dónde me lo habré olvidado! Pero el pichi de los conejitos y el albornoz de felpa estaban mucho más cerca de lo que ella creía. Justo encima de la biblioteca, en el cuarto ropero, en la sombrerera en la que ocultaba mis tesoros. ¿Por qué lo hacía? ¿Por qué robaba aquella ropita? No era cleptomanía ni ganas de fastidiar ni nada de eso. Era que a veces me sentía como si estuviera embarazada o a punto de estarlo, y no hacía nada que no hubieran hecho otras muchas mujeres de todas las épocas y todos los países del mundo. Preparar la canastilla, eso era. Preparar la canastilla para el día en que naciera mi primer hijo. ¿Tan raro es? Si hay gente que se pasa toda la vida preparando el día de su entierro y pagando la iguala de la funeraria, ¿por qué no podía yo prepararme un poco para el momento del parto, que era algo para lo que mi organismo estaba ya totalmente capacitado?

Pasaron algunos meses más y María aprobó el examen de conducir, mucho antes de que también lo aprobara mamá. Y entonces conocí a Fernando. Durante esos meses en que María tenía ya el carnet pero mamá todavía no, María nos llevaba por las mañanas a Paloma y a mí. Dejaba primero a Paloma y luego me dejaba a mí. Hacía un par de semanas que en la acera de enfrente del colegio solía aparcar un 1430 verde con el techo negro y una cinta con la bandera de España atada a la antena. Era el coche de Fernando, que me había visto en misa los últimos domingos y desde entonces me lo encontraba en todas partes. La simple visión de ese coche me ponía nerviosa. Yo sabía que, en su interior o apoyado en el capó, estaba Fernando. Y que me miraba. Que me seguía con la mirada desde que salía del Simca hasta que cruzaba el pequeño jardín delantero y desaparecía en el interior del edificio. Yo sabía que Fernando me miraba, pero no me atrevía a echarle un vistazo ni a hacerle una seña ni a nada. ¡A pesar de que era lo que más deseaba en ese instante! Luego me pasaba el día diciéndome a mí misma: Mañana sí, mañana me volveré y le sonreiré. Pero ¿y si se ha cansado de mí y mañana no vuelve? Vivía en un estado de constante zozobra. ¿Qué tenía que hacer? Si me volvía y esperaba a que me dijera algo, todo estaría claro. Pero, por otro lado, si seguía ignorándole, lo que hacía era poner a prueba sus sentimientos. Eso era al menos lo que me decía yo, que esperaba con ansiedad el momento de entrar en el colegio, y cuando volvía a ver el 1430 verde pensaba: Si está hoy aquí, es porque me quiere. Y si mañana vuelve a estar, es que me quiere de verdad. Y si pasado mañana está también, es que está enamoradísimo de mí. Así pues, no me volví a mirarle ni una sola vez, y las pocas veces que podía observarle con disimulo era en misa. Especialmente cuando volvía de comulgar, porque Fernando, como casi todos los chicos, solía quedarse de pie junto a las puertas de entrada, justo enfrente del pasillo por el que se volvía del comulgatorio. Venía yo con la hostia deshaciéndose en la lengua y la mirada fija en las puntas de los pies, y sólo cuando estaba a la altura de mi fila de bancos alzaba un instante la vista para ver si me estaba mirando. ¡Y sí! ¡Sí que me estaba mirando! Y eso no quería decir más que una cosa: que aquel chico estaba coladito por mí. Pero estoy refiriéndome a él como a un chico, y lo cierto es que en aquella época Fernando tenía ya veintinueve años. Yo acababa de cumplir los dieciséis y a él lo veía como a un adulto. Fernando era entonces (y lo seguiría siendo) el típico que se rodeaba siempre de gente más joven que él. Ahora sé cómo son esos individuos, que sustituyen a unos amigos por otros de menor edad a medida que los mayores van casándose o sentando cabeza y al final acaban quedando para salir con los hermanos pequeños de sus antiguos amigos. Ahora sé que de esa gente no te puedes fiar, pero entonces no lo sabía, y lo que más me impresionaba era precisamente que fuera eso: un hombre hecho y derecho, con experiencia, el líder indiscutido de su grupo de amigos más jóvenes que él, aquel al que todos seguían, respetaban y trataban de emular. También, por qué no decirlo, un hombre no del todo feo que vestía siempre traje completo y conducía un coche de su propiedad: nada que ver con los chicos que salían con mis compañeras de curso, que no sabían ni hacerse el nudo de la corbata y en el mejor de los casos tenían una triste Vespino. ¿Qué hacía alguien como Fernando fijándose en una cría como yo? Nada podía halagarme tanto como su interés. Uno de esos domingos me lo encontré a mi lado en medio de la pequeña multitud que se agolpaba para salir de la iglesia. Yo llevaba un bolsito de tela de varios colores y a través de la cremallera abierta asomaba el mango de un paraguas plegable. Ten cuidado, no te vayan a robar, dijo, señalando el bolso. Yo, sumisa, lo agarré con las dos manos y me lo apoyé en el pecho. Él dijo: No sería la primera vez... Asentí con la cabeza, agradeciéndole su interés, y seguí mirando para adelante. Él permaneció a mi lado, como si ese breve intercambio de palabras de algún modo nos hubiera unido. Estaban abiertas las dos puertas laterales, que eran como dos embudos ante los que la gente se amontonaba para salir. Avanzábamos despacio, muy despacio, pegados unos a otros como en las fotos de japoneses en el metro. Pero yo no tenía ninguna prisa. Cuando estábamos ya llegando a la puerta, Fernando señaló el asfalto aún mojado por la lluvia y me preguntó si me llevaba a algún sitio. Tengo coche, añadió, como si no supiera que yo sabía que tenía coche. Es que..., dije. Te llevo, dijo. Yo negué con fingida convicción. Él insistió: Tiene aspecto de no dejar de llover en todo el día. Eso es verdad, asentí, aunque en realidad ya casi no llovía y parecía a punto de escampar. Lo tengo en esta misma calle, dijo después, y yo ya lo sabía porque lo había visto antes de meterme en misa. ¿Cómo no lo iba a ver, si era lo único que mis ojos buscaban: un 1430 verde con el techo negro y una cinta con la bandera de España atada a la antena? Me quedé sin embargo parada e incluso hice ademán de ir a sacar el paraguas. ¡Vamos!, dijo Fernando, ¿te vas a quedar ahí? Yo dije sí, digo no, quiero decir..., y él volvió a decir ¡vamos!, y así fue como empezó nuestra desdichada historia de amor.

6. PALOMA

Tenía trece años y, en cuestiones de chicos, era la más precoz de mi curso. Me gustaba que se fijaran en mí, que desearan besarme, que se pusieran a mi lado y me tocaran a escondidas. Disfrutaba sobre todo en las clases de geografía, porque en ellas hacíamos lo que llamábamos el corro. Nos levantábamos todos y nos poníamos en la pared, formando una u imaginaria alrededor de los pupitres, y el profesor hacía las preguntas. ¿Afluente del Miño? El Sil, que lleva aguas de plata. ¿Principales sistemas montañosos del sur de España? El Bético y el Penibético. Si fallabas, contestaba el siguiente y, si también éste fallaba, el siguiente, y así hasta que alguien acertaba. En las preguntas difíciles, dar la respuesta correcta equivalía a adelantar diez o doce puestos de una vez, y al final del trimestre los buenos estudiantes acababan quedando a la cabeza del corro y los malos en la cola. Yo disfrutaba con el corro. Pegados como estábamos unos a otros, podía tocar al chico que tenía más cerca y dejar que también él me tocara. Lo hacía con disimulo para que el profesor no notara nada, pero no me importaba, e incluso me gustaba, que los demás lo supieran. Lo hacía además con una especie de calculada perversidad. Solía elegir a los más estudiosos y formales. Esperaba a que fueran avanzando hasta colocarse junto a mí, y entonces bajaba la mano y les acariciaba las corvas, los muslos, el culo. Algunos de ellos reaccionaban dejándose acariciar, otros acariciándome también. Pero ninguno de los elegidos quería nunca separarse de mí, y para seguir a mi lado tenían que fallar en las mismas preguntas que yo y permitir que nos adelantaran los que venían detrás. ¿Checoslovaquia, capital?, decía el profesor. Ni idea, decía yo. ¿Checoslovaquia, capital?, repetía él, y el chico en cuestión, las mejillas ardientes, la respiración alterada, negaba con la cabeza. Pero, Marcelino, ¿es posible que no sepas la capital de Checoslovaquia?, preguntaba incrédulo el profesor, y yo sonreía viendo cómo Marcelino, que era de los que mejores notas sacaban, se hundía junto a mí en los últimos puestos del corro.

En aquella época me gustaba pensar que había nacido para mujer fatal. Que algún día serían muchos los hombres dispuestos a dejarlo todo por mí, muchos también los que acabarían destruidos por mi culpa. Aquellos jueguecitos míos con algunos de mis compañeros formaban parte de mi preparación para ese futuro, un futuro que de golpe se me aparecía tan cercano, inminente. Las chicas de la clase me detestaban. Cuando advertían alguna de mis operaciones de tocamientos, se avisaban unas a otras con la mirada y fingían escandalizarse. Luego murmuraban a mis espaldas. Decían de los chicos que eran todos unos borregos y de mí que era una fresca y un zorrón, y que así cualquiera: según ellas, mi éxito no tenía ningún mérito. Ellas, las virtuosas, las intachables, aún no sabían que en el sexo el único mérito es el éxito. ¿Lo habrán descubierto ya, pasados los años? Supongo que sí. Los sentimientos se parecen más a las aleaciones que a los metales puros, y el suyo era un odio mezclado con admiración y envidia. Si criticaban mi desvergüenza era precisamente porque las fascinaba, porque en el fondo se reconocían incapaces de hacer lo que yo hacía, y sus murmuraciones guardaban una relación directa con esa secreta fascinación suya. No he vuelto a ver a ninguna de aquellas chicas. Ni siquiera sé si las reconocería. Sin embargo estoy segura de que ellas se acuerdan muy bien de mí y de que más de una vez se habrán descubierto a sí mismas maldiciendo su empeño de entonces por conservar la virtud. Lo que yo tenía claro era que, cuanto más me odiaran aquellas estrechas, mayor sería mi poder sobre los chicos. Al mismo tiempo, cuanto más ejerciera ese poder, mayor sería el odio de ellas, que a su vez aumentaría mi poder, y así siempre.

A las chicas las castigaba demostrándoles que podía hacer lo que me viniera en gana con cualquiera de los chicos y ninguno de ellos se me resistiría jamás. Si veía que se había formado una parejita, me las arreglaba para ponerme al lado del chico en el corro o en la clase de gimnasia, y una sonrisa sugerente, una caricia en la espalda, una frasecita apenas susurrada solían bastar para que el chico dejara de pensar en la chica y empezara a pensar en mí. Nada me parecía más fácil que romper una pareja, y qué satisfacción experimentaba cuando mis ojos se encontraban con los ojos derrotados y rencorosos de ella. Mi costumbre de redactar un diario íntimo empezó así, por el placer de llevar la cuenta de aquellas pequeñas conquistas. Escribía, por ejemplo: Luis, tocado. Y al día siguiente: Luis, tocado y hundido. Lo que nunca escribía era: Agua. El diario no era, pues, sino un inventario de chicos, la primera de esas listas a las que no tardaría en aficionarme. Coleccionaba novietes como otros coleccionaban posavasos o cajas de cerillas, pero lo cierto es que me duraban bastante poco: conquistarlos y cansarme de ellos venían a ser la misma cosa.

Lo que más me distanciaba de todos aquellos chicos, y también de la mayoría de las chicas, era mi relación con mi propio cuerpo. Había crecido. Me había convertido en una mujer, y todo en mí daba la sensación de establecido y definitivo: las caderas y los muslos bien formados, los pechos constituidos, las facciones asentadas. Me parecía a mí misma como un buen retrato se parece al modelo. Los demás, en cambio, no habían crecido sino que seguían creciendo, y sus organismos en desarrollo tenían la fealdad de lo desdibujado, de lo cambiante: eran retratos sin modelo. Esos rostros provisionales, esos cuerpos inconclusos eran como los vestidos que las hermanas pequeñas heredan de las mayores, una ropa que nunca acaba de sentar bien y que en todo momento se proclama extraña a quien la lleva. Eso era lo que me alejaba de mis compañeros de curso: que mientras ellos se sentían dentro de su cuerpo como envueltos en un disfraz ajeno e incómodo, yo sentía el mío como algo propio. Ellos lo llevaban puesto; yo era mi cuerpo. Parecerá una tontería, pero eso bastaba para que me sintiera por delante de ellos, superior: una Blancanieves rodeada de enanos que ni siquiera eran enanos, sólo niños con barbas postizas. Los encontraba a todos pequeños e inexpertos, carentes del menor interés: ¿qué podía aprender de ellos que no hubiera averiguado por mí misma? Juguetear con unos y con otros, seducir y abandonar, saberme objeto de fascinaciones y rencores: eso podía estar bien para una temporada, no para más.

Cuando salían, los chicos y chicas de mi clase se reunían en una heladería que se llamaba Torino. Pedían los helados más económicos y se sentaban a tomárselos en las mesas del fondo. Y así pasaban las tardes de los sábados y los domingos, fumando a escondidas los más audaces, sofocando risitas nerviosas los demás, rompiendo unos y otros las cucharillas de madera por el mero placer de romper. Los de los cursos superiores, incluso los de la universidad, solían quedar en el Teddy, en el Pájaro Verde, en el Tangerine, que tenía billar americano y un cuadro de un negro fumando un porro. Yo era la única de mi clase que entraba en esos bares. Iba sola. Si llevaba dinero, pedía un refresco. Si no, no. El mero hecho de estar en un lugar en el que mis compañeros no se atrevían a entrar me hacía sentirme bien. A veces algún desconocido me invitaba a tomar algo y yo no me negaba. ¿Estás esperando a alguien?, me preguntaban. Estoy, simplemente estoy, contestaba, y eso siempre les hacía gracia. En el Pájaro Verde tenían máquina de discos. Cuando me pedían que ayudara a elegir una canción, escogía una de Jane Birkin en la que una pareja hablaba mientras hacía el amor, y siempre había alguno que me miraba con complicidad. Si les hubiera dicho que tenía trece años no se lo habrían creído.

Aquel año suspendí cinco o seis asignaturas y, para no repetir curso, mamá me sacó del colegio y me matriculó en una academia. La muerte de papá estaba todavía reciente, y mi escasa aplicación en los estudios se vivía como uno más de los ya habituales dramas domésticos. Para mí aquello fue lo mejor que me podía ocurrir. En la academia estaba rodeada de chicos como los del Teddy, el Pájaro Verde, el Tangerine, chicos mucho mayores que yo, repetidores todos que sólo pensaban en pasárselo bien. A los catorce años tuve mi primer novio. Cuando hablo de novios no quiero decir que nos juráramos amor eterno ni pensáramos en casarnos o en fundar una familia. Cuando hablo de novios quiero decir que hacíamos el amor. Siempre que salíamos juntos acabábamos follando. Me llevaban a dar vueltas en sus motos, y yo notaba lo orgullosos que estaban de llevar detrás a una chica guapa. Me llevaban en sus motos y follábamos en cualquier sitio, y yo sabía que luego se lo contarían entre ellos pero no me importaba. A los que no me gustaban les dejaba que me llevaran en moto, y después los despachaba con una paja rápida o una mamada. Pero ésos no eran mis novios.

Tuve mi primer novio en septiembre del setenta y nueve. Se llamaba David y era famoso en la academia porque nadie liaba los porros como él. El segundo (¿cómo se llamaba?) lo tuve poco después y me duró sólo dos sábados. El tercero fue César. Con él estuve bastante más tiempo, y fue el único del que estuve enamorada y el que más se enfadó cuando le dejé. César no era ni mucho menos el mayor de la clase pero daba la sensación de haber vivido más que cualquier otro. Las cosas que para los demás eran novedosas para él estaban ya gastadas y viejas. Irradiaba una extraña confianza en sí mismo que hacía que todos, de un modo u otro, trataran de emularle, y habría sido el líder natural del grupo si no hubiera sido por su ilimitado egoísmo. Cuando algo le gustaba, lo cogía y basta. Yo le gusté y me cogió. Era su forma de proceder. Me cogió igual que una vez cogió la cámara de una compañera para hacerme una foto y, otra, el coche del profesor de lengua para llevarme al canódromo. Me cogió igual que cogía dinero a sus padres. César cogía todo lo que le gustaba y estaba a su alcance, y todo lo que cogía lo consideraba suyo de pleno derecho. De algún modo sentía que el mundo estaba en deuda con él, y eso le impedía preguntarse si lo que hacía estaba bien o mal hecho. Yo, más que su novia, era una propiedad suya, algo que sencillamente le pertenecía. Cuando algún chico me miraba con deseo las piernas o las tetas, él se le encaraba rabioso. ¿Tú qué?, le gritaba, ¿quién te ha dado permiso para estar aquí?, y el chico, intimidado, se marchaba de allí a toda prisa. A mí sus celos no me molestaban sino que me hacían gracia porque los veía como una manifestación de su amor por mí. A veces, por reírme un poco, le azuzaba. Le decía: Ese de ahí no me quita el ojo de encima. O: ¿Has oído lo que han dicho ésos al pasar? O: Este sitio está lleno de buitres. Y César se revolvía contra el que fuera y le insultaba y le mostraba los puños, y yo luego estaba con él más cariñosa que nunca.

En la academia todos se jactaban de tener problemas con sus padres, pero no siempre era cierto. Sí lo era en su caso. La gente quiere tener hijos pero no aguanta verlos crecer, decía. Era raro César. Decía que se había acostumbrado a que sus padres no le quisieran, pero muchas de las cosas que hacía las hacía sólo para reclamar su cariño. Por ejemplo, robarles. Acabo de decir que les robaba dinero. En eso yo nunca intervine. En lo que sí intervine fue en sus asaltos al chalet. Los padres de César tenían un chalet en una urbanización de las afueras. Vivían allí de junio a septiembre, y el resto del año lo pasaban en un piso del centro. De hecho, todos sus vecinos hacían algo similar, y la urbanización entera se quedaba vacía a comienzos del otoño y vacía permanecía hasta finales de la primavera. Nada resultaba más sencillo que entrar a robar. En el chalet no había objetos de valor. Si alguna vez los había habido, hacía tiempo que habían desaparecido, y sólo algunos, los indispensables, habían sido sustituidos por otros con aspecto de desechados o modestos. El televisor, por ejemplo, era en blanco y negro y pequeño, un modelo desconocido de una marca desconocida, y sobre la repisa de la chimenea y en las desangeladas estanterías sólo había algunos libros en edición de quiosco, cuatro o cinco fotos en marcos de plástico y algún cenicero o souvenir barato. Lo mismo podría decirse de los muebles y enseres del resto de las habitaciones, alguna de las cuales ni siquiera tenía lámpara. El exterior casi lujoso del chalet contrastaba con la precariedad de su interior, y ese contraste expresaba la resignación de sus dueños ante un futuro de asaltos que se daba por descontado.

A finales del setenta y nueve y principios del ochenta, yo era la novia de César y la cómplice de sus incursiones. Para entonces no quedaba ya nada que robar, pero él, que lo sabía, seguía yendo igual, y yo le acompañaba. Una vez nos llevamos el anónimo televisor en blanco y negro, que tuvimos que transportar en difícil equilibrio sobre el depósito de la moto y luego vendimos por cuatro perras a un chamarilero. Otra vez, las botellas del mueble-bar, todas ellas medio vacías o empezadas, que causaron alguna que otra borrachera entre los chicos de la academia. Y otra, el teléfono y una maquinilla eléctrica, que no valían nada y acabamos arrojando a un descampado. Aquello, por supuesto, no era robar. Era hacer daño, destruir. Para entrar abría la puerta con su llave y luego, ya dentro y con parsimonia, forzaba la cerradura hasta dejarla medio arrancada. César decía que lo hacía por precaución, para que no sospecharan de él, pero a mí me parecía que era justo al revés: que no simulaba los desperfectos para poder robar sino que simulaba los robos para poder provocar los desperfectos. Así que entrábamos y César rompía la cerradura. Luego descolgaba alguno de los cuadros que habían sobrevivido a anteriores asaltos y lo destrozaba a golpes contra una esquina. Es lo que hacen los ladrones, decía. Cuando no encuentran nada que llevarse, lo rompen todo. Eso decía y, mientras tanto, arrancaba cortinas, desgarraba tapicerías con la navaja, destripaba colchones. Yo no hacía nada, sólo mirar. Al final, cuando se cansaba de romper cosas, elegía lo que debía constituir nuestro exiguo botín y nos marchábamos.

Poco después empezó a robar en los chalets de los vecinos. Un día le vi venir en moto, la melena al viento, los ojos brillantes de excitación. Llevaba un paquete metido dentro de la cazadora. Me lo entregó. Pesaba bastante. Guárdame esto, dijo.

115

¿Qué es?, dije. Tú guárdamelo, dijo. Sonreía con los dientes muy blancos y estaba guapo. Estaba guapo con aquel aspecto de forajido de película, amante del riesgo y lo prohibido, y por un instante me sentí feliz en mi papel de novia del héroe. Por la noche, en casa, abrí el paquete. Era una colección de medallas del ejército, unas veinticinco o treinta, prendidas a un rectángulo de fieltro y con apariencia, al menos algunas, de antiguas y valiosas. Volví a enrollar y a plegar el fieltro y lo guardé al lado de mi diario en el cajón de la mesilla. Al día siguiente, César me invitó a comer en un buffet libre. Llevarme a mí a un sitio así, con lo poco que comía, no tenía mucho sentido, pero en aquella época los buffets libres todavía eran una novedad y a César le hacía gracia eso de poder servirse grandes cantidades de sus platos favoritos. Fue allí donde me dijo que la colección de medallas la había robado en el chalet de un vecino. ¿Por qué lo haces?, dije. ¿Quieres más ensaladilla?, dijo. ¿Robaste algo más?, dije. Él guiñó un ojo con aire misterioso y dijo: Yo sí quiero más ensaladilla.

Algunas tardes íbamos a apostar al canódromo. Tenía un ambiente como de estación de autobuses, con desconchados en las paredes, colas de gente ante las ventanillas y letreros luminosos algo averiados. Sin embargo, cuando el bullicio decrecía y la megafonía callaba, podían oírse los ladridos que escapaban de la perrera. Las apuestas en el canódromo eran bajas, bajísimas, y en sus gradas éramos mayoría los adolescentes y los jubilados: jugadores modestos, por tanto, con unas pocas monedas en el bolsillo y la necesidad de matar las horas en algún sitio. En realidad era todo bastante lamentable: aquel público indigente, aquellos perros famélicos, aquella pista desolada. Coincidíamos allí con chicos y chicas de otras academias tan desastrosas como la nuestra. Una tarde vino uno y le dijo a César que acababa de ver a su padre en la calle. César dijo: Por mí se puede cortar las venas.

El canódromo era también un buen sitio para trapichear con drogas. Al aire libre nadie prestaba atención a lo que fumaban los demás, y para probar drogas más raras César y sus amigos solían meterse en el váter. Aquella tarde tuvimos suerte en una de las carreras, y los pequeños beneficios nos los gastamos en costo, que era lo único que yo consumía. Luego me aburrí y dije que me iba a casa. César me dijo espera, te llevo, pero no le hice caso. Salí a la calle y crucé en dirección a la parada del autobús. Alguien me agarró por el brazo antes de llegar a la acera. Tú eres la nueva putilla que va con mi hijo, me dijo. ¡Suelte!, exclamé, apartándome con brusquedad. Apreté el paso pero el hombre no se separaba de mí: ¡No vayas tan deprisa!, ¡tengo que decirte algo! Eché a correr. ¡Espera!, oí a mi espalda, ¡sólo quiero hablar contigo! Me volví a mirarle al llegar a la parada. Nos separaban unos cincuenta metros. Avanzaba a buen ritmo pero sin correr, y ni siquiera cuando vio que el autobús se detenía a mi lado hizo ademán de acelerar. ¡Espera!, volvió a decir, y me pareció que sonreía y que su sonrisa y la de César eran la misma. La gente de la parada fue subiendo al autobús y el conductor me interrogó con la mirada. Yo no sabía qué hacer. Subir al autobús no me garantizaba que fuera a librarme de mi perseguidor. Por otro lado, tampoco estaba totalmente segura de querer librarme de él. Crucé los brazos. El autobús cerró sus puertas y arrancó. Ahora estaba sola en la parada, y el padre de César sacudía la cabeza. Gracias, dijo, y perdona por lo de antes. ¿Qué quiere?, dije, y él: Tengo el coche ahí al lado, ¿te llevo a algún sitio? Prefiero el autobús, dije, y él volvió a disculparse: Lo siento, lo siento. No tenía que haberte dicho eso.

En realidad, Ramón y su hijo se parecían bastante poco. Ramón era más bajo y corpulento, con el pelo negro peinado hacia atrás y un entrecejo fruncido que le daba un aire perpetuo de preocupación. Cada uno de los dos era guapo a su manera, pero lo que más los distinguía era que en Ramón había algo que inspiraba confianza y en César no. De él, de Ramón, sólo sabía que me había insultado y perseguido, y a pesar de todo acabé aceptando ir en su coche.

¿Dónde vives?, dijo, y yo me encogí de hombros. Dimos una larga vuelta por la ciudad. ¿Qué quiere de mí?, dije. Había empezado a caer una lluvia fina, y el movimiento discontinuo del limpiaparabrisas marcaba el compás de nuestra conversación. Ni yo mismo lo sé, dijo. Estábamos en una de las carreteras de salida. Un letrero indicaba el desvío que conducía a la urbanización. ¿Has estado?, me preguntó, y no hizo falta que mencionara el chalet. Sí, dije. Dijo: Hace tiempo que lo sé. Nunca hemos hablado de eso, pero hace tiempo que sé que el ladrón es César. Yo sé que es él, y él sabe que lo sé. Y también sabemos los dos que todos en la urbanización lo saben. Dijo todo esto de corrido y luego permaneció callado, como si se tratara de un acertijo y me concediera unos segundos para hallar la solución. Detuvo el coche a un lado de la carretera. Sacó de la guantera un paquete de Lark. Me ofreció un cigarrillo. Negué con la cabeza. Se encendió el suyo y prosiguió: Hasta ahora nada de lo que hacía era demasiado grave. Ahora es distinto. Ahora se dedica a asaltar otros chalets. Sabe que eso me puede hacer más daño. Que quedo en una situación muy comprometida. ¿Qué pretende? ¿Que cierre la casa para siempre? Encendí la radio y busqué una emisora de música. Escuchamos un par de canciones de Demis Roussos. Después Ramón me preguntó si iba a casa o prefería que me llevara a otro sitio.

Siguió hablando mientras conducía: ¿Te ha dicho César que tuvo un hermano? No, ya veo que no. Pero así es: primero nació él y dos años después nació Javier. De niños se llevaban muy bien. De hecho siempre se llevaron bien. Se disfrazaban, se escondían por la casa. Les gustaba darnos sustos y hacernos reír, sobre todo hacernos reír. Cuando tenía poco más de cinco años, Javier cogió la costumbre de dejarse caer. Eso pensábamos Clara y yo: que se dejaba caer para hacernos reír. Un día le dijimos que no volviera a hacerlo, que ya no tenía gracia, pero él volvió a rodar por el suelo. Se lo comentamos al pediatra y éste nos mandó a otro médico. Tumor cerebral. ¿Cuánto podía durar? Unos meses, quizás uno o dos años. En realidad aguantó bastante, seis años más. Fueron seis años terribles. Todo el amor que pensábamos darle a lo largo de su vida tuvimos que dárselo en esos seis años. ¿Y cuánto es el amor que uno pensaba dar a su hijo a lo largo de su vida? ¿Puede calcularse? ¿Tiene algún límite? Visitas a distintos especialistas, operaciones, quimioterapia... Habíamos traído a un ser humano al mundo y lo único que le habíamos dado era sufrimiento. Enviamos a César a un internado y concentramos toda nuestra capacidad de amar en aquel cuerpecito pequeño y débil, en aquella cabecita sin rastro de pelo. El esfuerzo nos dejó exhaustos. Cuando murió, descubrimos que también nuestro amor había muerto con él. César volvió entonces a vivir con nosotros, pero ya nada era lo mismo. ¿Cómo podíamos querer ahora a ese niño, a ese niño sano y guapo, del que no habíamos tenido que preocuparnos durante todos esos años? ¿De dónde sacar el amor que necesitábamos para quererle? Nunca en todo caso podríamos llegar a quererle como habíamos querido a su hermano enfermo, y eso jamás podré perdonármelo. Hace ya cinco años de todo esto, pero supongo que César sigue teniendo razones para odiarnos.

Le hice parar dos esquinas antes de mi calle. Para entonces había dejado de llover, y la inmovilidad del parabrisas parecía justificar nuestro silencio. De repente pensé que nos estábamos comportando como si fuéramos amantes, y la idea no me disgustó. Dijo: No sé por qué te estoy contando todo esto. A lo mejor sólo porque lo necesitaba. Lo cierto es que ahora me encuentro mucho mejor. Gracias, y perdona otra vez.

A César nunca le dije que había estado con su padre. Le oculté aquel encuentro como las mujeres ocultan sus infidelidades a sus maridos, y ese pequeño secreto nos alejó para siempre. Sus ataques de celos, que hasta poco tiempo antes me habían hecho gracia, ahora me molestaban profundamente, y ya no me ponía esas minifaldas extremadas y esas blusas provocativas que hacían que los chicos se volvieran a mirarme. Estaba con César pero era como no estar. Le seguía a los bares y al canódromo, me emborrachaba con él en las fiestas de sus amigos, me abrazaba a su cuerpo cuando me llevaba en moto, le dejaba que me besara y me acariciara, y sin embargo sólo esperaba el momento de abandonarle. Le diría adiós y de ese modo diría también adiós al malestar que por entonces sentía, y se lo diría a su padre, al que entonces creía que nunca volvería a ver.

Una tarde descubrí su coche en la misma esquina en la que me había dejado la primera vez. Debía de llevar un buen rato esperándome, y quién sabía si no se había detenido en ese mismo sitio en otras ocasiones. Me acerqué. Ramón bajó la ventanilla. Dijo: Necesitaba verte. Pero si quieres me voy. Lo comprendería. Dije no, no quiero que te vayas, y me metí en el coche. No he dicho a nadie que el otro día estuve contigo, dijo. Yo no dije nada porque no hacía falta. Compartir un secreto, por modesto que sea, es como firmar una alianza, y ese secreto, el mismo que me alejaba de César, me mantenía unida a su padre. Fuimos al chalet. Ramón me desnudó con delicadeza, me llevó en brazos hasta un dormitorio, me depositó sobre uno de los pocos colchones que no estaban destrozados. Pensé en César, y también Ramón debió de hacerlo cuando le dije que no era virgen. Se colocó encima de mí y me gustó sentir su respiración en el cuello. Paloma, luz de mi vida, fuego de mis entrañas, me susurró al oído, y volvió a recitar esas palabras unas cuantas veces, como si se tratara del estribillo de una canción que recordara sólo a medias. Luego los embates se hicieron demasiado impetuosos y, cuando quiso repetirlas, le salieron entrecortadas y mezcladas con jadeos: ¡Paloma..., luz..., fuego...! Al final de la tarde, mientras prolongábamos el último abrazo, dije: No quiero volver por aquí; tengo miedo de que aparezca César. Eso no va a ocurrir y tú lo sabes, dijo él, besándome en las cejas y la frente. De todos modos tengo miedo, dije. No te preocupes, dijo, buscaré otro sitio.

La siguiente vez que vi su coche en la esquina me llevó a un hotel. No era un hotel normal sino un aparthotel. El conserje se limitó a saludarnos cuando nos vio pasar. Primero hicimos el amor. Después bailamos. Las canciones que sonaban en el hilo musical eran antiguas, de la época en la que Ramón era joven, canciones que seguramente había bailado con su mujer cuando eran novios, canciones que también mis padres habrían bailado. Al despedirnos me dio una llave. ¿Qué día te apetece que nos veamos?, dijo. ¿El martes?, dije. El martes, dijo.

Fue así como nos hicimos amantes. Nos veíamos todas las

semanas, siempre en martes y siempre en el mismo apartamento, y bailábamos canciones pasadas de moda y hacíamos el amor y hablábamos de nuestras vidas. Ramón me decía que no era feliz con su mujer y que seguramente también su amor por ella había muerto al morir Javier. Que si otros hombres de su edad todavía se creían con derecho a un poco de felicidad, ¿por qué no él? Cuando me hacía estas confidencias, yo me limitaba a escucharlas en silencio porque me parecía que eso era todo lo que quería de mí. Y, en cuanto a mí, ¿qué era lo que buscaba en él? Nunca lo supe a ciencia cierta, pero ahora pienso que necesitaba a alguien así, alguien que no me pareciera un niño y no se tomara la vida como un juego. Había pasado de los chicos de mi edad, que carecían de problemas, a un hombre de la edad de mis padres, que me parecía superior, más complejo, precisamente porque tenía problemas, y en el camino sólo había dejado a César, que no era más que uno de esos problemas.

El día de la ruptura, lo que hice fue llevar a la academia la colección de medallas. Se la di a la salida de clase, y César dijo: ¿Qué significa esto? A mí me parecía que estaba todo muy claro. ¿Cortar?, ¿cortar conmigo?, ¿quién te crees que eres para cortar conmigo?, gritó. Estábamos en la calle y los otros chicos se volvieron a mirar. César me agarró con fuerza por los hombros y me zarandeó. ¡Dime!, ¿quién te crees que eres?, repitió. Luego acercó su cara a la mía y arrugó la nariz como los perros cuando olfatean algo. Tú has estado con otro, dijo, te has acostado con otro... Yo seguí en silencio y él volvió a gritar: ¡Eres una guarra!, ¡eres una puta! Me apartó de un manotazo y me dedicó una mueca de repugnancia. Señaló a los otros chicos: ¿Con cuál de éstos me engañas?, ¿a cuál te has tirado? Sacó incluso su navaja, una navaja pequeña, la que le había visto emplear en los destrozos del chalet, y amenazó a algunos de ellos. ¿Con quién de vosotros me pone los cuernos?, ¿eh?, ¿con quién? Yo dije: Déjalo ya, no seas ridículo. Él se revolvió: ¡Tú cállate!, ¡las tías como tú no tenéis derecho a hablar! Dije: Pues mejor. No tengo ganas de perder más tiempo. Dije eso y me marché de allí, dejándole a solas con su navajita y su rabia. Y pensé: Ha adivinado que me acuesto con otro. Menos mal que no ha adivinado con quién.

Fue aquélla la época más dura de las pintadas. Había habido otras antes, supongo que de algún novio o medio novio despechado que siempre ponía lo mismo: PALOMA, PUTA; PALOMA, GUARRA. Había habido otras pintadas, pero las de César fueron las peores. Las hacía en el muro de Villa Casilda y era imposible no verlas cuando entrábamos o salíamos de casa. María se escandalizaba. ¿Se puede saber quién escribe esas barbaridades?, me preguntaba, y yo le decía que no tenía ni idea. María lo sentía sobre todo por mamá. ¿Qué va a pensar de ti cada vez que salga a la calle y se encuentre con todas esas porquerías?, decía. Mi hermana me seguía tratando como a una niña pequeña porque pensaba que era así como mamá quería seguir considerándome. Era ella, María, la que se ocupaba de tachar las pintadas. Si por la mañana aparecía una que decía ENSÉÑAME EL COÑO, PALOMA o AQUÍ VIVE UNA ZORRA, por la tarde se plantaba ella delante del muro y la tapaba con unos cuantos brochazos. A los pocos días volvía a leerse encima de esos brochazos ERES MÁS PUTA QUE LAS GALLINAS o TE VOY A DAR POR CULO, y María se aprestaba con diligencia a extender sobre ella una nueva y espesa capa de pintura. Era casi como un juego infantil, tú pintas, yo tacho lo que tú pintas, y la misma gravedad con que mi hermana encaraba el asunto tenía algo de humorístico.

Con el tiempo las pintadas dejaron de aparecer. Para entonces Ramón y yo debíamos de llevar varias semanas liados. Nuestros encuentros seguían produciéndose en el apartamento de siempre y en ellos nos ateníamos al ritual de las primeras veces: bailar, hacer el amor, intercambiar confidencias. En un momento u otro, Ramón acababa hablando de lo infeliz que era con su mujer. La de veces que he pensado en dejarla..., se lamentaba, y aunque en su corazón no había ya amor para ella y sí lo había para mí, los remordimientos le impedían decidirse por la separación. Ramón también hablaba de lo mucho que le gustaría tener una hija conmigo, de lo guapa que sería con un

122

pelo como el mío y unos ojos como los míos. Decía que no era justo que tuviéramos sólo una vida. Que querría tener varias vidas para dedicarme todas las demás. Luego rectificaba y decía: Pero ¿quién sabe lo que nos tiene reservado el futuro? Puede ser que todo cambie y podamos estar juntos todos los días de la semana, no sólo los martes, ¿por qué no?

Por aquella época empecé a tomarme en serio la redacción de mi diario, que dejó de ser un escueto inventario de conquistas para pasar a acoger mis impresiones más íntimas. Uno de esos días escribí:

Las ventanas no tienen persianas sino cortinas. Unos visillos color beige y unas cortinas de terciopelo verde. A Ramón le pone nervioso que me asome pero a veces lo hago, y él acaba abrazándome y mirando también. La ventana del saloncito da a una calle estrecha por la que no circulan los coches. Veo hombres y mujeres que van de un lado para otro, y pienso que algunos de ellos acaban de reunirse con sus amantes o están a punto de hacerlo. ¿Cuántas veces habré pasado por una calle similar, bajo la mirada de una pareja de amantes, los dos desnudos, los dos semiocultos tras unos visillos y preguntándose de dónde vengo o adónde voy? Amante: me gusta la palabra. Me gusta pensar que soy la amante de alguien. Es mejor que no ser nada, que es lo que he sido hasta hace poco, cuando iba con César y los demás. Amante: suena a besos y a diamante. Amante, amante.

Dejé de ir por la academia al poco de romper con César, y al final del curso suspendí todas las asignaturas. Mamá vio la cartilla de notas y dijo: ¿Qué puedo hacer con esta chica? En casa daban por sentado que no servía para los estudios y que, en cuanto cumpliera dieciséis años, tendría que ponerme a trabajar. De dependienta en una boutique o una tienda de regalos no estarías tan mal, me decía María. De momento, sin embargo, optaron por matricularme en otra academia, aún peor que la anterior, y yo pensé que así no tendría que encontrarme con César.

Cuando comenzaron las clases nos enteramos de que Carlota se había quedado embarazada. María se enfadó mucho con ella. Yo le aconsejé que abortara. Le dije que por nada del mundo se me ocurriría cargarme de hijos, y entonces fue Carlota la que se enfadó conmigo. Durante esos primeros meses de embarazo observé a mi hermana y me pareció que todo en ella había entrado en un proceso de transformación. Que su organismo pero también su forma de vestir o de comportarse estaban cambiando. Tenía dieciséis años, y sin embargo su aspecto empezaba a ser el de una señora, una madre de familia, con esos bolsos y esas anticuadas blusas de mi madre que le gustaba ponerse, con esa afición suya a la ropita de niño y esa manía de coleccionar las recetas de las revistas. Yo lo de que no quería tener hijos lo había dicho sin pensar, pero cuanto más miraba a Carlota más convencida estaba. Para mí tener hijos equivalía a hacer punto de cruz y mermelada de ciruelas, a aprender a llevar una casa y conocer el precio de las cosas, a convertirse en esa persona a la que se consultan los trucos contra las manchas de remolacha. No, yo no sabía qué clase de persona quería ser pero estaba segura de que ésa no. Aunque carecía de argumentos para razonarlo, me sentía diferente de mi hermana y lo prefería así. Pocos meses después, durante mi fuga barcelonesa, encontraría en *Doctor Zhivago* unas frases que me llevarían a evocar esos momentos y esas sensaciones. Refiriéndose a Lara dice Tonia, la mujer de Zhivago: Yo vine al mundo para simplificar la vida y buscar el justo camino; ella para complicarse la vida y apartarse del camino recto. Pensé entonces que eso es lo que nos seduce de la buena literatura, esa capacidad para poner palabras a nuestras incertidumbres. Carlota era Tonia y yo era Lara. Ella había nacido para buscar el camino correcto, yo para apartarme de él. Por eso ella iba a casarse y a tener un hijo, y yo era desde hacía meses la amante de un hombre casado.

La boda se celebró en noviembre y dio lugar a un leve roce con Ramón. Descubrí su presencia al poco de empezar la misa. Estaba justo detrás de mí, los brazos cruzados, el rostro inexpresivo, y me puso nerviosa saber que no dejaría de mirarme durante el resto de la ceremonia. Traté en todo momento de ignorarle. Fingí incluso no haberle visto. Luego el cura dijo daos fraternalmente la paz, y di la mano a la desconocida que tenía a mi derecha y al desconocido que había a la derecha de la desconocida. Después di un beso a María, que estaba en el banco de delante, y noté cómo también él, a mi espalda, extendía su brazo hacia mí. Le cogí la mano o, mejor dicho, le cogí sólo los dedos, y se los cogí sólo un instante y como con miedo, pero ese mínimo contacto bastó para que Ramón me pasara disimuladamente un papelito. Mantuve el puño cerrado hasta que llegó el momento de la comunión. Entonces lo abrí y leí lo que ponía en la nota. Y lo que ponía era: Paloma, luz de mi vida, fuego de mis entrañas. El martes siguiente se lo eché en cara. ¿Por qué fuiste?, le dije, y él dijo: Estabas tan guapa con ese vestido... Pues no quiero que lo vuelvas a hacer, le dije. ¿Qué tiene de malo?, replicó. Me gusta verte, me gusta ver cómo eres en la vida normal, fuera de este apartamento... ¡No!, le interrumpí, ¡tú y yo sólo podemos vernos aquí, y sólo los martes!

A veces pienso que lo que me atraía de Ramón no estaba en él sino en su amor por mí. Me gustaba sentir que me quería. Una de las cosas que me decía con frecuencia era que me querría siempre, pero que no se sentía autorizado a pedirme que le quisiera. También eso me gustaba. Lo que no me gustaba era que me buscara y se hiciera el encontradizo. Se lo dije no sé cuántas veces después del episodio de la boda, pero siguió haciéndolo durante aquellos dos últimos meses del año. Ocurrió, por ejemplo, en la calle de la academia. Una mañana me topé con él ante la puerta misma de la academia, y él se apartó para dejarme pasar a la vez que yo me apartaba en la misma dirección, y estuvimos dos veces a punto de chocar hasta que se echó a un lado sonriendo y dijo: Disculpe, señorita. Ocurrió también en una tienda de adornos navideños a la que fui con mamá, y Ramón se entretuvo jugueteando con unas bombillitas de colores mientras nosotras elegíamos nuevas figuras para el belén. Ocurrió incluso ante la puerta de Villa Casilda una tarde de sábado en la que María y yo descargábamos las bolsas del supermercado, y Ramón esquivó las puertas abiertas del coche y reanudó su paseo. La diversión consistía en vernos y hacer como que no, seguir después con nuestras cosas sin saludarnos, y el martes siguiente yo volvía a reprochárselo y él se reía y me juraba que no podía evitarlo, que esos encuentros fugaces le daban fuerzas para esperar hasta nuestra próxima cita en el aparthotel. Al final tuve que reconocer que también a mí podía llegar a hacerme gracia, y a veces hasta me reía con él de mi propio nerviosismo.

Pero llegaron las navidades y tuve mi primera falta. Eso lo cambió todo. Yo nunca había tenido problemas con la regla. Me había acostumbrado a un organismo que funcionaba con una precisión casi mecánica, inhumana, y descubrir que podía no ser así me sumió primero en el desconcierto y después en la desolación.

No lo entiendo. No entiendo que mi cuerpo pueda de golpe parecerme algo ajeno, extraño a mí. Esa tirantez de la piel, esa hinchazón en el vientre y las tetas que a lo mejor sólo es figurada, ese malestar vago y difícil de localizar. No sé si me duele o no y, si me duele, no sé dónde. Es como si fuera un jinete que llevara toda la vida montando a caballo y de repente me descubriera incapaz de dominar al animal. Hasta ahora mi cuerpo era yo. ¿Qué es ahora? Y sobre todo ¿qué soy yo?, ¿dónde estoy ahora yo? En el colegio nos hablaban de la tenia, la solitaria. Recuerdo el dibujo de una figura humana con una lombriz gigante en la tripa: un dibujo que me horrorizaba. ¿Qué extraño animal se ha adueñado de mi cuerpo y lo ha sublevado contra mí?

A Ramón no quise comentarle nada hasta que estuve segura de mi embarazo. ¿Te has hecho alguna prueba?, dijo. No, dije. Entonces, ¿cómo lo sabes?, dijo, y yo dije: Lo sé. Hace más de una semana que tenía que haberme venido y lo sé. Dijo ¿y qué piensas hacer?, y me fijé en que dijo piensas como si el problema fuera mío y no suyo. La situación no era sencilla para Ramón. Cualquiera que fuera su reacción, me decepcionaría: si se desentendía, porque se desentendía, y si accedía a hacerse cargo de la criatura, porque yo por nada del mundo quería tener un niño. Ramón me observaba con una serenidad sólo aparente. ¿Eres religiosa?, preguntó. Lo que quieres saber es si estoy dispuesta a abortar, dije. Dijo: Si no quieres, no tienes que hacerlo. Ya buscaremos otra solución. Dije: ¿Otra solución?, ¿cuál? Estábamos tensos los dos. Sabíamos que podíamos salir heridos de ese encuentro, y tratábamos de no cometer errores. En realidad, tampoco sabría a quién recurrir..., dijo. Yo sí, dije, porque Rosa Miralles, una compañera de la academia del curso anterior, había abortado en una clínica de Londres y no me iba a resultar difícil averiguar la dirección. La llamo y pregunto, dije. No hace falta que te precipites, dijo. ¿Entonces?, dije. Dame tiempo, no me presiones, dijo, y lo vi entonces como a un hombre débil y asustado, porque él quería que abortara pero también quería que la decisión la tomara yo. Al fin y al cabo, no sé de qué me extraño, suspiró, y en su gesto de resignación me pareció percibir un fondo de hostilidad, como si lo que hubiera querido decir fuera: No sé de qué me extraño. Debe de ser cosa de familia. No había más que ver a tu hermana el día de su boda.

Para el martes siguiente había hablado ya con Rosa Miralles, que quedó en darme la dirección y el teléfono de la clínica londinense esa misma semana. Me había pasado la noche llorando, y habría deseado estar en cualquier lugar del mundo menos en aquel apartamento desangelado e inhóspito. No estés así, no estés triste, me decía Ramón, pero no podía hacer nada para evitarlo. Apenas un par de semanas antes había acudido al aparthotel en busca de unas horas de cariño y placer; ahora lo que buscaba era una solución para mi problema, y eso lo ensombrecía todo. Ya no hacíamos el amor ni bailábamos, y sólo interrumpíamos los largos silencios para negociar los últimos pormenores: qué fechas serían las adecuadas, qué diría a mi madre y mis hermanas. Estábamos tumbados en la cama, vestidos los dos, y Ramón me acariciaba el pelo como se acaricia el lomo de un animal enfermo.

Luego resultó que todo había sido una falsa alarma. La regla me vino dos noches después, pero yo preferí no decir nada a Ramón hasta nuestra siguiente cita, en parte porque no era prudente tratar de localizarle en su casa o su despacho, en parte porque me apetecía prolongar su inquietud unos pocos días más. ¡Gracias a Dios, gracias a Dios!, exclamó entonces, y echó la cabeza hacia atrás y sonrió. Se mantuvo así durante varios segundos, el cuello doblado, la boca bien abierta, y la visión de sus empastes me disgustó. Estuvo toda la tarde de un humor excelente. Contó algunas anécdotas divertidas que le habían sucedido en el trabajo, y luego me tarareó al oído las canciones de las películas de su juventud. ¿Qué te pasa? Tendrías que estar contenta y no parece que lo estés, me dijo, y yo no dije nada. ¿Estás mal?, dijo. Estoy bien, dije, aunque no lo estaba. Aquella felicidad suya tenía para mí algo de obscena, e inexplicablemente me ofendía. ¿Seguro que estás bien?, dijo. Seguro, volví a mentir. Ramón siguió con sus cancioncillas y yo pensé por primera vez en la posibilidad de fugarme. Los planes tampoco cambiaban demasiado: había previsto hacer un viaje para desembarazarme del feto; ahora debía viajar para desembarazarme de él, de Ramón. Nos vimos aún dos o tres veces más, y todo parecía haber vuelto a la normalidad. Pero la idea de la fuga seguía madurando en mi interior, y el primer martes de febrero decidí no acudir al aparthotel. Los días siguientes, para evitar encontrarme con él, falté a las clases de la academia, y entraba y salía de casa a horas inusuales. Me marché un sábado por la mañana. Me faltaba un día para cumplir dieciséis años, y estuve fuera hasta finales de mes.

7. MARÍA

Yo nunca había oído esa palabra, subastero, y resultó que Delfín lo era y que también papá lo había sido. Subasteros, es decir, hombres que en las subastas judiciales se adjudicaban propiedades embargadas por impago. Delfín había dicho que su trabajo consistía en comprar barato y vender caro, y estaba claro que en esas subastas podían él y otros como él comprar lo que fuera a precios casi siempre bajísimos.

—Subasteros... Suena tan mal —dije mientras terminaba de limpiar los cristales del altillo, que hacía meses, quizás años, que nadie había tocado.

Delfín no se dio por aludido. Descolgó el teléfono e hizo un par de llamadas. Luego se desperezó ruidosamente y miró a su alrededor con aire de aprobación. No era para menos. Desde mi incorporación al trabajo había aprovechado el tiempo que me sobraba para adecentar aquella oficina. Había llevado la pulidora de casa y la había pasado por el suelo, y luego lo había abrillantado con ceras. Había dado una mano de pintura a las paredes y tirado a la basura los cientos de revistas roñosas que desde quién sabía cuándo se habían ido apilando junto a la entrada. Y en el cuarto de baño había frotado las baldosas hasta devolverles el desvaído color crema que alguna vez habían tenido. Pero lo que más tiempo me había ocupado había sido tratar de poner un poco de orden en el armario de los archivadores. Admito, sin embargo, que mi curiosidad por todo lo que aquel armario encerraba era superior a mis fuerzas y que seguramente habría podido hacerlo en mucho menos tiempo si no hubiera habido un interés tan grande por mi parte. Había allí documentos de muchos años atrás, de la época, anterior a mi nacimiento, en que Delfín y mi padre habían empezado a trabajar juntos. Documentos que hablaban de compras y ventas, de pagos y deudas, de plazos y entregas, y a través de ellos yo intentaba atisbar algo de esa parte de su vida que siempre me había permanecido oculta. Entre esos papeles eran muchos los que habían sido escritos por él o que al menos contenían anotaciones suyas o su firma, y yo reconocía su letra en libros de contabilidad y en contratos, en lomos de carpetas y tapas de cuadernos, y casi me inquietó intuir que, ahora que mi padre estaba muerto, era como si también esos papeles lo estuvieran, como si hablaran de transacciones antiquísimas de las que ya no quedaba ni el recuerdo. Había sido por esos papeles, principalmente por las abundantes copias de mandamientos judiciales, por lo que había acabado descubriendo que mi padre y Delfín hacían negocios con bienes procedentes de esa clase de subastas.

–Delfín... –volví a decir, porque ahora ya no le llamaba tío Delfín sino Delfín a secas, que era lo que a mi juicio mejor se avenía con nuestra nueva relación: lo de tío Delfín habría sonado demasiado familiar y confianzudo en un sitio como aquél, y sin duda señor Delfín habría resultado ceremonioso e inadecuado, dado que él y yo no éramos exactamente el jefe y la empleada, el hombre de negocios y su secretaria.

–Qué –dijo él.

Aquel día Delfín llevaba puestos unos pantalones de franela con la raya de la plancha algo torcida y un jersey granate de cuello en pico. Desde nuestro primer encuentro en el almacén no se había vuelto a poner la bata azul de dependiente de ultramarinos, y eso tal vez quería decir que en realidad sí me consideraba una subordinada: que mi presencia en esa oficina implicaba un cambio en su estatus, un ascenso que de algún modo le obligaba a exhibir un aspecto más acorde con su nuevo rango. Era una posibilidad, aunque también podía tratarse de simple coquetería, la clásica coquetería del solterón que teme exponerse al escrutinio de una mujer.

–¿Cómo os repartíais el trabajo? ¿Quién se encargaba de ir al juzgado y quién de vender?

–¿Ya estamos otra vez con lo mismo? –replicó él, haciendo un gesto de fastidio.

–Sí. No veo por qué no vas a querer hablarme de mi padre, de lo que hacía, de la gente que trataba...

–Bueno. Me voy. Llego tarde –dijo, levantándose.

Delfín casi siempre reaccionaba así, y no había manera de sonsacarle nada acerca de mi padre. ¿Había sido un buen o un mal negociante? ¿La relación entre ambos era paritaria o acaso uno de ellos ejercía de patrono y el otro de empleado? ¿Había habido algún año en que hubieran llegado a ganar mucho, realmente mucho dinero? Delfín se negaba a hablar de todo eso, y yo en algún momento pude sospechar que lo hacía por suspicacia, porque prefería que las cuentas siguieran siendo opacas y así no tener que dar explicaciones sobre la exigua participación en beneficios que todos los años, a mediados de enero, pasaba a mi madre. Pero mi curiosidad era totalmente inocente. Yo entonces no concedía excesiva importancia al dinero, y lo único que buscaba era completar la imagen que en mi interior guardaba de papá o, por decirlo de algún modo, echar un vistazo a esas fotos que me faltaban en el álbum de su vida. ¿Qué sentido podía tener, si no, mi insistencia en trabajar allí, donde apenas había nada que hacer salvo contestar a unas pocas llamadas y atender a los transportistas y a los posibles compradores, y no en cualquier otra tienda u oficina, en la que sin duda trataría a más gente y estaría más entretenida?

Delfín aparecía hacia las diez o las once de la mañana, me preguntaba quién había llamado y luego se marchaba, quién sabía si a los juzgados o adónde, y yo me quedaba de brazos cruzados, esperando a que llegara la hora de irme a comer. Ah, qué despacio pasa el tiempo cuando no hay nada que hacer y qué inútil puede llegar una a sentirse... Después del arreglo de la oficina y el cuarto de baño, emprendí el de la roulotte.

Saqué las cortinas y la ropa de cama y me lo llevé todo a casa, y con una esponja y unos trapos viejos lavé la roulotte por dentro y por fuera: había que ver lo negra que se ponía el agua del cubo. Cambié el linóleo del suelo, que estaba medio podrido y despegado por las esquinas, coloqué tiradores nuevos en los cajones y quité el orín de la cocinita y las camas plegables, y cuando repuse las cortinas y las sábanas ya limpias, pensé por un lado que el esfuerzo había valido la pena y por otro que mi misión allí había concluido, que ya no me quedaba nada por hacer.

–¡Pero si parece nueva! –exclamó Delfín al verla, y yo le dejé hablar y luego volví a lo de siempre: a lo de los negocios de mi padre y las subastas y todo lo demás.

–En realidad no hay tantas cosas que tú puedas decirme y que yo no sepa –añadí–. Está todo en los papeles del armario.

–Entonces para qué preguntas.

Un día llegó Delfín a la oficina antes de lo habitual y me dijo que me esperaba en el coche, en el Renault 5. No necesité oír nada más para adivinar adónde quería llevarme, y durante el trayecto hasta los juzgados mi excitación crecía por momentos. Estaba excitada como una niña que se dispone a actuar en una función para la que lleva meses preparándose, y al mismo tiempo me sentía triste o abatida o melancólica, no sé muy bien, porque sabía que al cabo de un rato se habría despejado para siempre un misterio que yo misma me había ocupado de alimentar.

Aquella mañana me trataba Delfín con cierta suficiencia, y todos sus bufidos y sus gestos pretendían darme a entender lo mismo: Era lo que querías, ¿no? ¡Pues ya está! ¡A ver si ahora me dejas en paz! Ésa fue al menos su actitud mientras me llevaba en el coche y también después, mientras me guiaba por los pasillos y escaleras de aquel edificio más bien feo y sin encanto.

–Lo estás viendo –me decía–. Los juzgados. Los hay en todas partes, y en todas partes son así. Fríos, inhóspitos... Pero digo yo que por qué tendrían que ser de otra manera. Y toda esta gente, te lo puedes imaginar: delincuentes la mayoría. Claro que también están los abogados: ésos suelen ser los peores. ¡Los abogados! ¡Ellos son los primeros interesados en que se sigan cometiendo delitos! Déjame que te dé un consejo: mantente siempre lejos de aquí. Que ésta sea la primera y la última vez que vengas por aquí, ¿me entiendes?

Me hablaba como se hablaría a una niña pequeña, no hagas esto, no hagas lo otro, y subía los escalones de dos en dos, sin tomarse siquiera la molestia de disimular la impaciencia. A mí me costaba Dios y ayuda seguirle el paso y atender al mismo tiempo a sus embarulladas explicaciones. De repente se detenía y señalaba hacia un lugar inconcreto.

—Pero tampoco te pienses que todos somos como ellos. Como los delincuentes o los abogados. Tu padre no lo era. Ni yo. —Ahora Delfín debía de pensar que se había excedido en sus valoraciones y, en un intento por suavizarlas, parecía dispuesto a decir exactamente lo contrario—. ¿Ves esas puertas de ahí? Detrás de ellas hay gente que trabaja para que esta sociedad funcione. Personas honradas, de comportamiento intachable...

Yo en realidad le escuchaba sólo a medias, y lo que hacía era tratar de imaginarme a mi padre allí, en ese lugar, entre esa gente que iba y venía por aquellos pasillos y aquellas escaleras desangeladas: ¿le habrían saludado, como habían hecho con Delfín, los policías de la entrada?, ¿se habría detenido a coquetear con las secretarias y auxiliares que se entreveían al otro lado de aquellas puertas?, ¿sería una persona estimada y popular o, por el contrario, reticente y poco amiga de quienes frecuentaban aquel sitio? Cuando Delfín dio por concluido su discurso, supuse que habíamos llegado o estábamos a punto de hacerlo, y al final de ese pasillo vi un grupo de hombres que en poco o en nada se distinguían de los que había visto hasta entonces, de todos esos delincuentes y esos abogados sobre los que el antiguo socio de mi padre me había venido advirtiendo. Delfín no me lo dijo, pero yo desde el primer momento supe que eran ellos, los subasteros, y lo supe a pesar de que los había imaginado diferentes, con un aire como de empleados de banca o de abogados sin fortuna, y no con el aspecto que aquellos hombres tenían, que en el mejor de los casos era de leñadores o pastores y en el peor de simples matones.

–¿Quién es ésta? ¿Qué hace aquí?

El primero que lo preguntó fue un hombre mal afeitado y de inmensa tripa al que todos llamaban Lino porque se parecía a Lino Ventura. Llevaba una cadena de oro macizo alrededor del cuello y la camisa desabotonada hasta el esternón, y se dirigía a Delfín con gestos de sargento chusquero.

–Hija de Julio. Trabaja conmigo –contestó Delfín, y el otro hizo entonces algún comentario sobre mi padre que pretendía ser amable y que sin embargo sonó del todo insincero.

Que si mi padre había sido una gran persona, que si todos lo habían sentido mucho: eso fue lo que varios de los otros me fueron diciendo después de haber averiguado quién era y de haberme mirado con la misma hostilidad o rudeza o desconfianza con que antes lo había hecho Lino. Lino, el Puntas, Toñito...: así se llamaban algunos de ellos, con esos nombres como de banda de maleantes, y lo que a mí más me decepcionó no es que fueran o pudieran ser delincuentes sino que, si lo eran, lo eran de poca monta, simples granujas. Luego supe porque me lo dijo Delfín que varios de aquellos hombres habían tenido problemas con la justicia, que uno tenía intereses en algunos de los prostíbulos de la carretera de Logroño y que otro había sido condenado no recuerdo si por amenazas o por extorsión. Pero ya digo que eso lo supe tiempo después, y lo que entonces me dolía era haber descubierto cómo era la gente con la que mi padre se relacionaba. ¿Quería eso decir que tal vez él no fuera tan distinto? Probablemente. Y, en realidad, ¿de qué me extrañaba si había muerto como había muerto, en la cama de una puta? Me dije a mí misma que habría sido mejor no tratar de indagar nada, conformarme con la imagen que, aunque no del todo cierta, siempre había tenido de él, tan apuesto sin ser guapo, tan mundano, en apariencia tan diferente de todos aquellos hombres broncos y vulgares.

–¡Subasta pública! –gritó entonces la oficial del juzgado, y algunos de aquellos subasteros entraron en la sala de vistas.

Yo no me moví, y Delfín arqueó las cejas con una mezcla de pesadumbre y triunfalismo, como diciendo: ¿Lo entiendes ahora? ¿Entiendes ahora por qué no quería que vinieras?

—¡Subasta pública! —volvió a gritar la oficial, y yo sin decir nada me encaminé hacia las escaleras.

Una vez hablé con una chica que había perdido a su novio en un accidente de moto y me dijo que durante muchos meses se había aferrado a la idea de que en realidad todo era un inmenso error, de que su novio seguía vivo y en cualquier momento la llamaría por teléfono o acudiría a recogerla en el portal, y es curioso que también a mí me ocurrió algo parecido después de la muerte de mi padre. Sí, había visto su cadáver desnudo, incluso me había encargado de prepararle una especie de capilla ardiente en la biblioteca y de elegir la ropa que vestiría durante toda la eternidad y, a pesar de todo, en lo más profundo de mí misma persistía la secreta ilusión de que algún día se descubriría el engaño y mi padre regresaría y todo volvería a ser como siempre. Era como una fantasía infantil, y en algunos duermevelas me dejaba llevar por ella y me esforzaba por darle consistencia y verosimilitud. ¿Por qué no podía ser que todo aquello fuera un enorme montaje? Que papá, por quién sabía qué misteriosos motivos, hubiera tenido que desaparecer una temporada. Que hubiera simulado una muerte que en primer lugar debía convencernos a nosotras, su mujer y sus tres hijas. En las películas se contaban a veces historias así, y el hecho aparentemente incontestable de que todo el mundo hubiera visto el cadáver acababa al final encontrando una explicación plausible.

Ya he dicho que aquello no pasaba de ser una fantasía, pero una fantasía tan reconfortante que en los momentos de debilidad volvía a ella como mamá a sus botellas de pacharán, y a veces me descubría buscando el rostro de papá entre los de los desconocidos con los que me cruzaba por la calle. Veía hombres que sonreían como él, hombres con su nariz o sus cejas, con su peinado, y pensaba que en realidad todo era tan sencillo como encontrar todos esos mismos rasgos pero no por separado sino juntos y a la vez, y ése sería papá, que no me ignoraría como me ignoraban aquéllos sino que me esperaría con los brazos abiertos y luego me apretaría contra su pecho y me explicaría por qué había ocurrido lo que había ocurrido. En una ocasión llegué a ver a uno tan parecido a él que casi se me cortó la respiración. Después no. Después ya vi que en realidad no se parecían, pero en un primer momento su imagen se superpuso a la de aquel hombre, y lo que entonces pensé fue: ¿Y qué me dirá ahora?, ¿cómo reaccionará al verse descubierto? Yo creo que de las tres hermanas fue a mí a la que más afectó su muerte. Que Carlota era demasiado inconsciente y Paloma demasiado pequeña para que la herida fuera profunda.

Poco a poco esas ensoñaciones se fueron espaciando, y para cuando empecé a trabajar con Delfín se puede decir que se habían extinguido. Estoy segura de que el mismo hecho de que empezara a trabajar contribuyó a ello, y aquella primera visita a los juzgados tuvo algo de aceptación última, de certificación definitiva de una muerte que hacía más de un año y medio que se había producido. Supongo que no fue del todo casual el que justo después de aquella visita me decidiera a hacer limpieza entre la ropa y las pertenencias de papá, tarea que de algún modo se había convenido que me correspondía y que yo había ido retrasando mes tras mes. Claro que en casa esa clase de retrasos tampoco quería decir nada, y ahí estaba el caso del abuelo, cuyas cosas, más por dejadez que por otro motivo, permanecieron intactas durante mucho más tiempo, y ya llegará el momento de hablar de eso. ¿Por qué entonces y no un año o año y medio antes? Me imagino que porque ahora no había nada que lo impidiera y porque incluso existía algún tipo de imperativo, digamos una cuestión de higiene mental, que confusamente me forzaba a desembarazarme de todo aquello. ¿No es eso lo que les sucede a los niños, que durante meses cuidan su álbum de cromos como si fuera el más valioso de los tesoros y, una vez completada la colección, se desentienden de ella y acaban tirándola como algo superfluo y sin sentido? Algo así era lo que me había ocurrido a mí, que aquella mañana en los juzgados había dado por concluida mi indagación sobre mi padre y me sentía ya en condiciones de liberarme de aquel peso.

Papá había muerto en mayo del setenta y nueve, pero todavía su ropa de verano seguía en el ropero, en el lado del ropero en el que se guardaba la ropa que no era de temporada. En su caso, ropa de verano quería decir polos Fred Perry de tonos pastel, pantalones de lino y algodón, calcetines de ejecutivo, mocasines más oscuros o más claros pero siempre mocasines marrones. También sus trajes y prendas de abrigo estaban en el ropero, todos sus trajes menos el milrayas con el que le habían enterrado: trajes de franela y de cheviot, clásicos trajes de tergal, una cazadora de ante y otra de piel vuelta, dos gabardinas. El resto de su ropa seguía donde siempre había estado, en el armario del dormitorio, en la parte izquierda del armario, que nadie había abierto desde aquella noche, y yo lo saqué todo e hice dos grandes montones: uno con la ropa más vieja o estropeada, que iría directamente a la basura, y otro con la mejor conservada, que pensaba donar al Refugio. En este montón estaban por ejemplo una camisa azul claro que le habíamos comprado en sus últimas navidades y que se había manchado con nata del roscón de Reyes, y el albornoz con el que bajaba a la playa cuando veraneábamos en los cámpings, y una docena de pañuelos en los que en un inesperado arranque de afectación había mandado bordar sus iniciales, y de repente pensé que permitir que unos desconocidos aprovecharan aquellas prendas sería como profanar su recuerdo y decidí reducirlas a jirones con las tijeras del jardín y echarlas también a la basura. Lo único que se salvó y fue a parar al Refugio fueron dos camisas bastante feas que seguían sin estrenar, con sus alfileres y todo, y un pijama, quién sabe si procedente de alguna promoción o algún sorteo, que le había regalado el abuelo y que según todos los indicios papá nunca había llegado a ponerse.

En el mueble del cuarto de baño conservábamos aún varios frascos que habían sido suyos, y los fui vaciando uno tras otro en el retrete. Pero antes de hacerlo me los llevaba a la nariz y los olía por última vez. Olía la loción Old Spice con la que se masajeaba las mejillas después de afeitarse y la colonia Atkinsons que se ponía sólo de vez en cuando (pero siempre en exceso) y el elixir El Torero con el que por la noche se enjuagaba la boca y hacía gárgaras, y era como oler a mi padre por última vez, y cuando encontré su maquinilla eléctrica no pude contenerme y desmonté el cabezal, y en el filtro había restos de su barba, minúsculos pelos negros y grises que se pegaron al borde de la loza y hube de limpiar con papel higiénico, y también entonces fue como si me estuviera despidiendo para siempre de él.

–¿Tienes para mucho rato? –preguntó mamá con voz llorosa desde el otro lado de la puerta.

–¡Ya estoy! –grité, y tiré varias veces de la cadena para que no quedara el menor rastro.

Por aquella época estaba considerando la posibilidad de dejar el trabajo, y habría acabado haciéndolo si no hubiera sido porque aquél no parecía el mejor momento. No hacía ni tres meses que Carlota se había casado como se había casado y con quien se había casado, ese impresentable, y mamá aún no había acabado de recuperarse de aquel golpe cuando Paloma, un día antes de cumplir los dieciséis años, se fugó de casa. Pobre mamá, qué mal lo pasó y con qué ansiedad recurrió entonces a sus botellas de pacharán. Encajó todo aquello peor incluso que la muerte de papá, y yo creo que de repente tuvo una visión de sí misma con veinte o veinticinco años más y que se vio vieja y abandonada, como todas esas ancianas solitarias que se pasan el día pegadas al televisor y sólo salen de casa para bajar la basura. Pero a lo mejor la que tuvo esa visión fui yo, que una tarde, la tarde del golpe de estado, llegué a casa y me la encontré dormida en su sillón, con el solitario a medio hacer sobre la mesa camilla. Dormía con la boca entreabierta y una expresión torturada en el rostro, los pliegues del cuello más marcados que nunca, las ojeras bien visibles, y, aunque yo sabía que parte de ese efecto procedía de la violenta iluminación como en escorzo que escapaba entre los faldones de la mesa camilla (sujeta a la

138

parte inferior del tablero había una bombilla de cien v
para calentar las piernas), no pude en ese momento sino
como a una mujer frágil y desvalida, no sabría decir si envejeci-
da o avejentada, y me prometí a mí misma cuidarla y asistirla
mientras tuviera fuerzas para ello.

Luego las cosas empezaron a arreglarse, y primero reapareció Paloma y al poco tiempo nació Germán, y mamá empezó a
salir de la depresión que la había mantenido postrada y llorosa
durante todo ese tiempo, los ojos pequeños y rojos como los de
un hámster. Pero para entonces yo había tomado ya la determinación de convertirme en subastera, y el hecho de que una noche apareciera por casa Carlota empujando el cochecito del
niño y dando unos alaridos que seguramente despertaron a
todo el vecindario no hizo sino confirmar que mi decisión era
la correcta: me afianzó en mi impresión de que en nuestra familia era mejor prepararse para lo peor que para lo mejor.

–¡Estás loca! –exclamó Delfín cuando se lo comenté–. ¡No
es un trabajo para una chica como tú!

Estábamos en la oficina. Delfín sacudía la cabeza a uno y
otro lado y se frotaba el bigote con nerviosismo.

–Necesito ganar dinero –dije–. Más dinero. Ya sabes lo de
Carlota. Y mamá con lo de sus ropitas no creo que tenga ni
para cubrir gastos.

–Pero ¿tú qué te piensas? ¿Que este negocio es como para
hacerse rico? Mírame: ¿tengo pinta de millonario?

–Papá mantenía a una familia entera. ¿Por qué no voy a
poder yo hacer lo mismo?

Lo había meditado durante mucho tiempo y llevaba prepa-
radas las respuestas. Si Delfín me acusaba de ignorar el funcio-
namiento de las subastas, yo replicaba que para eso estaba él
allí, para enseñarme. Si me advertía que aquél era un mundo
de tiburones, le decía que no sabía él lo dura que podía llegar a
ser. Si aseguraba que los otros subasteros jamás me aceptarían
en el negocio, le preguntaba por qué no, si sólo iba a ocupar la

vacante que había dejado mi padre. Poco a poco fui dejándole sin argumentos, y al final, harto, exclamó:

–Pero ¿es que no lo entiendes? ¡Los subasteros no somos gente normal!

–¿Qué quieres decir? ¿Que sois delincuentes o algo así? ¿Mi padre era un delincuente?

–¡Tú sabes que no quiero decir eso!

–Entonces, ¿qué quieres decir? ¿Eh? ¿Qué quieres decir?

–Quiero decir que hay gente que desea ser amada y gente que desea ser temida. Y que para ser subastero hay que ser de éstos, de los que desean ser temidos. Igual que los policías. ¿Los policías son delincuentes? Dime: ¿son delincuentes?

–No sabes el miedo que me das, Delfín –dije riendo, y le besé en los labios porque para entonces ya estábamos liados.

¿Qué sabía yo de subastas judiciales? Nada, realmente nada, y lo primero que tuve que hacer fue familiarizarme con el vocabulario que Delfín empleaba. Decía por ejemplo que el juez debía señalar la subasta y yo preguntaba ¿señalar?, y él hacía un gesto de suficiencia, como diciendo ¿no te digo que esto no es lo tuyo? y sin comprender que era precisamente a través de esas palabras como empezaba a hacerlo mío. Señalar la subasta, es decir, convocarla, fijar día y hora, rezongaba Delfín, y luego decía designar un perito, valor de tasación, quedar la subasta desierta, y yo preguntaba ¿perito?, ¿tasación?, ¿desierta? Lo principal era que los subasteros no entraban hasta la tercera subasta, que era cuando los bienes embargados se sacaban sin sujeción a tipo... ¿Sin sujeción a tipo?

–Pongamos que se trata de... una moto –suspiraba Delfín, armándose de paciencia–. No hay nadie que puje por ella en la primera subasta y tampoco en la segunda. En la primera ha salido por el valor de tasación y en la segunda por el setenta y cinco por ciento. En la tercera se saca sin sujeción a tipo, es decir, por nada...

–Entonces, ¿puedo llegar yo y comprar esa moto por mil pesetas?

–En teoría sí, y por eso nosotros...

140

–Vosotros. Los subasteros.

–Por eso los subasteros acabamos quedándonos con todos los cachivaches que nadie quiere. –Aquí Delfín hizo un gesto en dirección al almacén: hacia los extintores, las carretillas y todo lo demás–. Pero...

–¿Pero?

–Pero las cosas son bastante más complicadas. Si me adjudico la moto por mil pesetas, puede venir el deudor...

–¿El deudor?

–¡Sí, el deudor! ¡El antiguo dueño de la moto! ¡El tipo al que se la han embargado porque no le ha salido de los cojones pagar sus multas!

–No hace falta que te pongas así. Decías que puede venir el deudor y...

–Y quedársela por mil pesetas, lo que yo he pagado.

–¿Por qué? ¿No has dicho que era sin sujeción a tipo?

–Sí, pero para no correr ese riesgo la puja tiene que superar el cincuenta por ciento del valor de tasación. Por debajo de esa cantidad el deudor tiene derecho a recuperar la moto con sólo igualar mi oferta. Está claro, ¿no? Mi trabajo consiste en comprar esa moto por la mitad de su precio y encontrar alguien que me la compre por más. Pero todo tiene sus riesgos. El juzgado, por ejemplo, sólo me da ocho días para ceder el remate...

Estuve a punto de preguntarle qué era eso de ceder el remate pero preferí dejarle hablar, y le acaricié el pelo, que desde hacía unos días llevaba rizado, con un rizado de peluquería que a mí me parecía bastante ridículo.

Nuestra relación (iba a decir nuestra relación amorosa aunque no sé si ésta es la palabra correcta) se había iniciado poco después de la fuga de Paloma. ¿Qué habría hecho yo entonces sin Delfín? Ni mamá ni yo empezamos a alarmarnos hasta la hora de comer. Paloma seguía sin dar señales de vida, y mamá recordó lo que le había comentado Juan Antonio, el de la panadería, que había visto a Paloma salir con una bolsa.

–¡Con una bolsa! –exclamé–. ¿Y por qué no me lo habías dicho?

–¡Yo qué sé! ¡Como ese chico parece tan bobo...!

Conseguí el número de la panadería y Juan Antonio no supo darme muchos datos más: que sí que la había visto, que serían las nueve o nueve y media y que iba como hacia el paseo, lo cual no era decir mucho, porque nuestra calle sólo daba al paseo. Llamé después a varias compañeras de Paloma y ninguna sabía nada. Era sábado y al día siguiente cumplía dieciséis años, y yo estuve segura de que se había escapado de casa cuando miré en su mesilla de noche y vi que no estaba su diario, el diario en el que anotaba todas sus intimidades y que nunca dejaba leer a nadie. Volví al comedor. Mamá se estaba sirviendo un vaso de pacharán, cosa rara en ella porque siempre que bebía lo hacía a escondidas, y ni siquiera trató de disimular cuando se supo descubierta.

–¿Qué hacemos ahora? –preguntó, pero aquello no era una pregunta sino un lamento, y quería decir que en realidad no había nada que pudiéramos hacer.

Fue entonces cuando pensé en recurrir a Delfín, a quién si no. Cuando llegó, mamá estaba ya tan borracha que hablaba sola.

–Lo he dado todo, lo he perdido todo por vosotras –decía, como si los que estábamos con ella no fuéramos Delfín y yo sino sus tres hijas.

–Acuéstala y vamos a comisaría –dijo él.

Supongo que lo que yo andaba buscando era alguien así, alguien que transmitiera esa sensación de serenidad y firmeza, que impartiera órdenes sin dudar en ningún instante de su propia autoridad. Esperé a que mi madre se quedara dormida y me preparé para salir. Delfín hablaba con alguien por teléfono y de vez en cuando interrumpía la conversación para darme instrucciones:

–Coge un paraguas, que está lloviendo. Y coge también algunas fotos de Paloma. Las más recientes.

Recuerdo que me resultó reconfortante dejarme llevar, sumisa como una niña, dócil, y que primero estuvimos en una cafetería decorada con motivos cinematográficos: carteles de películas, sillas de director de cine, focos de imitación, un proyector viejo junto a la cafetera. Delfín, sin consultarme, me pidió un emparedado. En la calle seguía lloviendo. Ocupábamos una mesita cuadrada junto a un ventanal con el retrato serigrafiado de Buster Keaton y la luz de uno de los focos daba de lleno sobre la cabeza de Delfín. A mí me trajeron mi emparedado y a él su bocadillo de salchicha (perrito caliente, había dicho) y, mientras se lo tomaba, la mostaza goteándole por el bigote y las comisuras de los labios, me fijé en su pelo, que se le estaba empezando a caer, y en su coronilla redonda y blanca. También recuerdo que sobre la mesa estaban las fotos de Paloma, fotos del verano anterior, de la boda de Carlota, de las pasadas navidades, fotos en las que siempre aparecía despreocupada y sonriente, y que me preguntaba a mí misma por qué se habría fugado. ¿Por algún chico quizá? ¿Por alguna decepción amorosa? Qué complicado es todo, qué complicadas somos las personas, me dije, porque nunca había imaginado que Paloma, mi pequeña Paloma, pudiera estar atravesando una mala temporada.

Luego fuimos a comisaría, y de la comisaría recuerdo las paredes. Las paredes desnudas de la sala de espera, sin un triste cuadro ni un tablón de anuncios ni un calendario, nada salvo las fotografías de unos terroristas pegadas al cristal esmerilado de la puerta. Las paredes también del despacho de Ayala, el inspector amigo de Delfín, y en ellas, sí, un plano de la ciudad y un retrato del rey y unas cuantas fotos, y yo me decía que en aquel sitio, y acaso en todos los sitios como aquél, había algo que inducía a posar la mirada en las paredes y a no apartarla de allí. Ayala y Delfín hablaban de la época en la que jugaban juntos al frontón. A ver si quedamos, decían los dos, y Ayala miraba a Delfín y le decía: Una orden de búsqueda. Y después me miraba a mí y decía también: Una orden de búsqueda, y en dos días la tienes de vuelta en casa. Mientras tanto, un policía que escribía a máquina con sólo dos dedos me pedía algunos datos sobre Paloma. De vez en cuando intervenía Delfín, que repetía la pregunta del policía y después repetía mi respuesta. El policía decía ¿edad?, y Delfín decía ¿edad?, y yo decía quince, bueno, ya dieciséis, y Delfín decía dieciséis años. Die-ci-séis-a-ños, repetía el policía, acompasando las sílabas al torpe teclear de la máquina. Detalles como ése son los que te llevan a dudar de la eficacia y la competencia de la gente, pero yo entonces no pensé en eso, y casi me sorprendió cuando, ya en la calle, después de varios abrazos con Ayala y de varios a ver si quedamos, a ver si quedamos, Delfín soltó una carcajada y dijo:

—Estos inútiles no la encuentran ni aunque se presente ella misma en comisaría.

El reflejo de las farolas sobre el asfalto mojado se descomponía en cientos de destellos blancos, pequeños como luciérnagas. Entramos en un bar. La música estaba demasiado alta, y para conversar teníamos que acercar el oído a la boca del otro. Delfín se tomó un coñac, y el aliento le olía como el día de la muerte de papá. Y sin embargo no era el mismo Delfín de aquella vez. Había en él algo nuevo, algo masculino, consistente, que le embellecía a mis ojos.

—¿Qué te juegas a que no volvemos a saber nada de Ayala? —me preguntó—. Paloma volverá a casa, no te preocupes. Pero volverá por sus propios medios. ¿Dentro de unos días? ¿De unas semanas? No lo sé. Lo único que puedo decirte es que no tienes que preocuparte.

Es bonito oír que alguien te dice no te preocupes justo cuando tu vida se ha convertido en un motivo constante de preocupación.

—Dímelo otra vez —le dije.

—¿Qué?

—Que no me preocupe.

—Pues te lo digo: no te preocupes.

Fue entonces cuando le comenté sonriendo lo de la caída del pelo.

—La coronilla —le dije—. Pareces un monje. Uno de esos monjes con tonsura.

Las predicciones de Delfín se cumplirían con rara exactitud. De Ayala, en efecto, no volveríamos a tener noticia, y cada vez que llamábamos a comisaría nos atendía un tal Quintana, que invariablemente nos decía que no había novedades. Y, en cuanto a Paloma, reaparecería el veintiséis de febrero, diecinueve días después de su fuga, tres después del golpe de estado, y la única explicación que entonces dio fue que había cogido un autobús y se había plantado en Barcelona. Pero esos diecinueve días fueron días de zozobra y abatimiento para mamá, que seguía bebiendo en exceso y que repetía que lo había perdido todo por nosotras, y Delfín y yo sabíamos que, aunque sólo fuera por ella, teníamos que hacer algo o fingir que lo hacíamos: no podíamos quedarnos de brazos cruzados, esperando a que Ayala o Quintana o quienquiera que fuese nos llamara por teléfono.

A los dos días de acudir a la policía, es decir, el lunes, fuimos a una copistería y mandamos hacer cuarenta o cincuenta carteles con la foto de Paloma. Debajo de ésta pusimos sus datos, un par de números de teléfono y una leyenda en mayúsculas que decía: DESAPARECIDA. Pensábamos distribuirlos por los comercios del barrio, lo que da una idea de nuestras auténticas intenciones. ¿Para qué repartir los carteles precisamente por los sitios en los que menos falta hacía? ¿Para qué buscarla en unos lugares en los que mi hermana sólo se dejaría ver en caso de que hubiera decidido volver a casa y en los que, además, todo el mundo nos conocía y estaba ya (o lo estaría enseguida) al corriente de lo ocurrido? Si hacíamos lo que hacíamos era sólo por mamá, porque tal vez aquellos carteles contribuyeran a transmitirle una sensación de actividad y diligencia, porque no importaba tanto que se estuviera buscando a Paloma como que ella viera que se la estaba buscando. Nos entregaron los carteles e iniciamos la ronda por quioscos, tiendas y portales. Lo más gracioso, sin embargo, fue que aquella mañana Delfín se había presentado con un peinado nuevo, una de esas estudiadas permanentes que algunos hombres se hacen para ocultar una incipiente caída del pelo. Había madrugado, por tanto, para ir al peluquero y se había hecho aquellos rizos por coquetería, es decir, por sí mismo, pero también por mí, por unas palabras mías de dos noches antes, y a mí aquello me pareció al mismo tiempo ridículo y enternecedor. Había madrugado, y al pasar a recogerme por Villa Casilda me había mirado con recelo, como temiendo alguna observación hiriente o burlona. Pero no comenté nada entonces y tampoco después, en la copistería y las tiendas, y sólo al final, cuando ya habíamos pegado todos los carteles, dije:

–Te sienta bien.

Lo dije aunque era mentira: le sentaba fatal.

–¿El qué? –dijo él, fingiendo que no sabía y al mismo tiempo sabiendo que yo sabía que él sabía.

–Eso. El pelo.

–¡Ah, el pelo!

–Sí –volví a mentir–. Te sienta muy bien.

Esa misma semana, de golpe, nos vimos convertidos en amantes. Ni siquiera recuerdo cómo se produjo el primer encuentro. Recuerdo, sí, que tuvo lugar en la roulotte, pero es que todos nuestros encuentros tuvieron lugar en la roulotte, y también que, después de aquella primera vez, no sabía si se había acabado todo o si, por el contrario, había sido sólo el anticipo de algo que aún estaba por llegar. Si al día siguiente tendría que hacer como si nada hubiera ocurrido, o como si todo hubiera ocurrido pero ya nunca pudiera volver a ocurrir, o como si lo que había ocurrido fuera sólo lo que tenía que ocurrir y lo que podía seguir ocurriendo. Llegó ese día siguiente. Yo estaba en la oficina, paralizada por la ansiedad. ¿De verdad éramos amantes? No me planteaba si eso entraba dentro de mis deseos. Lo que me planteaba era si ésa era la realidad, si así eran las cosas, y me decía a mí misma que acaso la única manera de acabar con aquella incertidumbre sería dejar el trabajo. Cuando, a las once en punto, oí el ruido metálico de la puerta del almacén, me puse directamente a temblar. Oí después el sonido de sus pisadas en los escalones, y mis manos, desobedeciéndome, se lanzaron a golpear las teclas de la máquina. Había decidido (pero en realidad no, en realidad no lo había decidido) comportarme como si todo siguiera igual que siempre, aunque estaba claro que ya nada podía ser lo mismo. Llegó finalmente Delfín y yo sin volverme dije buenos días. Él no contestó. Pasaron los minutos. Yo seguía tecleando y me sentía cada vez más pequeña en mi silla giratoria. Luego le miré y vi que también él estaba como empequeñecido y tembloroso y que tampoco él sabía qué hacer ni qué decir. Y en ese instante estuve segura de algo. Estuve segura de desearle, de desear que se acercara a mí y me abrazara por detrás, que me besara en el cuello y me llevara de nuevo a la roulotte. Estuve segura de que deseaba quererle y ser querida.

–Delfín... –dije.

–María –dijo.

La segunda vez que nos vimos en la roulotte fue realmente la primera, la primera vez que me sentí la amante de Delfín y me sentí satisfecha de sentirme la amante de Delfín. No era ya que él hubiera tenido acceso a mi intimidad y yo a la suya, sino que entre ambos había surgido una intimidad común, y en esa intimidad nueva, plena, irrestricta, me sabía segura y feliz. Las arrugas de su cara, su torso peludo, su mínima tripa, sus rodillas, sus pies me parecían hermosos, y casi me extrañaba que no siempre me lo hubieran parecido, en los días lejanos en los que nos llevaba al parque o a los karts, o en los más cercanos en los que le veía hacer gimnasia sobre el césped del cámping. O podía ser que fuera al revés: que todo en él me hubiera atraído desde el principio y que sin embargo hubiera sido tan ciega como para no percibirlo. Tenía una sensación como de prodigio, de revelación mágica, la sensación de haber encontrado una insospechada belleza donde nunca la había habido o donde nunca la había sabido ver.

¿Qué era lo que ahora me atraía de él o lo que ahora me hacía consciente de esa atracción? Delfín me daba cariño sin pedirme nada a cambio. Eso era todo, aunque también supongo que a través de él podía mantener algún vínculo con aquel tiempo anterior en el que mi padre todavía estaba vivo. Habían sido unos años de armonía y felicidad, unos años en los que las cosas estaban claras y ningún peligro serio nos acechaba, o así al menos se me representaban en mis recuerdos, y no me cabe la menor duda de que cualquier aprendiz de psicólogo hablaría de oscuros complejos y de sensación de orfandad y de suplantación de la figura paterna. Yo en cambio no creía que se tratara de eso. Puedo parecer fría y calculadora, pero para mí el amor consiste en necesitar y ser necesario. Necesitaba a Delfín en esos momentos de debilidad y desconcierto. Lo necesitaba por lo de Paloma y por lo del trabajo, por mi proyecto de convertirme en subastera, y las circunstancias se habían ocupado del resto. ¿Y para qué me necesitaba él a mí? Seguramente para sentirse más joven, sólo para eso, y acaso también para no estar solo. Delfín era un hombre solitario. Apretábamos nuestros cuerpos en uno de los estrechos camastros de la roulotte y le dejaba que me hablara de su infancia en el norte de Marruecos, de su padre, suboficial de infantería, de su madre, quejosa y enfermiza, de los distintos internados de Málaga y Sevilla por los que había pasado. Cuando por fin su padre fue destinado a la península, se establecieron primero en Valladolid y luego en Jaca, y Delfín comprendió que su naturaleza estaba vetada para los afectos duraderos. Desde entonces había tenido cuatro o cinco novias ocasionales y un solo amigo, mi padre. Sentí su muerte tanto como pudiste sentirla tú, me dijo, y yo acogía sus confidencias con placer y melancolía, y lo único que lamentaba era no poder corresponderle. ¿Qué habría podido contarle yo? ¿Algo sobre mi infancia, que él ya conocía? ¿Algo sobre aquel compañero de carrera con el que había vivido una breve y decepcionante historia de amor? Le escuchaba en silencio y me decía a mí misma que necesitaba seguir escuchándole, y había momentos en los que estaba segura de estar enamorada y momentos en los que no. Luego, con el tiempo, serían más los momentos en los que no, y tal vez por eso nuestra relación fue siempre secreta y jamás llegó a salir de allí, de aquella roulotte arrumbada en aquella nave industrial.

8. CARLOTA

Mi hermana María era como dicen que era Doris Day, la última mujer virgen del planeta. Quiero decir que podía no ser virgen pero era como si lo fuera. Su forma de hablar y de comportarse, el brillo de su mirada, el encendido rubor de sus mejillas: todo en ella transmitía una sensación de tirantez, de severidad, y llevaba a pensar en alguien que no había tenido un momento de placer verdadero. Que nunca se había relajado ni dejado llevar por sus deseos. Que jamás lo había pasado bien con un chico. Digo yo que si María no hubiera sido así sino distinta, quiero decir si hubiera sido normal, como cualquier chica de su edad, no se habría enfadado tanto cuando le dije que Fernando y yo follábamos en el 1430. Aquella tarde estábamos en la Redonda (siempre que hablábamos de esas cosas estábamos en la Redonda), y María abrió mucho los ojos y dijo: ¿Que Fernando y tú qué? Que follamos en el coche, dije, y ella negó con la cabeza y dijo: Pero Carlota, tú... Sí, yo, dije, y ella repitió tú, y yo repetí yo, y parecía que nos íbamos a pasar toda la tarde así, tú, yo, tú, yo. ¿Por qué te extraña?, pregunté. Tengo dieciséis años y un novio con coche, y hago lo que hacen todas las chicas de dieciséis años que tienen un novio con coche: nos vamos a los Pinares de Venecia y echamos un polvo. ¡Pero tú estás loca!, me gritó, y ella misma se debió de dar cuenta de lo desmedido de su actitud y después de una pausa prosiguió: ¡En los Pinares de Venecia...!, ¡es peligrosísimo! En ese sitio, en los Pinares de Venecia, había una explanada que al caer la tarde se llenaba de coches con parejitas, las puertas bien cerradas, los cristales empañados, y era verdad que corrían historias sobre bandas que asaltaban a los enamorados y ataban al chico a un árbol y violaban a la chica. Pero, por mucho que hubiera tratado de arreglarlo, la primera reacción de María no había sido de alarma sino de irritación, y yo pensé que justo así era como reaccionaban las mujeres como mi hermana y como Doris Day, las últimas vírgenes del planeta, cuando oían hablar de sexo. María decía que hacía tiempo que no era virgen y, aunque nos daba muchas explicaciones sobre cómo y cuándo lo había hecho por primera vez, a mí y a Paloma nos costaba creerla. Desde luego, lo que estaba claro era que ella los Pinares de Venecia sólo los conocía de oídas. ¿Cómo habría reaccionado si alguna vez hubiera estado con un chico en uno de esos coches? ¿Me habría guiñado un ojo? ¿Me habría dedicado un gesto de complicidad? En lugar de eso, lo que hizo fue encogerse de hombros y decir: Yo pensaba que tú... ¿Que yo qué?, pregunté, cansada de tanta frasecita inconclusa y tanto punto suspensivo. Yo pensaba que tú, siempre con curas y con monjas, siempre en misa..., dijo. Eso era antes, repliqué, porque ahora sí que mi etapa mística había terminado definitivamente, y si en esa conversación utilizaba expresiones como follar o echar un polvo en vez de hacer el amor o acostarnos juntos supongo que era porque quería liquidar lo que en mí quedaba de esa Carlota rancia y monjil. Y también porque me sentía a gusto haciéndome la ordinaria. María me miraba con una mezcla de sorpresa y aprensión, y yo añadí burlona: Lo que tú pensabas era que quería conservar el virgo para la noche de bodas. ¡Pero mira que eres antigua! A mi hermana no le gustó mi respuesta e hizo una seña en dirección a Paloma, como diciendo: Ya hablaremos más tarde, cuando ella no nos oiga. Y fue entonces cuando Paloma, la pequeña Paloma, que hojeaba con aire distraído unas revistas viejas, dijo: A mí eso de follar ya me aburre un poco... Lo dijo medio en serio, medio en broma, pero más en serio que en broma. María y yo, incrédulas, boquiabiertas, nos la quedamos mirando en silencio. ¿Qué?, preguntamos las dos al unísono, ¿tampoco tú eres virgen? Claro que no, contestó, y ahora fui yo la que se enfadó. ¡Pero Paloma!, exclamé, ¡si acabas de cumplir quince años! ¿Y qué?, dijo ella. ¿Cómo que y qué?, dije yo, ¡las niñas de tu edad todavía juegan con la Nancy! ¡Jo!, dijo ella, ¡tú sí que eres antigua! ¡Ni antigua ni leches!, grité, fuera de mí, y Paloma seguía tan tranquila: Tú acabas de echarte tu primer novio y ya puedes follar, y yo, que voy por el tercero, ¿no puedo? ¡Pues no!, volví a gritar, ¡no puedes! Reconozco que era todo un poco absurdo: María se había enfadado conmigo al enterarse de que ya no era virgen, y yo ahora me enfadaba con Paloma por lo mismo. No sé por qué te pones así..., dijo Paloma, con una sonrisa de superioridad que me pareció odiosa. ¡No me pongo de ninguna manera!, dije yo. Y ella: Sí te pones. Y yo: ¡No me pongo! Entonces me di cuenta de lo ridículo de mi comportamiento y me hice la ofendida: Lo que me fastidia no es que hayas dejado de ser virgen. Lo que me fastidia es que no me hayas dicho nada... ¡Ja!, rió ella, porque eso sí que era ridículo, y luego dijo: Pues si no te lo he dicho antes te lo digo ahora, ¿satisfecha? Entonces nos callamos las dos y se oyó la voz de María que decía: Luego no me extraña lo de las pintadas esas de PALOMA, PUTA... ¿Tú crees que soy una puta?, preguntó ella en voz baja, casi con tristeza. Un poco sí, la verdad, contestó María. No lo entiendo, prosiguió Paloma, intento darles gusto y luego parece que se enfadan... Pero ¿lo haces con todos?, preguntó María. ¡Nooo!, contestó la pequeña, ¡follar, sólo he follado con mis novios! María entonces se puso sarcástica. Y a los que sólo son buenos amigos ¿qué?, ¿a ésos sólo les comes la polla?, dijo, descubriendo también ella el placer de hacerse la ordinaria, y Paloma, tan campante, asintió con la cabeza: ¿Cómo lo sabes? ¡Seguro que te lo ha dicho Arturo, que lo cuenta todo...! Entonces María se llevó las manos a los oídos como haciendo pantalla y dijo: No estarás hablando en serio. Y Paloma la miró y no dijo ni que sí ni que no, lo que quería decir que sí, que estaba hablando en serio, y María volvió a las frasecitas inconclusas y a los puntos suspensivos: ¿Qué es eso de comerle la polla...?, ¿le has comido tú la...? Paloma hizo un gesto tranquilizador y dijo no, y María soltó un suspiro y dijo bueno, y Paloma concluyó la frase: No, hoy no. ¿Hoy no?, ¿cómo que hoy no?, gritó María, escandalizada, ¿es que ayer sí? Paloma asintió: Ayer se la comí a César, que para eso es mi novio. Entonces María se agarró de los pelos y dio un par de tirones fuertes, muy fuertes, como si de verdad quisiera arrancárselos. ¿Habrá alguna polla en el barrio que todavía no haya pasado por tu boca?, exclamó. Paloma, la muy infeliz, se tomó sus palabras al pie de la letra y dijo que sí, que quedaban bastantes, y entonces María sí que gritó: ¡Y me preguntas si creo que eres una puta! ¡Lo que creo es que esas pintadas se quedan cortas! ¡Un putón! ¡Un putón verbenero es lo que eres! A mí me hizo gracia lo de putón verbenero y no pude contener la risa. Paloma me vio y también ella se echó a reír, y luego dijo: Os lo recomiendo. Una mamada y listo. Es rápido, limpio, sin riesgos, y después se quedan tan tranquilos, tan descansados... Había que verla: Paloma, con sólo quince años, aconsejándonos a nosotras, sus hermanas mayores, sobre lo que teníamos que hacer o no con nuestros novios o amigos. Es verdad, dije. Fernando, el otro día, casi se me quedó dormido. ¡Tú también...!, exclamó ahora María, y nos miró a las dos desolada, casi llorosa, como si de repente hubiera descubierto que podía ser que la rara fuera ella y no nosotras, los putones de sus hermanas. Lo hago para no quedarme embarazada, aclaré yo, muy razonable, y Paloma la debió de ver tan deshecha que trató de animarla. Tampoco te pongas así, dijo. Total, por un par de mamadas... Eso es, la secundé yo, un par de mamadas, y María ya no sabía si insultarnos, echarse a llorar o correr escaleras abajo. Un par de mamadas, repitió en voz baja, un par de cientos de miles de mamadas...

Por supuesto, lo de que le había comido la polla a Fernando era mentira. Hacía poco más de un mes que salíamos juntos, y nuestras relaciones sexuales se habían limitado a dos o tres polvos furtivos en el asiento trasero del 1430. Ahora eso lo recuerdo como algo torpe, precipitado, feo: yo con el cuerpo retorcido y las bragas colgando de un tobillo, Fernando con los pantalones por las rodillas y aquella cara de bruto que se le ponía cuando estaba caliente. Pero entonces me parecía excitante y hasta hermoso. Aquel hombre era mi hombre y me sentía orgullosa de él. O tal vez no. Tal vez lo que me enorgullecía no era que fuera él, Fernando, que al fin y al cabo tampoco era gran cosa, sino que fuera mío. Mirarle y poder pensar: Me pertenece. Agarrarme a su cintura y saber que me iba a rodear los hombros con el brazo. Tocarle con disimulo la entrepierna y notar cómo se le hinchaba ese pene chato y cabezón que tenía. ¿Hay algo mejor que sentirse deseada? Yo en aquella época pensaba que no, y me gustaba mantenerle cachondo el mayor tiempo posible. Le dejaba que me metiera mano por debajo de la falda y que me sobara un poco las tetas, y sólo al final, cuando también yo me había acabado calentando, le decía: De acuerdo, vamos un ratito a los Pinares. Luego llegábamos a los Pinares y otra vez fingía resistirme. No por nada, sólo porque formaba parte del juego y porque a él en el fondo le encantaba pensar que yo era una chica recatada y difícil. Yo le decía: Vámonos, Fernando, no me gusta este sitio, con todos esos coches. Y él echaba un vistazo por la ventanilla y replicaba: ¿Por qué te crees que están aquí? Por lo mismo que nosotros. Y yo decía que sí pero que de todas formas, y él me interrumpía para proponerme que fuéramos al piso de un amigo suyo que le había dejado las llaves. Y yo: ¡Qué vergüenza! ¡Eso sí que no! Y él: Pues tú dirás... Y seguíamos así unos minutos más, hasta que por fin pasábamos al asiento de atrás y cerrábamos las puertas con el seguro, y entonces empezaba todo, lo del cuerpo retorcido y las bragas en el tobillo, lo de los pantalones por las rodillas y la cara de bruto que se le ponía. Ya he dicho que en aquella época nos limitábamos a eso, a algún que otro polvo furtivo, y jamás se me habría ocurrido que un hombre pudiera penetrar a una mujer por otro orificio que no fuera su vagina. ¡Por la boca! Cuando oía a Paloma hablar de esas cosas, de hacer mamadas y comer pollas, yo me las daba de experimentada, pero lo cierto era que nada podía producirme más asco. ¡Por la boca, Dios mío! La simple idea de acercarme a los labios el pene de Fernando, con ese glande que parecía un champiñón y esos pelillos en forma de ese que se le quedaban pegados, me provocaba auténticas arcadas. Luego sí, durante las últimas semanas de embarazo y las primeras después del parto, tuve que hacer cosas que nunca había pensado que llegaría a hacer, y entonces descubrí que, a partir de cierto momento, los hombres quieren meter la polla en todos los agujeros menos el que le corresponde. Pero ya estoy, como siempre, adelantando acontecimientos. Aquellas tardes, en los Pinares de Venecia, echábamos un polvo y después permanecíamos un rato en el asiento trasero, abrazados, silenciosos, haciéndonos alguna caricia, dándonos algún beso. Fernando solía decirme que lo que más le gustaría en el mundo sería verme desnuda: Estar en una cama los dos solos, desnudos, sin prisas por volver a casa, sin nadie que nos moleste... No seas pesado, no empieces otra vez con lo del piso de tu amigo..., le susurraba yo al oído, porque eso de meternos en el piso de alguien me parecía como premeditado y sórdido, mientras que lo de vernos en el 1430 tenía algo de improvisado y hasta romántico, como si todo fuera fruto de un arrebato irresistible al que hubiera acabado cediendo en el último momento. Pero lo cierto era que también a mí me apetecía que me viera desnuda. O, más que eso, lo que me apetecía era disfrutar de una intimidad en la que igual pudiéramos estar vestidos que desnudos. Una intimidad como la de las parejas adultas, que disponían de libertad para quererse a todas horas y en todos los rincones de la casa: en el dormitorio y el comedor, en la cocina y el cuarto de baño. Tenía incluso una imagen bastante precisa del lugar ideal para que nuestro amor floreciera. Era un apartamento con las puertas pintadas de blanco y las paredes de verde claro, con un salón a dos niveles y un sofá largo y mullido, con plantas por todas partes y una cómoda con mi colección de pastilleros antiguos. Tenía una imagen tan nítida y definida de ese apartamento que habría podido describirlo hasta en sus menores detalles, los tiradores dorados y redondos de los cajones, el dibujo como de losanges de las baldosas, los flecos que pendían de la pantalla de la lámpara, y ahora supongo que todo eso lo había visto yo en alguna de las revistas de decoración de mamá porque, desde luego, no había estado jamás en un apartamento así y ni siquiera tenía una colección de pastilleros antiguos. Pero una intimidad como la que yo soñaba estaba fuera de nuestro alcance, y de momento tuve que conformarme con decorar un poco el 1430 y darle un aire, no sé, más cálido, más hogareño. Compré un marquito imantado y puse en él una foto que Fernando y yo nos habíamos hecho a los pies de la estatua de Alfonso I el Batallador. Compré dos cojines como los que teníamos en el Simca, que ahora ya no me parecían tan horribles, y en uno de ellos bordé un corazón rojo y en el otro un corazón azul. Y compré también un par de metros de tela e hice unas cortinas muy monas que, cuando aparcábamos en la explanada de los Pinares, pegábamos a las ventanillas con unas ventosas. Ésa era toda la intimidad de que podíamos disfrutar, un 1430 con las ventanillas tapadas por unas cortinas, y la verdad es que a Fernando no le gustaban demasiado esos detallitos míos y a menudo refunfuñaba: Joder, Carlota, ya sólo falta que me pongas un lazo...

Fernando tenía bastante mal carácter. De vez en cuando le daba un arranque de mal humor y se ponía hecho una furia. En una ocasión le vi discutir por no sé qué tontería, una plaza de aparcamiento o algo así, y tuve miedo de que fuera a abalanzarse sobre el otro y a hacerle cualquier cosa. ¡Pero tú eres idiota!, ¿no has visto el intermitente?, le gritaba, las ventanas nasales bien abiertas, hinchadas las venas del cuello. A mí esas reacciones suyas me ponían bastante nerviosa, porque Fernando entonces se volvía como loco y no atendía a razones, pero por otro lado también me hacían sentirme segura y protegida (¿quién se atrevería a meterse conmigo sabiendo cómo las gastaba mi novio?), y eso me gustaba. Yo con esos arranques suyos hacía como años atrás había visto hacer a mamá, que soltaba una risita y se burlaba cariñosamente de papá: ¡No sabes lo cómico que estabas, con el traje nuevo manchado de barro y esa cara de pocos amigos, y murmurando no sé qué cosas horribles sobre la madre del jardinero...! Me los tomaba, por tanto, a broma. Simulaba que carecían de importancia y que me hacían gracia, como si Fernando y yo fuéramos dos esposos maduros que recordaran entre risas alguna locura de juventud, inofensiva ya. Así era. En lo más profundo de mí misma aspiraba a reproducir un modelo ideal de relación que combinara la arraigada confianza de las parejas antiguas con la pasión y el entusiasmo de los amores recientes. Una aspiración insensata, claro que sí: conciliar en todo momento lo mejor de cada una de las sucesivas etapas del matrimonio. Una aspiración además contradictoria, porque me llevaba a desear que el tiempo pasara a la vez muy deprisa y muy despacio, tan deprisa como para alcanzar cuanto antes la edad de la comprensión mutua y los afectos serenos, y tan despacio como para no terminar nunca de abandonar aquel estado de plenitud y exaltación. Yo era entonces una persona feliz, y lo que más me gustaba era precisamente la posibilidad de proclamar esa felicidad mía. Cuando Fernando venía a buscarme y anunciaba su presencia con un bocinazo largo, yo bajaba por la escalera gritando alborozada: ¡Ya está aquí! ¡Ha llegado Fernando! Mi madre y mis hermanas se asomaban a mirarme y luego se apiñaban junto a la ventana, y yo, antes de entrar en el coche y saludar a Fernando con un beso en los labios, les echaba un vistazo con el rabillo del ojo para asegurarme de que nos estaban observando. Al mismo tiempo trataba de adivinar sus comentarios. Me imaginaba a mamá murmurando: No sé, no sé, este chico me parece un poco mayor para ella... Y a María exclamando: ¡Dios santo, qué efusiones!, ¡ni que llevaran un año sin verse! Y a Paloma pensando pero guardándose mucho de decir: Sin ser nada del otro jueves, un polvo sí que tiene... Pero a mí lo que ellas dijeran o pensaran me traía sin cuidado. El amor y la felicidad estaban por encima de todo, y no había nada en ellos de lo que tuviera que avergonzarme. Ahora pienso que lo que de verdad me hacía feliz era poder decir que era feliz. Mi felicidad era, pues, un sentimiento que se alimentaba a sí mismo, un poco como las dinamos de las bicicletas, que dan una luz tanto más intensa cuanto más vigorosas son las pedaladas. Mi felicidad era también un sentimiento contagioso, que irradiaba felicidad y en alguna medida iluminaba las vidas de quienes me rodeaban. ¿Cómo iba, por tanto, a avergonzarme de un sentimiento así? Entre las chicas de mi edad que tenían novio, todas las que yo conocía lo tenían como a escondidas. Se citaban en lugares en los que no pudieran encontrarse con nadie de la familia, y si por casualidad se cruzaban con algún conocido, se liberaban con rapidez de su abrazo y fingían no tener nada que ver. Yo, por supuesto, no era como esas chicas. A mí me gustaba exhibirme junto a Fernando, tan convencida estaba de mi amor por él, tan envidiada me sentía.

No tardé mucho en meterlo en casa y en presentarlo a mi madre y mis hermanas, y recuerdo que mamá hizo como que no había oído bien y dijo: Perdona, ¿cómo has dicho que te llamas? Lo dijo como si de verdad no lo supiera. Como si no me hubiera oído decenas de veces gritar su nombre mientras bajaba por la escalera. Fernando, algo aturdido, dijo Fernando, me llamo Fernando, y mamá soltó una de sus risitas y se volvió hacia mis hermanas. Ya lo habéis oído, dijo, se llama Fernando. Pasaron entonces al salón. Yo, mientras tanto, fui a la cocina a buscar una bandeja de rosquillas que Paloma y yo habíamos hecho esa misma mañana. ¿A qué te dedicas?, le estaba preguntando mamá cuando volví a reunirme con ellos, y Fernando contestó: A la hostelería. Tengo tres cafeterías a medias con un par de socios. ¿Cafeterías?, preguntó mamá, que en realidad ya sabía que eran bares nocturnos y no cafeterías, y Fernando, para no tener que dar explicaciones, se metió una rosquilla en la boca y dijo: Están riquísimas. Pero en general aquel primer encuentro salió bastante bien. Mamá estaba muy orgullosa de la casa, su casa natal, y yo había aleccionado a Fernando para que tratara de ganarse su simpatía con elogios a aquellas puertas de madera maciza y aquellas paredes tan gruesas (ya no se construyen casas así), a aquellos techos con rosetones y aquellos suelos de mosaico (¿cuánto costaría hoy...?), a aquellos muebles antiguos. Fernando siguió mis instrucciones al pie de la letra y mamá se sintió obligada a enseñarle el piso de arriba. Yo creo que ni ella tenía muchas ganas de enseñárselo ni él de verlo, pero estaba siendo todo tan convencional, tan afectado, que al poco rato nos encontramos todos siguiendo a mamá por la escalera. ¡Qué escalera tan imponente!, ¡y qué barandilla tan hermosa!, exclamó Fernando, muy en su papel, y yo le hice una seña de ya basta, tampoco hay que excederse. Mi madre iba abriendo puertas y diciendo: Esto es el ropero, esto un cuarto para guardar trastos, aquí mi dormitorio, aquí el de las niñas... Después fue a abrir la de la habitación de invitados y yo me adelanté y dije: Y éste va a ser mi dormitorio. María y Paloma me miraron estupefactas porque en ningún momento habíamos hablado de hacer cambios en la casa. Yo añadí: Quitaré esta cama y pondré la mía, y quitaré también todos esos retratos... Me refería a la colección de retratos de Papas que había a la cabecera de la cama. Y este armario, murmuré, no quiero ni abrirlo, ¡a saber lo que habrá ahí dentro...! Mis hermanas me miraban ahora con recelo. Se daban cuenta de que me había aprovechado de la situación para imponer mis deseos. Si Fernando no hubiera estado delante, seguro que habrían protestado y me habrían preguntado por qué tenía que ser yo, y no ellas, la que se cambiara a esa habitación. Pero el caso es que Fernando estaba delante y que ninguna de las dos dijo nada. A la mañana siguiente sí. Entonces María, con esa irritante superioridad moral que tanto le gustaba exhibir, me preguntó qué derecho tenía yo a instalarme en la habitación del abuelo (así lo dijo, del abuelo y no de invitados, como si todavía tuviera un dueño). ¿Derecho?, repliqué, haciéndome la sorprendida, el mismo derecho que vosotras, sólo que a mí se me ha ocurrido antes. Y añadí: Hace cinco años que murió el abuelo; creo que has tenido tiempo de sobra. María sacudió la cabeza con suficiencia y dijo: Sólo falta que me digas que en realidad lo haces por nosotras, que así Paloma y yo tendremos más sitio... Yo sonreí y dije: Bueno, eso también es cierto. María me lanzó una de esas miradas suyas (las pupilas inmóviles, las cejas levemente arqueadas) con las que le gustaba darme a entender que la había decepcionado o que había traicionado su confianza, y dijo nada más: Te crees muy lista, ¿verdad? Yo ya suponía que iba a reaccionar así. Al fin y al cabo, ésa era (y sigue siendo) su forma de comportarse: te hacía creer que llevaba toda la vida sacrificándose por ti, haciéndolo además de un modo tan discreto que ni siquiera te habías dado cuenta, y luego, un buen día, te lo echaba en cara con una de esas miradas suyas de institutriz injuriada. Una mirada que en este caso quería decir que sí, que claro que había pensado en cambiar de habitación, y que yo no sólo no le agradecía que hubiera acabado renunciando, sino que se lo pagaba de esa manera, abusando de su buena fe. O sea que esa constante renuncia suya a las cosas buenas de la vida se debía siempre a otra persona, a mamá, a Paloma, a mí, y que así conseguía desviar hacia los demás su propia responsabilidad. Porque con esas miradas suyas lo que buscaba era hacerte sentirte culpable. ¿Culpable de qué? Supongo que de su infelicidad, de su amargura, de esa melancolía que arrastraba desde hacía meses, acaso desde la noche misma de la muerte de papá. Con tal de hacerte sentirte culpable era capaz de cederte su sitio en el sofá o su ración de postre, y por eso yo sabía que aquella mañana acabaría cediendo y todo quedaría en una de esas miradas suyas y en un te crees muy lista, ¿verdad? La habitación de invitados se convertía así en un nuevo sacrificio que añadir a la larga lista de sacrificios, reales o inventados. También en un nuevo argumento con el que reforzar esa superioridad moral que ya he mencionado. ¿Cómo explicar en esas circunstancias la necesidad que tenía de una habitación como ésa, una habitación que fuera sólo mía y en la que pudiera disfrutar de esa intimidad que tan importante se estaba volviendo para mí? Necesitaba un sitio donde sentirme sola, libre, feliz, un lugar donde poder encerrarme y dejarme llevar por mis fantasías. Pero esa habitación propia no sería en todo caso más que un remedio momentáneo, un sustituto provisional de la casa propia en la que algún día iniciaría con Fernando una vida en común. El apartamento ideal con las puertas pintadas de blanco y las paredes de verde claro crecía en mi imaginación y se llenaba poco a poco de muebles, adornos, indicios de una vida ya no imaginada sino real, como si todo aquello no lo hubiera visto en vete a saber qué revista sino que de verdad lo hubiera conocido, que hubiera incluso vivido allí, y ahora estuviera recordándolo. Se trataría en todo caso de un recuerdo pero al revés, de una anticipación de algo que el destino me tenía reservado, y delante del largo y mullido sofá veía ahora una alfombra con varios juguetes desperdigados, y en la mesita un encendedor incrustado en un trozo de ámbar y una lata redonda de Ducados, que eran los cigarrillos que fumaba Fernando, y sobre la cómoda, junto a mi inexistente colección de pastilleros, varias fotos con marcos de piel y de plata, y al lado de las plantas una regadera metálica y unas tijeras de podar, abandonadas allí como si el timbre hubiera sonado cuando me disponía a cortar alguna ramita o alguna hoja seca. El apartamento tenía ahora un pasillo que en mis primeras ensoñaciones no aparecía, y al final de ese pasillo estaba nuestro dormitorio, de Fernando y mío, con una colcha de raso color marfil sobre la cama de matrimonio y un tocador con cajoncitos para mis cremas, también con la cuna de nuestro hijo pequeño y un paquete inmenso de pañales, y enfrente de nuestro dormitorio el de los niños, con las paredes empapeladas en rojo y una luna y varias estrellas brillantes colgando del techo, con dos pupitres gemelos y una estantería llena de muñecos de peluche. Cada vez que imaginaba aquel apartamento había más muñecos en la estantería, más estrellas colgando del techo, más pastilleros y más fotos sobre la cómoda. Hasta el paquete de los pañales cambiaba de una vez a otra, en una ocasión casi lleno, en otra semivacío, y era como si de verdad Fernando y yo y nuestros hijos (aunque nunca los veía eran dos, niños los dos) viviéramos allí y fuéramos dejando aquí y allá indicios de nuestras actividades cotidianas. No puedo negar que mi idea de la felicidad consistía entonces en dejar pasar las horas en el cuarto de estar, abrazada a mi marido, los niños jugando sobre la alfombra. Aún ahora, cuando ya esa posibilidad ha quedado definitivamente descartada, sigo mirando con algo de envidia a esas parejas felices de los anuncios, él repantigado en el sofá, ella acercándosele con una taza de café

160

humeante, y sueño con la vida que habría llevado si no me hubiera casado con Fernando sino con otro, con cualquiera, con el primero que hubiera pasado a mi lado, que seguro que habría sido mejor marido que Fernando.

Pero si finalmente no me cambié a la habitación de invitados, no fue por esas miradas de María que buscaban que me sintiera culpable sino por una razón bien distinta. Un día descubrí que me había quedado embarazada. ¡Embarazada! Por extraño que pueda parecer, mi primera reacción no fue de alarma sino de alegría. Iba a tener un niño, y eso quería decir que ese futuro de felicidad tantas veces imaginado estaba ahí mismo, a la vuelta de unos meses. No tenía, por tanto, sentido que perdiera el tiempo arreglando la habitación de invitados, cuando dentro de muy poco podía tener el apartamento de mis sueños, con el sofá largo y mullido, las plantas, la alfombra. ¿Que para llegar a eso había ido a elegir el peor camino? Podía ser. ¿Que, al menos durante una temporada, tendríamos que acostumbrarnos a vivir con estrecheces? También eso podía ser, pero yo ni siquiera me lo planteaba. Era tal el vigor de mis anhelos y mis sentimientos que me creía preparada para superar cuantos obstáculos me salieran al paso. Eso explicaba que un embarazo accidental como aquél (yo no lo había buscado, no estaba tan loca) se hubiera convertido de pronto en un embarazo deseado, que el niño que había de nacer se me apareciera como el más esperado de todos los niños. ¿Qué nombre le pondría? Si era niña, Azucena, Violeta o Rosa, porque siempre me han gustado los nombres de flores. Y si era niño, Germán, que era mi favorito, el nombre que, ya de pequeña, solía poner al muñeco con el que jugaba a mamás y a papás. Si sería niño o niña, qué nombre le pondría...: ésas eran las preguntas que, atolondrada de mí, me hacía en aquellos primeros momentos. Ni siquiera me pasaban por la cabeza las que cualquier otra chica habría hecho en mi lugar: qué diría Fernando cuando lo supiera, de qué forma se lo tomaría mi madre, de dónde sacaríamos el dinero para todos los gastos que se avecinaban. Por eso me quedé tan abatida cuando se lo anuncié a mis hermanas en la Redonda y ellas reaccionaron como reaccionaron. María al principio no dijo nada. La que habló fue Paloma, que soltó un bufido y dijo: Si no abortas es que eres tonta... ¡Paloma, con quince años, aconsejándome una cosa así! Por un momento pensé que tal vez ella había pasado por un trance similar y optado por esa solución. Ella debió de adivinar mis pensamientos, porque negó con la cabeza y dijo: Conozco a una que lo hizo. Si quieres, le pregunto. No, dije, abortar sería lo último que haría. Allá tú, añadió, encogiéndose de hombros, pero yo lo tengo claro: no tendré hijos jamás. ¿Cómo puedes decir eso?, protesté, irritada, ¿cómo puedes saber ahora lo que pensarás dentro de quince o veinte años? Lo sé y ya está, respondió ella, y yo dije: Pues lo que yo sé es que sí quiero tener hijos, muchos hijos, cuantos más mejor. Y María, que hasta ese momento había permanecido en silencio, dijo: Pero ¿no habíamos quedado en que, para no quedarte embarazada, sólo le comías la polla? ¿Y quién te dice a ti que no quería quedarme embarazada?, dije. Lo dije así, sin pensarlo, como si de verdad se tratara de un embarazo premeditado. Por algún motivo me molestaba que mis hermanas pensaran lo contrario. Me parecía, no sé, que eso ponía en entredicho el inagotable caudal de afecto que tenía reservado a mi futuro hijo, y ahora que había dicho aquella mentira descubría que en realidad podía no serlo. Que en lo más hondo de mí misma hacía tiempo que alimentaba el deseo de quedarme embarazada. Por eso no me importó completar esa media verdad con una media mentira y, aunque Fernando aún no sabía nada, declaré que la decisión la habíamos tomado entre los dos. Y María dijo: Entonces sí. ¿Entonces sí qué?, pregunté. ¡Entonces sí que eres tonta!, exclamó, hecha una furia, ¡y Fernando también!, ¡menuda pareja de tontos! Se puso a dar vueltas por la Redonda, los brazos en jarras, el gesto ceñudo, y mientras tanto murmuraba: Papá murió el año pasado, mamá tiene que ir de pueblo en pueblo en esos autobuses del demonio, ¡y a esta idiota sólo se le ocurre quedarse embarazada...! Hablaba como para sí, como si Paloma y yo no estuviéramos delante, y de vez en cuando movía la cabeza hacia mí y hacía alguna alusión a la época en que jugaba a ponerme un cojín en la tripa: ¿Qué se podía esperar de alguien así? Yo, cada vez más irritada, la veía como lo que era, una Doris Day más Doris Day que nunca, de nuevo una de las últimas vírgenes del planeta, una de esas mujeres incapaces de comprender y perdonar un error como el mío por la sencilla razón de que jamás han tenido ocasión de cometerlo. ¡Es mi vida!, protesté, ¡es mi vida, y yo con mi vida hago lo que quiero! María se detuvo de golpe y me miró desafiante. Al menos podrás ponerle toda la ropa..., dijo. ¿Qué ropa?, pregunté. Ella mostró las palmas de las manos: ¡Qué ropa, qué ropa! ¡La que has estado llevándote de los muestrarios de mamá! ¡La que guardas en esa asquerosa sombrerera! ¿Creías que no nos íbamos a enterar? Entonces sí que me quedé sin habla, y Paloma, maliciosa, aprovechó para decir: La próxima vez que robes algo, escóndelo mejor. ¡Lo que os pasa es que me tenéis envidia!, grité al cabo de unos segundos, y luego eché a correr escaleras abajo.

La boda se celebró en la capilla del Hospital Militar, que era donde el padre de Fernando trabajaba como médico internista. Yo habría preferido alguna iglesia de más categoría, la de Santa Engracia, la de San Miguel, pero las dos familias se pusieron de acuerdo en que aquél era el sitio ideal para una ceremonia íntima. Cuando decían íntima supongo que querían decir clandestina, porque la entrada principal estaba cerrada por unas obras imprevistas y para acceder a la capilla había que hacerlo por una puerta interior que estaba como escondida al final de un pasillo. Era como si un sentimiento generalizado de vergüenza impidiera que nos mostráramos en público, como si todo estuviera pensado para ocultarnos de las miradas de la gente. Yo, sin embargo, había decidido que, pasara lo que pasara, aquel día iba a ser el más feliz de mi vida, y una circunstancia como ésa, suficiente para restarle brillo y solemnidad a cualquier boda, no consiguió desmoralizarme. Hubo otros detalles que también tuve que pasar por alto: el ojo de cristal del cura, un capellán castrense al que todos llamaban el Comandante aunque no lo era; los gritos de los obreros y el estruendo de las taladradoras al otro lado de la puerta cerrada; también (esto fue lo peor) la presencia de cuatro o cinco enfermos en bata y zapatillas que se habían colado para asistir a la misa o simplemente curiosear. Nada de eso me importó. Me había propuesto ser feliz, tan feliz que nadie que me viera pudiera ponerlo en duda, y en las fotos que conservo de aquel día aparezco siempre sonriente, con un destello de alegría en los ojos y una expresión en el rostro que sólo puede calificarse de encantadora. De todas esas fotos, las que más me gustan son las que me hice junto a mi madre y mis hermanas ante la entrada del hospital. En realidad el hospital casi no se ve, y podría parecer que estábamos en cualquier sitio: en una casa de campo, en una plaza, delante de la iglesia de Santa Engracia o de San Miguel. María, a mi derecha, lleva un traje sastre muy entallado y un pañuelo de seda de color verde manzana que le dan un aire como de azafata de Iberia. Mamá y Paloma están a mi izquierda, mamá envuelta en un chal beige, Paloma con un vestido largo y oscuro que le sienta muy bien. Sonríen las tres en todas esas fotos. Sonreímos de hecho las cuatro. Viéndolas así, nadie pensaría en lo enfurruñada que había estado María, que no había vuelto a dirigirme la palabra hasta poco antes del comienzo de la ceremonia y que esa misma mañana me había felicitado preguntándome, esta vez en tono de guasa, lo mismo que aquella tarde: Pero ¿no habíamos quedado en que sólo le comías la polla? Viéndolas así, tampoco podría adivinarse el disgusto que se había llevado mamá cuando le dije lo del embarazo. ¿Por qué?, ¿por qué me tiene que pasar todo a mí?, se había lamentado, como si de verdad todas las catástrofes del planeta la anduvieran persiguiendo, y yo entonces no, pero algo después sí que pensé que lo que de verdad le dolía era ver que sus hijas se hacían mayores, que el tiempo había pasado y ella estaba en edad de convertirse en abuela. ¿Y qué culpa tenía yo de eso? Pero aquel día no quedaba ya el menor rastro de anteriores reproches. Estábamos contentas, tan contentas como se suele estar en las bodas, y eso nos hacía parecer más guapas, irresistibles. ¿Acaso no ocurre siempre así, que la felicidad nos embellece mientras la aflicción nos afea, que la sonrisa dibuja en nuestro rostro los rasgos más hermosos y el llanto los menos atrayentes? En una de esas fotografías aparecemos incluso riendo, soltando las cuatro una carcajada unánime. Fue la última de esa serie, la que nos hicimos cuando Paloma tocó mi tripa de cinco meses y exclamó: ¡Una patada!, ¡me ha dado una patadita! Yo, que llevaba todo ese rato tratando de ocultar a la cámara mi barriga ya hinchada, me la acaricié con ambas manos como si de verdad esperara notar esa patada, la primera, y mamá y mis hermanas se echaron a reír: ¡Inocente, inocente! Luego también yo me eché a reír, y fue entonces cuando el fotógrafo pulsó el disparador y capturó esas risas nuestras para toda la eternidad.

Si son ésas las fotos que más me gustan es porque en ellas se nos ve a las cuatro guapas y risueñas, pero también porque son las únicas en las que no sale Fernando. Conservo, por supuesto, fotos de la ceremonia: Fernando con una americana cruzada y una anchísima corbata verde y blanca, yo con el vestido de novia, con el ramo, con el velo, los dos con una expresión entre amorosa y azorada, recibiendo la comunión de manos del Comandante, primero yo, después él, intercambiando luego los anillos, besándonos delicadamente en los labios. Conservo fotos de la salida, que fue lo que quedó más deslucido, porque aquel pasillo era largo y oscuro y nadie sabía si lanzar allí el arroz o esperar a hacerlo en el exterior, y también porque en ese sitio no eran cuatro o cinco sino más de veinte los enfermos que, en bata y zapatillas, se habían apostado para curiosear. Y conservo las fotos que nos hicimos fuera, las que me hice con mamá y mis hermanas, unas con Fernando y otras sin, y las que me hice con el Comandante, con los padres y los hermanos de Fernando, con los escasos invitados de nuestra parte (el tío Delfín, esos parientes nuestros que vivían en Madrid, unas amigas de mamá que siempre la invitaban a las bodas de sus hijos), con los de la familia de Fernando, éstos más numerosos, entre ellos varios militares que, como su propio padre, se

165

había puesto el uniforme de gala, esos fajines y esas medallas que eran casi lo único que aportaba algo de pompa a aquella boda sin lustre ninguno y casi secreta. Recuerdo que el fotógrafo se pasó un buen rato llevándonos a Fernando y a mí de aquí para allá, buscando un lugar donde hacernos lo que él llamaba una romántica foto de enamorados, y que al final, no sin una mueca de desaprobación, nos hizo posar junto a unas adelfas más bien mustias. Entonces empezamos a oír un ruido que no sabíamos de dónde procedía. A mí al principio aquel tableteo, clo clo clo, me recordó el de la bicicleta de un niño del barrio, que ponía naipes en los radios de las ruedas para que sonara como una moto, clo clo. Luego no. Luego ya me di cuenta de que aquello era un motor de verdad. Alguien gritó: ¡Allí!, ¡un helicóptero! Miramos todos en aquella dirección y vimos, en efecto, un helicóptero que se abría camino entre las bajas nubes de aquella mañana de noviembre e iniciaba el descenso hacia la explanada del hospital. Uno de los militares comentó: Hoy había maniobras, seguro que traen algún herido. El helicóptero estaba ahora justo encima de nosotros. Yo, que nunca había visto uno de cerca, pensé que aquello era lo más parecido a una inmensa libélula. Mezclados con los invitados, dos médicos y unos cuantos soldados provistos de camillas permanecían a la espera. El piloto buscó el centro mismo de la explanada y el aparato descendió los últimos metros casi en vertical. Ahora se movía despacio, muy despacio, y parecía más un reptil que un insecto. Antes incluso de que llegara a tomar tierra, el ruido se había vuelto ensordecedor y ya nadie oía lo que decía el de al lado. Alrededor del helicóptero se había levantado un tremendo ventarrón. Recuerdo que tuve que agarrarme el velo con una mano mientras con la otra me sujetaba el vestido y que el pelo se me llenó de polvo y de tierra. Todos estaban más o menos como yo, los ojos entrecerrados, las manos en el regazo o en las solapas o en la gorra de plato. El helicóptero aterrizó por fin y los camilleros corrieron a hacerse cargo del herido. Entonces Fernando me cogió del brazo y dijo: ¡Vamos! ¿Qué?, pregunté. ¡Que vamos a hacernos una foto! A él siempre le había

166

gustado todo lo que tuviera que ver con el ejército, las armas, los barcos, los aviones, ese tipo de cosas, y supongo que la tentación de fotografiarse junto a aquel helicóptero militar debió de parecerle irresistible. Corrimos pues a colocarnos más cerca. El fotógrafo nos seguía a distancia y gritaba unas instrucciones que nos llegaban confusas e incomprensibles. Nos paramos cuando ya sólo una decena de metros nos separaba del helicóptero. Nos paramos sólo un instante, lo justo para volvernos hacia la cámara y esbozar una sonrisa. ¿Te gusta?, me gritó Fernando al oído. ¡Me encanta!, contesté, empeñada como estaba en hacer de aquel día el más feliz de mi vida. El fotógrafo nos hizo la foto y nosotros nos apresuramos a regresar junto a los demás. Y aquélla acabaría siendo nuestra romántica foto de enamorados, la favorita de Fernando, la que desde el primer momento insistiría en enmarcar y colocar en el pequeño salón de nuestro apartamento de alquiler. Una foto que parecía sacada de algún reportaje de guerra, con aquel paisaje desolado y aquellos hierbajos doblegados por el viento, con esa extraña pareja de recién casados en primer término, los dos con la ropa y el pelo revueltos, también con la sonrisa forzada y los ojos entornados, y detrás de ellos aquel helicóptero del que los camilleros se afanaban por sacar a un pobre chico de mirada aturdida y uniforme ensangrentado al que le había explotado encima una granada y que, según supimos después por el padre de Fernando, acabaría perdiendo el brazo. Y a lo mejor no fue casualidad que fuera esa foto la que había de acompañarnos durante los escasos cinco meses que iba a durar nuestro matrimonio. En cierto modo aquello fue también como una guerra, y quién sabe si no era eso lo que esa foto estaba anunciando.

9. PALOMA

Volvimos a los martes del aparthotel. Nos abrazamos en silencio y permanecimos así más de un minuto. Luego hablamos de la noche del golpe. Dijo Ramón: No podía parar de pensar en ti. ¿Dónde estarías? ¿Con quién? Tenía miedo de que te ocurriera algo, pero al mismo tiempo te sentía más cerca que nunca. Estaba seguro de que me llamarías. ¿Por qué? No lo sé. Después de lo que estaba pasando, no podía ser que no dieras señales de vida. Cuando sonó el teléfono corrí a cogerlo porque sabía que eras tú. ¡Y qué bien me sentí entonces, oyéndote respirar, o ni siquiera eso, no oyéndote! Clara estaba en el dormitorio y César en el salón, los dos escuchando la radio. Yo te hablaba desde el teléfono del pasillo. Decía tu nombre, Paloma, y casi deseaba que alguno de los dos se asomara y me oyera. ¡Sólo saber que estabas allí, al otro lado de la línea, me daba fuerzas para cualquier cosa!

Aquella tarde Ramón no cesó de hablar. Dijo también: ¿Quieres saber cómo me enteré de tu fuga? Llegó el martes y te estuve esperando. Estaba aquí, sentado en la cama, en esta misma esquina. Tú no venías y yo ni siquiera me había quitado la gabardina. Primero pensé que se trataba sólo de un retraso, tal vez la lluvia. Luego empecé a preocuparme. Me decía: ¿Y si le ha pasado algo?, ¿y si se ha puesto enferma? Los peligros que mi imaginación me presentaba eran cada vez más graves: un accidente doméstico, un atropello mientras cruzabas la calle...

Cuando llueve, ya se sabe. Pensé incluso en telefonear a la policía, a los hospitales, para ver si en alguno de ellos había ingresado una chica llamada Paloma. Lo único que me negaba a admitir era sin embargo lo más lógico: que hubieras decidido dejarme. Hubo un momento en que lo vi claro. Te habías hartado de mí y me habías abandonado. Para entonces mi sensación de angustia era tan fuerte que lo acepté con alivio. Sí, me habías dejado, habías optado por romper conmigo, pero al menos te encontrabas bien. No todo estaba perdido, por tanto. Del mismo modo que había ido hundiéndome en la desesperación, ahora iba poco a poco recuperando la esperanza. Oía el ruido del ascensor, oía pasos al otro lado de la puerta, y pensaba: Puede ser Paloma, ¿por qué no?, puede ser que se lo haya pensado mejor. Cuando me marché debía de ser bastante tarde, y la sombra de humedad que se había formado a mis pies había acabado secándose. Los días siguientes casi no aparecí por el despacho. La de horas que pasé metido en el coche...: parecía uno de esos detectives de las películas. Aparcaba ante la entrada de tu academia o daba vueltas y más vueltas a la manzana: te buscaba. Te buscaba por la calle de la academia y también por la de tu casa, pero pensaba que tú no querías verme y que intentarías no frecuentar los lugares en los que yo podía buscarte. Por eso te buscaba también por las otras calles, las que no eran ni la calle de la academia ni la de tu casa. Te buscaba por toda la ciudad porque el simple hecho de buscarte me acercaba a ti. Una mañana encontré esto en la puerta de una tienda.

Entonces Ramón metió la mano en el bolsillo interior de la americana, que colgaba del respaldo de una butaca, y sacó un papel doblado, algo más grande que un folio. Lo desdobló con cuidado y me lo enseñó. Era una fotocopia de una foto mía, con mi nombre, unos números de teléfono y una línea en mayúsculas que decía: DESAPARECIDA. La foto era de la boda de Carlota, con una expresión algo envarada y un artificioso peinado de peluquería. No estoy muy guapa, dije. A mí sí me lo pareces, dijo él, volviendo a doblar el cartel y guardándolo de nuevo. Así fue, dijo, así fue como me enteré de tu fuga. Pero no te lo vas a creer: cuando lo vi, lo primero que pensé no fue que te habías fugado. Lo que pensé fue que tú y yo éramos amantes y que no tenía ninguna foto tuya. Ninguna foto. Desde entonces lo llevo siempre conmigo: ni un solo día me he separado de él. Vi más carteles como éste en otras tiendas del barrio, pero ésos ya no los toqué. Pasaba todos los días por allí con el coche y pensaba: El día en que estos carteles desaparezcan, querrá decir que Paloma ha vuelto. Pasé otra vez ayer y ya no quedaba ninguno. Y supe, amor mío, que hoy nos veríamos.

Volvimos, pues, a los martes clandestinos del aparthotel, y todo volvió a ser como antes. Bailábamos, hacíamos el amor. A veces hacíamos el amor y luego bailábamos. Ramón me acariciaba los hombros y elogiaba mi pelo largo. Y yo pensaba: Mi mundo es pequeño. Pensaba: Mi mundo es pequeño como una naranja. Ramón me acariciaba también la espalda, las caderas, las nalgas, las piernas. Y me decía: Nunca te he visto comer. Ni cenar. Nunca hemos comido ni cenado juntos. Decía: Con un poco de tiempo, quién sabe si... Decía: Viajaremos por todo el mundo. Te llevaré a las ciudades más hermosas. Volveré contigo a las ciudades en las que estuve sin ti porque estar sin ti fue como no estar. Yo le oía hablar del futuro y permanecía en silencio, porque para mí el futuro no existía.

10 de marzo
Hoy, mientras bailábamos, le he dicho que me gustaba el olor de su colonia. Es una colonia infantil, ¿verdad?, ¿Nenuco o algo así?, le he preguntado, y Ramón me ha observado con algo de vergüenza, como si ese olor, residuo del tiempo en que fue feliz con su mujer y sus dos hijos pequeños, le hubiera delatado. He tratado de imaginármelos en el cuarto de baño, compartiendo colonia, champú, etcétera: una familia perfecta. Aunque sea incapaz de reconocerlo, Ramón aún cree que esa época acabará volviendo.

Otra cosa que recuperamos fue el jueguecito de los encuentros casuales, que no sólo no eran casuales sino que cada

170

vez resultaban más previsibles y rutinarios. Al fin y al cabo, mis itinerarios estaban limitados a muy pocas calles: las que llevaban de casa a la academia, las dos o tres calles de tiendas por las que paseaba con mamá, la de la biblioteca pública que me había acostumbrado a frecuentar. Ramón me salía al paso en cualquier esquina, me enviaba una sonrisa furtiva y seguía su camino. A veces ni siquiera eso: cuando me veía acompañada, se limitaba a mirarme desde lejos y desaparecía. Luego, en el apartamento, me interrogaba. ¿Quiénes eran esos chicos? Unos compañeros de curso. ¿Y la pelirroja? Antonia, la profesora de literatura. ¿La misma de la otra vez? La misma.

Yo era (siempre lo había sido) una chica sin amigas, y Antonia fue la única mujer en la que llegué a depositar mi confianza. Tenía una edad indefinida en torno a los cuarenta años, y daba la sensación de que nunca había sido joven. Trataba de imaginármela con veinte o veinticinco años menos y seguía viéndola tal como era entonces, con esas piernas cortas y esos tobillos gruesos, con esos andares sin gracia y esas gafas que le agrandaban los ojos y le daban un vago aire de gusano. Sus únicos rasgos de coquetería eran el tinte del pelo, que acaso ocultara las primeras canas, y una dentadura cuidada y regular, inesperada en alguien como ella. Era Antonia una mujer que se sabía poco agraciada y que se vestía, arreglaba y comportaba como pidiendo que no le fuera tenido en cuenta. Se respetaba poco a sí misma, y en consecuencia los alumnos la respetaban aún menos, y sin embargo parecía una persona conforme con su vida y su destino. Antonia amaba los libros, y ese amor era tan intenso que alcanzaba a quienes tenía más cerca. A mí, por ejemplo. Leer siempre me había gustado, pero con ella descubrí que una cosa era el gusto por la lectura y otra bien distinta el gusto por la literatura. Leer podía ser un pasatiempo más o menos entretenido, como escuchar la radio, jugar al parchís o disfrazarme con mis hermanas en la Redonda. Leer podía también ser algo más: asomarme a una ventana desde la que se veían muchas cosas que la realidad mantenía ocultas. Con *El doctor Zhivago* viví, aunque de un modo confuso, una experiencia así, y algunas de sus palabras iluminaron momentáneamente las zonas más oscuras de mi personalidad. Cuando Lara decía de sí misma que estaba tarada y lo estaría toda su vida porque había sido mujer antes de tiempo, yo sabía que me lo estaba diciendo a mí, porque también yo había sido mujer antes de tiempo y también yo me sentía tarada, limitada. Eso era lo que yo quería, encontrar novelas que me hablaran al oído y parecieran escritas sólo para mí, y Antonia podía ayudarme en esa búsqueda.

Me acompañaba a la biblioteca y me decía: Llévate éste, éste y aquél. A veces me dejaba sus propios libros, cuidadosamente forrados con papel de periódico. Yo me llevaba a casa sus libros y los libros de la biblioteca, y los devoraba. Luego ella me preguntaba qué me habían parecido y yo le decía: El de Unamuno me ha gustado pero... Me decía: ¿Pero? Le decía: Pero me habla de unos asuntos que no tienen nada que ver conmigo. Tanto Dios y tanta religión: ¿qué me importan a mí sus problemas de conciencia? Antonia arqueaba las cejas y proseguía: ¿Y el de Kafka? Y yo le decía: Qué vida tan triste debió de tener ese hombre. Mientras lo lees no puedes parar de pensar que el mundo está mal hecho y patas arriba. Antonia se echaba a reír y decía: ¿Y no es verdad?, ¿no es verdad que el mundo está patas arriba?

Los libros se convirtieron para mí en algo superior, trascendente, ajeno a la insignificancia de las cosas normales. Cada uno de ellos encerraba la promesa de un tesoro. Me detenía ante los escaparates de las librerías y me preguntaba cuál de esos volúmenes cumpliría su promesa. Pero para saberlo tenía que comprarlos todos, y eso escapaba a mis posibilidades. La biblioteca la había descubierto gracias a Antonia. En la biblioteca todos esos tesoros estaban expuestos como cofres abiertos. Podía pedir hasta tres libros a la vez pero sólo podía llevarme uno a casa, de modo que me sentaba allí a leer y decidía cuál de los tres sería el elegido. Lo que más me extrañaba de aquel sitio era que, salvo unas cuantas enciclopedias y obras de consulta, no había libros a la vista. Tenías que buscar los títulos en los ficheros, rellenar con letra clara unas fichas, entregarlas en el mostrador de préstamos a una mujeruca pálida con cara de perro pachón. Pulsaba ésta la tecla del interfono y leía las signaturas con voz de cajera de supermercado: N de Navarra, A de Andalucía, ochenta y dos, B de Burgos, O de Oviedo, ochenta y nueve. Poco después aparecían los libros, y digo aparecían porque aquello tenía algo de truco de magia. El almacén estaba situado en el piso de arriba. Desde allí, con la pendiente de un tobogán, bajaba un tubo de boca ancha y cantos cuadrados, parecido a los del aire acondicionado de los cines, y cada pocos segundos se oía algún objeto deslizándose por su interior y chocando con suavidad contra la portezuela. To-tloc. Eran los libros. La emoción que sentía cuando aquellos volúmenes llegaban por fin a mis manos era indecible. ¿Estaría entre ellos el tesoro que andaba buscando?

Algunas tardes me quedaba leyendo hasta que empezaban a bajar persianas y apagar luces. Oía estornudar a Antonia, que sufría algún tipo de alergia y estornudaba con frecuencia, siempre en series de siete, y me daba cuenta de que éramos las últimas personas que quedábamos en el salón de lectura. Me preguntaba entonces qué tendríamos ella y yo en común, qué era lo que hacía que ambas deseáramos sustituir nuestra realidad por la que los libros nos ofrecían. ¿Acaso el hecho de que las dos necesitábamos ayuda y no sabíamos a quién pedirla? Como era costumbre en mí, faltaba a muchas de las clases. Sólo procuraba no perderme las de Antonia. Luego me daban las notas y, entre aquella inconcreta mayoría de insuficientes, muy deficientes y no presentados, destacaba aquel solitario sobresaliente. ¿Qué significa esto?, ¿no será un error?, se preguntaban después mamá y María, más sorprendidas que irritadas.

11 de abril

Carlota está otra vez en casa. Volvemos a ser las de antes, pero ahora con el añadido de un recién nacido. ¡Pobre Germán, tener que vivir con tantas madres como de repente le han surgido! Una cosa que he observado es que todas las mujeres reaccionamos del mismo modo ante un bebé. Agitamos las manos como si fuéramos muñecos, forzamos una sonrisa imposible y pronunciamos unas expresiones infantiles jamás usadas por niño alguno: ¡ay, chichí!, ¡arrorró!, ¡ay, cucú! Los hombres, en cambio, no suelen hacer esas cosas. No las hace el tío Delfín, que levanta y menea a Germán por encima de su cabeza y nos mantiene a todas con el alma en vilo. Tampoco a papá me lo imagino haciéndolas: papá, que seguramente habría sido feliz jugando con el niño que nunca tuvo.

Esos detalles son los que de verdad diferencian a los hombres de las mujeres. Tendría que hacer una lista con más diferencias. Por ejemplo: para los hombres siempre hace demasiado calor, para las mujeres demasiado frío. Por ahí pueden comenzar las desavenencias conyugales: papá siempre estaba abriendo ventanas, mamá siempre cerrándolas; a él le gustaba dormir destapado, a ella con la manta hasta la nariz. También la actitud ante la enfermedad es distinta en hombres y mujeres. Recuerdo el horror de papá a caer enfermo: sus pinchazos en la garganta, sus primeras toses, sus décimas de fiebre se convertían en toda una catástrofe familiar.

Escribo esto y me doy cuenta de que, cuando hablo de hombres y mujeres, no pienso ni en Ramón ni en mí, como si fuéramos criaturas anómalas o incompletas, diferentes del resto de hombres y mujeres. A lo mejor todo el mundo es así. A lo mejor todos creemos que nosotros somos los raros y los demás son los normales.

En una ocasión, saliendo con Antonia de la biblioteca, apareció Ramón de detrás de un seto y pasó muy serio a nuestro lado. Era ya de noche y no había un alma por la calle, y por fuerza teníamos que fijarnos en él. No es la primera vez que veo a ese hombre, comentó luego Antonia, y añadió: Y siempre que me lo encuentro estoy contigo. Uno de esos días se lo conté todo. Ahora me explico lo de tu extraña desaparición, dijo. Yo temía que mis revelaciones hubieran podido escandalizarla. Dije: ¿Crees que hago mal?, ¿está mal que sea la amante de un hombre casado? Dijo: No siempre se puede elegir a la gente que te quiere. Dije: Pero es que ya no estoy segura de querer que él me quiera.

Por aquellas fechas se cumplió el primer aniversario de nuestra relación. Llevábamos un año viéndonos en secreto. Un año es mucho tiempo en la vida de una adolescente. Ramón insistió en hacerme un regalo. Lo había intentado otras veces y yo nunca se lo había consentido. No quiero nada, dije. Pero yo sí quiero, dijo. Está bien: regálame un libro, dije. ¿Un libro?, ¿cuál?, dijo. No sé, una novela, dije. No sabía que te gustaran los libros, dijo. Era curioso: a lo largo de ese año habíamos hablado de muchas cosas pero nunca de libros. Pensé: Los amantes hablan de sí mismos y de sus sentimientos, pero excluyen tantas cosas.

Los martes olían a colonia Nenuco, cigarrillos Lark y sábanas limpias. La semana siguiente me trajo un paquete con novelas de Faulkner, Hemingway y Flaubert. En mi época de estudiante también sentí la llamada de la literatura, dijo. Me gustó esa expresión: la llamada de la literatura. Ahora tengo poco tiempo para leer, añadió. A partir de ese día se acostumbró a traerme libros. Eran libros que había leído y le habían gustado, pero los ejemplares que me traía eran siempre nuevos, nunca los de su biblioteca, los que él había manejado. No tienes que devolvérmelos, por supuesto que no, son tuyos, te los regalo, me decía, y yo sabía que esa aparente generosidad sólo encubría las clásicas cautelas del marido adúltero: un desusado trasiego de libros que van y vienen, de volúmenes inexplicablemente repetidos, habría podido levantar las sospechas de Clara, su mujer. Luego Ramón me preguntaba qué me había parecido esta o aquella novela, y al hilo de mis palabras rescataba de su memoria las impresiones que en su día le había inspirado. Y yo prefería que me hablara de libros que de sentimientos. Para entonces nuestra relación había empezado a languidecer, y fueron esas conversaciones las que me mantuvieron unida a él un par de meses más.

29 de abril

Me siguen gustando las novelas de amor. Ayer empecé *Por quién doblan las campanas*. El protagonista es americano y se llama Robert Jordan. Me lo imagino alto, delgado y triste, con una tristeza hermosa para la que es necesario ser alto y delgado. La chica se llama María. Él tiene una misión: volar un puente controlado por el ejército enemigo. Tiene también una misión en la vida, pero no sé cuál es. Ella es como un animal herido: la han violado, le han rapado la cabeza. Se enamoran. La noche es fría. María está asustada pero el amor es más fuerte que el miedo. Duermen al raso, en un saco de dormir, abrazados, queriéndose. Se quieren tanto que piensan en morir juntos. Se quieren tanto que notan cómo la tierra se mueve bajo sus cuerpos. ¿El amor es eso: notar la tierra moviéndose bajo tu cuerpo?

Asistí a unas cuantas charlas sobre literatura. Iba siempre en compañía de Antonia, que era la que me informaba sobre las características del orador: si era un novelista, un poeta, un profesor, si de él podía esperarse una intervención amena y brillante. Las charlas solían tener lugar en cajas de ahorros y colegios mayores, y el momento clave venía al principio, cuando el conferenciante recorría el pasillo precedido por el presentador, subía con mayor o menor desenvoltura los escalones del estrado y ocupaba su asiento ante el botellín de agua y el micrófono. En realidad, de aquellos hombres y mujeres me interesaban menos las palabras que el aspecto, menos las ideas que la forma de comportarse. Tenía idealizada la figura del escritor. Pensaba que los escritores eran unos seres instalados en un nivel superior de la existencia, personas que tenían respuestas para todo y a las que me habría gustado poder acceder para contrastar mis inquietudes y pedir consejo. Si un escritor no sabía orientarse en el laberinto de la vida, ¿quién entonces? Por eso ese primer minuto era tan importante: porque en él debía descubrir los rasgos que revelaran su genio. Estaba segura de que, si alguna vez me hubiera cruzado por la calle con un escritor de los que yo admiraba, con Pasternak o con Hemingway, una simple ojeada me habría bastado para percibir su superioridad, una superioridad que procedía de la experiencia del dolor y de la habilidad para convertir esa experiencia en arte. Con aquellos escritores de la caja de ahorros ese primer vistazo resultaba siempre decepcionante, y sus palabras no hacían otra cosa que confirmarlo. Los encontraba humanos, demasiado humanos: pequeños, miserables. Mencionaban títulos de libros desconocidos dando por supuesto que todos los habíamos leído, y de vez en cuando descalificaban a algún que otro autor clásico para darse importancia y situarse por encima. Con sus barbitas recortadas y sus gafas de concha tenían algo de impostores, de charlatanes que intentaran vender frascos de crecepelo y navajas suizas de varios usos. ¿Qué huella de qué sufrimiento podía buscarse en ellos, protegidos como estaban por una vanidad y una autocomplacencia que no hacían sino procurarles satisfacciones? No, seguro que ni Pasternak ni Hemingway eran así. Me volvía hacia Antonia y le decía al oído: A éste tampoco me apetece leerle. Y ella me lo reprochaba en un susurro: Mujer, cómo eres. Antonia era de las que luego, cuando acababa la charla, se acercaban con su ejemplar y hacían cola para conseguir una dedicatoria. Yo la esperaba a la salida. Ella se reunía conmigo al cabo de unos minutos. Llevaba el libro como las colegialas llevan sus carpetas, apretado contra el pecho, y me decía: ¿No crees que todavía no tienes edad para ser tan escéptica?

Una noche, mientras esperaba a que Antonia saliera con su ejemplar firmado, vi pasar a Ramón. Aquél sí que fue un encuentro casual, no como los otros. Iba con su mujer y otra pareja de su edad, los cuatro arreglados como para una cena de matrimonios. Ramón llevaba un traje oscuro con chaleco a juego y corbata de rayas. Yo nunca le había visto con ese traje y esa corbata, y pensé que estaba elegante. Clara debía de ser la mujer que iba a su derecha. Era alta, más alta que el propio Ramón, y de aspecto distinguido, con mechas en el pelo y un hilo de perlas sobre el jersey de cuello de cisne. El grupito, sin prisas, avanzaba hacia mí. Entre ellos y yo estaba la gente que salía de la caja de ahorros, y de momento era difícil que Ramón reparara en mi presencia. Pensé en volver a entrar pero no tenía mucho sentido. El encuentro con aquella pequeña multitud les obligó primero a detenerse y luego a dispersarse. Una pareja fue por un lado y la otra por otro. Los otros, los que les acompañaban, llegaron hasta donde yo estaba y se pararon a esperar. Ahora por fuerza tendría que verme. Y me vio. En el momento justo de verme había empezado a decir algo, y la frase quedó a mitad. Algo así como: Tenemos que acordarnos de. Su mujer se volvió a mirarle. ¿Qué dices?, dijo, y tenía una voz grave y bonita. Ramón me observó sólo un segundo y dijo: Tenemos que acordarnos de llamar a Rafael para lo del domingo. Entonces Clara se agarró del brazo de la otra mujer y ya sólo los vi de espaldas. Y lo curioso es que, mientras veía a Ramón y a su mujer a apenas dos metros de mí, no pensé ni en él ni en ella, ni siquiera en mí misma, sino que recuperé un recuerdo que creía olvidado. Era un recuerdo de los días siguientes a la muerte de papá. En el jardín, nada más pasar la verja, se había instalado una mesa de pésame, con un bolígrafo, unas cuartillas sujetas por un crucifijo y un jarroncito con flores. En aquella época esas cosas todavía se hacían: los vecinos, los conocidos del muerto se acercaban a la casa de la familia, escribían en esas hojas algunas palabras de condolencia y luego ponían la firma debajo. A mí me inquietaba que las cuartillas pudieran quedar en blanco, y cada cierto tiempo me acercaba a la verja y comprobaba si había nuevas firmas. En una ocasión vi a un matrimonio que, primero él, después ella, cogía el bolígrafo y firmaba. Era un matrimonio mayor, de aire compungido y solemne, con la ropa oscura de la gente respetable. Yo, escondida, pensé: ¿Quiénes serán?, ¿vivirán cerca de aquí?, ¿de qué conocerían a papá? Entonces el hombre se volvió hacia la mujer, se dio una palmada en la frente y exclamó: ¡Mecachis!, ¡nos hemos olvidado de la comida del gato! Ese recuerdo, ese recuerdo tan tonto, fue el que me vino a la cabeza mientras veía a Ramón mirándome y quedándose a mitad de una frase y a su mujer volviéndose a mirarle y preguntándole qué dices.

Ya lo sabías, nunca te lo he ocultado, dijo Ramón el martes siguiente. Lo sabía, dije, pero no es lo mismo saberlo que verlo con tus propios ojos. Una de las bombillas del pequeño salón debía de estar floja, y se encendía y se apagaba como los neones de las cocinas. Yo miraba su vacilante reflejo en la puerta de un armario. Dije: Nunca hasta ahora te había visto así. Dijo: ¿Así?, ¿cómo? Dije: Como un hombre casado. Un hombre casado. Sólo ahora que te he visto con ella comprendo lo que esas palabras significan. Ramón no dijo nada. Aquel encuentro nos había disgustado a los dos, y nuestro mal humor se manifestaba en largos intervalos de silencio. Mira, dijo, y me enseñó la mano derecha, con la alianza en el dedo anular: ¿Alguna vez me has visto sin ella? Nuevo silencio. Es guapa tu mujer, dije, no me la había imaginado así. Silencio otra vez. No sé por qué tienes que ser infeliz con una mujer como la tuya, dije. Pues lo soy, dijo. Largo, larguísimo silencio que le dio tiempo a fumar dos cigarrillos. Luego me besó en la mejilla. Me dijo: No seas tontina. Me apretó con fuerza y me sacó a bailar. Yo me dejaba llevar. Es guapa, muy guapa, volví a decir, y él habló de separarse de ella. Dijo: Si no lo he hecho ha sido por no precipitarme. Recuerda que eres una menor. Dije: Pero, Ramón, estás loco. Yo no quiero que te separes. No quiero que dejes a tu mujer. Él fingió un nuevo enfado: ¿Qué pasa?, ¿que no me quieres?, ¿por qué nunca me dices que me quieres? Luego habló de todos esos lugares a los que le gustaría ir conmigo. Dijo: Algún día te llevaré al norte. A Suecia, a Noruega. Te llevaré en verano y veremos el sol deslizándose interminablemente por el horizonte. O a Italia. Te llevaré a Roma, a Florencia, a los rincones más bellos de la Toscana.

12 de mayo

Ramón se empeña en hablar del futuro, pero lo hace como si el futuro no fuera un tiempo sino un lugar, un país al que pudiéramos fugarnos y ser felices. ¿Cómo explicarle que ese país no existe?

En realidad creo que nunca le he querido tanto como

para tenerlo en exclusiva. Ahora me doy cuenta de que siempre he preferido compartirlo con su mujer. De hecho, lo que siento por él no es amor. Pero ese no-amor me incapacita para amar a nadie más. No pude enamorarme de Jordi, que era la clase de chico que me habría convenido. Y entre mis compañeros de la academia o entre los jóvenes que frecuentan la biblioteca, todos ellos solteros y bien dispuestos, no he encontrado ninguno que llegara siquiera a interesarme. Un no-amor que del amor sólo tiene los efectos más perversos: ¿puede imaginarse un sentimiento peor?

13 de mayo
Antonia dice que en las novelas busco respuestas y lo que tendría que buscar son preguntas. Antonia también dice que le pido demasiado a la literatura. Yo creo que es al revés. Que le pido demasiado a la vida y demasiado poco a la literatura.

Tenía la sensación de que mi vida estaba vacía. Dentro de mí no había nada, y tampoco fuera. Me sentía otra vez como unos meses antes, cuando monté en un autobús y escapé a Barcelona. Entonces había tratado de protegerme inventando un personaje, o más bien un disfraz, llamado Marta Moreno. Ahora, también sin proponérmelo, me inventé un amigo. Yo decía: Me ha dicho un amigo que hay lugares en China en los que comen sesos de mono mientras todavía el mono está vivo. Me ha dicho también que los animales que más viven son las tortugas gigantes. Y Ramón decía: ¿Quién es ese amigo que te dice todas esas cosas?, ¿uno de los chicos con los que te vi el otro día? Yo decía: Sí. Y él: ¿Cómo se llama? Y yo: Robert. ¿Robert?, ¿es extranjero? Robert Jordan, es americano, decía yo, y Ramón no se acordaba de que ése era el nombre del protagonista de una novela de Hemingway que él mismo me había regalado. ¿Y qué más te ha dicho tu amigo Robert Jordan?, decía.
Las niñas pequeñas suelen dar vida a su muñeca preferida; yo hacía lo mismo con el personaje de una novela. Lo hacía

para protegerme, aunque no sabía de qué o de quién, y tampoco sabía si de verdad Robert Jordan podría protegerme de algo. ¿Y qué hace aquí?, preguntaba Ramón. Yo decía: Se gana la vida dando clases de inglés. Quiere escribir un libro sobre España. Ramón asentía con la cabeza: O sea que es un poco maestro y un poco escritor. Yo asentía también, porque también el personaje de Hemingway era o había sido algo así, un poco maestro y un poco escritor. Tampoco es que habláramos mucho de él, pero lo poco que hablábamos bastaba para que el personaje fuera creciendo y haciéndose real. Robert Jordan se alimentaba de mis conversaciones con Ramón del mismo modo que Marta Moreno se había alimentado de mis conversaciones con Jordi y con Sergio. Ramón decía: Ya sé quién era. ¿Uno alto, de pelo castaño, con un pañuelo rojo? Y yo decía: Es alto y castaño y le gusta ponerse pañuelos y bufandas. Y él: ¿También con una bolsa, una especie de zurrón? Y yo: También. Ahí lleva el borrador de su libro. Pero yo en realidad me resistía a hablar de Robert, y Ramón sospechaba que le ocultaba algo. Cuando me preguntaba por él lo hacía como de pasada y fingiendo no darle importancia, y mis respuestas sonaban a evasivas de amante infiel. ¿Y por qué sabe tantas cosas tu amigo?, me decía, y yo: No sé. Supongo que porque ha viajado mucho.

23 de mayo

Mamá y María están preocupadas por mí. Carlota no. Carlota ya tiene bastante con lo que tiene: el niño, Fernando. Mamá y María están preocupadas por mí porque piensan que en cualquier momento me puedo volver a escapar. Noto su preocupación en los gestos, las miradas, el tono de voz. Me tratan con esa delicadeza que se suele reservar a los enfermos. Nunca me hacen reproches ni preguntas indiscretas. Sólo de vez en cuando, pero muy de vez en cuando, se les escapa algo así como: ¿Y qué tal vas de novios? Seguro que hay algún chico que... A mamá y a María no les he hablado de Robert. Las quiero demasiado para eso, y lo que con Ramón es una fantasía inocente con ellas no pasaría de ser una vulgar mentira. Mamá y María nunca supieron por qué me fui de casa. Tampoco por qué volví. ¿Qué concepto tendrán de mí? Una estudiante desastrosa, una desequilibrada que hace las cosas sin motivo, una inadaptada de la que no puede esperarse nada bueno... Lo que me extraña es que todavía no hayan hablado de llevarme, como a algunos chicos de la academia, a un psicólogo o un consejero familiar.

Ahora me acuerdo de lo que he soñado esta noche. Estaba en casa, aunque la casa no parecía la misma. Abría una puerta y entraba en una habitación, una habitación parecida al ropero pero algo más grande. De la barra de la que cuelgan las perchas con la ropa colgaban personas, bastantes personas. Colgaban como si fueran trajes, con los brazos separados del tronco, la chaqueta un poco desencajada y el gancho de la percha asomando a la altura de la nuca, y sonreían. Sonreían como si les hiciera gracia haber sido descubiertos. Entre aquellas personas recuerdo sólo a papá y a Ramón, y también recuerdo que me decía a mí misma: No puede ser. Uno de los dos está muerto y el otro vivo. Sí, pero ¿cuál es el muerto y cuál el vivo?

Lo que no esperaba es que fuera a ocurrir lo que ocurrió. Llegué un martes al apartamento, y con todo lo que entonces vi habría podido hacer una de esas listas que tanto me gustaban. Junto a la puerta, una encima de otra, había dos grandes maletas, y sobre ellas un paraguas, una cámara fotográfica, una carpeta azul, una agenda abierta por la página del calendario, un cartón de Lark. En la minúscula cocina había un queso de bola sin empezar, dos latas abiertas y una cerrada, una hogaza de pan, una botella de vino, un plato con mondas de naranja y restos de comida, un paquete de servilletas de papel, un bote de Nescafé, un periódico. Una de las butacas había sido cambiada de sitio, y sobre ella había un montón de camisas plegadas, dos cajas de zapatos, una gorra de cazador. En una esquina, entre la otra butaca y la cortina, había una pila de libros, una máquina de escribir dentro de su estuche, un álbum de fotos. En otra, un galán de noche con una camisa, una americana, tres corbatas, dos pares de gemelos. En una mesilla un cenicero atestado de colillas. Sentado en la cama, en el lado de la otra mesilla, estaba Ramón. Iba a preguntar qué significaba todo eso pero no dije nada. En esa mesilla había un bolígrafo, una cartera de piel, unas llaves, un reloj de pulsera.

Ramón dijo: Hace tres días que vivo aquí. Me senté en la cama, lejos de él. Tu mujer se ha enterado, dije. Se lo he dicho yo, dijo. ¿Qué le has dicho? Que había otra y no quería seguir con ella. Escondí la cara entre las manos. Ramón se arrodilló delante de mí y me abrazó las piernas. Ahora podremos vernos siempre que queramos, dijo, ahora podremos ser felices. Yo estaba asustada. El futuro, ese futuro que para mí no existía, se me había plantado allí mismo, delante de mí. No te pongas así, suplicó, ¿por qué te pones así? Yo pensaba que jamás se atrevería a separarse de Clara. No me toques, por favor, dije, y Ramón se apartó desconcertado. Estuvimos unos minutos en silencio, y él dijo: Se trata de Robert, ¿verdad? Asentí con la cabeza, muy levemente. Ramón se volvió hacia la pared e hizo ademán de pegar un puñetazo. Luego se agarró el puño con la otra mano y apoyó la frente en los nudillos. ¡Lo sabía!, exclamó, ¡lo supe desde el primer momento! Hablaba como para sí, y estaba enfadado, pero más enfadado consigo mismo que conmigo: ¿Y por qué si lo sabía no hice nada?, ¿por qué quise creer que no haciendo nada se te acabaría pasando? De vez en cuando se volvía hacia mí y me decía: Si me hubiera separado entonces, ¿habría sido distinto? Dime. ¿Habría sido distinto si no hubiera tardado tanto en dar este paso? Yo no decía nada porque cómo decirle que era precisamente ese paso el que no tenía que haber dado. ¡No puede ser!, ¡no puede ser!, repetía, y volvía a pegarse con el puño en la palma de la mano. Se pegaba tan fuerte que temí que pudiera llegar a hacerse daño. Pero él seguía pegándose y pegándose, y ni siquiera parecía notarlo.

Después sí se enfadó conmigo. Me gritó: ¿Te das cuenta de que has estado jugando conmigo? ¿Por qué disfrutabas poniéndome celoso? ¡Tenías que haberme dejado antes, haberte ido con Robert! ¿Por qué no lo hiciste? ¿Para no hacerme daño? Si lo hiciste por eso, te equivocaste. ¡Por no hacerme daño has acabado destrozándome la vida! Pero supongo que no te importa, ¿verdad? ¿Qué os importan los demás a las chicas de tu edad? Siguió gritando durante un rato. Me llamó egoísta. Dijo que era una niñata vanidosa y egoísta. Luego se apoyó en la pared y hundió la cabeza en el pecho. En el silencio del apartamento su rabia fue poco a poco disolviéndose en sí misma y convirtiéndose en melancolía. Dijo: ¿Y qué hago yo ahora con todos mis sueños? Dime. ¿Qué hago con mis sueños?

El resto de la tarde lo pasamos sentados en la cama. Me pidió permiso para cogerme de la mano. Me acuerdo de la primera vez que te vi, cruzando aquella calle..., dijo. Me acuerdo también de las horas que pasé en el coche esperando a que salieras de tu casa..., dijo. Ahora todos esos recuerdos le parecían a la vez tristes y hermosos. Hacía tanto tiempo que no sentía lo que sentí, lo que siento por ti, dijo. Cogió el reloj de la mesilla y le echó un vistazo. Estaba guapo Ramón, con esa mirada brillante y esa barba de dos días. ¿No tienes nada que decir?, me preguntó con una dulzura inesperada, y yo negué con la cabeza.

Dijo: ¿Sabes de qué me estoy acordando ahora? De Javier, mi hijo pequeño. De sus últimos días. Estaba ya muy mal, demacrado: una carita que era toda ojos, unos ojos grandes, sorprendidos, que miraban a su alrededor sin acabar de entender. Me acuerdo de sus últimos días y de lo mucho que sufrí entonces. Y, sin embargo, en medio de ese sufrimiento había un resto de alegría, como un rescoldo que se resistía a apagarse. Javier se estaba muriendo, le quedaba muy poco tiempo, pero todavía estaba conmigo y con su madre, todavía del lado de la vida. Poco después sería peor porque se habría pasado al otro lado y ya ni siquiera estaría. En este momento me ocurre algo parecido. Dentro de poco saldrás por esa puerta y quién sabe si nos volveremos a ver. Pero ahora estás aquí, conmigo, y todavía me considero feliz porque tengo esos minutos que faltan, que es mejor que no tener nada.

Volvió a coger el reloj y ya no lo soltó. Lo miraba de vez en cuando, como calculando los instantes que aún le quedaban de esa mortecina felicidad última. Adiós, Paloma, luz de mi vida, fuego de mis entrañas, se despidió cuando me levanté para marcharme. Te seguiré queriendo, añadió con una voz que era casi un sollozo.

23 de junio
Otra diferencia: los hombres lloran como si les faltaran las lágrimas, las mujeres como si las produjeran en abundancia. Pero yo no lloro como las mujeres sino como los hombres.

10. MARÍA

Podría escribir un libro titulado *Cómo me hice subastera*. O mejor: *Hágase subastero en seis lecciones*.

Primera lección: informarse en los diarios oficiales, que es donde se publican los señalamientos de las subastas judiciales. Esta parte es sencilla.

Segunda lección: dejarse ver por los pasillos de los juzgados. Esta parte parece sencilla pero no lo es.

Me acercaba algunas mañanas al juzgado y no hacía nada, sólo fijarme en los subasteros, en sus trajes baratos, en cómo mi presencia les incomodaba. ¿Qué haces tú aquí?, me preguntaban sin esforzarse por ocultar la hostilidad, y yo, que me esperaba algo así, contestaba sin amilanarme: Lo mismo que tú y que esos de ahí; he venido a ver qué pasa. Pues ya te estás marchando, me decían, y yo no decía nada pero permanecía inmóvil, como si aquellas palabras no fueran conmigo. Con frecuencia, el que se dirigía a mí en esos términos era Lino, ·el subastero que se parecía a Lino Ventura, acaso el de mayor solvencia económica, aquel al que los demás recurrían cuando necesitaban apoyo para una operación importante: eso le confería una autoridad incontestable y hacía que, en su presencia, los otros aceptaran mantenerse en un segundo plano. Lo hizo, por ejemplo, el día de la segunda subasta de la casa de los Santamaría, que era con la que yo había decidido estrenarme como subastera.

—¿Qué te dije el otro día? —me dijo—. Largo de aquí. Las chicas como tú no pintáis nada en este sitio.

—¿Quién me va a echar? —repliqué—. ¿Me vas a echar tú?

—Mira, guapa, ve con cuidado. No tienes ni idea de con quién estás tratando. ¿Qué piensas? ¿Que por ser hija de tu padre puedes meter las narices en todas partes? Tu padre está muerto, y ya lo sabes: el muerto al hoyo y el vivo al bollo.

—Tengo el mismo derecho que tú a estar aquí.

—Lo que hace falta para estar aquí son huevos, ¿me entiendes?, huevos. Ahora date una vuelta, mira lo que quieras y te vuelves a tu casa. Pero a la tercera ni se te ocurra venir.

Se refería a la tercera subasta. Si Lino, los otros subasteros, yo misma nos habíamos dejado caer por allí era sólo para asegurarnos de que aquella segunda subasta iba a quedar desierta. Apareció la oficial del juzgado y Lino se acercó a ella. No oí su conversación pero me bastó con ver sus gestos para comprender que, en efecto y tal como estaba previsto, nadie había realizado la consignación. Más o menos un mes después se celebraría, por tanto, la tercera subasta. De camino hacia la salida pasé junto a Lino y dije:

—Nos veremos.

El de los subasteros no era un grupo compacto y ordenado. Algunos de ellos, como el propio Delfín, como mi padre, tenían otros negocios y sólo intervenían en las subastas que por un motivo u otro les interesaban especialmente. Otros vivían sólo de eso, de las subastas judiciales, y su zona de actuación incluía los juzgados de las ciudades cercanas: te encontrabas con ellos dondequiera que hubiera una subasta interesante. Ahora puedo decir que estos últimos, los profesionales, eran los peores. Como esas aves de rapiña que se ven en las películas, siempre volando en círculos en el cielo sin nubes, sus sombras proyectándose sobre el vaquero desfallecido y vencido por la sed, esperaban el momento de lanzarse sobre su presa, y lo que buscaban no era compartir aquel banquete con los demás sino devorarlo en su integridad. En las segundas subastas era habitual que algunos de ellos coincidieran en los pasillos del juzgado, pero ese momento, el de disputarse los despojos, nunca llegaba hasta la tercera, y entonces eran bastantes más los buitres y todos luchaban por arrancar el mejor bocado. Lo de aliarse con los otros sólo ocurría cuando había que repartir riesgos porque la operación excedía a las fuerzas y posibilidades de cada uno. Ése sin duda iba a ser el caso de aquella subasta, la de la casa de los Santamaría, que había sido tasada en nada menos que treinta millones de pesetas.

La tercera lección consiste en elegir una operación importante con la que estrenarse. En aquella época treinta millones era muchísimo dinero, y Delfín trató por todos los medios de disuadirme.

—Se te ha metido en la cabeza la idea de entrar en esto de las subastas —decía—. Pero ¿por qué precisamente ésta? Podrías empezar por algo más sencillo. Ayer se subastaban unas cámaras frigoríficas, mañana un coche fúnebre...

—¿Y qué hago yo con un coche fúnebre? —replicaba yo.

Indagando un poco averigüé que los Santamaría eran una familia que a principios de siglo había hecho fortuna en el sector de las sederías. El negocio había seguido prosperando durante los años cuarenta y cincuenta, había llegado a los setenta algo exhausto y definitivamente se había derrumbado a finales de esa década. En los últimos años venía siendo habitual que los bienes de uno u otro de los hermanos fueran embargados y sacados a subasta: primero los vehículos y la maquinaria de la empresa, después la oficina y los locales, ahora la vieja casa familiar.

Cuarta lección: tratar de llegar a un arreglo con el antiguo propietario, siempre que éste tenga algún interés por recuperar el bien embargado. El representante de los Santamaría era un abogado apellidado Esponera. Su despacho estaba en un entresuelo de la Gran Vía. Llamé por teléfono para anunciarle mi visita, y una secretaria de pelo gris me abrió la puerta y me condujo hasta él.

—Esto sí que no me lo esperaba. Una subastera joven y bonita.

De sus palabras podría deducirse que Esponera era uno de esos hombres mayores a los que la edad autoriza a inofensivos galanteos con las mujeres jóvenes, y sin embargo no creo que entonces pasara de los treinta y cinco años.

–De verdad que no me lo esperaba –volvió a decir con una sonrisa, mientras me indicaba una silla frente a la robusta mesa de madera de roble.

Nos sentamos. Nos miramos en silencio. El mobiliario lujoso pero anticuado, las vitrinas atestadas de viejos volúmenes de derecho, las fotografías y diplomas de las paredes proclamaban con orgullo que el ESPONERA-ABOGADO de la reluciente placa del portal no era aquel Esponera de treinta y pocos años sino su padre o tal vez su abuelo, de los que sin duda había heredado todo aquello, incluida la secretaria.

–¿Es usted de aquí? ¿Dónde estudió? –me preguntó, pero era evidente que mi respuesta no le interesaba–. Yo con los jesuitas. En el colegio antiguo, por supuesto, el que derribaron hace diez años. Entonces no lo sentí demasiado. Supongo que era muy joven. Ahora, en cambio, pienso que cuando lo tiraron destruyeron también muchos de mis recuerdos. De mis futuros recuerdos. En el colegio había lo que llamábamos el museo, con una buena colección de fósiles, de animales disecados... A veces la clase de ciencias naturales la dábamos allí, en el museo. Pero todo eso ya no existe, y su recuerdo es cada vez más vago. Déjeme que le haga una pregunta: ¿dónde reside nuestra memoria? ¿Dentro de nosotros o fuera? ¿En mi cabeza o en aquellos fósiles y aquellos animales disecados?

Esponera hablaba y se comportaba como si fuera mayor de lo que era. Se sentía depositario de tradiciones que venían de lejos, de un incierto legado recibido de ese padre o abuelo que había fundado el despacho.

–¿Dónde quiere ir a parar? –pregunté.

Ahora sonrió en silencio y dijo con solemnidad:

–No somos más que eso: nuestros recuerdos. Y los recuerdos hay que defenderlos, ¿no le parece?

–Estuve viendo la casa –dije, aunque sólo la había visto por fuera: la cancela de hierro forjado, los altos muros y poco más–. Es muy bonita.

–Lo es.

–¿Cuántos años tendrá? ¿Noventa? ¿Cien?

Esponera asintió complacido: sus rodeos me estaban llevando por donde él quería. Habló de la antigua relación que unía a su familia con los dueños de la casa, los Santamaría, y de las fotos que guardaba de su abuelo con el padre de sus clientes, muchas de ellas tomadas en el jardín de esa misma casa.

–Tenían hasta un laberinto. Un laberinto hecho con setos de dos o tres metros. Como en los jardines ingleses. Esa parte, y también la huerta, se vendió hace mucho. Pero yo llegué a conocerla. ¿Sabe usted lo emocionante que era para un niño perderse en un sitio así?

Si alguien hubiera entrado en ese momento y escuchado nuestra conversación, habría pensado que entre aquel hombre y yo había cualquier cosa menos una relación profesional, él hablando de la memoria y de la infancia, yo escuchando con fingida complacencia, y a mí me parecía que ya había llegado el momento de acabar con eso.

–De la antigua finca sólo quedan la casa y un pequeño jardín –seguía Esponera–. Y esa casa y ese jardín son memoria en estado puro, algo que no puede desaparecer de la noche a la mañana...

–Para eso estoy aquí –le interrumpí–. Lo único que necesito es su colaboración y la de sus clientes. Ya sabe cómo funcionan estas cosas...

Hablé del arreglo habitual, del dinero que les costaría a los Santamaría recuperar la propiedad, del ahorro que supondría para ellos, de las garantías que mi intervención aportaría, y él, inexpresivo, me dejó terminar y luego dijo:

–Creo que no me ha entendido. Yo le estoy hablando de recuerdos y usted me habla de dinero.

–Es que es también una cuestión de dinero.

El abogado se incorporó en su asiento, hincó los codos en la mesa y emitió un prolongado suspiro que anunciaba un cambio de actitud. Un cambio también en el discurso, que a partir de ese momento eludiría vaguedades y descendería a lo concreto.

—Aquí la única cuestión es que mis clientes quieren conservar su casa pero no tienen la menor intención de negociar con ustedes, los subasteros.

Pronunció esta última palabra con un tono desdeñoso, como si en vez de subasteros estuviera diciendo maleantes o estafadores, y yo me pregunté si aquel hombre se habría atrevido a hablar así en presencia de Lino o incluso de Delfín. Sin duda, había percibido mi inexperiencia y me tenía por un adversario menor. Me acordé de lo que había dicho Delfín sobre la gente que desea ser amada y la que desea ser temida. Sí, yo en ese instante deseaba, necesitaba atemorizar de algún modo a Esponera, pero qué hacer o qué decir para lograrlo.

—Eso no les gustará —dije.

—¿A quién?

—A ellos.

—¿Y qué van a hacer? —Esponera sonrió—. ¿Envenenar a mi perro? ¿Quemarme el coche? ¿Amenazarme por teléfono a las tres de la madrugada?

He dicho que el de los subasteros no era un grupo compacto y ordenado pero aquel hombre no parecía saberlo, y yo preferí no sacarle del error y erigirme en algo así como la representante o la portavoz de aquellos hombres.

—Se lo explicaré de otra manera —dije—. Nosotros somos muchos y tenemos dinero. Más dinero que sus clientes. No nos asusta correr riesgos. Pero cuando corremos algún riesgo, el que sale perjudicado es siempre el contrario. Sus clientes, en este caso. Y usted mismo, porque estoy segura de que desea lo mejor para ellos, ¿no es así? Se lo repetiré sólo una vez: somos más y somos más fuertes.

El abogado no replicó y me di cuenta de que algo había fallado, de que era yo la que parecía interesada en llegar a un acuerdo cuando tendría que haber sido al revés. Habría podido añadir que había tiempo y que todavía podía pensárselo y consultarlo con sus clientes, pero me dije que carecía de sentido seguir insistiendo, de modo que opté por levantarme y dejar que aquellas palabras fueran las últimas, que quedaran flotando como partículas de polvo en el aire envejecido del despacho.

Hasta ese momento, todo lo que había hecho lo había hecho a espaldas de Delfín. Se lo conté una mañana en el almacén.

–¿Por qué tienes que ser tan testaruda? –me dijo.

Estábamos en la roulotte. Nos habíamos desnudado y tumbado en uno de los camastros. Yo no tenía ganas de hacer el amor. Delfín me acariciaba la espalda, me besaba los hombros, me apartaba el pelo de la cara. Luego se incorporó y sacudió la cabeza. Tenía la espalda arqueada, y su columna vertebral, con aquellas cervicales que le sobresalían, dibujaba un largo signo de admiración.

–Hazme caso y déjalo. ¡Si hubieras llegado a un arreglo con ese abogado, todavía! Entonces hasta yo te apoyaría: pactamos un precio, nos lo adjudicamos en la subasta, repartimos lo que haga falta con los demás... Sí, en ese caso de acuerdo. ¡Pero así...!

Yo recordaba la segunda lección de mi pequeño manual y decía:

–No lo entiendes. Lo que yo quiero es estar ahí. Que esa gente me vea, que sepa que me va a seguir viendo.

–Piensa un poco, recapacita –insistía él, y sus palabras anticipaban la que más adelante formularé como quinta lección–. Hay mucho dinero en juego. Habrá que consignar nada menos que seis millones de pesetas. ¡Un millón doscientos mil duros! ¿Cuánto dinero tienes tú? Dime. ¿Cuánto?

–Tú sabes que no estaré sola. Entrarán otros subasteros y sólo me tocará poner una parte...

Se puso en pie de un salto y comenzó a vestirse: estaba realmente enfadado.

–¡Qué educación os han dado en tu casa! Tus padres no tenían un duro pero habéis crecido como princesas, como si el dinero no tuviera valor. ¿Has visto alguna vez tanto dinero junto? ¡Supongo que ahora me vas a pedir que te lo preste...! ¿Qué garantías me ofreces a cambio? Ninguna. Vas de farol con Lino y los otros, que igual se piensan que eres una niña rica. Vas de farol con el abogado, que tiene que tragarse el cuento de que los subasteros te respaldan. ¡De farol, siempre de farol...! ¡Si por lo menos tuvieras un póquer...!

Lo malo era que tenía razón. Pero estaba dispuesta a llegar hasta el final, y la idea de abandonar ni se me pasó por la cabeza. Ésta es en todo caso la quinta lección, sin duda la más complicada: conseguir el dinero. Estábamos no sé si a finales de abril o principios de mayo. Carlota y el pequeño Germán se habían instalado ya en Villa Casilda y mamá seguía con su precario empleo de representante de ropa infantil: no parecía aquél el mejor momento para pedirle un préstamo. A pesar de todo, tampoco debía descartarlo de antemano, y uno de esos sábados la llevé en el Simca a hacer su ruta.

—Barbastro —dijo, señalando algún lugar indeterminado de la carretera—. En Barbastro tengo unas clientas muy buenas.

Supongo que lo dijo porque en los pueblos de los que veníamos, Perdiguera, Sariñena, no había vendido más que unas sandalias y un par de camisetas. Pero en realidad no íbamos a Barbastro sino a Alcolea o a Albalate, no recuerdo bien, y allí seguro que tampoco vendería mucho más.

—¿Te va bien? ¿Ganas lo suficiente? —le pregunté, reduciendo la velocidad para coger una curva.

—Hummm... —asintió ella, sacudiendo la cabeza con convicción.

—La casa da muchos gastos. Yo en este momento no puedo aportar dinero pero espero que pronto...

—No te preocupes. No hace falta. Todo va bien, sin problemas.

Aquel invierno había llovido bastante, y las amapolas y las

aliagas salpicaban de rojo y amarillo el ocre y el pardo y el verde apagado de las cunetas. Hacía más de cinco minutos que habíamos dejado atrás el último pueblo y desde entonces no nos habíamos cruzado con ningún coche.

–Mamá.

–Qué.

–Si necesitara dinero, ¿me lo darías?

–¿Dinero? ¿Para qué?

–Digamos que para algo urgente. Una emergencia.

–¿Cuánto dinero?

Me encogí de hombros e hice un gesto que quería decir: Bastante. Dije:

–Te lo devolvería enseguida. Cosa de un mes o dos.

Mamá entonces se tapó la cara con ambas manos y empezó a lloriquear. Frené con brusquedad. Le aparté las manos, le ofrecí un pañuelo, le pregunté qué le ocurría. Ella salió del coche y echó a andar por la carretera. Yo salí también. La seguí. Las puertas quedaron abiertas y, visto desde lejos, el coche tenía algo de enorme insecto con las alas desplegadas.

–Pero ¿se puede saber qué te pasa? –exclamé.

Mi madre continuaba avanzando por un lado de la carretera y sólo se detuvo cuando notó que la agarraba de un brazo. El viento le había deshecho el peinado y con mi pañuelo se limpiaba las lágrimas y los mocos.

–¡Lo sabía, lo sabía! ¡Sabía que acabaría ocurriendo! Lo que no podía imaginar era que fueras a ser tú. De Paloma me lo podía esperar, incluso de Carlota, ¡pero de ti...! ¡Y la culpa es mía! La culpa es mía por no haberos explicado las cosas cuando tenía que hacerlo...

–¡Mamá, por favor! –le grité–. ¿De qué estás hablando?

Me miró a los ojos, digna y ofendida.

–Está bien –dijo–. Te daré el dinero. Pero ¿lo has pensado bien?, ¿estás segura de querer dar ese paso?, ¿estás segura de que lo quieres hacer?

–¡Es que no sé qué es lo que me preguntas! ¿Si quiero hacer qué?

194

–La... emergencia esa. –Le costaba encontrar las palabras–. El viaje a Londres o a donde sea.

Entonces lo entendí todo.

–De todas maneras, creo que también podrías pedírselo a él –añadió con solemnidad, y a mí sólo me dio tiempo a decir:

–No te creas que no lo he intentado...

Sólo me dio tiempo a decir eso porque inmediatamente después me eché a reír. Me eché a reír con tal fuerza que me dolían la tripa, los costados, las mandíbulas. Las piernas, de golpe, se negaron a sostenerme y fui agachándome hasta quedar sentada en el arcén, y luego me tumbé del todo, con la cabeza en un lecho de hierba y amapolas, y así tumbada seguí riendo y riendo, y las lágrimas empañaban mi vista y mamá acabó siendo una mancha en el fondo de un estanque. ¡Un aborto! ¡Pensaba que me había quedado embarazada y que necesitaba el dinero para abortar!

–María, hija mía, ¿estás bien? –decía ella, desconcertada–. ¿Seguro que estás bien?

–El pañuelo, dame el pañuelo –decía yo, sin parar de reír.

Por suerte, Delfín acabó cediendo y prestándome el dinero, pero no sé por qué digo por suerte, porque habría sido mejor que mamá se hubiera visto obligada a reconocer la verdad sobre nuestra situación económica, lo que acaso nos habría ahorrado futuros sinsabores. El caso es que mi conversación con ella concluyó allí, en la cuneta de aquella carretera solitaria, y que Delfín me llamó esa misma tarde para decirme que de acuerdo, que estaba dispuesto a correr aquel riesgo.

–Será como si fueras tú en mi lugar –dijo.

Delfín se había decidido a aleccionarme, y el lunes por la mañana me llevó a un bar cercano a los juzgados. El bar se llamaba Los Hermanos, y era allí donde los subasteros se reunían para cerrar los tratos. Nos asomamos al comedor. Las mesas estaban ya dispuestas para la comida, con sus manteles de hule, sus vasos vueltos del revés y sus servilletas de papel. A un lado había una chimenea con aspecto de no haber funcionado nunca, y encima de ella un enorme cuadro con una vulgar escena de caza. Delfín señaló una de las mesas. Uno de los hombres que la ocupaban le saludó con un movimiento de cabeza.

–El Chino –dijo Delfín–. Y el que está a su lado es Domínguez –añadió en alusión a un hombrecillo que fumaba un puro retorcido y maloliente–. Ya ves: unos muertos de hambre. ¿Qué se subastaba hoy? Cualquier birria.

Los observé discretamente. Hablaban poco y gesticulaban mucho. Luego uno de ellos sacó unos cuantos billetes y los repartió entre los demás.

–¿Esto es una subastilla?

–¿Qué te pensabas?

Buscamos un sitio en la barra y pedimos café. Delfín estornudó unas cuantas veces y se sonó ruidosamente. Hacía varios días que estaba resfriado, y todo en él olía al eucalipto y la hierbabuena de sus caramelos balsámicos. El Chino, Domínguez y los otros pasaron junto a nosotros, y Delfín murmuró:

–Ya lo has visto.

Tenía, a pesar de todo, una idea elevada de su profesión. Decía que la justicia era un engranaje complicado y que los subasteros eran una de las piezas necesarias para que ese engranaje funcionara bien. Cuando alguien quería recuperar una propiedad embargada, lo sensato era que acudiera a ellos, a los subasteros. ¿Para qué concurrir por libre a la subasta, en la que corría el riesgo de acabar adjudicándose la propiedad por una suma elevada, cercana al valor de tasación, cuando Delfín y la gente como Delfín podían garantizarle lo mismo por algo así como el sesenta y cinco o el setenta por ciento de ese valor? En los tratos con los subasteros todos salían ganando, y al fin y al cabo, según él, ese quince o veinte por ciento con el que ellos se quedaban no pasaba de ser una comisión razonable, similar a la de cualquier gestor o intermediario. Ésa era al menos la teoría, y Delfín ni siquiera podía concebir que hubiera alguien que, por dignidad o por lo que fuera, se negara a negociar con ellos.

—Te diré lo que pienso —me dijo al cabo de un rato—. Los abogados no son tontos. Tampoco ése, Esponera, y todo eso de la dignidad y la decencia no es más que un cuento. Si de verdad sus clientes están interesados en recuperar la casa, no lo dudes: pactarán. Lo que ocurre es que no creo que la casa esa les importe un carajo.

—Quieres decir que no se presentarán a la tercera subasta...

—Ojalá. Quiero decir que están de deudas hasta las orejas y que el abogado intentará reducirlas a costa de otros. De los subasteros.

Hizo ahora uno de esos gestos que yo recordaba de mi padre: se frotó los párpados inferiores y los estiró despacio hacia ambos lados, igual que hacía mi padre cuando debía enfrentarse a un asunto complicado.

—A ver cómo te lo explico —prosiguió—. Imagínate que no se presenta a la subasta: llega un subastero y se la adjudica por la mitad de su valor, quince kilos. Ahora imagínate que Esponera acude al juzgado y entra en la puja: la casa puede acabar alcanzando los dieciocho o diecinueve kilos. Está claro, ¿no? Son tres o cuatro kilos más. Tres o cuatro kilos que hay que descontar de la cantidad que el banco reclama a sus clientes.

—Pero eso a los subasteros no les conviene en absoluto...

—¡Claro que no! Un subastero sólo busca su parte, llamémosla comisión. ¿Un negocio rápido que no exija un desembolso excesivo? De acuerdo. Pero ¿adelantar veinte kilos por una casa que no sabes cuándo podrás vender? No, no, nada de eso. Se ofrece un arreglo al contrario: yo te consigo esto o aquello por tanto dinero. ¿Que no te interesa? Pues lárgate o vete preparando, que voy a forzar la puja hasta el límite de tus posibilidades. Puede ser que no saque un duro de esto, pero a ti y a tus clientes os va a salir muy caro. Ésos son sus métodos, los de los subasteros. —Aquí Delfín estornudó otra vez y se metió en la boca otro caramelito—. Si no puedo sacar tajada, te voy a dar al menos una buena lección y se te van a quitar las ganas de volver a meter la nariz en mis asuntos. Así es como trabajan, o

197

como trabajamos: no te habrás creído la historia esa de los perros muertos y las amenazas telefónicas...

Lo de los subasteros era para Delfín una cuestión de orden, de equilibrio: si alguien no aceptaba las reglas del juego, debía atenerse a las consecuencias.

–Entonces... –dije.

–Entonces, ¿qué?

–Acabas de decir que a Esponera esa casa le trae sin cuidado...

–A los tipos como él se les ve venir de lejos. Su idea es pujar hasta los dieciocho o diecinueve kilos y retirarse.

–¿Y el subastero?

–Un perro viejo. Ya sabe en qué momento se va a romper la cuerda. La cuestión es adelantarse, abandonar la puja un poco antes que el otro. ¿Que intuye que va a llegar hasta los dieciocho y medio? Pues se retirará a los dieciocho o dieciocho doscientas. Es como lo de los especialistas de las películas, que se lanzan del automóvil unas décimas de segundo antes de que se despeñe.

–¿Y si el otro es más listo y se retira a tiempo?

–Si se retira a tiempo es que ha pujado muy poco y que todavía queda margen para hacer negocio. Entonces todo se arregla aquí, en el bar. ¿Te apetece otro café? Lo peor que puede pasar es que nadie quiera quedarse con la casa o lo que sea, y que se pierda el dinero de la consignación. –Llamó con la mano al camarero y pidió otros dos cafés–. Ah, todo negocio tiene sus riesgos. También éste.

Durante los días siguientes, y aunque nunca comenté nada a Delfín, me tentó con frecuencia la posibilidad de hacer una nueva visita al abogado, y una tarde llegué a plantarme ante su portal. El portero me miró como instándome a tomar una decisión, ¿entraba o no?, y eso mismo era lo que yo me estaba preguntando. Pero, en realidad, ¿para qué entrar? ¿Para tratar de confirmar las suposiciones de Delfín? ¿Para preguntar a Esponera si había cambiado de opinión y accedía a llegar a un acuerdo conmigo? Ojalá fuera así: sería todo tan sencillo. Me aparté de allí, me metí a curiosear en una zapatería cercana. Luego crucé la calle y me senté en un banco. Si elegí aquel banco y no otro cualquiera, debí de hacerlo porque no había nada que se interpusiera entre el portal y yo, pero puedo asegurar que no era del todo consciente de lo que estaba haciendo. Empecé a serlo algo después, cuando vi a Esponera aparecer y, casi sin vacilar, me levanté y eché a andar detrás de él.

El viento soplaba y volaban hojas de periódico y bolsas de supermercado, y yo seguía al abogado y al mismo tiempo me preguntaba por qué le seguía. Íbamos en dirección al centro. Esponera se detuvo un momento a comprar un billete de lotería. Luego saludó con la mano a un matrimonio mayor que esperaba en una parada de autobús y entró en un bar. El bar se llamaba Mónaco. Era pequeño, apenas una barra alargada, unos cuantos taburetes y una máquina tragaperras. Pensé en entrar también yo y, esta vez sí, entré. Pasé muy cerca de él, casi le rocé con el codo, y me situé en el extremo más alejado. ¿Me vio? Yo diría que no, pero también podría ser que sí y que lo disimulara, y en todo caso, durante los cuatro o cinco minutos que tardó en tomarse la caña, prácticamente no apartó la mirada del periódico deportivo que el camarero le había acercado. Había un grupito de jóvenes entre nosotros, y yo le observaba de vez en cuando por el rabillo del ojo y me decía a mí misma que si, en lugar de ser quien era, fuera Lino o cualquiera de los subasteros, parecería que le había seguido hasta allí para intimidarle o darle un susto.

Pero en realidad, acaso porque en ese momento no estaba muy segura de mí misma y me sentía melancólica y vulnerable, eran muchas las cosas que me decía a mí misma. Me decía que aunque fuera cierto lo que Delfín había dicho de él, aquel hombre que compraba lotería y leía el periódico en el bar de todos los días estaba del otro lado, en el lado de las personas normales, el que siempre había considerado mío. Me decía que me habría gustado poder estar de su lado y en contra de esos seres turbios y hostiles, los subasteros. Y me decía que yo en su caso habría querido reaccionar del mismo modo y que había algo en él que me resultaba próximo y familiar y que inevitablemente me atraía. Y también me decía que si me hubiera liado con él en vez de con Delfín, no tendría que mantener la relación en secreto, y que mi historia, en definitiva, era la de una persona obligada a vivir una vida distinta de la que le correspondía, lo que acaso tendría que interpretar como el primer indicio de un posible envilecimiento... Me decía todas estas cosas a mí misma, y no sé si alguna más, y al mismo tiempo lanzaba al abogado vistazos furtivos y le envidiaba o le admiraba o incluso le deseaba. Luego cerré los ojos, y cuando los volví a abrir, Esponera había dejado unas monedas sobre la barra y salido del bar.

Delfín me prestó el dinero el día anterior a la tercera subasta, cuatro fajos de billetes manoseados que contó delante de mí con la bisbiseante diligencia de un empleado de banca.

–Doscientos mil duros –dijo, tendiéndome el último de los fajos, y yo lo metí junto a los otros dentro de un viejo y recio bolso de mi madre: ni siquiera el bolso era mío. Añadió–: ¿Seguro que quieres ir sola? Sigo pensando que será mejor que te acompañe...

–Es cosa mía –negué con la cabeza–. Sólo mía. Te llamaré en cuanto termine.

–Como quieras.

Doscientos mil duros, un millón de pesetas. Llegué a casa y colgué el bolso de una de las sillas de mi habitación. A esas horas aquel dinero tenía todavía algo de inconsistente, como si lo que Delfín me había entregado fueran billetes de juguete, de Monopoly, pero a la mañana siguiente todo parecía haber cambiado: aquellos billetes se habían vuelto reales mientras dormía. Un millón de pesetas era mucho dinero. Me crucé sobre la blusa el viejo bolso de mi madre y, como última medida de precaución, me puse encima una chaqueta de punto. Había llegado el día y no podía permitirme la menor equivocación.

Y aquí viene la sexta y más importante de todas las lecciones: hay que engañar, engañar a todo el mundo.

Que el bolso fuera mío o prestado carecía en realidad de importancia. Si había elegido aquél y no otro era por su tamaño y su apariencia, porque era lo suficientemente abultado para que alguien pudiera creer que en su interior no había uno sino seis millones de pesetas. Delfín lo había dicho: lo mío era ir de farol delante de todos, y tampoco esa mañana podía dejar de hacerlo. Llegué al juzgado y allí estaban. Lino, el Puntas, Toñito...: varios de los subasteros que había visto merodear por los pasillos durante otras subastas. Lino me vio y sacudió la cabeza con desgana:

—Pero ¿cuántas veces te lo voy a tener que decir? ¡Venga! ¡Fuera! No quiero verte por aquí.

Me trataba como al perro o al gato que insiste en entrar en la tienda de comestibles. Yo no me molesté en replicar. Pasé a su lado y al lado de los otros y procuré mostrarme serena y confiada. ¿Qué podía temer de aquellos hombres? Algún mal gesto, alguna amenaza velada y poco más, y recuerdo que me esforzaba por mantener el paso y que aferraba con ambas manos el asa del bolso a la altura del pecho. Lino echó a andar a mi lado. Me señaló con el dedo y luego señaló hacia delante, hacia el despacho del secretario de juzgado.

—Tú no entras ahí —dijo.

—¿Ah, no? —pregunté, sarcástica.

—Por mis huevos que no entras.

Dio un par de zancadas largas y me adelantó, interponiéndose entre la puerta del despacho y yo. Me encaré con él.

—Me parece que esto ya lo he vivido —dije, forzando una sonrisa—. Empiezas a aburrirme, Lino.

—Mira, bonita... —empezó él, pero yo no le dejé hablar:

—Ni bonita ni hostias. Tú y yo no tenemos que vernos aquí. Tú y yo sólo tenemos que vernos dentro, en la sala. Te diré más: esta subasta es mía. He venido a hacer la consignación, y ni tú ni nadie me lo va a impedir. ¿Te has olvidado de dónde estamos? Como intentes algo, te denuncio ahora mismo por coacciones.

Estaba menos asustada de lo que había podido prever. En realidad, todo aquello se me aparecía como una especie de gran mascarada, como un juego que consistía en ocultar bajo un disfraz las verdaderas intenciones y la verdadera personalidad. No acababa de creerme que Lino y los otros fueran tan duros como pretendían: ¿cómo iban a serlo si Delfín, el bueno de Delfín, con sus problemas de estreñimiento, su soledad, era uno de ellos?, ¿cómo iban a serlo si también mi padre lo había sido? El momento, sin embargo, era delicado porque podía ser que Lino aceptara mi desafío y se apartara de mi camino: Adelante, dentro de un rato nos veremos las caras. En ese caso, como carecía del dinero para hacer la consignación en solitario, mi posición habría quedado en evidencia, y quién sabía si luego habría podido llegar a un arreglo con él y los otros, que era lo único que yo buscaba.

Noté cómo sus ojos trataban de penetrar en mi interior. Delfín me había aleccionado sobre lo que debía hacer y decir, y entre otras cosas me había dicho que mirara siempre a los ojos y diera las menores explicaciones posibles, pero yo en ese momento me acordé de las discusiones que habíamos tenido semanas atrás, cuando él me preguntaba si quería un consejo y yo le decía que no y él decía que me lo daría igualmente, y el consejo era: Déjalo ahora que puedes. Pero ese consejo ya no me servía.

–¿Quién está detrás de ti? –preguntó finalmente Lino–. ¿Delfín? No, tiene que ser alguien más fuerte. ¿Tienes un comprador para la casa? Dime. ¿Lo tienes?

Yo hice un gesto que significaba: A ti te lo voy a decir... Pero no dije nada porque eso era exactamente lo que me interesaba que creyera, que detrás de mí había alguien con dinero, un pez gordo. Su tono de voz se suavizó:

–¿Cómo te llamas? María, ¿verdad? Eres una chica lista, María. Contigo tal vez pueda hacer negocios.

Los otros subasteros se habían ido acercando y ahora prácticamente nos rodeaban. Miré las caras ordinarias de algunos de ellos y luego volví a mirar a Lino. Delfín también me había dicho que desconfiara de ellos como ellos desconfiaban de mí, y luego había añadido: Para la gente como Lino sus socios son sólo posibles traidores.

–¿Me vas a dejar pasar? –dije, pero no hice ningún movimiento.

–Cuéntanos: ¿quién es? Vamos a hacer una cosa. Tú consignas y entramos todos en el negocio...

Solté una carcajada y, ahora sí, hice ademán de abrirme camino entre ellos. Lino se apresuró a hacer un gesto conciliador.

–¿Te piensas que soy gilipollas? –dije–. Tú y todos éstos me sobráis. Si quisiera pactar, sería sólo para tener la fiesta en paz. Bastantes problemas me está dando el abogado. Él sí que es un obstáculo: no vosotros.

–Está bien –dijo Lino sin molestarse siquiera en consultar a los demás con la mirada–. Tengamos la fiesta en paz. Pactemos. No hay ningún motivo para que no entremos todos en el negocio.

–¿A partes iguales? –pregunté con suspicacia.

–A partes iguales.

Las cosas habían cambiado en muy poco tiempo, y ahora era yo la que tenía el control de la situación. Me concedí unos segundos de falsa vacilación y luego dije:

–Con una condición. Ponemos el dinero entre todos pero la que consigna y entra en la sala soy yo.

–¿Tú? ¿Por qué coño vas a entrar tú?

–¿No te he dicho que esta subasta es mía?

En ese momento alcé la vista por encima de sus cabezas y vi llegar al abogado. Los subasteros siguieron mi mirada y adivinaron quién era. Avanzaba erguido, desafiante, y esa mañana me pareció un hombre atlético y hasta distinguido, con aquel traje bien cortado y aquella corbata de lunares y aquel maletín de seguridad en el que muy bien podían caber seis millones de pesetas.

–Señor Esponera –dije cuando pasó a mi lado–. ¿Tiene un minuto?

Esponera se detuvo a un par de metros y nos observó con

un recelo indiscriminado y global: estaba claro que para él Lino, los otros subasteros y yo veníamos a ser lo mismo. Me acerqué. Le hablé en voz baja, aunque en realidad no me importaba, y hasta prefería, que los subasteros pudieran oírme. Éstos, mientras tanto, habían dejado de prestarme atención, y miraban a Esponera de arriba abajo como matones de película barata.

—Todavía estamos a tiempo —dije—. Podemos solucionar este asunto de la manera más beneficiosa para todos. ¿De verdad sus clientes están tan interesados en recuperar la casa? Piénselo. Llámeles por teléfono y dígales que tengo un comprador. Un comprador dispuesto a pagar mucho. El margen es suficiente para que usted o sus clientes puedan llevarse una parte. Creo..., creo francamente que tendríamos que hablar.

Esponera esbozó una sonrisa desdeñosa, una ceja arqueada y la otra no, y dijo:

—Me parece que la otra tarde, en el despacho, fui lo bastante explícito.

Eso dijo, y luego hizo una inclinación de cabeza y echó a andar hacia el despacho del secretario, y yo en ese momento supe dos cosas: supe que aquel hombre había caído en la trampa, en mi trampa, y supe también que no debía tener la menor piedad con él.

Lo demás fue sencillo. En la operación acabaron entrando otros once subasteros, por lo que nos tocó poner medio millón de pesetas a cada uno, cien mil duros. Algún tiempo después se cambiaría el sistema de efectuar las consignaciones, que pasarían a hacerse en una cuenta de un banco cercano, pero entonces todavía había que acudir al juzgado con todo el dinero en metálico, y aquellos hombres fueron pasando por delante de mí con sus fajos de billetes mil veces contados y vueltos a contar. Cuando ya todos habían puesto su parte, entré en el despacho a consignar y ni siquiera me molesté en mirar a Esponera, que en ese momento estaba doblando y guardándose en el bolsillo de la camisa el justificante que le había entregado el secretario. Después la oficial salió al pasillo y llamó dos veces a subasta pública, y Lino y los otros permanecieron inmóviles mientras entrábamos en la sala los únicos que estábamos autorizados a hacerlo: Esponera, yo y el representante del acreedor hipotecario, es decir, del banco, un hombrecillo de aspecto manso y tristón como los perros de los ciegos.

Que Esponera iba a quebrar involuntariamente la subasta era algo que yo (y probablemente sólo yo) daba por descontado. Él me había mentido con aquel discurso suyo sobre la dignidad y la memoria, y yo le había mentido con lo del supuesto comprador, y gracias a esa mentira mía Esponera se dejó llevar por una confianza excesiva y acabó ofreciendo mucho más dinero del que era lógico y razonable. Recuerdo aquella primera subasta mía como un juego perverso, un juego en el que yo podía escoger con total frialdad la magnitud de mi triunfo. Ofrecía mil, siempre mil pesetas más que el abogado, y lo hacía con aire ensimismado y maquinal, como si estuviera dispuesta a llegar a donde hiciera falta, a pujar incluso por encima del valor de tasación. Y Esponera pujaba y pujaba, creyendo que cada millón que subía era un millón menos que adeudarían sus clientes, y no sabía que estaba en mis manos y que yo igual podía cortar aquello al llegar a veinte millones que al llegar a veinticinco.

Cuando todo hubo acabado dije:

–Usted gana. La casa es suya.

Lo dije tratando de no parecer irónica. Lo dije sin mirarle, y él emitió una exclamación de incredulidad que acabó convirtiéndose en un gemido de desolación. Yo prefería no mirarle, y la expresión desencajada y rota con la que ahora se me representa en el recuerdo es sin duda producto de mi propia imaginación. Lo que sí recuerdo y no puedo haber imaginado es mi voluntad de concentrarme en algunos de los objetos inanimados que me rodeaban: en la mesa alargada del secretario judicial y la otra, más pequeña, de la oficial del juzgado, simples mesas de oficina, de un contrachapado honesto y sin pretensiones; en el amplio ventanal con marco de aluminio y el desangelado patio interior que más que verse se adivinaba a través de las láminas de la persiana; en los tres bancos ligeramente mal alineados o acaso ligeramente desiguales y en la cartera de cuero negro que alguien (¿el del banco?) había abandonado semiabierta en el extremo del primero de ellos. Aún ahora veo todo aquello como una fotografía recién tomada, como una imagen inmóvil, acabada, que hubiera alcanzado un estado de elaboración perfecta, definitiva, y en cuyos detalles pudiera tranquilamente demorarme, y aparejada a aquella instantánea me viene también a la memoria la certeza que entonces tuve de que, en adelante, iba a reencontrarme a menudo con esas mesas, ese ventanal, esos bancos.

Cuando salí, los subasteros esperaban inquietos. Esponera había abandonado con prisas la sala, y Lino me preguntó cómo había ido.

–He ofrecido veintidós –dije.

–¿Veintidós? ¡Muy interesado tiene que estar tu comprador!

–No hay ningún comprador –dije–. Nunca lo ha habido.

–Pero ¿tú eres gilipollas o qué? ¡Este marrón te lo vas a comer tú sola! ¡Ya me estás devolviendo mi dinero! ¡Esos veintidós kilos los va a pagar tu puta madre!

Me eché a reír, y eso le desconcertó.

–No –dije–. Los va a pagar él, el abogado. Yo he ofrecido veintidós pero él se ha quedado la casa por veintidós doscientas. Y me juego el cuello a que sus clientes no tienen el dinero y acaban perdiendo la consignación.

También esas previsiones mías se cumplieron punto por punto. Pasaron ocho días y ni Esponera ni los Santamaría acudieron al juzgado a aportar el resto del dinero, por lo que hubo de repetirse la tercera subasta. Me reuní con los subasteros en el comedor del bar Los Hermanos y despachamos la subastilla en menos de un cuarto de hora. Un individuo desarreglado y silencioso al que llamaban Vivaldi se acabó quedando con la casa por algo más de diecinueve millones, y los demás nos repartimos los cuatro millones largos de la diferencia. El negocio, por tanto, había sido redondo, y estaba claro que me había ganado el derecho a participar en cualquier subasta: no sólo me las había arreglado para quitar de en medio a un rival incómodo sino que además había proporcionado a aquellos hombres un sustancioso beneficio en una operación más que delicada. ¿Existía alguna manera mejor de granjearme su respeto? Ahora sí que de verdad me había convertido en una subastera.

De Esponera, por supuesto, no volví a tener noticias. Mi victoria sobre él había sido devastadora, y sus argucias sólo habían servido para causar a sus clientes un nuevo y enorme descalabro. Yo, sin embargo, me resistía a pensar que todo hubiera concluido así, aquel día ya lejano de mayo en aquella sala del juzgado, y una tarde, al igual que había hecho un par de meses antes, me senté en el banco que había frente al portal de su despacho en la Gran Vía. Era más o menos la misma hora que la vez anterior, y Esponera no tardó en aparecer y en tomar el mismo camino que entonces. Le vi pararse a comprar lotería y saludar a algún conocido y meterse en el Mónaco a tomar una caña y leer un periódico deportivo, y yo en esta ocasión no entré sino que me quedé un instante observándole a través de la cristalera. Fue un instante brevísimo, no más de dos o tres segundos, y durante esos dos o tres segundos fui perfectamente consciente del sabor agridulce de mi triunfo, porque en realidad no había derrotado tanto a aquel hombre como a esa parte de mí misma que aquel hombre representaba, una parte de mí misma que me habría gustado poder cultivar.

11. CARLOTA

Nuestro apartamento, por supuesto, se parecía bastante poco al que yo había imaginado. Estaba en Delicias, cerca de la avenida de Madrid, y tenía un salón con cocina americana, dos habitaciones minúsculas con sendas ventanas a un patio interior y un cuarto de baño con unos azulejos de tulipanes que daba pena verlos. Lo habíamos alquilado con muebles porque Fernando decía que así nos ahorrábamos un montón de dinero y que, de todos modos, pronto tendríamos nuestro propio piso, un piso que podríamos amueblar a nuestro gusto. Yo me consolaba pensando en ese piso futuro y en la terraza que entonces tendría y en las plantas que pondría aquí y allá. Eso me permitía no prestar demasiada atención a la triste decoración: a los armarios mil veces repintados de la cocina, a las lamparitas de papel de los dormitorios, a la falsa taracea de las mesillas, al sofá de skai con una sombra de grasa, a las láminas con trajes regionales del pasillo, al espejo de Enjoy Coca-Cola. Siempre he creído que las casas hablan de quienes las habitan: de sus aficiones, sus costumbres, su manera de pensar. Aquel apartamento hablaba de alguien feo y sin gracia, sombrío, descuidado: una persona a cuyo lado no me habría gustado que creciera un hijo mío. ¿Podríamos Fernando o yo llegar a convertirnos en esa persona? Estaba segura de que no. Por aquel sitio estábamos sólo de paso, como si fuera un apartamento de verano o una habitación de hotel, lugares que han conocido multitud de moradores y viajeros y que hablan al mismo tiempo de todos ellos y de ninguno en particular. Si no hicimos ningún esfuerzo por adaptarlo a nuestros gustos fue precisamente por eso: porque lo considerábamos ajeno y provisional, porque nos negábamos a hacer de aquello nuestro hogar. De ahí que, aun viviendo en ese apartamento, el rastro de nuestra presencia fuera tan débil, casi imperceptible. En el salón, por ejemplo, había unos cuantos libros de los que yo leía entonces (*Los primeros cuidados del bebé, La técnica del parto sin dolor* y otros por el estilo), una foto mía con mis padres y mis hermanas y otra con Dama y Mirón (las dos encajadas en el marco del espejo de Enjoy Coca-Cola), un títere de Pinocho colgado de una escarpia y un cofrecito en el que guardaba llaves, fósiles y sellos extranjeros. También una tostadora eléctrica, que era uno de los pocos regalos de boda que habíamos desembalado y que teníamos allí porque la cocina era tan pequeña que no había sitio para nada. Ésas eran, que yo recuerde, mis únicas pertenencias. Fernando, por su parte, había puesto nuestra foto de recién casados con el helicóptero al fondo, un reloj de pared que había sido de su abuelo y la vitrina con su colección de armas. A mí, la verdad, no me hacía mucha gracia eso de tener a la vista todos esos trabucos y esas pistolas, pero él no había consentido dejarlos en casa de sus padres a la espera de nuestra mudanza definitiva. No te pienses que es sólo por estética, decía. Es también por seguridad. Decía eso porque una de esas armas todavía funcionaba. Era un revólver de la época de la guerra. Plateado, brillante, con unas iniciales grabadas en las cachas de madera oscura. Se lo había comprado a un chamarilero y no sólo podía disparar sino que Fernando insistía en tenerlo siempre cargado. Por si acaso, decía. Imagínate que una noche nos entra un ladrón: tenemos que tener algo con lo que defendernos. Yo le decía que sí, que muy bien, pero que en cuanto nuestro niño tuviera ocho o diez meses esa pistola no estaría allí. Yo la llamaba pistola y él siempre puntualizaba, no es una pistola, es un revólver, y luego añadía que por supuesto que no estaría allí, que para entonces nos habríamos trasladado ya a nuestro piso y que tendríamos un sitio seguro donde guardarla.

Con lo que Fernando ganaba con los bares no podíamos permitirnos un piso mejor, pero estaba claro que las cosas iban a cambiar. Él había retomado sus estudios de Derecho, abandonados en tercer curso, y por las tardes hacía prácticas como pasante en el despacho de un amigo de la familia. Algún día Fernando sería abogado, un buen abogado, y yo podría ser su secretaria. Atender a los clientes, contestar al teléfono, mantener en orden sus archivos, recordarle la hora de su siguiente juicio: eso a mí se me podía dar muy bien. De momento, mientras él se dedicaba a sacar adelante su carrera, yo aprovechaba para buscar trabajo. Miraba las páginas de anuncios por palabras del periódico y seleccionaba todos aquellos que reclamaban una secretaria-telefonista. Que el sueldo no fuera excesivo no me preocupaba. Aunque ese dinero nos vendría bien para redondear nuestros escasos ingresos, lo que de verdad buscaba era prepararme para el día en que por fin podría ser la secretaria de mi marido. Llamaba por teléfono a los números de los anuncios y concertaba una cita para esa misma tarde o para la mañana siguiente. Luego me presentaba a la cita y, nada más verme, me decían que lo sentían mucho pero acababan de dar el empleo a otra. Yo al principio les creía y salía de allí lamentándome de mi mala suerte. Sólo cuando se lo comenté a mis hermanas descubrí la verdad. Pero ¿cómo quieres que te contraten estando embarazada?, me dijo María, ¿tú te piensas que los empresarios son tontos? Realmente, la tonta debía de ser yo, que no sabía nada de bajas por maternidad y cosas de ésas. Me planteé acudir a las citas con algún vestido amplio y vaporoso que disimulara mi embarazo, pero enseguida comprendí que no me serviría de nada y opté por dejarlo todo para después del parto. Una tripa como la que tenía entonces era imposible de disimular. Hasta los cinco meses, es decir, hasta el día de la boda me había crecido sólo un poco. Luego, en las dos o tres semanas siguientes, se me había hinchado como un balón de baloncesto, una tripa dura, grandísima, en la que podían caber gemelos y hasta trillizos, y también los pechos se me habían puesto enormes, con unos pezones oscuros del tamaño de una moneda de cien. Era como si me hubiera estado conteniendo para el día de la boda y como si después, relajada ya, hechas las fotos, hubiera engordado de golpe todos los kilos que tenía que haber ido acumulando durante los meses anteriores. Así estaba yo entonces, con esa tripa gorda que me impedía conseguir un empleo y que hacía que las chicas del colegio murmuraran entre ellas e intercambiaran sonrisitas. Porque por aquella época yo aún no me había decidido a abandonar los estudios (lo haría con el nacimiento de Germán) y trataba de compaginarlo todo: la compra, la limpieza de la casa, las clases, la asistencia también a los cursillos de preparación para el parto. Entre una cosa y otra, el tiempo se me pasaba volando, y solían ser las ocho o las nueve cuando por fin llegaba a casa y me dejaba caer en el horrible sofá de skai. Sólo entonces, tumbada en el sofá, derrengada, sin ganas de encender la tele ni fuerzas para levantarme y prepararme algo de cena, me daba cuenta de lo sola que estaba. A Fernando casi ni le veía porque sus horarios y los míos eran poco menos que incompatibles: por la noche tenía los bares; cuando se levantaba por la mañana, yo ya me había ido de casa; después se pasaba por la facultad y por el despacho del abogado amigo de su familia, y enseguida se le hacía de noche y tenía que volver a ocuparse de los bares... ¿Habría podido aguantarlo si hubiera creído que eso iba a ser así toda la vida? En cuanto a mi familia, la verdad es que mamá me insistía para que fuera todos los días a comer con ellas, pero a mí cada vez me apetecía menos. Por un lado, debido a la distancia: Villa Casilda estaba justo en el otro extremo de la ciudad y para llegar hasta allí tenía que coger dos autobuses. Por otro lado ocurría que yo en Villa Casilda no me sentía ya como en casa. Y, vamos a ver, no es que hubiera cambiado nada. Al contrario: mis cosas, casi todas mis cosas, seguían en su sitio, y en el dormitorio de mis hermanas seguían estando mi cama y mi mesilla, del mismo modo que en el estante del cuarto de baño había un cepillo de dientes y en el mueble del comedor un servilletero que seguían siendo los míos, mi cepillo de dientes, mi servilletero. Era como si mamá y mis hermanas no acabaran de creerse lo del embarazo y la boda y como si todavía confiaran en que todo, de repente, volvería a su estado anterior, al de siempre. Pero las cosas habían cambiado, y mi hogar no estaba ya en Villa Casilda sino en el apartamento del barrio Delicias. Sí, un apartamento pequeño, sombrío, feo, pero nuestro, de Fernando y mío, y muy pronto también de nuestro hijo, y a mí me molestaba que mamá, que había venido un par de veces a visitarnos, no dejara pasar la menor ocasión de recordarme lo horroroso que le había parecido. ¡Horroroso, realmente horroroso!, exclamaba, ¡no sé, hija mía, cómo podéis vivir en un lugar así! Tampoco es para tanto, no hay que exagerar, replicaba yo, disgustada. Y claro que tenía razón y que el apartamento era horroroso y que yo misma no me había imaginado viviendo en un lugar así, pero de todos modos me molestaba oírselo decir. Me daba la impresión de que me estaba criticando, de que me estaba reprochando lo del embarazo y la boda, y eso hacía que delante de ella acabara poniéndome a la defensiva. Me ocurría lo mismo cuando me decía que en Villa Casilda había sitio para Fernando y para mí, y también por supuesto para el niño, y que en la habitación de invitados podíamos instalarnos de una forma mucho más cómoda y más digna. Yo, con esa firmeza inquebrantable que da el orgullo herido, le decía que muchas gracias pero no, que Fernando y yo estábamos muy bien como estábamos y que no necesitábamos su ayuda ni la de nadie. Pero ¿por qué?, insistía ella, ¡si tú misma hablabas de lo mucho que te gustaba esa habitación! En una ocasión llegué a impacientarme y levantarle la voz. ¡Ya está bien, mamá!, la interrumpí, ¡te he dicho que no nos vamos a venir aquí y es que no!, y ella se quedó sin habla, perpleja y algo dolida, lo que hizo que María me lanzara una de esas miradas suyas que querían decir: Me has decepcionado, me has vuelto a decepcionar.

Pero una preocupación mayor acaba con otra menor, y en cuanto se produjo la primera fuga de Paloma, mamá se olvidó por completo de lo horroroso que era mi apartamento y de lo bien que me vendría que Fernando y yo nos mudáramos a la habitación de invitados. Estábamos en febrero, creo que a comienzos, que es cuando Paloma cumple años, y yo para entonces había dejado ya de frecuentar Villa Casilda. Si antes de eso iba bastante poco, después mucho menos, prácticamente nada. No sólo porque la actitud de mamá hubiera acabado irritándome. También porque andaba ya por el séptimo u octavo mes de embarazo y me parecía que la atmósfera de histerismo y crispación que se respiraba en aquella casa no podía ser buena para el feto. El resultado de todo esto, ya lo he dicho, era que, cuando a las ocho o las nueve llegaba al apartamento y me dejaba caer en el sofá, me sentía tan sola y desamparada que me entraban ganas de llorar. Mi único asidero era Fernando. Él y el proyecto de familia que compartíamos, él y el niño que esperábamos para mediados de marzo. Pero a Fernando sólo lo tenía a mi lado los domingos, que era el día en que los bares cerraban por descanso semanal, el día por tanto en que más tiempo podíamos dedicarnos el uno al otro y disfrutar de la intimidad de las parejas. Y digo más tiempo y no todo el tiempo porque a media tarde solían venir unos amigos suyos a seguir por la radio los partidos de fútbol. Fernando me había dicho que había sido así desde siempre. Ésas habían sido exactamente sus palabras, desde siempre, como si llevaran reuniéndose todas las tardes de domingo desde el primer domingo de la historia y se tratara de una tradición poco menos que sagrada. A mí, por supuesto, me había parecido bien: ¿qué más quería yo que tener a mi marido en casa? Luego a los partidos de fútbol no les prestaban demasiada atención, y lo que hacían era beber cerveza y comerse el queso y el jamón que yo les sacaba y hablar de otros amigos suyos a los que yo conocía sólo de oídas o no conocía en absoluto.

Hablaban también de política. Decían que el gobierno estaba lleno de rojos y de traidores y que a qué esperaba el ejército para echarse a la calle, y a veces se acaloraban y parecía que fueran a discutir pero al final todos estaban de acuerdo en lo principal: en lo del gobierno lleno de rojos y en lo del ejército y la calle. Yo en esas conversaciones suyas nunca intervenía. Si alguna vez alguno de ellos me consultaba con la mirada, no decía ni que sí ni que no pero hacía un gesto de asentimiento porque carecía de argumentos para dudar de su opinión. ¿Que el gobierno estaba lleno de rojos? Podía ser, por qué no. ¿Que el ejército debía echarse a la calle? También eso podía ser, ¿qué motivos tenía yo para creer lo contrario? En aquella época y entre ciertos sectores de la juventud abundaban los fachas: nostálgicos de un franquismo que casi no habían llegado a conocer, militantes de quién sabe qué escisión de Falange Española, simpatizantes de los Guerrilleros de Cristo Rey, miembros de Cedade. Eso es lo que eran Fernando y sus amigos, unos fachas, y como fachas que eran llevaban banderitas de España en la correa metálica del reloj, se aplastaban el pelo con grandes cantidades de brillantina y vestían unos jerseys y unos chaquetones verdes que evocaban los uniformes de los militares. Fernando, por ser el mayor y el único que no vivía con sus padres, era un poco el jefe del grupo, pero eso no quería decir que fuera el más exaltado. En ese aspecto cualquiera de los otros le superaba. Álvaro, por ejemplo, que vivía junto a la sede de la UCD y siempre que pasaba por el portal aporreaba el portero automático y gritaba: ¡Rojos, que sois unos rojos! O Ernesto, que algunas tardes ayudaba en el estanco de su madre y en cierta ocasión se había negado a vender un paquete de Ideales a un hombre que llevaba el *Mundo Obrero* bajo el brazo. Álvaro y Ernesto eran de los que no faltaban ningún domingo. Entre los que también venían bastante estaban Luisón Ortega, un estudiante de Derecho del que se decía que había sido investigado por un incendio intencionado en el despacho de un profesor, y Toño Blancas, que llevaba el maletero del coche lleno de porras, bates y cadenas. Luego había otros que sólo de vez en cuando aparecían por el apartamento. Uno de ellos era un navarro grande y cejijunto que se llamaba Juan Mari pero al que todos llamaban el Facha: ¡cómo tendría que ser para que Álvaro, Ernesto y los demás le llamaran así! Entre sus hombradas estaban haber disuelto él solo una manifestación de la CNT y haber quemado junto al estanque de la universidad un retrato gigante de Marx y otro del rey Juan Carlos: para la gente como él, Marx y el rey venían a ser la misma cosa, unos rojos. Era también uno de los ultraderechistas que solían patrullar por la Zona Nacional. Así llamaban ellos, Zona Nacional, a unas calles en las que había tres o cuatro bares de fachas y multitud de pintadas de ¡FRANCO VIVE!, ¡JOSÉ ANTONIO VIVE! y ¡ARRIBA ESPAÑA! Estaban cerca del paseo de las Damas, y los mismos que habían hecho las pintadas en las paredes decidieron un día trazar una raya en el asfalto al comienzo de cada una de esas calles y escribir con un aerosol sobre la calzada: ZONA NACIONAL. Eso quería decir que en esas calles eran ellos los que mandaban e imponían las normas, y tan pronto podían romperle las costillas a un vecino que a su juicio tuviera pinta de rojo como detener a un transeúnte y obligarle a cantar brazo en alto el *Cara al sol*. Todas o casi todas las tardes había algún incidente de ese tipo, pero eran los sábados cuando más fachas se reunían y más violencia se desataba. Un sábado agarraron a un chico que llevaba el pelo largo y zuecos y le dieron tantos golpes que acabó con un ojo morado y echando las tripas. ¡Maricón!, le gritaban, ¡vete a tu barrio y no vuelvas por aquí! El chico, en efecto, se fue a su barrio, y al cabo de un rato volvió con un grupo de unos treinta o cuarenta. Han sido ésos, dijo, señalando a unos fachas que a la entrada de uno de los bares bebían cerveza en vasos de litro. La pelea fue durísima: el bar arrasado, rotas las lunas de varios escaparates, dos coches volcados, un herido por navajazos y otro a golpes de botella, incendiadas todas las papeleras de la calle... Los vecinos llamaron a la policía pero ésta, que casi nunca se acercaba por allí, llegó tarde, cuando todo había terminado, y lo único que hizo fue ordenar a los curiosos que se metieran en sus casas y no asomaran la nariz. Los fachas reaccionaron entonces organizando lo que ellos llamaban patrullas de defensa, pequeños grupos armados con porras y cadenas que por las tardes vigilaban la Zona Nacional y por las noches hacían incursiones en barrios obreros, donde elegían al azar a un par de melenudos y les daban una paliza tan fuerte que los dejaban medio muertos. El Facha, ya lo he dicho, formaba parte de esas patrullas, y una de esas noches se le echaron encima varios hombres, que lo desarmaron y entregaron a la policía. El resultado fue que tuvo que pasar una noche en comisaría, con lo que su prestigio entre la gente que frecuentaba la Zona Nacional aumentó de forma considerable. Así funcionaban las cosas: cuanto más violento y más facha fuera uno, más le respetaban los demás, y lo cierto es que Álvaro y Ernesto y los otros amigos de Fernando hablaban del Facha con auténtica devoción. Sus hazañas eran muy comentadas, y los domingos que venía por casa nadie le interrumpía cuando tomaba la palabra. El otro día fui a una de esas librerías de rojos que hay al lado de la universidad, decía, y aquí hacía una pausa para encenderse un cigarrillo con su zippo y volvía a decir: Fui a una librería de rojos, me acerqué al dependiente y pregunté en voz bien alta si tenían *Mi lucha*. ¿*Mi lucha*?, ¿*Mi lucha*, de Hitler?, repitió él como un papagayo. Eso es, dije yo, *Mi lucha*, de Hitler, y tendríais que haber visto la cara de lechuza que se le puso, mirando a todos lados con los ojos muy abiertos, como esperando que alguien acudiera en su ayuda. Me temo que no lo tenemos, dijo, y yo: ¿Cómo? ¿Que no tienen *Mi lucha*? ¿Me está diciendo que no tienen ningún ejemplar de *Mi lucha*? El Facha, como poniendo a prueba la atención de los demás, daba de vez en cuando una calada larga a su cigarrillo y luego proseguía: Aquel tipo, el dependiente, hizo como que buscaba en un estante y dijo que no, que lo sentía pero se les había acabado, ¡estaba ya cagadito de miedo!, y entonces yo cogí un libro y dije que no tenían *Mi lucha* pero que sí tenían aquello, algo sobre marxismo, y cogí otro sobre no sé qué revolución y dije lo mismo, y lo seguí haciendo con varios libros más, y cada vez que cogía uno lo dejaba caer al suelo. Al final, ni siquiera miraba qué clase de libro era. Cogía uno y lo tiraba, cogía luego un par y lo mismo, y daba manotazos aquí y allá y tiraba montones de libros, y al mismo tiempo gritaba: ¡Tenéis toda esta mierda pero no tenéis *Mi lucha*!, ¿qué librería es ésta?, ¿me quieres decir qué coño de librería es ésta? El Facha se ponía entonces como enajenado y reproducía sus propios gritos como si no estuviera en mi casa sino en la librería esa, y a Álvaro y a Ernesto y a los demás, incluido Fernando, les hacía mucha gracia verle levantarse y dar manotazos a uno y otro lado, derribando pilas y más pilas de libros imaginarios, y acababan exaltándose y se levantaban también y gritaban con él: ¿Qué librería es ésta?, ¿qué coño de librería es ésta? Y luego reían, reían mucho y muy ruidosamente, y yo trataba de reír con ellos aunque todo aquello me resultaba más enojoso que divertido. Después, cuando por fin Fernando y yo nos quedábamos solos, él sacudía la cabeza como recordando alguna de las anécdotas contadas poco antes y decía: Qué graciosos son, ¿no? Y yo sacudía también la cabeza y decía: Sí, muy graciosos. Lo decía sin la menor ironía porque realmente lo creía, o al menos creía que lo creía. Me empeñaba en encontrarlos graciosos y simpáticos. Me esforzaba por sentirme a gusto entre ellos, como si también yo formara parte del grupo, como si Álvaro y Ernesto y los demás fueran tan amigos míos como de Fernando, y a pesar de todo no podía ignorar que, en lo más hondo de mí misma, había una vocecilla que de vez en cuando me decía: Se meten en tu casa, te vacían la nevera y te lo dejan todo hecho un asco, ¡qué tranquila te quedas cuando se van! Ésa era la verdad: que no me quedaba tranquila hasta que se habían ido. Pero era una verdad que yo no estaba dispuesta a reconocer, porque habría sido como reconocer también que Fernando y yo no teníamos los mismos amigos, que mi mundo y el suyo estaban enfrentados, que entre nosotros no existía esa armonía y esa complicidad con las que yo siempre había soñado. Habría sido, en definitiva, como admitir que a nuestro matrimonio le quedaba poco tiempo de vida.

Una tarde, pero no una tarde de domingo sino una tarde entre semana, creo recordar que un lunes, apareció Fernando por casa acompañado de Álvaro, Ernesto y Juan Mari el Facha. No se trataba, sin embargo, de una tarde cualquiera. Era el veintitrés de febrero, y mamá había llamado para decir que unos guardias civiles habían tomado el Congreso a punta de pistola y pedirme que fuera a pasar la noche con ella y con María. ¿Tan grave es?, pregunté. ¡Grave no!, ¡gravísimo!, ¡un golpe de estado!, me contestó entre sollozos. Estaba atravesando una mala temporada. Seguíamos sin tener noticias de Paloma, y mamá, por supuesto, pensaba que le había sucedido algo horrible: que la habían secuestrado y violado, que la habían asesinado. Traté de tranquilizarla diciéndole que al final todo se resolvería, pero ella ni me escuchaba. Mi pequeña Paloma, ¿dónde estará mi pequeña Paloma?, repetía, y luego no paraba de preguntar qué sería de ella en plena guerra civil, porque para mamá un golpe de estado era sinónimo de una guerra civil del mismo modo que la desaparición de una hija suya era sinónimo de secuestro y violación, de asesinato. Coge un taxi y ven inmediatamente, me dijo después, conmigo estarás segura, y yo le dije que sí aunque no veía qué seguridad podía darme una mujer histérica que no paraba de llorar. Pero primero tengo que hablar con Fernando, añadí. Llamé al bufete del abogado y a sus socios de los bares, y unos y otros me dijeron que no habían visto a Fernando en toda la tarde. Luego llamé a mamá y le dije que iríamos en cuanto Fernando diera señales de vida. Llegará en cualquier momento, dije, pero en realidad yo no sabía nada, ni cuándo llegaría ni lo que entonces haríamos, y lo que aún estaba más lejos de imaginar era que esa noche Fernando y yo la pasaríamos fuera de nuestro apartamento del barrio Delicias, fuera también de Villa Casilda.

Pero en ese instante yo no estaba preocupada. La televisión emitía viejos documentales sobre la naturaleza, y la radio largos conciertos de música clásica. Encontré sin embargo una emisora que trataba de informar sobre lo que estaba sucediendo, y lo único que pude deducir de todo lo que dijeron fue que a ciencia cierta nadie sabía nada. ¿Qué demonios estaría ocurriendo? ¿Y qué podría ocurrir de ahí en adelante? El tiempo pasaba muy despacio, y la inexplicable ausencia de Fernando empezaba a inquietarme. Cuando por fin oí el ruido del ascensor parándose en nuestro rellano, debían de ser ya cerca de las ocho.

¡El alzamiento!, ¡otra vez el alzamiento nacional!, dijo a modo de saludo, y a mí me pareció que estaba de buen humor pero también fuera de sí, como cuando discutía con otro automovilista: las ventanas nasales bien abiertas, hinchadas las venas del cuello, y al mismo tiempo una mirada intensa y brillante que no le conocía. Pasaron los cuatro y preparé algo de cenar. Una ensalada, unas salchichas, un poco de queso: cualquier cosa. Tengo croquetas de pollo en el congelador, dije, pero ninguno de ellos me prestó atención. Manipulaban el dial de la radio en busca de novedades y hablaban todos a la vez. Decían que había que llamar a más gente y concentrarse en algún sitio. ¡Nos presentaremos voluntarios!, exclamó el Facha. ¡España nos necesita!, asintió no sé si Álvaro o Ernesto, y a mí no me extrañó que estuvieran tan exaltados. ¿Cómo iba a extrañarme algo así en gente que alardeaba de perseguir rojos y quemar retratos de Marx? Pero en esta ocasión también Fernando estaba exaltado, y eso sí que me extrañó. Iba de un extremo a otro de nuestro pequeño salón arengando a un ejército imaginario: ¡Si hace falta que demos la vida por la patria, la daremos! Estaba incluso más exaltado que los demás, y cuando alguno de ellos sugirió que tenían que hacer unas cuantas llamadas y ponerse de acuerdo con más gente, él bramó: ¿Ponerse de acuerdo?, ¿hace falta ponerse de acuerdo para salir en apoyo de unos patriotas? Sus palabras sonaron tan dramáticas y sinceras que por un instante me sentí orgullosa. Orgullosa de Fernando, mi hombre, el más hombre de todos, el único que jamás fanfarroneaba y que, como los auténticos héroes, no sólo no se arredraba en los momentos decisivos sino que se crecía y se transformaba en un ser distinto, superior. Claro que yo entonces, mientras trasegaba los vasos y platos con los restos de la cena, todavía pensaba que aquello no podía ir totalmente en serio. Mi marido y sus amigos me seguían pareciendo niños mayores que jugaban a las guerras, y sólo cuando Fernando dijo ¡Ernesto, la bolsa! me di cuenta de mi error. Porque Ernesto sacó de algún sitio una pesada bolsa de lona con varias armas de fuego en su interior. Cuatro exactamente, dos fusiles y dos pistolas, y yo pensé que

Ernesto las debía de haber conseguido a través de alguno de sus hermanos, todos militares. Y pensé también que aquello no tenía ya nada de juego. Fernando se erigió en líder del grupo y dijo éste para ti, Álvaro, y estas dos para vosotros. Luego no dijo nada más y se limitó a acariciar estremecido el fusil que se había adjudicado en el reparto. Permanecieron así, en silencio, más de un minuto, y durante ese minuto sólo se oyeron el ansioso rumor de sus respiraciones y los ocasionales chasquidos con que alguno de ellos acompañaba el gesto de sopesar el arma o llevársela al hombro o comprobar el punto de mira. Estaban todos como enmudecidos por una sensación de vértigo y de peligro. No puede ser, es una locura..., susurré, y Fernando me miró con esa cara de mala persona que ponía cuando se le llevaba la contraria en algún asunto importante. ¿Qué quieres decir?, preguntó. ¿No te das cuenta de que es una locura?, repliqué. Él me dedicó una mueca de desprecio y se volvió hacia los otros. ¿Vosotros también creéis que es una locura?, les preguntó, y yo confié en que alguno de ellos haría el gesto de soltar el arma o agachar la cabeza pero eso no ocurrió. Fernando ni siquiera les daba tiempo para pensárselo. Decid, insistía, ¿os parece una locura?, ¿eh?, ¿os parece una locura lo que hizo Franco en el treinta y seis?, ¿y lo que hicieron Queipo de Llano y Mola y todos los héroes del alzamiento?, ¡venga, contestad!, ¿también eso os parece una locura? El Facha y los otros negaban con la cabeza, y Fernando les hizo decir en voz bien alta: ¡Es nuestro deber!, ¡nuestro deber de patriotas! Después Fernando asintió con energía y su mueca de desprecio se convirtió en un gesto casi infantil de felicidad y entusiasmo. Pero ¿qué pretendéis hacer?, pregunté. Lo que tendría que hacer todo español bien nacido, dijo él, y luego alzó el arma por encima de la cabeza y gritó: ¡España nos necesita!, ¡a Capitanía!, ¡vamos a Capitanía! Había algo en su voz firme y en su actitud arrogante que atraía y electrizaba, y al Facha y a los otros se les veía tan enardecidos como a él mismo. ¡A Capitanía!, le secundaron, ¡a Capitanía! Sostenían los cuatro las armas en alto y mostraban idéntica expresión de altivez, de dicha y de fiereza. Formaban todos juntos una estampa épica y temible, como de guerra antigua, sanguinaria, de aquellas guerras en las que ningún bando hacía prisioneros y los soldados morían de un tiro de gracia en el campo de batalla. ¡A Capitanía!, gritaban todavía. Luego Fernando se volvió hacia mí sonriente, casi hermoso, y me hizo un gesto que yo interpreté como un ¿vienes o no? Y ese gesto que a lo mejor ni siquiera quería decir eso yo lo entendí en el sentido más amplio, como si en realidad me estuviera preguntando no si quería seguirle a Capitanía sino si quería seguir con él. Si estaba o no de su lado. Si era de los suyos o de los otros, los que estaban contra él y los suyos. Yo en aquella época estaba o creía estar enamorada, en todo caso estaba dispuesta a cualquier cosa con tal de salvar mi matrimonio: dispuesta incluso a volverme facha, a coger un arma y seguir a mi marido en aquella aventura absurda. Voy, dije, e hice con la mano un gesto de esperadme. Abrí entonces la vitrina con la colección de armas y agarré la pistola, es decir, el revólver de Fernando. Nunca lo había tenido en las manos y me pareció bastante más pesado de lo que había imaginado. Hice girar el tambor para comprobar si estaba cargado y, con el dedo ya instalado en el gatillo, lo levanté por encima de mi cabeza como poco antes les había visto hacer a ellos. Cuando queráis, dije, y los cuatro me siguieron con la mirada mientras con paso decidido me encaminaba hacia la salida.

En la calle se notaba que era una noche especial porque eran pocos los vehículos y menos aún los transeúntes con los que nos encontrábamos. La avenida de Madrid presentaba un aspecto insólito para esas horas. Desierta, silenciosa, las farolas emitiendo una luz trémula y rosada en el frío de la noche invernal. Así al menos la vi yo a través de las ventanillas del 1430, y así vi también el paseo de María Agustín y el de Pamplona, vacíos los dos, fantasmales. Álvaro y Ernesto iban en el asiento de atrás, conmigo y con el montón de armas apenas tapado por la bolsa de lona. Se habían subido las solapas de los chaquetones y medio ocultado los rostros con unas bufandas. El Facha, por su parte, se había encasquetado una boina roja que había sido de su padre, requeté, y sobre el regazo de Fernando, que por supuesto era el que conducía, descansaba bastante arrugada una bandera de España con el escudo antiguo, el de la época de Franco. Nuestro aspecto debía de ser verdaderamente siniestro, y lo único que desentonaba era mi barriga hinchada, inmensa, que daba al conjunto un aire estrafalario y más bien cómico: ¿qué clase de guerreros de pacotilla eran ésos, que aceptaban llevar consigo a una embarazada de ocho meses? No pararon de hablar durante todo el trayecto. Lo hacían de forma embarullada, iniciando frases que luego quedaban a medias, interrumpiéndose unos a otros para no decir nada, soltando de vez en cuando y sin venir a cuento una blasfemia, una risotada, un grito. Hablaban sólo por hablar, por miedo a enfrentarse al silencio, y también yo tenía ganas de hacer ruido y de gritar. Cuando llegamos a la plaza de Paraíso, Fernando hizo una seña con la mano y empezó a cantar: ¡Cara al sol con la camisa nueva...! Los demás corearon briosos toda la canción, yo sólo el verso siguiente, ¡...que tú bordaste en rojo ayer!, el único que conocía, y así, cantando o medio cantando el *Cara al sol*, dimos la vuelta a la plaza de Aragón y nos detuvimos ante la entrada del edificio de Capitanía. Las ventanas estaban cerradas y las luces apagadas. Ni en la acera ni en el pequeño jardín se veía a nadie. Tampoco en la garita, pero eso no quería decir nada, oscura como estaba. Salimos todos del coche, sin la bandera, sin las armas. Fernando dio unos pasos en dirección a la verja, y entonces sí que se movió algo dentro de la garita y se oyó una voz que nos dio el alto. ¡Alto o disparo!, ordenó el centinela, y por la voz me lo imaginé jovencísimo, casi un niño, y también asustado, muy asustado. Fernando se paró, levantó las manos y gritó: ¡Somos de los vuestros!, ¡estamos con vosotros!, ¡venimos a ayudar! Hubo entonces un instante de silencio y Fernando avanzó un par de pasos. ¡Alto o disparo!, le detuvo la voz. Pero ¿no me has oído?, ¡venimos a ayudar!, insistió Fernando con la mejor de sus sonrisas. ¡Váyanse, váyanse inmediatamente de aquí!, ordenó el soldado, aunque aquello sonó más como una súplica que como una orden. Los demás seguíamos junto a las puertas abiertas del 1430. Fernando retrocedió hasta nosotros, cogió la bandera de su asiento y la alzó con los gestos del bañista que sacude una toalla. ¿No lo ves?, ¿no ves que estamos con vosotros?, decía con aire perplejo, como si no acabara de entender la reacción del otro. ¡Voy a disparar!, ¡como no se vayan ahora mismo voy a...!, respondía el centinela, al borde del sollozo, ¡voy a tener que disparar...! Ahora aquellas amenazas suyas sonaban de verdad temibles. Temibles por sinceras. Temibles precisamente porque estaban dictadas por el temor. ¡Vamos!, ¡al coche!, susurró alguien, y yo volví a mi sitio y todos hicieron lo mismo. Todos menos Fernando, que permaneció allí, inmóvil, con la bandera en una mano y el otro brazo en alto, haciendo el saludo fascista y gritando ¡arriba España!, ¡arriba España!, ¡arriba España...!, y en ese momento quise sentirme otra vez orgullosa de él, de mi hombre, mi marido, el líder del grupo, pero me resultó imposible. ¡Entra, Fernando!, grité, y Fernando gritó ¡arriba España!, y el joven centinela gritó ¡voy a disparar!, ¡disparo!, y yo grité varias veces más el nombre de Fernando hasta que éste volvió por fin al coche y lo puso en marcha y arrancó. Y por un instante me imaginé a aquel soldado, el de la garita. Me lo imaginé rubio, pálido, delgadito, un chico de ojos grandes y cara de niño que ahora debía de estar llorando porque había estado a punto de matar a un hombre.

Recorrimos Independencia y el Coso. Luego cruzamos el río por el puente de Piedra. Fernando movía la cabeza a uno y otro lado y rezongaba: ¡Teníamos que haber sacado las armas!, ¡se habría cagado en los pantalones! Estaba al mismo tiempo avergonzado y furioso, y esa mezcla de sentimientos aumentaba su sed de violencia. ¿Para qué hemos cogido todo eso si no lo vamos a utilizar?, decía en alusión a las armas, que seguían a nuestros pies bajo la bolsa de lona, ¿eh?, ¿para qué? Dimos unas cuantas vueltas por los barrios del otro lado del río: el barrio de Jesús, el barrio La Jota, el Arrabal. El Facha, los otros dos y yo permanecíamos en un silencio más bien sombrío. Fernando, en cambio, no paraba de murmurar. Mantenía las manos aferradas al volante y sus ojos iban de una acera a la otra, siempre desiertas, sin signos de vida. Reducía un poco la velocidad al pasar junto a alguna bocacalle importante y allí echaba un rápido vistazo. Luego aceleraba de golpe, apurando las marchas como en un rally, y tomaba las curvas haciendo que los neumáticos rechinaran contra el asfalto. Cuando frenaba lo hacía de golpe, y clavaba la mirada en un parque cercano o un grupo de viviendas. Buscaba algo o a alguien, pero él mismo no sabía qué o a quién, y por eso jamás podría encontrarlo. Los otros cuatro nos removíamos nerviosos en nuestros asientos, notando cómo su rabia crecía por momentos. Una rabia sin objeto y sin motivo. Una rabia que tarde o temprano acabaría volviéndose contra nosotros, sus acompañantes. No sé cuánto tiempo pasamos así. Lo que sí sé es que volvimos a cruzar el río por el puente de Santiago y que Fernando miró entonces a Juan Mari el Facha, que era el que tenía más cerca, y dijo: ¡Patrullas de defensa!, ¿dónde coño se han metido tus famosas patrullas? Lo dijo con un rencor y un desprecio que la simple repetición de los términos jamás alcanzará a transmitir. ¡Patrullas de defensa!, repitió con una mueca de asco, como si más que pronunciar esas palabras las estuviera escupiendo a la cara del Facha. Éste asintió con pesar y casi con mansedumbre, y preguntó: ¿Qué vamos a hacer? Para entonces ya sabíamos que el golpe había fracasado. Lo habían dicho por la radio. Habían dicho que los tanques que habían tomado la ciudad de Valencia se estaban retirando ya a los cuarteles y que el rey había aparecido por televisión para calificar de intolerable la intentona. Sus palabras, reproducidas una y otra vez por la emisora, habían sido: La Corona no puede tolerar que pretendan interrumpir el proceso democrático... ¡Mentiras!, exclamó Fernando, apagando la radio, ¡todo mentiras! El Facha volvió a preguntar: ¿Qué vamos a hacer?, ¿qué quieres que hagamos? Fernando, por toda respuesta, pisó a fondo el acelerador y ordenó: Que cada uno coja su arma. Dobló entonces por una calle a la derecha y nos metimos en el barrio de la Química. Yo sabía que era ese barrio porque alguna vez había ido a bañarme al Tiro de Pichón y para llegar había que pasar por allí. Fernando conducía ahora con el fusil cruzado contra el pecho, el cañón asomando por la ventanilla. ¡Rojos!, decía entre dientes, ¡rojos de mierda! Yo sostenía el revólver cargado entre ambas manos y no acababa de creer lo que estaba sucediendo. Ahora Fernando sí parecía saber adónde iba. Detuvo el coche en una esquina, soltó un bufido de satisfacción e hizo una seña hacia la única ventana iluminada que desde allí se veía. Era un edificio feo, de ladrillo, con ese aire sucio y tristón de las antiguas viviendas de protección oficial, y la ventana estaba en uno de los bajos. Sobre la puerta de al lado había un letrero que decía: CASA DEL PUEBLO – UNIÓN GENERAL DE TRABAJADORES. A través de la cortina se distinguían algunas sombras, sombras como de personas. Supuse que serían sindicalistas que se habían reunido para seguir desde allí la evolución de los acontecimientos. Lo mismo debió de pensar Fernando, que volvió a decir rojos de mierda, se llevó el fusil al hombro y disparó. El disparo sonó como un cañonazo en mitad del silencio, atravesó la madera de la puerta e hizo un agujero redondo por el que escapó un minúsculo rayo de luz. Pero duró poco aquel rayo, apenas un par de segundos, porque enseguida se apagaron las luces de dentro, entre exclamaciones de alarma que nos llegaban amortiguadas y lejanas. Entonces Fernando dio marcha atrás hasta topar con la farola, que se apagó también. Ahora aquella calle estaba sólo iluminada por nuestros faros, y a su luz vimos cómo se agitaba la cortina y unos rostros oscuros se asomaban un instante para observarnos. Traté de imaginar cómo nos vería aquella gente, qué impresión les causaría aquel coche parado con el motor en marcha y los faros encendidos, aquellas cinco siluetas armadas, tenebrosas, una de ellas agitando fuera de la ventanilla una bandera que la oscuridad no permitía distinguir y gritando ¡arriba España!, ¡arriba España!, ¡arriba España! Al cabo de un rato nos fuimos de allí. Fernando conducía ahora de forma temeraria, aún más temeraria que antes, zigzagueando en las avenidas más anchas y sin respetar ningún ceda el paso y ningún stop. No había bebido pero era como si lo hubiera hecho, y yo pensé que la agresivi-

225

dad y la violencia podían tener unos efectos similares a los del alcohol. Sus carcajadas, sus gritos, sus manotazos contra el claxon eran los de una persona ebria. ¡Ahora empieza lo bueno!, exclamaba enardecido, ¡seguro que esta gente habrá salido a buscar armas!, ¡seguro que han llamado a sus compinches! Dimos varias vueltas por aquellas calles, todas igual de feas, todas con viejas viviendas de protección oficial. Luego Fernando detuvo el 1430 en cualquier sitio y dijo: Vamos a darles un cuarto de hora. Salimos del coche. Salieron primero Fernando y el Facha. Salimos después los otros tres, y vi cómo Álvaro y Ernesto, que no habían abierto la boca en mucho rato, intercambiaban una mirada. Una mirada que quería decir: Ahora o nunca. Fernando alineaba las armas y las cajas de munición sobre el capó. Estaba tan excitado, tan encerrado en sí mismo, que tardó un par de minutos en advertir la ausencia de sus dos amigos. ¿Dónde se han metido?, preguntó, y ni el Facha ni yo nos atrevimos a contestar. ¡Eso!, ¡maricas!, ¡corred a vuestras casitas, con vuestras mamás!, gritó hacia el lado de la calle por el que pensó que podían haberse marchado. Se volvió luego hacia el Facha y dijo: No necesitamos a ningún cobarde, ¿verdad? Pero tampoco entonces el Facha respondió, y Fernando le interrogó con los ojos. Permanecieron varios segundos sosteniéndose la mirada. Al final, el Facha señaló los dos fusiles, las pistolas, las balas. ¿Qué vas a hacer?, preguntó. ¡Qué vamos a hacer!, corrigió Fernando, ¡vamos a esperar a esos rojos!, ¡vamos a repeler su ataque! Volvieron a quedarse en silencio, y el Facha negó con la cabeza. ¿Qué sentido tiene?, el levantamiento ha fracasado, dijo. Eso es, dije yo, el levantamiento ha fracasado. Fernando nos miró con fijeza, primero al Facha, luego a mí: ¡No os habréis creído lo que decían en la radio!, ¡una radio de rojos!, ¿qué esperabais?, ¿que dijeran la verdad?, ¡pero si ese que hablaba ni siquiera era el rey!, ¿no os habéis dado cuenta de que era un actor, un mal imitador de voces? El otro insistió: Habrá que esperar otra ocasión, ¡no querrás que montemos una guerra entre tú y yo...! Fernando soltó un leve bufido y dijo: Está bien, puedes irte. Lo dijo pausadamente, con calma, como si de golpe hubiera recuperado el dominio de sí mismo, y eso me hizo pensar que en ese momento era más peligroso que nunca, capaz de matar a cualquiera que se le pusiera delante, capaz de pegarle un tiro al Facha por la espalda. ¿No me has oído?, gritó, rabioso otra vez, enfebrecido, ¡te he dicho que puedes irte! El Facha se quitó la boina roja y la guardó en un bolsillo. Luego echó a andar. Avanzaba cabizbajo, con los brazos pegados al cuerpo y los hombros como encogidos, notando en su nuca la mirada implacable de Fernando, midiendo con los pies el suelo que pisaba, conteniéndose, y yo imaginé que en cuanto doblara la primera esquina suspiraría aliviado y apuraría el paso. Fernando le observaba con el rostro desencajado por la ira. Cuando por fin el Facha desapareció de su vista, se volvió hacia mí y me miró con una mezcla de fastidio y sorpresa, como si mi presencia le incomodara. Y tú ¿qué?, me preguntó, ¿qué coño haces aquí?, ¿por qué no te vas con ellos? Yo tragué saliva y negué con la cabeza. Soy tu mujer, dije, y quiero estar a tu lado, y ahora sé que aquella reacción fue ridícula pero entonces me parecía que de verdad tenía que ser así, que la mujer debía estar al lado del marido y compartir su suerte, por disparatada que fuera. Mándame, dije, dime lo que quieres que haga y lo haré, y él sonrió con tirantez y dijo: Ya me has oído. Vamos a esperarles aquí. Vamos a repeler su ataque.

Qué noche tan absurda: primero el frustrado intento de entrar en Capitanía, después el nervioso vagar por la ciudad desierta y el fugaz ataque a la Casa del Pueblo. Y ahora aquello. Estábamos como atrincherados con todo el arsenal detrás del 1430. A nuestra espalda teníamos los muros de una fábrica con aspecto de abandonada, y delante de nosotros tres calles que desembocaban en una glorieta sin árboles, sin bancos, sin nada. Pueden aparecer por cualquiera de esas calles, dijo Fernando, mirando al frente con los ojos entrecerrados, pero lo más seguro es que vengan por las tres, y no me extrañaría que ahora estuvieran tomando posiciones en las azoteas... Yo empezaba a temerme que no estuviera en sus cabales, que fuera presa del delirio y se viera a sí mismo como un héroe del treinta y seis, defendiendo quién sabía qué sitiado alcázar, plantando cara a un improbable ejército de francotiradores. Esperamos. Esperamos un buen rato, y Fernando se mantenía alerta, con el fusil bien sujeto y el perfil tenso como un perro de caza. No pueden tardar, te digo yo que no pueden tardar, susurraba de vez en cuando. Yo le miraba en silencio, las mandíbulas apretadas y el pelo cayéndole sobre la frente, el brazo apoyado en una rodilla y la otra rodilla en tierra, y tenía ganas de decirle: Vámonos, Fernando, ya hemos jugado bastante. Pero no me atrevía. En el estado en que se encontraba y con todas aquellas armas cargadas allí al lado, ningún momento era bueno para decirle que era tardísimo y tenía sueño, que a ver cuándo dejábamos de jugar a los soldaditos y nos íbamos a casa. Los huelo, sé que están ahí, preparados para atacar, decía, pero el tiempo pasaba y nadie nos atacaba. Nadie. Desde ningún sitio. Ni desde las calles de enfrente ni desde las azoteas. Luego todo ocurrió muy deprisa. Oímos ruido de pasos y vimos a lo lejos una figura pequeña y oscura que avanzaba con el cuerpo encorvado y los brazos pegados al tronco a causa del frío. Por la dirección que llevaba, debía de tratarse de uno de los sindicalistas de la Casa del Pueblo, que tal vez se había hartado de hacer guardia y volvía a su casa a descansar. ¿Qué te decía?, exclamó Fernando, ¡ya están aquí!, y se incorporó despacio con el fusil y la bandera de España, los ojos brillantes de felicidad. Yo agarré el revólver y me levanté también. El hombre caminaba despreocupado, echándose aliento en las palmas de las manos, secándose de vez en cuando la nariz. Era bajito y calvo, con un bigote poblado y unas patillas largas que hacía tiempo que habían pasado de moda. Venía directo hacia nosotros, y cuando por fin nos vio, sólo veinte o veinticinco metros nos separaban de él. Se paró en seco, la boca y los ojos muy abiertos, como si no acabara de creer lo que estaba viendo: una mujer embarazada y un hombre envuelto en una bandera que le apuntaban con sus armas desde detrás de un automóvil. ¿Dónde están los demás?, le preguntó Fernando, sin duda irritado porque el esperado ataque no acababa de producirse, ¿dónde se han metido? El otro, enmudecido por el terror, alzó lentamente las manos y miró a su alrededor como buscando una respuesta: Lo siento, yo... Luego, de golpe, echó a correr. ¡Vamos!, exclamó Fernando, y salimos los dos en su persecución. Le vimos meterse por un callejón, pero cuando llegamos había desaparecido. No había tenido tiempo de recorrerlo entero y llegar al otro lado. Yo, sin embargo, dije: Déjalo, Fernando, se nos ha escapado. No, dijo él, tiene que estar por aquí, y con el cañón del fusil señaló un montón de neumáticos viejos que había a la entrada de un taller mecánico. Ahora sí que le brillaban los ojos, ahora sí que sus rasgos componían una expresión de avidez y fiereza. ¡Sal!, gritaba, ¡sal y no te haremos nada!, pero yo me imaginaba al hombrecillo saliendo temeroso de detrás de los neumáticos y a Fernando, sin mediar palabra, disparándole un tiro en el pecho. Yo le seguía varios metros por detrás, echando rápidos vistazos a las puertas cerradas, las persianas bajadas, los coches no se sabía si averiados o abandonados. Pasé junto al portal de una vivienda y tuve el presentimiento de que el hombre podía estar escondido en ese sitio o en un sitio como aquél. Di una patada a la puerta. Era de cristal esmerilado y marco de aluminio, y estaba abierta. Encendí la luz. El zaguán era muy poco más ancho que la propia puerta, y en él no había más que dos buzones roñosos, una bicicleta oxidada y la escalera. Busqué en el hueco de la escalera, y allí estaba, lloroso, ovillado entre unos botes de pintura. Le apunté con el revólver. Vas a tener que gritar, le dije, lo siento pero vas a tener que gritar arriba España. El hombre no dijo nada. Prométemelo, prométeme que gritarás arriba España... La luz se apagó. Busqué a ciegas el interruptor, sin dejar en ningún momento de apuntarle, notando cómo también a mí se me humedecían los ojos. Gritarás, ¿verdad?, ¡dime que gritarás arriba España!, insistía yo, moviendo el revólver arriba y abajo como una batuta. Él seguía sin contestar. Lloraba en silencio, y seguramente no entendía nada de lo que estaba ocurriendo. No entendía por qué una joven embarazada y llorosa como yo le apuntaba con un arma y le pedía, le suplicaba incluso que gritara aquello. La luz volvió a apagarse y yo volví a encenderla un par de veces más antes de que Fernando apareciera. Déjamelo a mí, dijo. No, lo he encontrado yo, repliqué, tragándome las lágrimas y los mocos. Esto no es cosa de mujeres, te digo que me lo dejes..., insistió él, el dedo índice en el gatillo, dispuesto a pegarle un tiro a bocajarro. ¡Y yo te digo que no!, grité con toda la firmeza de que entonces fui capaz. Apunté después a la cabeza del otro y dije: Levántate. El hombre se incorporó despacio, las manos a la altura de la cabeza, aterrorizado. Ahora levanta el brazo y grita arriba España, dije, mientras con la mano izquierda desviaba hacia el suelo el fusil de Fernando. ¿Qué te he dicho?, pregunté con rudeza, ¿qué te he dicho? El hombre alzó por fin el brazo derecho y gritó arriba España. ¡Más fuerte!, dije yo, y él: ¡Arriba España! ¡Otra vez!, dije, y él: ¡Arriba España!, ¡arriba España!, ¡arriba España...! Está bien, dije, puedes irte, y él bajó el brazo y se arrimó a la pared. Pasó a mi lado y al lado de Fernando conteniendo la respiración, y al llegar al callejón echó a correr. Fernando apoyó con cuidado el arma en el suelo y me dedicó una mirada en la que convivían la admiración y el orgullo. Él, por supuesto, no podía saber que había hecho lo que había hecho sólo por salvar la vida a aquel hombre.

12. PALOMA

Aquél fue nuestro tercer verano sin veraneo. El primer año no fuimos a ninguna parte porque estaba demasiado reciente la muerte de papá y nadie en casa parecía tener ganas de nada. El segundo, según María, por culpa de mis notas, que obligaron a todas a un sacrificio tan incomprensible como estéril. Aquel año ni siquiera se habló de viajar, y no hubo ninguna necesidad de buscar justificaciones. De lo que se hablaba más bien era de no viajar. Carlota iba de un lado para otro con el niño colgado del pecho y decía: ¡Descansar, descansar, eso es lo único que quiero! Mamá le daba la razón y decía que, con todo el trabajo que esa temporada le habían dado sus ropitas infantiles, también ella tenía derecho a un mes de descanso. Y María, que seguramente era la única que tenía motivos para querer descansar, no decía nada pero compró unas hamacas y una piscina hinchable para el jardín, lo que equivalía a decir: ¿Qué sitio mejor que éste para pasar el mes de agosto y disfrutar del tan ansiado descanso? Los veraneos, sencillamente, formaban parte de un tiempo anterior, un tiempo en el que existía papá y existían los cámpings y la roulotte, y ninguna de nosotras parecía echarlos de menos. También podía ser que esas hamacas y esa piscina significaran algo mucho más sencillo: que había dinero para comprar baratijas pero no para viajar. Que, por tanto, lo de mis notas del año anterior no había sido más que un pretexto: de hecho, las de ese curso, exceptuando el sobresaliente en literatura, no fueron mucho mejores.

En casa las estrecheces económicas nunca se mencionaban pero no por ello dejaban de percibirse. Nos íbamos de compras, nos metíamos en tiendas caras y no tan caras, nos probábamos montones de vestidos, y cuando al final parecía que nos decidíamos por alguno, mamá decía: ¿Sabes qué? Que no me gusta cómo te sienta. La dependienta decía: Pero si le queda monísimo. Y mamá, muy digna, replicaba: A mis hijas todo les queda monísimo, todo menos esto. ¡Vámonos, chicas! Lo hacíamos en una tienda y luego en otra y en otra, y volvíamos a Villa Casilda con las manos vacías y una leve decepción. Mamá protestaba: ¡Es que no lo entiendo! ¡Todo lo que hemos visto era horrible! ¿Ya no saben hacer ropa buena? ¡La culpa la tiene el prêt-à-porter! Y nosotras repetíamos: Sí, mamá, la culpa la tiene el prêt-à-porter. Y mamá decía, amenazadora: ¡Como las cosas sigan así acabaremos volviendo a la modista! A la modista, claro está, no íbamos jamás, y todas sabíamos que esas amenazas eran sólo una de las partes del ritual, como quejarse de cómo nos sentaban los vestidos o echarle la culpa al prêt-à-porter.

En realidad no salíamos a comprar sino a probarnos ropa que no podíamos comprar, y las pocas veces que comprábamos algo lo hacíamos en las rebajas y después de mucho rebuscar. Entonces todas parecíamos de acuerdo en celebrarlo como si fuera el más feliz de los hallazgos. Elogiábamos vivamente el color, el corte, el acabado de aquella blusa o aquel vestido, pero no ignorábamos que lo único elogiable solía ser el precio. Luego mamá, para completar la comedieta, exclamaba ¡y además qué barato!, ¡qué suerte hemos tenido!, como si el precio fuera lo de menos y hubiera estado dispuesta a pagar lo que le hubieran pedido. Aquella ropa, por supuesto, tenía que durarnos años. Las circunstancias nos forzaban a desarrollar un sentido de la responsabilidad que nunca habíamos tenido, y muchas veces lavábamos a mano y con agua fría para evitar que las prendas destiñeran o encogieran. A menudo extendíamos esas precauciones a la ropa de Germán, y de repente descubríamos que aquello carecía de sentido: el niño era el único de la casa que iba siempre bien vestido y tenía ropa de sobra, la ropa que mamá escogía para él en sus muestrarios. Nosotras nos apañábamos como podíamos, pero al menos nos consolaba ver a Germán hecho un principito.

Las estrecheces se notaban también en otras cosas. En las baldosas agrietadas del cuarto de baño, en la gastada tapicería de los sillones, en el grifo goteante del lavadero. Cuando algo se estropeaba tardaba meses en arreglarse, y solía ser María la que se encargaba de avisar al fontanero o albañil y la que le pagaba. María era también la que me daba dinero para mis gastos. Lo hacía a espaldas de mamá, como si temiera disgustarla, pero supongo que mamá lo sabía o lo imaginaba y que por eso seguía dándome la misma paga semanal que dos o tres años antes, cincuenta pesetas que no alcanzaban ni para bolígrafos.

Pero las estrecheces se notaban sobre todo en una inconcreta y generalizada nostalgia de ese tiempo anterior, el tiempo de papá, en el que habíamos vivido o creíamos haber vivido con cierto desahogo. Solían ser frases sueltas, comentarios aislados que expresaban el contraste entre aquella época y la nuestra. Frases y comentarios como: ¿Os acordáis de las langostas que compraba vuestro padre en el mercado? Mamá decía compraba aunque tendría que decir compró, porque eso en realidad había ocurrido sólo una vez, y nosotras decíamos que sí, que nos acordábamos, y acabábamos creyendo que la familia había tenido unos años de auténtica opulencia, en los que todos los días comíamos langosta y centollo en vez de acelgas y salchichas de cerdo. Aquellas langostas además habían salido huecas e insípidas, pero tampoco de eso quería acordarse nadie, como si fuera imposible que entonces, en aquellos años, hubiera langostas huecas e insípidas.

El único símbolo que sobrevivía de aquel moderado esplendor era Villa Casilda. Yo nunca había pensado que vivir en una casa así constituyera ningún privilegio. Más bien al contrario: los chicos y chicas que conocía vivían en apartamentos modernos, confortables, con portero, calefacción central y alfombra en el portal, y eso me parecía más distinguido que vivir en una casa destartalada y vieja, con un jardín que nadie cuidaba y las paredes infestadas de desconchones. Pero Villa Casilda era ya una de las pocas casas-casas que quedaban en el barrio (así la definía mamá: una casa-casa). A su alrededor proliferaban los edificios de apartamentos recién construidos o todavía en construcción, y nuestros nuevos vecinos se paraban ante la verja y observaban Villa Casilda con más admiración que envidia, como observarían un yate antiguo en un puerto deportivo. Y exclamaban ¡qué casas había por aquí!, ¡auténticas mansiones!, ¡lástima que queden tan pocas!, como si no fueran ellos los responsables últimos de que hubieran sido derribadas las otras mansiones, como ellos decían. Y mamá los veía y veía los altos bloques con carteles que anunciaban pisos en venta de cien o ciento veinte metros cuadrados y comentaba condescendiente: Pobre gente, ¿cómo hará una familia normal para meterse en una de esas cajas de zapatos? Era esa condescendencia suya, esa superioridad disfrazada de lástima, la que a mí y a mis hermanas nos hacía conscientes del privilegio de vivir en una casa como la nuestra, y si mamá y, en menor medida, también nosotras nos aferrábamos a ese privilegio era seguramente porque era el único. Desde luego, decíamos, ¿cómo harán para meterse ahí?

Descubrí que me gustaba Villa Casilda, que por nada del mundo querría cambiar de casa. Pero lo que me gustaba de ella no era ese anacrónico toque de distinción que nos proporcionaba. Tampoco las huellas del pasado que sus muros atesoraban como las añejas tapas de un álbum familiar. Lo que me gustaba de Villa Casilda era la impresión que me transmitía de consistencia y solidez, saber que siempre había estado y estaría allí, que hasta en los peores momentos podría volver a ella en busca de refugio.

Yo no era la misma que uno o dos años antes. La relación con Ramón me había cambiado. Ya no soñaba con convertirme en una viajera impenitente o en una mujer fatal. Mi ideal de vida, que hasta entonces se había proyectado hacia el exterior, se había vuelto doméstico y familiar. Las palabras hogar, casa, familia se me aparecían ahora dotadas de un sentido del que antes carecían, y arrastraban consigo un sedimento de sensaciones que me resultaba novedoso y reconfortante. El secreto había roto mi antigua comunicación con María y Carlota, y cuando digo el secreto me refiero al año y pico de amores clandestinos, a los inconfesables motivos de mi fuga, a todos los pequeños silencios que ese silencio mayor llevaba aparejados. Me habría gustado que alguien me hubiera dicho lo que tenía que hacer. Sí, pero ¿quién? No María, que parecía tener asuntos más serios de los que ocuparse, y tampoco Carlota, desbordada como estaba por las responsabilidades de su reciente maternidad. Nuestras conversaciones en la Redonda hacía tiempo que habían dejado de ser francas, y esa franqueza antigua no se presentaba fácil de recomponer. Pero en realidad yo no aspiraba a tanto: me bastaba con saberme aceptada por mi madre y mis hermanas, y con encontrarme a gusto en su compañía.

Aquel verano casi no salí de casa. Mamá, temiendo quizá que volviera a fugarme, me lo reprochaba afectuosamente. Tienes que salir, quedar con tus amigas, me decía. También María y Carlota me lanzaban insinuaciones de ese tipo: ¿No te cansas de estar todo el día encerrada?, ¿quieres que salgamos a dar una vuelta y tomar un helado? Salíamos. Dábamos una vuelta, tomábamos un helado, mirábamos escaparates, y en cuanto volvíamos a casa me daba cuenta de que habría preferido no haber dado ninguna vuelta ni tomado ningún helado ni mirado ningún escaparate. Ellas lo notaban y no sabían a qué atenerse conmigo. Para mi familia seguía siendo un misterio.

Mis rincones favoritos eran dos. Uno, la Redonda, a la que subía a leer y redactar mi diario después de cenar porque durante el día el sol daba de lleno y hacía demasiado calor. El otro, el columpio del jardín, el viejo y oxidado columpio, que tenía un pequeño respaldo de madera y que arreglé y adecenté y convertí en mi particular sillón de lectura. La de horas que pasé en esos sitios, en la Redonda por la noche, en el columpio durante el día, leyendo novelas, escribiendo, a veces estudiando, mientras mamá, María, Carlota se asomaban cautelosas para ver si seguía allí o me había ido, si me había vuelto a fugar de casa... ¿Estás bien?, preguntaban, y yo agradecida y sincera contestaba sí, estoy bien.

31 de julio

Me acuerdo de los días en que creí estar embarazada. Por algún motivo pensaba que, dando brincos, corriendo, bajando los escalones de tres en tres, podía provocarme un aborto natural. Y eso era lo que hacía: brincar, correr, bajar saltando la escalera. Tener un niño me parecía algo ajeno a mi destino: por eso lo hacía. Pero ¿y si estaba equivocada y era ésa, precisamente ésa, la vida que me correspondía? Tener hijos como mamá y Carlota, como tal vez María dentro de un tiempo, como casi todas las mujeres del mundo, y llevar una vida como la suya. ¿Qué es lo que hace que me sienta tan distinta y, en el fondo, superior a casi todas las mujeres del mundo?

Los ingresos de María eran bastante erráticos. Daba la sensación de que colaborando con el tío Delfín no podía ganar mucho, pero de vez en cuando aparecía por casa con unos cuantos billetes arrugados y los repartía. A mí me decía: Toma. Esto, para que te lo gastes con tus amigas. A Carlota le decía: Esto, para que le compres algo a Germán. Y a mamá: Y esto para ti. Y mamá le decía: ¿Cuántas veces tengo que decirte que no lo necesito? Decía eso pero luego acababa agarrando los billetes con fingida resignación y murmurando: Bueno, lo acepto, pero sin que sirva de precedente. Si le preguntábamos de dónde salía aquel dinero, hablaba de vagos porcentajes de beneficios y hacía un gesto que significaba: Qué más da, tú cógelo y basta. Carlota, cuando se ponía maliciosa, decía que ahora María se dedicaba a negociar con los pisos de los pobres, con las casas que sus dueños no podían pagar, pero ella comentaba que eso no era asunto nuestro y volvía a hacer el gesto de cógelo y basta. El misterio que rodeaba aquellas entregas contribuía a agrandar la figura de María. A ella sí que la veía distinta, superior, dueña de sí misma y de ciertas claves secretas de la vida que a las demás se nos escapaban, capaz de moverse con naturalidad en el mundo de los adultos y hacer cosas que sólo éstos hacían, como esa misma, salir de casa por la mañana y volver con dinero por la tarde. A mediados de aquel verano hizo uno de esos repartos, y a mí me correspondió bastante, al menos bastante más de lo que una chica de mi edad estaba acostumbrada a manejar. La paga extra, dijo cuando le preguntamos, y esa misma tarde me fui de tiendas con Carlota y el niño.

A César nos lo encontramos una mañana de principios de septiembre. Volvíamos Carlota y yo de hacer compras y llevábamos un par de bolsas en la bandeja del cochecito de Germán, que entonces tenía seis meses. César gritaba mi nombre desde un descapotable y hacía sonar el claxon. Te llaman, dijo Carlota, aunque yo ya le había visto. ¡Eh, Paloma, Paloma!, continuaba César, y el descapotable nos seguía despacio por la calzada. Nos detuvimos al llegar a la esquina. César era una persona a la que habría preferido no volver a ver. ¿Y este coche?, dije. Un Alpine, ¿te gusta?, dijo él, sonriendo. Estaba bronceado y llevaba unas bonitas gafas de sol. ¡Sube!, ¡te llevo a dar una vuelta!, dijo. Que la invitación no podía extenderse a Carlota ni al niño estaba fuera de dudas, porque el descapotable sólo tenía dos plazas. Sube, mujer, me animó mi hermana con una sonrisa ladina. Seguíamos en la esquina. Bastó con que César abriera la puerta del copiloto para que ya no pudiera negarme. Nos vemos luego, dijo Carlota, volviendo a empujar el cochecito, y el descapotable arrancó con un brusco acelerón.

Salimos de la ciudad. Por aquellas carreteras u otras cercanas me había llevado Ramón la primera vez. ¡Un Alpine!, gritó César dando unas palmadas en el salpicadero, ¡esto sí que es conducir!, ¡lo más parecido a volar! El ruido del motor y del viento le obligaba a hablar a gritos, y de todos modos muchas de sus palabras se acababan perdiendo. ¡Pero no es mío!, añadió, y se echó a reír como si aquello tuviera mucha gracia. Volvió a gritar y a reír: ¡Vendo coches de segunda mano!, ¡primero los uso y luego los vendo!, ¡así cambio de coche cada semana! Yo casi no hablé hasta que estuvimos de vuelta en la ciudad. Estás cambiado, dije. ¿Sabes que hace tiempo que no vivo con mis padres?, dijo. Se separaron hace unos meses, pero yo ya me había ido de casa.

Pensé en Ramón y en los martes del aparthotel. Habíamos sido amantes durante más de un año y casi nunca hablábamos de César. Ramón, por ejemplo, no me había dicho que su hijo se había marchado de casa. Estás cambiado, volví a decir, estás mejor. Lo pasé muy mal cuando me dejaste, dijo. ¿Ya no eres tan celoso como antes?, dije. No, ya no, dijo sonriendo. Era curioso: ahora en él no veía al César de la academia y el canódromo, al de la navajita y los porros, al de los asaltos a chalets y las pintadas insultantes. Ahora veía a un César que era el hijo de Ramón y el hermano de Javier, ese niño enfermo al que yo no había conocido: ¿cuántos años tendría si estuviera vivo? César hablaba del piso que compartía con unos amigos y me decía que teníamos que vernos más a menudo. Hablaba también de su trabajo: Ahora mi padre ni siquiera puede restregarme por la cara su puto dinero. César hablaba y hablaba, y yo pensaba en su hermano muerto, que ahora tendría un par de años más que yo y que tal vez sería ese amigo o ese novio que me hubiera gustado tener.

Paramos delante del Torino y César salió a comprar unos helados, de mantecado para mí, de tutti frutti para él. Nos los tomamos en el coche. Dentro de la heladería, en las mesas del fondo, había chicos y chicas que alguna vez habían sido compañeros míos, y yo veía que nos miraban con mal disimulada admiración, como se mira a los deportistas famosos y a los actores de cine. ¿Sales con alguien?, me preguntó César. Negué con la cabeza: ¿Y tú? Tampoco, dijo. Luego sacó una tarjeta de la guantera. En la tarjeta ponía Automóviles Esteban. César dijo: En mi piso no hay teléfono; aquí me cogen los recados. Nos terminamos los helados y me preguntó dónde quería ir. A casa, dije.

Llegamos casi a la vez que Carlota y el niño, y mamá y María se asomaron a la ventana y nos escrutaron en silencio: Carlota se había dado prisa en hablarles de mí y de mi acompañante. Besé a César en la mejilla y salí del coche. ¿Te llamo algún día?, dijo, ¿te paso a recoger y nos tomamos un helado? Yo habría querido decir no pero sabía que no era eso lo que mamá y mis hermanas querían, así que no dije nada. César repitió: Te llamo un día y nos tomamos un helado. El descapotable arrancó, y ellas desde la ventana lo siguieron con la mirada. ¿Quién era ese chico?, me preguntó María. Un amigo, dije. Es muy guapo tu amigo, dijo Carlota con retintín.

12 de septiembre

Cosas que se ven desde la ventana del aula. Un bar llamado José Luis, un estanco, un local con la persiana echada y un cartel de SE TRASPASA, una floristería, el extremo del escaparate de una tienda de muebles. Una bicicleta atada a una farola, dos papeleras rojas con el escudo municipal, una furgoneta descargando delante de la floristería, un cubo de basura volcado, un buzón de correos.

Volví a ser la novia de César. Volví a serlo por el mismo motivo que la primera vez: porque le gustaba y me cogió. En casa todas estaban contentas por mí. Decían de César que parecía un chico serio y formal. Seguramente lo decían porque todas las semanas le veían aparecer con un coche diferente, y eso bastaba para darle un aire de solvencia y prosperidad. No quise decirles que ninguno de esos coches era suyo.

La empresa de compra-venta para la que trabajaba estaba especializada en marcas de importación, y durante esos meses condujo varios Volkswagen, un Alfa Romeo, un MG, incluso un Mercedes. Algunas veces le acompañaba a la tienda y me hacía esperar en el coche. Al cabo de un rato aparecía con un cliente y salíamos a dar una vuelta. El cliente conducía y César, a su lado, le hacía creer que en realidad el automóvil estaba ya comprometido y que, si se lo dejaba probar, era para que disfrutara de una experiencia poco menos que única: ¡Qué maravilla de coche!, ¡lo que yo daría por tener uno igual! Algunos mordían el anzuelo y preguntaban qué grado de compromiso tenía César con el presunto comprador. Un compromiso es un compromiso, decía César. Sí, un compromiso es un compromiso pero..., decía el otro, y a veces llegaban a un acuerdo sin bajar del coche. Cuando eso ocurría, iban al banco y a la gestoría, y yo volvía a esperar, el Volkswagen o el Alfa Romeo o el MG aparcado en doble fila. César no cobraba un sueldo fijo sino que iba a comisión. Eso le gustaba porque a su juicio le situaba más cerca del dueño de la tienda que de los simples empleados. La tienda se llamaba Automóviles Esteban y sin embargo el dueño se llamaba Mauricio. Tenía unos cincuenta años y llevaba siempre un foulard en el cuello. Cuando César vendía un coche, llegaba a la tienda con el cheque y lo sacudía como sacudimos los sobrecitos de azúcar de las cafeterías. Decía: Aquí está lo tuyo, Mauri, ¿dónde está lo mío? Se comportaba como si el dueño fuera él y el comisionista el otro, y a Mauricio le hacía gracia tanta desfachatez.

El dinero le duraba poco. Si tenía, era espléndido: me invitaba a merendar en las cafeterías de los hoteles, me regalaba discos y pulseras. Si no, se volvía quejumbroso y sombrío. Entonces me pedía prestado para gasolina, y yo sabía que ese dinero nunca me lo iba a devolver. Pero César era así en todo. Su humor estaba sometido a constantes altibajos, y tan pronto se le veía alegre y expansivo como receloso y taciturno. Cuando estaba melancólico era cuando más me gustaba, y en esos momentos pensaba en su hermano Javier y me imaginaba que, de seguir vivo, tal vez habría acabado siendo así, como ese César callado y triste que conducía con los labios apretados y la cabeza medio inclinada hacia la izquierda. Y pensaba también que lo mío no era normal. Que no era normal que me sintiera atraída por alguien a quien no había podido llegar a conocer, alguien que había muerto siendo niño y de cuya existencia tenía tan pocas noticias.

17 de octubre

Si mamá supiera cómo vive, seguro que no tendría la opinión que tiene de César. En su habitación hay pocos muebles: sólo dos sillas desparejadas y una mesa que parece rescatada de la basura. La ropa, no sé si la limpia o la sucia o ambas, está amontonada en una esquina, y junto a la ropa hay media docena de revistas de automóviles, lo único que le gusta leer. El colchón, colocado directamente sobre el suelo, es grande, de cama de matrimonio. Él, a mi derecha, duerme o finge que duerme, las sábanas revueltas sobre nuestros pies. En la pared, a la altura de la almohada, hay varias frases escritas con bolígrafo azul. Una dice: ESTOY SOLO. Otra: HOLA Y ADIÓS. En las otras paredes no hay nada. En la de la izquierda sólo veo dos moscas. Llevan bastante rato ahí, inmóviles las dos, a la misma altura, como clavos de los que no cuelga ningún cuadro. Miro a César. Miro cómo duerme o finge que duerme y me doy cuenta de que no nos hemos dirigido la palabra en toda la tarde. Con los ojos cerrados tiene cara de niño, de niño triste y desgraciado. Seguramente también yo tengo esa cara cuando duermo, pero su tristeza me parece distinta, enigmática, superior.

Éramos novios pero nunca nos decíamos que nos queríamos. Éramos novios pero casi ni follábamos. A veces lo intentábamos y acabábamos dejándolo porque sus erecciones solían ser incompletas, y César decía que le ocurría eso siempre que bebía. Éramos novios pero podíamos pasarnos varias horas sin decirnos nada, como si fuéramos extraños. ¿Te apetece que vayamos a dar una vuelta?, ¿nos metemos en un cine?, le preguntaba yo, y él se encogía sobre sí mismo en el colchón y ni siquiera contestaba. Otras tardes, en cambio, era él el que decía ¿qué hacemos hoy?, ¿vamos a una discoteca y nos emborrachamos?, y antes de salir se echaba un chorro de colonia en el pecho y bailoteaba un rato por la habitación. Pero ¿tienes dinero?, decía yo. Ni un duro, decía él. Sus fases de abatimiento y alegría no siempre coincidían con el éxito o el fracaso de sus negocios, y era eso lo que lo hacía distinto y enigmático a mis ojos.

Aquella tarde, como no teníamos dinero, fuimos a una fiesta en un piso. Allí César se encontró con unos amigos suyos que tocaban en un grupo musical. Bebimos mucha cerveza y no paramos de reír. Luego César cogió unas cuantas botellas y dijo que nos íbamos. Ésos eran los días en que conducía el Mercedes. Algunos de los músicos vinieron con nosotros. Tenían que tocar en un bar de un barrio y les hacía gracia la idea de aparecer por allí en un Mercedes de lujo. Sólo nos falta tener manager, le decían a César, ¿quieres ser nuestro manager? Fuimos al bar, que se llamaba Lone Star y estaba lleno de gente. El grupo tocaba canciones de los Eagles. Algunas no eran de los Eagles sino suyas, pero parecían de los Eagles. El cantante dedicó una de esas canciones a César. Dijo esta canción se la dedicamos a nuestro manager, que es ese tipo borracho que no para de dar saltos, y todos aplaudieron y César siguió saltando. Los camareros nos traían cervezas y decían: Para el manager y la novia del manager. No siempre estaba claro que se tratara de una invitación. Por si acaso nos fuimos de allí sin hacer preguntas y sin despedirnos de nadie.

Debía de ser tardísimo. Dije a César que me llevara a casa pero él insistió en llevarme a su piso. ¿Para qué?, dije, y me arrepentí al instante porque era como decir: ¿Para qué vamos a ir, si con todo lo que has bebido no se te va a levantar? César no dijo nada, y yo pensé que no me había oído. De todos modos, ni me llevó a casa ni fuimos a su piso. Acabamos en una discoteca en la que conocía al portero y le dejaban pasar. También allí se las arregló para que nos invitaran a cerveza. César bebía y bebía y parecía no emborracharse jamás. Estuvimos bailando hasta que cerraron. El portero y él se despidieron con un fuerte abrazo, y yo pensé que, cuando quería, César podía ser el chico más alegre y simpático del mundo. Y pensé también que, cuando estaba así de alegre y de simpático, ninguna chica se le habría resistido.

19 de octubre

Hoy ha habido un choque cerca de casa. Yo estaba en el jardín. He oído primero el frenazo y luego el golpe contra la farola. Por encima de los árboles he visto cómo la farola se inclinaba despacio y acababa apoyándose en el edificio de enfrente. He salido a la calle. El coche era rojo. Su conductor, un hombre de unos cincuenta años, sangraba por la nariz y se frotaba la cabeza. El sitio no ha tardado en llenarse de curiosos. Le han ayudado a salir del coche y han llamado un taxi por teléfono. Después, pero sólo después, le ha empezado a sangrar la cabeza. Un goterón rojo y espeso le ha cruzado la frente, y alguien ha dicho que tenía trozos de cristal en el pelo. Carlota ha entrado a buscar una toalla y el hombre se ha limpiado. Ha llegado el taxi y se lo han llevado al hospital, el taxista haciendo sonar la bocina, la ensangrentada toalla asomando por la ventanilla. Al cabo de un rato ha llegado una grúa para retirar el coche. Para entonces la sangre caída sobre el capó se había secado. Hasta poco antes había sido del mismo color que el coche y por tanto invisible. Ahora era negra y dibujaba caprichosas figuras que destacaban sobre el fondo rojo. Una de las figuras, la más grande, parecía una mano, una de esas manos de dedos larguísimos que a veces pintan los niños.

Los compañeros de piso cambiaban con frecuencia. Los únicos fijos eran el propio César y un chico delgadito de ojos grandes que se llamaba Carolo. César decía que Carolo era un inútil pero a mí me caía bien porque me preparaba rebanadas de pan con margarina. Eso era todo lo que tenían en la nevera: pan de molde y margarina. ¿Cómo podéis vivir así?, le preguntaba yo, y él decía: Vivimos. A veces ni siquiera decía eso. A veces se limitaba a encogerse de hombros, y esa respuesta le servía para todo.

Hablábamos poco César y yo. Hablábamos poco y, cuando lo hacíamos, hablábamos de lo poco que hablábamos. No hablamos nunca, le decía yo, y él decía: ¿De qué quieres que hablemos? Y yo: De nada pero hablemos. Y él: Hablar de nada es no hablar. Y yo: Pues no hablemos. Y nos encerrábamos en uno de nuestros prolongados silencios, hasta que César decía: Está bien, está bien. Hablemos. Venga, habla tú. Y yo decía: No, tú primero. Y él: No, tú. Entonces yo volvía a callarme, y César decía: Ya estoy hablando. ¿No me oyes? ¿No ves que estoy hablando? Ahora te toca a ti. Vale, decía yo, ahora me toca a mí. Y César arqueaba las cejas como diciendo: A ver qué se te ocurre.

Un día dije: La puerta del cuarto de baño estaba abierta y he visto a Carolo pinchándose. Si le decía algo así, César no volvía a abrir la boca en toda la tarde, y a partir de ese momento la única que hablaba era yo: ¿Tú también te pinchas? Dices que no pero sé que es mentira. ¿Desde cuándo estás enganchado? ¿Lo estabas antes, cuando los robos? ¿Por eso robabas en los chalets? ¿Porque necesitabas dinero? Y no me mires así. Sé lo que estás pensando. Piensas que Carolo es un mierda y que tú eres distinto. Que lo tienes todo controlado y que, cuando quieras, lo dejarás. Pues si crees que lo puedes dejar sin problemas, ¿por qué no lo haces? Di que no volverás a pincharte. Habla. Di algo. Le decía que hablara, que dijera algo, pero César permanecía en silencio. Pasaban varios minutos antes de que volviera a hablar, y entonces decía: Me dices que hable pero, cuando hablo, no me escuchas. Y yo le decía: Eres un mierda. Un mierda como Carolo.

Otro día dije: Ya sé por qué nunca me dices que me quieres. Él ni me miró. Dije: No me lo dices porque no me quieres. Una vez te pregunté si seguías siendo celoso y me dijiste que no. Claro que no. No lo eres porque ya no soy importante en tu vida. Ahora lo único importante es eso, el caballo. No tienes ningún sentimiento que no tenga que ver con él. Tu único sentimiento es la ansiedad por conseguir tu dosis. No me quieres a mí pero tampoco te quieres a ti mismo. Sólo le quieres a él, al caballo.

1 de noviembre

La primera vez que estuve en el cementerio fue cuando enterraron a papá. Después he vuelto todos los años con

244

mamá y mis hermanas. Hoy es Todos los Santos. Hemos comprado crisantemos y huesos de santo para el postre. Luego nos hemos perdido por los caminos del cementerio. Siempre nos ocurre lo mismo. Llegamos a un vistoso panteón con un enorme ángel de piedra y María dice: Es aquí a la derecha. Mamá y Carlota dicen que no, pero tampoco ellas se ponen de acuerdo. Mamá dice que es más adelante y Carlota que a la izquierda. María y Carlota insisten, a la derecha, a la izquierda, y mamá, que sigue creyendo que es más adelante, dice: A ver si os aclaráis de una vez. Al final se van mis dos hermanas a explorar, cada una por su lado, y mamá y yo las esperamos junto al ángel de piedra, con los crisantemos y los huesos de santo sobre el cochecito de Germán. María reaparece a los dos minutos y dice: Ya sabía yo que era por aquí. Esperamos entonces a Carlota, pero Carlota no viene. Y siempre es lo mismo: María lanza una mirada de fastidio hacia el lugar por el que se ha ido Carlota, mamá acaba diciendo venga, vamos, y, cuando llegamos al nicho de papá, allí está Carlota, con los ojos entornados y las manos en el regazo. No quiero discusiones, aquí no, dice mamá todos los años.

Había conseguido pasar de curso y ya no tenía a Antonia de profesora. A Antonia la veía sobre todo en las charlas de literatura. Iba a escuchar a todos los escritores que pasaban por la ciudad, pero en casa no lo sabían y creían que salía siempre con César. Me preguntaban por él. Me decían que a ver cuándo lo llevaba por casa y se lo presentaba. Mamá y María no sé, pero Carlota seguro que fantaseaba con la idea de una boda. Para ella una relación con un chico sólo tenía sentido si se convertía en noviazgo y un noviazgo sólo lo tenía si acababa en boda. Carlota a César no lo llamaba César. Carlota lo llamaba tu chico. Me decía ¿qué tal con tu chico?, ¿cómo pasáis las tardes tu chico y tú?, y yo hacía como el propio César y me encogía de hombros y no respondía. Eso para ella quería decir que todo iba bien, porque yo nunca le había contado nada. Me decía:

Mira que eres rara, Paloma, ¿cómo puedes estar enamorada y no tener ganas de decírselo a todo el mundo? Y yo seguía en silencio y trataba de no pensar en César, al que ni siquiera me apetecía volver a ver.

21 de noviembre

Estoy leyendo *Emma*, de Jane Austen, pero la que tendría que leerlo es Carlota. En el mundo de Emma, como en el de mi hermana, las jóvenes no tienen otro objetivo que el matrimonio: de ahí que ella dedique su talento a arreglar bodas. Es diestra en el arte del matiz y la sutileza, sabe deslizar esas indirectas que alejan a una persona de otra o que la acercan, arranca elogios de los candidatos y los repite ante las interesadas, toma decisiones por los demás fingiendo que son los demás los que las toman... Su táctica consiste en crear una ilusión de enamoramiento, a la que casi siempre acaba siguiendo un enamoramiento verdadero: así de inconsistente es el amor.

Luego empezaron a sospechar que entre él y yo las cosas no andaban demasiado bien. Me lanzaban miradas de preocupación, me preguntaban si me encontraba bien. Creían que estaba deprimida porque César me había abandonado, y cada vez que llamaba por teléfono me lo anunciaban como una gran noticia: ¡Paloma, teléfono!, ¡tu chico! Una de esas veces llamó para decir que todo iba a ser diferente a partir de entonces. Voy a dejar la droga, dijo. Quiero ser una persona decente, una persona normal, alguien del que puedas enamorarte, dijo. Pero necesitaré que me ayudes, Paloma, dijo. Esa misma tarde pasó a buscarme en un BMW blanco con el techo negro, y todo fue como siempre. Dimos una vuelta por la ciudad, me pidió prestado para gasolina y estuvimos cerca de una hora sin decirnos nada. Yo miraba su perfil hermoso, su nariz delgada, sus largas pestañas, sus labios resecos, y me preguntaba si la heroína le había hecho triste o si ya lo era y había sido esa tristeza la que había acabado llevándole a la heroína.

23 de noviembre

A veces pienso que la madurez consiste en tener algún secreto que guardar. Yo antes no tenía y ahora cada vez tengo más. Todos llevamos unos cuantos secretos dentro y tenemos que luchar para que nadie nos los arrebate. Me gustaba César cuando tenía su secreto. Ahora no lo tiene. Se ha quedado sin secreto y en su lugar sólo hay mentiras, que son como el envoltorio dorado de los bombones pero sin bombón dentro.

Siguió llamándome durante unas semanas. Me llamaba y me contaba las mismas mentiras de siempre: que lo estaba dejando y que me quería, que lo estaba dejando porque me quería. Luego dejó de llamar y un día le llamé yo a la tienda de coches. ¿Está César?, dije. ¿Quién es?, dijeron. Paloma, dije. Un momento, dijeron, y noté cómo tapaban con la mano el auricular. Contigo quería hablar, dijeron después, y el que hablaba ahora no era el que había contestado y tampoco César. Era Mauricio, el dueño, el de los foulards, y estaba enfadado. ¿Está César?, repetí. Dijo: César, César... Dile a tu amiguito que le estoy buscando, ya sabe él para qué. Pero ¿qué ha pasado?, dije. Mauricio no me escuchaba. Decía: ¿Dónde está? Dime dónde está. Llamas para hacerme creer que no tienes ni idea pero seguro que lo sabes. Yo decía que no lo sabía, que hacía tiempo que no sabía nada de él, que ni siquiera sabía qué había ocurrido. ¡Pues dile que se acordará de mí!, ¿me has oído?, ¡dile que de mí no se ríe ni Dios!, gritó Mauricio.

Fui al piso. Abrió la puerta Carolo. Me hizo pasar a la cocina y me ofreció una rebanada de pan con margarina. Negué con la cabeza. Por el pasillo asomó una chica en chándal. Llevaba el pelo aplastado como si acabara de levantarse de la cama. Es Belinda, dijo Carolo. Hola, Belinda, dije. Hola, dijo Belinda casi sin mirarme. Pasó junto a nosotros, bebió un trago de agua del grifo y desapareció por donde había venido. Carolo habló rehuyendo mi mirada: Lo que le he dicho a ese hombre es verdad. No tengo ni idea de dónde está. Me contó que Mauricio había ido varias veces por el piso y que había llegado a agarrarle del cuello y a zarandearle. Me contó también que César se había quedado con el dinero de una venta que le habían pagado en efectivo y que había desaparecido sin dejar rastro. Yo creo que no tenía intención de hacerlo pero que algo le salió mal, dijo Carolo. Era un BMW, dijo. Un BMW blanco con el techo negro, dijo. Estuvimos un rato en silencio. Luego Carolo volvió a hablar. Dijo: ¿Te apetece ahora la rebanada?

24 de diciembre

En Nochebuena papá contaba siempre el mismo chiste. Nos sentábamos a cenar y decía: ¿Ya sabéis que el año que viene va a ser el año del consumismo? Nos miraba entonces con una sonrisa de falsa astucia y añadía: Con su mismo piso, con su mismo coche, con su mismo abrigo. Y se echaba a reír. También nosotras nos reíamos. Nos reíamos como si no hubiéramos escuchado ese mismo chiste las navidades anteriores y las anteriores a las anteriores, o como si a lo largo de ese año lo hubiéramos olvidado. Una Nochebuena, la penúltima de su vida, dijo ¿sabéis que el año que viene va a ser el del consumismo?, y Carlota no le dejó concluir. Sí, papá, dijo impaciente, con su mismo coche, con su mismo abrigo..., y papá la miró con sorpresa y decepción. El año siguiente, su última Navidad, no contó el chiste durante la cena ni tampoco después, con el champán y los turrones, y todas pensamos que había renunciado para siempre a él. Pero entré en la cocina a dejar los platos sucios y papá me siguió y me dijo en voz baja: ¿Sabes, Paloma, que el año que viene va a ser el año del consumismo?

13. MARÍA

Carlota y su marido se habían separado en abril, pero desde el principio acordaron fingir que se trataba de una situación provisional, obligada por los compromisos laborales de Fernando. Lo hacían para evitarle un nuevo disgusto a mamá, y en realidad era cierto que Fernando tenía que viajar con frecuencia a Bilbao, donde él y sus socios estaban montando un negocio, otro de esos locales polinesios que más parecían bares de putas encubiertos. Solía aparecer el domingo por la mañana y quedarse hasta el lunes a primera hora y, como el domingo era también el día en que Delfín nos hacía su visita semanal, poco a poco fue estableciéndose la costumbre de la gran comida familiar, en la que coincidíamos todos: Carlota con Fernando y el niño, mamá, Paloma, Delfín, yo. ¿Qué mejor para levantar la moral de nuestra decaída madre que esa cita periódica, en la que todos nos esforzábamos por mostrarnos simpáticos y de buen humor?

–¡Qué ricas están estas cerezas! –comentaba Delfín.

–¿Y el melón? ¿Habéis probado el melón? –preguntaba yo.

–A ver qué tal salen este año nuestros nísperos... –decía nuestra madre.

En aquellas comidas lo normal era que habláramos de cosas banales, como las cerezas, el melón o los nísperos, nuestros amargos e incomibles nísperos. Hablábamos también de Germán. Centrábamos nuestra atención en las pequeñas servidumbres de su crianza (¿están esterilizados los biberones?, esta noche ha dormido diez horas de un tirón, ¿alguien ha visto el babero con la D de domingo?), y eso nos permitía evitar asuntos más comprometedores, como la melancolía que Paloma exhibía después de su fuga o la mal disimulada tirantez que había entre Carlota y Fernando, como las depresiones periódicas de nuestra madre o mi propia relación con Delfín, que desde el primer día me había empeñado en mantener en secreto. Yo a veces pensaba que sin Germán, el único inocente de todos nosotros, el único que no tenía nada que ocultar, aquellas comidas dominicales seguramente habrían sido imposibles, y quién sabía si en ese caso la unidad de la familia habría acabado resquebrajándose. Luego llegaba la hora de su siesta y, aunque su cuna estaba en la habitación de invitados, la que había sido del abuelo, todos bajábamos la voz, y lo poco que teníamos que decir lo decíamos ya en susurros.

–Chisss... –decía de vez en cuando Carlota, y permanecía un instante inmóvil, atenta a los sonidos que llegaban del piso de arriba.

La verdad es que Carlota se había instalado con Germán en la habitación de invitados, pero todo en ella seguía como siempre: el inmenso armario de tres cuerpos lleno todavía de las cosas del abuelo, las fotografías enmarcadas de los Papas, la pesada y vieja cama de las muertes y también de los partos... Había sido yo quien había recomendado a Carlota que no se apresurara a introducir modificaciones: teníamos que mantener ante nuestra madre la ficción de que su regreso a Villa Casilda era provisional, y una reforma demasiado aparatosa habría podido contradecirla. A Carlota aquella recomendación mía no le había hecho mucha gracia pero, dadas las circunstancias, tampoco podía negarse.

El que peor lo pasaba en aquellas comidas de los domingos era curiosamente Delfín, cuyo escaso pelo oscuro hacía tiempo que había vuelto a ser liso. Delfín y yo nos comportábamos, por supuesto, como si entre nosotros no hubiera nada, y a veces, hablando, hasta se me escapaba o fingía que se me escapaba lo de tío Delfín. Tío Delfín por aquí, tío Delfín por allí:

cuando ya ni Carlota ni Paloma le llamaban así, no parecía razonable que siguiera haciéndolo yo, la mayor de las tres. Ahora pienso que lo hacía sólo para justificar su asistencia a aquellas comidas de Villa Casilda: era él, el tío Delfín, el mejor amigo de nuestro padre, su socio de toda la vida, ¿qué tenía de extraño que alguien así comiera con nosotras todas las semanas? Pero está claro que ni mi madre ni mis hermanas necesitaban justificar nada y que mi actitud, lejos de acallar posibles suspicacias, lo que hacía era darles pábulo, y recuerdo que en alguna ocasión mamá llegó a preguntarme cómo era trabajar con Delfín: si habíamos tenido algún roce últimamente, si era un buen jefe y me trataba bien.

−¿Roces? Ninguno. ¿Por qué ibamos a tener roces? Nada, absolutamente nada de roces −respondía yo, y otra vez mi insistencia se me antojaba sospechosa.

No podía evitarlo: ver a Delfín sentado entre mis hermanas, estudiando la etiqueta de la botella como si no fuera el mismo vino de todos los domingos, alineando las pepitas del melón en el borde del plato, tomándose el café sin sacar la cucharilla de la taza, me mantenía en un estado de ligera pero permanente crispación. Hacía también bolitas con las migas de pan y todas esas pequeñas cosas que en otra época me habían recordado a mi padre, y para no verlo volvía la mirada hacia otro lado. Pero lo que de verdad me sacaba de mis casillas era que aprovechara la ausencia de testigos para darme un beso furtivo o hacerme un arrumaco, que me dedicara un gesto levísimo de complicidad o buscara con discreción mi pierna por debajo de la mesa.

Luego yo se lo echaba en cara:

−¡Ya está bien! ¡Sabes que no me gusta que hagas eso! ¡Te lo he dicho un montón de veces!

−Pero, mujer... Si no se ha dado cuenta nadie.

−¡No, esta vez no! Pero ¿y la próxima? ¿O la siguiente? Seguro que alguien te ve y entonces...

−Sería lo mejor. Se enterarían de lo nuestro y ya no tendríamos que seguir ocultándolo.

—¡Ni se te ocurra pensarlo! ¡Sabes que no te lo perdonaría!

Entonces Delfín me decía lo de siempre, que por qué me empeñaba, que por qué no quería que se enteraran, que tarde o temprano tendríamos que, y yo no hablaba de nuestra diferencia de edad porque me parecía demasiado evidente, y lo que hacía era volver a mi principal y más reiterado reproche:

—¡Es que no comprendo por qué tienes que ponerte cariñoso precisamente allí, si nos vemos todos los días y a todas horas...!

¿Cómo explicar esa obstinación mía en mantener nuestra relación en secreto? Ya he dicho que a veces estaba segura de quererle y a veces no, y esas veces era peor porque llegaba incluso a estar segura de no quererle, lo que no es exactamente lo mismo que no estar segura de quererle. Había algo dentro de mí que me decía que Delfín no era el hombre de mi vida, que mis sentimientos hacia él nunca tendrían el vigor necesario para vencer la resistencia que le oponía mi vergüenza. ¿Puede alguien creerse enamorado cuando ese supuesto amor suyo está a merced de algo tan prosaico como la vergüenza? Lo curioso era que luego, en la oficina del almacén, en nuestros encuentros en la roulotte, incluso en los pasillos del juzgado, todo cambiaba, y había muchas ocasiones en que me sentía como deben de sentirse las mujeres enamoradas, seguras de sus sentimientos y del objeto único de sus sentimientos. Me gustaba estar a solas con él. Me gustaba especialmente estar con él después de hacer el amor, esos escasos minutos en que permanecíamos abrazados en el camastro, Delfín recuperando poco a poco el ritmo de la respiración, yo escuchando los latidos de su corazón y acariciando los nudos de pelo negro de su pecho, y en esos instantes quería pensar que lo mío era amor, amor auténtico, algo que no tenía que ver con el cerebro sino con el corazón y que seguiría vivo aunque algún día las cosas cambiaran y dejara de necesitarle.

El mejor momento de nuestra relación lo vivimos en Sitges. Fue un fin de semana, el único que de verdad pasamos juntos, y la idea de la escapada había surgido de la forma más sencilla y natural. Un cliente antiguo, una fotocopiadora y unos muebles de oficina que había que enviar a Tarragona...

–¡Tarragona! –dije yo–. ¿Te acuerdas de aquel cámping?

Concertamos la entrega para el viernes siguiente, metimos la fotocopiadora y los muebles en la roulotte y nos echamos a la carretera. No creo que se haya utilizado muchas veces una roulotte para un transporte así, y el caso es que aquel hombre, el cliente, no paraba de reír mientras ayudaba a descargar la fotocopiadora y los muebles. ¡Esto sí que no lo había visto nunca!, repetía con marcado acento catalán. Nos pagó lo convenido y volvimos al Renault 5. Teníamos todo el fin de semana por delante y podíamos pasarlo donde quisiéramos. Si al final nos decidimos por Sitges fue porque yo recordaba que ya lo habíamos intentado en uno de aquellos antiguos veraneos nuestros. En aquella ocasión no había podido ser: todos los cámpings estaban llenos, y habíamos acabado haciendo noche en un área de descanso de la autopista. Esta vez, en cambio, no tuvimos problemas para encontrar plaza y, mientras rellenábamos la ficha, Delfín me susurró al oído:

–Todavía estamos a tiempo. Aparcamos en cualquier sitio y buscamos un hotelito...

–No.

–¿Seguro?

–Seguro.

Ya sé que una roulotte en un cámping no es el lugar más romántico del mundo, pero era lo que me apetecía, y ahora pienso que tal vez nuestra relación habría sido diferente si ese fin de semana no lo hubiéramos pasado allí sino en una habitación de hotel, con camareros que te llevan el desayuno a la cama y una pequeña terraza con vistas al mar. ¿De verdad lo habría sido? ¿De verdad habría sido diferente? En todo caso, no debía de ser eso lo que yo buscaba, y de ahí mi insistencia en lo de la roulotte y el cámping, que era como decir: Todos nuestros encuentros íntimos los hemos tenido aquí, ¿para qué cambiar? No, en lo más profundo de mí misma no estaba dispuesta a aceptar que nuestra relación pudiera salir del reducido espacio de aquel habitáculo, y aunque deseaba a Delfín y deseaba viajar con él, había algo dentro de mí que al mismo tiempo me impedía abandonarme por completo a mis deseos. ¿Qué importaba lo que hubiera en el exterior, esas caravanas y esas tiendas de campaña que habían sustituido a los extintores y las mesas de ping-pong, si el interior seguía siendo el mismo? ¿Qué importaba dónde nos amáramos si era como estar amándonos en una roulotte arrumbada en una nave industrial, que era donde yo insistía en mantener encerrada nuestra relación?

Pero durante aquel fin de semana en Sitges sí fuimos felices, felices de verdad. Felices deambulando por las callejuelas atestadas de desconocidos, felices dejándonos retratar por los artistas callejeros del paseo marítimo, felices haraganeando en las terrazas de las cafeterías o las tumbonas de alquiler. Todo me parecía hermoso, y al mismo tiempo me parecía que toda esa hermosura formaba parte de Delfín. Que nada, ni las callejuelas, ni los modestos retratos, ni las horas muertas, habría sido lo mismo sin él. Que su presencia era como un faro que lo iluminaba todo a su alrededor y que lo transformaba. ¿En eso consiste el amor? ¿En creer que toda la belleza del mundo no es sino una prolongación de la belleza del ser al que amamos? Hubo aquellos dos días muchos momentos en los que me sedujo la ilusión de formar con Delfín una verdadera pareja de enamorados, una pareja normal por tanto, como todas esas con las que nos cruzábamos o compartíamos restaurante. ¿Podía ser que lo mío por él fuera amor, amor auténtico, algo que sólo tenía que ver con el corazón y que seguiría vivo aunque algún día las cosas, etcétera?

Que las cosas habían empezado a cambiar resultaba evidente. El éxito de mi primera operación como subastera me había granjeado la confianza y hasta la admiración de Delfín, y ahora sí podíamos considerarnos socios. Es cierto que a mí todavía me faltaba mucho por aprender, pero esa relativa inexperiencia mía quedaba totalmente compensada por un olfato na-

tural para los negocios y una ambición que yo misma me esforzaba por creer sincera y no obligada por las circunstancias.

–Todos estos trastos –solía decirle, en alusión, claro está, a
los extintores, las mesas de ping-pong y todo lo demás–. Todos
estos trastos, ¿para qué? De acuerdo: muchos de ellos te los has
adjudicado porque no había nadie que ofreciera un duro por
ellos, y lo único que has tenido que pagar es lo que hayáis acordado en la subastilla... ¿De verdad crees que vale la pena quedarse con lo que los otros no quieren sólo porque cuesta cuatro
perras?

Por supuesto, cuando le decía todo eso, no le estaba descubriendo otra cosa que la medida de mi propia ambición. Supongo que la ambición es cuestión de edad, que a los veinte
años se es más ambicioso que a los cuarenta y a los cuarenta
más que a los sesenta, y que por eso la mía parecía una ambición auténtica.

–Mira, María –replicaba Delfín con una media sonrisa–.
Yo pongo los precios y, ya lo has visto, el género va saliendo:
hoy unas máquinas tragaperras, mañana una silla de ruedas...
Para ir tirando no está tan mal.

–¿Y por qué conformarnos con ir tirando?

–¿Qué te crees? ¿Que cuando tu padre y yo empezábamos
en esto no éramos como tú?

–¿Cómo quieres que lo sepa, si nunca me cuentas nada?

Mi idea consistía en intervenir con más frecuencia en operaciones como la de la casa de los Santamaría, meternos hasta
el cuello en las subastas de casas y locales, que era donde de
verdad se movía dinero, y yo en realidad sabía que mi padre y
él se habían dedicado durante mucho tiempo a esa clase de negocios. Lo sabía porque lo había podido comprobar en los papeles de la oficina, y también sabía que tres o cuatro años antes
de la muerte de mi padre habían participado por última vez en
una subasta de un bien inmueble y que luego se habían acabado centrando en la actividad que yo conocía: en lo de los extintores, las mesas de ping-pong, los trastos. Delfín, como era de
prever, se resistía a hablar de esos asuntos. Decía que eran cosas

del pasado y que vivía mucho más tranquilo desde que había dejado de frecuentar a los grandes buitres, con lo que supongo que se refería a Lino y a la gente como él. Al final, sin embargo (y también esto era de prever), fue incapaz de negarme su apoyo, y cuando le anuncié que iba a tratar de adjudicarme unas plazas de aparcamiento que salían a subasta, me dijo que primero tenía que presentarme a un antiguo amigo suyo.

–¿Quién?

–Antonio Manzano. Hace tiempo que no lo veo.

Empecé a frecuentar El Albero, el bar en el que Manzano pasaba las mañanas entre copitas de jerez, olivas negras y anécdotas de toreros. Dicharachero, corpulento, con el cutis liso y encarnado y un bigote como de turco o de guardia civil, no hablaba Manzano más que de toros, y los asuntos de trabajo los despachaba en dos frases y casi con disgusto. Mi padre y él habían sido muy buenos amigos, o al menos eso era lo que Manzano decía: la de veces que habían ido juntos a los toros... Que mi padre hubiera compartido esa pasión por la tauromaquia era algo que yo desconocía: no le recordaba hablando de toreros ni viendo corridas por televisión, pero bien podía ser que aquel hombre tuviera razón. El día en que nos conocimos dijo también Manzano que había llorado mucho su pérdida y que había estado en el funeral y en el entierro, y luego, como si una cosa llevara a la otra, anunció que el domingo siguiente había una novillada con un cartel muy interesante: si queríamos asistir no teníamos más que decírselo, etcétera. De asuntos profesionales, ya lo he dicho, hablaba más bien poco, y lo que aquella mañana saqué en claro fue que Manzano estaba encantado de volver a trabajar con Delfín.

–Y, ya que con el bueno de Julio no puede ser, al menos con su hija –añadió.

Manzano carecía de titulación y hasta de oficina, pero debía de gozar de la confianza de un par de inversionistas poderosos y tenía compradores para todo: para los solares, las viviendas, los locales que Delfín y yo conseguíamos en las subastas. Con su apoyo cualquier operación estaba garantizada y nunca corríamos riesgos. O nos adjudicábamos la finca y cedíamos el remate a Manzano o se la adjudicaba otro subastero y entrábamos al reparto en la subastilla: el caso era que siempre salíamos ganando. Ocurrió, por ejemplo, con esas plazas de aparcamiento que he mencionado, que se las quedó un subastero soriano y nos dieron a ganar cerca de cuarenta mil duros. Ocurrió también con los bajos de una casa del barrio Oliver, que nos adjudicamos a muy buen precio y luego Manzano vendió por una cantidad bastante razonable. Toda operación originaba un reparto de beneficios, por pequeños que éstos fueran, y en todos esos repartos entrábamos nosotros, Delfín y yo, y unas veces cobrábamos nuestra parte en Los Hermanos y otras en El Albero. Siempre en bares, como los tratantes de ganado. Salíamos de esos sitios con la cartera y los bolsillos hinchados de billetes mugrientos, y solíamos celebrarlo yéndonos a comer a un restaurante. A un restaurante, eso sí, de categoría mediana: tampoco el negocio daba para grandes excesos.

–Lo que no entiendo es por qué lo dejasteis –comenté en una de esas ocasiones, mientras el camarero descorchaba la botella de vino.

–Está bien –dijo Delfín después de probarlo.

–¿Por qué lo dejasteis mi padre y tú?

–Lo dejamos y ya está.

Una vez cerramos un trato en los vomitorios de la plaza de toros. El comprador acababa de entregarle el dinero y Manzano insistió para que le acompañáramos a la corrida de esa tarde. A mí el mundo de los toros, la verdad, nunca me había interesado, y lo que recuerdo de aquella corrida, la única a la que he asistido en mi vida, es sobre todo la sensación de torpeza y falta de gracia que, en contraste con la figura airosa del torero, transmitían los banderilleros. Estábamos abajo, en una de las barreras, y en varios instantes llegué a tener a algunos de ellos al alcance de la mano: señores de cuarenta y tantos o cincuenta años, bajitos, culones, embutidos en un traje de luces del que sobresalía una tripilla redonda, innoble, apurados y sudorosos entre tanta afectación, más sombríos que solemnes, ridículos.

Recuerdo eso y por supuesto, también, recuerdo las palabras que Manzano en un momento dado pronunció sobre mi padre.

–No le gustaba estar en barrera –dijo–. Prefería un tendido. Luego, cuando pasó aquello, dejó de venir y...

–¿Cuando pasó qué? –le interrumpí.

Noté entonces cómo Delfín le censuraba con la mirada y cómo él titubeaba y trataba de ganar tiempo.

–¿Decías? –me preguntó.

–Has dicho que pasó algo y mi padre dejó de venir a los toros...

–Supongo que perdió la afición –dijo con sequedad–. A veces ocurre.

La cosa quedó ahí, pero yo intuía que aquel comentario de Manzano y aquella mirada de Delfín querían decir algo, y una mañana decidí rebuscar entre los viejos papeles de la oficina. ¿Qué era lo que quería encontrar? Lo ignoraba, y por supuesto ignoraba dónde buscar eso que ignoraba. Lo único que sabía era que mi padre y Delfín habían negociado durante años con fincas procedentes de subastas y que de golpe lo habían dejado. Acerca de la última de esas operaciones no hallé más que alguna anotación suelta en un libro de contabilidad y cuatro o cinco recibos y justificantes: bien poco, la verdad.

Por aquella época, a finales de la primavera del ochenta y dos, la separación entre Carlota y Fernando había acabado por hacerse oficial y, como si se tratara de una reacción contra el fracaso de su propio matrimonio, mi hermana empezó a buscarle pretendientes a nuestra madre. De dónde los sacaba era un misterio, pero el caso es que cada pocos días aparecía por casa y decía: Tienes que conocer al señor Tamayo. Es viudo. Tiene una tienda de filatelia y numismática y le gustan la música clásica y el teatro. ¡Es un caballero encantador! Los pretendientes eran casi todos así, viudos con o sin hijos, entraditos en carnes, profesores o empleados de banca o propietarios de un pequeño comercio, amantes de las flores, de los peces, del excursionismo, caballeros invariablemente encantadores, y mamá solía decir ¡un profesor de obstetricia!, ¿de qué se puede hablar con un profesor de obstetricia?, o ¡una tienda de sellos!, ¿hay algo más aburrido que comprar y vender sellos? Decía eso pero en el fondo estaba feliz de que hubiera hombres deseosos de llevarla al cine o a cenar, y cuando salía de casa nosotras los espiábamos desde la ventana, él esperando circunspecto y algo envarado junto a la puerta abierta del Supermirafiori o el Talbot, ella avanzando a rápidos saltitos e improvisando embarulladas excusas por un retraso inexistente. Era entonces cuando decíamos aquello de los albaneses, los estorninos y los sincros, y con uno cualquiera de esos términos expresábamos nuestro tajante veredicto. Éste, un comegalletas, decía Paloma, mirando a uno que recordaba a un muñeco de la tele. Y éste un misalitos, decía yo, examinando a otro con aspecto de cura rebotado. Carlota se sentía responsable de todo aquello y trataba de hacernos callar. Un poco de respeto, un poco de consideración, decía muy seria, ¿quién sabe si no acabará siendo nuestro padrastro?, y hacía con la cabeza un gesto hacia la calle. Pero a veces ni ella misma podía contenerse, y al ver el coche de uno de ellos, un Mercedes negro y grande como los de los toreros, decía: ¡Ya está aquí Manolete! Nos gustaban poco aquellos pretendientes pero mucho que nuestra madre los tuviera. Nos gustaba que volviera a sonreír y a arreglarse y a salir, que hubiera quedado atrás la temporada de los ojos hinchados, el aire contrito, el pacharán. El interés de esos hombres le había devuelto su antigua coquetería, y yo la ayudaba a elegir el vestido, le pintaba las uñas, la peinaba.

–Mamá –le dije una tarde mientras le quitaba las horquillas ante el espejo del tocador.

–Qué.

–¿Te acuerdas de unos terrenos que vendió papá? Unos terrenos al otro lado del río.

–¿Al otro lado del río? Imposible. Me habría enterado.

–Fue hace siete años.

–Hace siete años... Ay, hija, ¿cómo me voy a acordar?

–Felipe Girón Gracia. ¿Te suena ese nombre?

Mamá se acercó al espejo para rizarse las pestañas, pero yo

259

supe que ahora sí se acordaba. Felipe Girón, volví a decir, año setenta y cinco, unos terrenos embargados, al otro lado del río...

–¿Qué importancia tiene eso? –dijo.

–¿Qué pasó?

–Tuvieron un juicio –dijo–. Tu padre y Delfín. Parece ser que discutieron por algo de negocios y que ese hombre les acusó... Dijo, figúrate, dijo que le habían dado una paliza.

–¿Qué pasó en el juicio?

–Los absolvieron, claro. ¿Qué querías que pasara? Era la palabra de aquel chiflado contra la de ellos. Naturalmente que los absolvieron. Dime: ¿qué querías que pasara?

Oímos entonces la voz de Carlota anunciando ¡ya ha llegado!, ¡ya está aquí!, y mamá comentó como para sí: ¿El de hoy qué es?, ¿taxidermista?, ¿afinador de violoncelos? Luego se levantó y se echó un último vistazo en el espejo. Estás guapísima, dije, y ella soltó una risita y exclamó:

–¡Tu padre y Delfín, darle una paliza a alguien! ¿Te lo imaginas?

Lo malo era que sí me lo podía imaginar, Delfín algo más joven y con algo más de pelo, mi padre con una de aquellas camisas ceñidas que le gustaba ponerse, los dos comportándose como había visto comportarse a otros subasteros, tratando de intimidar a algún rival inoportuno que podía hacer peligrar una buena operación, esperando al intruso a la puerta de su casa, tal vez deslizando amenazas que luego se habrían visto obligados a cumplir, y el simple hecho de que de repente pudiera imaginármelos así, dos vulgares matones, dos maleantes, me dolió más de lo que me habría dolido cualquier cosa que hubiera descubierto sobre ellos. En aquel momento me pareció que ya nunca podría pensar en ellos sin recordar lo que habían hecho, y me daba lo mismo que, después de aquello y a pesar de la absolución, se hubieran arrepentido y hubieran abandonado esos negocios.

A la mañana siguiente, en la oficina, dejé sobre la mesa de Delfín los pocos papeles que había encontrado sobre el asunto:

los dos o tres recibos, los justificantes. Delfín llegó poco antes de las once y me saludó como solía, con un beso lanzado desde la puerta. Luego se acercó a su mesa y vio aquellos papeles. Me miró en silencio.

—¿Por qué lo hicisteis? —dije.

Delfín bajó la cabeza y se dejó caer en la silla.

—Lo sabía —dijo—. Sabía que acabarías enterándote. Pensé que algún día podría contártelo y que lo entenderías. Tú aún no conoces este mundo, lo que la gente es capaz de hacer por dinero... ¿Quién te lo ha contado? ¿Lino? ¿Alguno de los otros? Bueno, qué más da.

—¿Por qué lo hicisteis? —volví a decir, severa.

—El asunto era delicado —prosiguió él, sin alzar la vista—. Nos jugábamos mucho dinero, y no todo nuestro: había unos constructores detrás, que eran los que habían pagado a gente del ayuntamiento para que aquellos terrenos se recalificaran. Aquel hombre era un pobre diablo pero alguien le había ido con el cuento de que allí se estaba cociendo algo gordo. El caso es que sabía que podía sacar una buena tajada y no hacía más que meter las narices... Hablamos con él. Le dimos algo de dinero. Mira: hasta nos firmó un recibo. Creíamos que nos habíamos librado de él pero poco antes de la subasta dijo que lo que le habíamos pagado no era suficiente. Los constructores se hartaron y nos exigieron que le diéramos una lección. O se la dábamos nosotros o ellos se encargarían de encontrar a alguien que lo hiciera: eso habría sido mucho peor. Al final pasó lo que pasó. Poca cosa, en realidad: unas costillas rotas, un ojo morado, un poco de sangre en la nariz... Te parezco horrible, ¿verdad? Te parezco un monstruo...

—¿Quién fue? —dije.

—¿Quién fue qué?

—¿Quién fue el que le pegó?

—¿Y eso qué más da?

No pude aguantarlo más. Me levanté, recogí mis cosas, las eché al bolso. Estaba fuera de mí, y ni siquiera escuchaba las palabras de Delfín pidiéndome que me calmara. Estaba tan nerviosa que tiré al suelo el bote de los bolígrafos y los lápices. Delfín se apresuró a recogerlos, y mientras tanto decía perdóname, María, perdóname. Yo lo único que deseaba era salir de allí. Rodeé la mesa para pasar lo más lejos posible de él, y sólo me detuve un instante para decir:

—Lo nuestro se ha acabado. Mejor dicho: lo nuestro nunca ha existido. ¿Me has oído bien? ¡Nunca!

Con el tiempo supe, porque me lo contaría el propio Delfín, que si bien aquél había sido el último de sus negocios inmobiliarios, la decisión de apartarse de ese mundo la habían tomado unas semanas antes, a raíz de una operación en la que se habían adjudicado el piso de un matrimonio de ancianos. Mi padre y él se habían puesto en contacto con ellos y les habían ofrecido recuperarlo libre de cargas por una cantidad razonable. En el pequeño cuarto de estar tenían la foto de un sonriente joven vestido de soldado, y los ancianos, que veían a Delfín y a mi padre como a unos benefactores, habían asegurado que su hijo les prestaría el dinero. Había otras personas interesadas en aquel piso, incluido Manzano, pero ellos habían dado su palabra y estaban dispuestos a cumplirla. Se adjudicaron el piso en la subasta y fueron a hablar con los viejos. Éstos les recibieron llorando, les besaron las manos, trataron de arrodillarse y echarse a sus pies. Habían mentido: el hijo no existía. Había muerto años antes al caerse de un andamio, y no tenían a nadie a quien pedir el dinero. Delfín y mi padre, ¿qué otra cosa podían hacer?, llegaron a un acuerdo con otro comprador y los ancianos se quedaron sin piso.

—Entonces fue cuando decidimos dejarlo —dijo Delfín—. Terminar las operaciones que teníamos a medias y dejarlo. Recuerdo que tu padre dijo: No es lo mismo quedarse con una motosierra de un empresario que no paga sus deudas que echar de su casa a unos viejos...

Pero ya digo que todo esto lo supe tiempo después, cuando hube restablecido con Delfín una relación de simple pero sincera amistad, y lo que de momento sabía era que dentro de mí no había la menor reserva de indulgencia. ¿Qué sabía mi familia de mis actividades como subastera? Nada. ¿Y de mi relación con Delfín? Nada. Me había convertido en una persona que no me gustaba, una persona turbia, cargada de secretos, y todo había sido por mi padre, porque mi padre había muerto. Sentía de repente un intenso rencor hacia mi padre. Le odiaba, pero no le odiaba por lo que hubiera podido hacer a aquel sujeto, Felipe Girón, que sin duda no era más que un rufián, sino por haberse muerto, por haberme obligado a llevar una vida que no era la mía, la vida que el destino me tenía asignada. Pero el caso es que mi padre estaba muerto y que Delfín era la única persona sobre la que podía descargar todo ese rencor y ese odio, y seguramente el hecho de que no pudiera ajustar cuentas con mi padre explicaba en parte la rabia que entonces sentía: todos los reproches de los que la muerte le había librado caían ahora con fuerza redoblada sobre su socio y amigo, su cómplice.

Delfín... ¿Cómo había podido enamorarme o creerme enamorada de alguien así? Recordaba nuestros encuentros en la roulotte y me parecían sucios. Recordaba nuestro fin de semana en Sitges y me avergonzaba de todas las palabras de amor que entonces le había susurrado al oído. Recordaba los lugares que habíamos frecuentado juntos y me reconocía incapaz de regresar a ellos, a ese almacén, a esa oficina, a esos pasillos del juzgado definitivamente contaminados. ¿Perdonar a Delfín? Claro que, si me lo hubiera propuesto, habría podido llegar a perdonarle: al fin y al cabo, aquella historia no era tan grave, y había pasado tanto tiempo... Pero eso no habría cambiado las cosas porque el recuerdo de nuestros encuentros me seguiría pareciendo sucio y no dejaría de avergonzarme de aquellas palabras de amor ni de reconocerme incapaz de regresar al almacén, a la oficina, a los pasillos del juzgado. Me había llegado el momento de cambiar. Quería ser una persona diferente, iniciar una nueva vida, y Delfín sólo podía atarme a esa persona y a esa vida que aspiraba a dejar atrás: ¿para qué hacer el esfuerzo de perdonarle?

Al día siguiente no fui a trabajar, y el timbre del teléfono sonó a las once en punto. Es Delfín, dijo Carlota. Dile que estoy enferma, dije yo desde la cama. Dice que si es algo especial o sólo un resfriado, volvió a decir Carlota. ¡Tú sólo dile que no me encuentro bien!, grité. Y en realidad era cierto que no me encontraba bien. Había dormido poco y mal, y me dolían la cabeza y la espalda, tenía la boca seca y me costaba tragar. Habría dado cualquier cosa por poder dormir como cuando era niña, cerrar los ojos y no pensar en nada, volverlos a abrir horas o días o semanas después, cuando ya nada de eso tuviera importancia. Pero, por supuesto, en cuanto en casa se supo que estaba en la cama, lo de conciliar el sueño se convirtió en una quimera. Primero fue mamá, que, como yo nunca me pongo enferma, creyó que no tenía más que la regla y se pasó un buen rato hablándome de lo dolorosas que le venían a ella cuando tenía mi edad. Después fue Carlota, que tenía que salir a hacer unos recados urgentísimos y me preguntó si podía ocuparme del niño durante no más de cinco o diez minutos. Y después, claro, fue el propio Germán, porque Carlota no volvió hasta la hora de comer y hube de limpiarle y cambiarle de ropa y calentarle los potitos...

Aunque en realidad casi prefería que Carlota no estuviera en casa. En aquella época le había dado por decir que todas las enfermedades tenían un origen psicosomático y que curando el espíritu se curaba el cuerpo. Según Carlota, era la falta de afecto (ella no decía falta de afecto, ella decía carencias afectivas) lo que hacía que alguien acabara poniéndose malo, y no digo que no fuera así en mi caso, pero se me antojaba ridículo su remedio, que consistía en sentarse en el borde de la cama y repetir incansablemente: Te queremos, María, te queremos mucho... Con esa frase creía poder curar cualquier enfermedad, y yo supongo que esa estupidez la había sacado de los folletos que repartían por las casas unos budistas bastante pesados, todos ellos con la cabeza rapada y envueltos en túnicas color butano. El caso es que incluso convenció a Paloma para que colaborara con ella, y allí las tenía a las dos, una a cada lado de la cama, turnándose para decir te queremos, te queremos mucho. ¡Pues, si me queréis, acabad de una vez con la letanía esa!, protestaba yo. No es una letanía; es un mantra; ¿no sabes lo que es un mantra?, replicaba Carlota, y Paloma volvía a la carga con el te queremos mucho, te queremos, y yo me tapaba la cabeza con la almohada y gritaba: ¡Yo sólo quiero dormir un poco!

Por la tarde volvió a llamar Delfín interesándose por mi salud y tampoco entonces quise ponerme, y la historia se repitió al día siguiente. Oía a mi madre dándole explicaciones por teléfono. Cosas de mujeres, decía, a las niñas siempre les viene muy fuerte... Cuando hablaba de nosotras delante de otras personas nos llamaba las niñas, pero yo aquella mañana, con veinte años bien cumplidos y alguna que otra decepción a mis espaldas, estaba lejos de sentirme una niña. Era, de hecho, una mujer que había roto con su amante, al que deseaba no tener que ver nunca más, y lo que más temía era que llegara el domingo porque estaba segura de que ese día Delfín no faltaría a su cita semanal.

Llegó el domingo y, en efecto, allí estaba Delfín, con una bandejita de trufas y una sonrisa de circunstancias.

—¡Adelante, adelante! —dije al abrir la puerta, y me metí corriendo en la cocina.

Estábamos ya en julio, y recuerdo que Delfín llevaba su camisa preferida, una camisa de rayas blancas y azules, y que tenía dos manchas simétricas de sudor en las axilas. Si aquel día me encargué yo de hacer la comida fue porque había pasado de la depresión a la ansiedad y no podía parar de hacer cosas: ordenar los libros de la biblioteca, colocar las viejas fotos en los álbumes, sacar brillo a la plata. También porque no aguantaba la idea de tenerlo sentado enfrente: el trasiego de fuentes y salseras me mantenía alejada de él, que era lo que yo buscaba, y sólo pensar en verle entre mis dos hermanas, alineando las pepitas del melón, sosteniendo la taza de café con la cucharilla dentro, me sacaba por completo de mis casillas. Cada vez que asomaba fuera de la cocina, mi madre decía siéntate, hija mía, ¿te quieres sentar de una vez?, y Delfín, tratando de halagarme, no cesaba de decir que estaba todo riquísimo, delicioso. Al final, claro, tuve que sentarme, y lo primero que hice fue anunciar que iba a buscar otro empleo.

—La empresa —dije— no da para dos sueldos.

Mi madre y mis hermanas miraron a Delfín, que se limpió los labios con la servilleta y dijo:

—Tú sabes que no es cierto.

—Yo sé lo que sé —dije—, y sólo digo que voy a dejar la empresa porque no da para dos.

—Pero, hija mía, si Delfín dice que sí da es que sí da —intervino mi madre.

—¡Es que no da! —exclamé, y todos enmudecieron ante mi inesperado acceso de ira.

Fue entonces cuando Carlota negó con la cabeza y dijo:

—Tú lo que tienes que hacer es relajarte.

Hizo después una seña a Paloma y, ante la perplejidad de Delfín, volvieron a su absurda cantinela, te queremos, María, te queremos mucho, y yo me levanté de un salto y empecé a retirar cacharros de la mesa.

La comida resultó, en general, bastante desastrosa. Los estados de ánimo son como las enfermedades infecciosas, que acaban transmitiéndose a quienes nos rodean, y yo aquel día transmitía cólera y tensión. Hasta el bendito de Germán debió de percibir algo y, al cabo de un rato, él, que no lloraba nunca, se puso a berrear y no había manera de hacerle callar. Carlota paseaba de aquí para allá con Germán en brazos, y Paloma y mamá revoloteaban a su alrededor con gran despliegue de muñecos de peluche y vocecitas aniñadas, y en mitad de la confusión vi a Delfín venir hacia mí con aire afligido, las manos enlazadas a la altura del pecho como los niños que vuelven de comulgar.

—Creo que deberíamos hablar... —dijo.

—No hay nada de que hablar.

—¿Qué tendría que hacer para que todo volviera a ser como antes?

—¿Aún no te has dado cuenta? Nada volverá nunca a ser como antes.

266

Siguió llamando durante las semanas siguientes. Me consultaba asuntos relativos a la empresa, direcciones que no encontraba en la agenda, trabajos que habían quedado pendientes, y daba a entender que la oficina difícilmente podría salir adelante sin mí. Siguió también apareciendo por Villa Casilda los domingos, con su bandejita de trufas y su sonrisa. Yo le trataba con calculada y distante consideración, y podía parecer que mi despecho había remitido, pero lo único que deseaba era que llegara agosto y, al menos por un tiempo, aquellos rituales se interrumpieran.

Una mañana de finales de mes volvió a llamar.

–Tengo que hablar contigo –dijo–. ¿Puedes pasarte por el almacén?

–¿Por qué insistes, Delfín? –dije.

–No se trata de eso. No es lo que tú piensas. ¿Vas a venir?

Acudí al almacén y llamé al timbre de la entrada. Se abrió la puerta metálica y Delfín me invitó a pasar.

–Mejor aquí –dije–. ¿Qué querías decirme?

No me apetecía volver a ver la oficina. Tampoco la roulotte. Reapareció Delfín y me tendió el boletín oficial de la provincia.

–Lo he visto esta mañana –dijo.

Cogí el ejemplar y leí. Villa Casilda había sido embargada. Villa Casilda, nuestra casa, la casa de mi madre y de los padres de mi madre, había sido embargada y a principios de septiembre saldría a subasta pública. Mi primera reacción fue de incredulidad.

–No puede ser –dije–. Esto tiene que estar mal.

–Ya suponía que no sabías nada...

Tampoco él sabía nada. Nadie sabía en realidad que mamá había hipotecado la casa al poco de quedar viuda y que enseguida se había desentendido del pago de las cuotas. De eso habíamos vivido hasta entonces, de ese préstamo del banco y no de los ingresos seguramente inexistentes de su empleo de representante, y no resultaba difícil imaginar que el banco habría reclamado una y mil veces su dinero y que una y mil veces habría amenazado con solicitar el embargo, sin que mamá se diera nunca por aludida y sin que nadie en casa llegara en ningún momento a enterarse.

—Así funcionan los bancos —dijo Delfín, pesaroso—. Si lo hubiéramos sabido hace dos años, incluso hace uno...

—Si el año pasado se habría podido arreglar, ¿por qué no ahora? —dije.

—Te lo estoy diciendo: en cuanto dejas de pagar, la deuda crece como una bola de nieve.

—¿Cuánto? —dije—. ¿Cuánto debe?

Delfín se limitó a ladear la cabeza y soltar un bufido: si se había llegado a ese extremo era porque mamá debía mucho, muchísimo dinero. Yo, sin embargo, no quería darme por vencida.

—Puedo evitarlo —dije—. Puedo recuperar la casa en la tercera subasta. Seguro que hablando con Lino y los otros...

—¿Y qué crees que te van a decir? ¿Quieres la casa? Muy bien, bonita. Trae el dinero y llegamos a un acuerdo. ¿Que no traes el dinero? No te preocupes, que lo traerá otro. Los conoces: van a lo suyo. Y ya has visto el valor de tasación...

Lo había visto en el boletín. Diecinueve millones largos, casi veinte. Para recuperar Villa Casilda tendría que conseguir no menos de doce o trece, y estaba claro que cantidades así escapaban por completo a nuestras posibilidades. No había, por tanto, nada que hacer. Hasta unos minutos antes mi madre, mis hermanas y yo habíamos tenido una casa. Ahora no teníamos nada. Me volví hacia el Simca. Apoyé la cabeza en el techo y cerré los ojos. Delfín trató de rodearme los hombros con el brazo.

—Déjame, por favor. No me toques —dije, ya entre lágrimas.

14. CARLOTA

¿Hay algo peor que mirarse al espejo y no gustarse en absoluto? Sí, supongo que lo hay, pero a mí ahora no se me ocurre. Y tampoco se me ocurría entonces, cuando acababa de tener a Germán y me observaba desnuda y lo que veía eran unas tetas gordas y pesadas, unos pezones siempre irritados, una tripa llena de pliegues y de estrías. Veía un cuerpo que no era el mío, o que lo era pero desmoronado y lacio, privado de la gracia y el vigor de los cuerpos jóvenes. Mamá me decía que qué me había pensado, que después de un parto muy pocas lograban recuperar la figura anterior. Que ya podía dar gracias de que no se me hubieran hinchado los tobillos, algo que pasaba con frecuencia. Mamá también decía que todas las mujeres se creían únicas cuando acababan de dar a luz. Gran error, según ella, porque nada había más parecido a una madre reciente que otra madre reciente. Se me ha empezado a caer el pelo, me quejaba yo, y mamá replicaba que también a ella se le caía cuando nos tuvo a nosotras. Y me han salido dos caries, volvía a quejarme, y mamá recordaba que a ella le habían salido tres con María y dos conmigo, y que todavía conservaba un trozo del diente que se le había caído con Paloma. Y cuando ya me disponía a quejarme de lo peor de todo, que eran las almorranas y la ridiculez esa de tener que llevar a todas partes un flotador, mamá señalaba no sé si mi culo o el flotador sobre el que reposaba mi culo y se hacía la ofendida: ¡Ya sólo falta que me hables también de las

269

almorranas! ¿Cómo hay que decirte que todas, absolutamente todas las parturientas del mundo sufren de almorranas? Sí, podía ser que a todas las parturientas les salieran almorranas, caries, estrías y todo lo demás, y que se sintieran tan desgraciadas como yo me sentía entonces, pero eso a mí no me servía de ninguna ayuda, y seguía mirándome al espejo y encontrándome a disgusto con mi cuerpo y con mi aspecto. ¿Por qué esa coquetería tan apremiante e inoportuna? Yo creo que tenía que ver con Fernando, con la actitud de Fernando durante los últimos meses del embarazo. Y no es que Fernando hiciera nada especial. Es que sencillamente no hacía lo que yo había pensado que tenía que hacer. Cosas como compartir la ducha conmigo, enjabonarme cariñosamente la barriga, envolverme después en la toalla, ponerme cremas y pomadas... ¿No éramos una pareja unida y feliz? Pues si lo éramos, ¿por qué no hacíamos todas esas cosas que yo daba por supuesto que hacían las parejas unidas y felices? También es verdad que yo en aquella época ignoraba por completo los gustos de los hombres, y nunca me había planteado que el cuerpo de una mujer embarazada pudiera resultar poco atractivo. Lo de estar embarazada venía a ser como ponerte un vestido o ponerte otro, o como peinarte así o asá: podías estar más guapa o menos guapa pero seguías siendo la misma, y también el deseo del hombre debía seguir siendo el mismo. En qué momento empecé a sentirme menos deseada por mi marido es algo que no sabría precisar, y lo que me inquietó fue descubrir que tal vez tenía que hacer algo para excitarle y despertar su deseo. ¿Excitar a Fernando? ¿Despertar su deseo? Jamás había pensado que una mujer joven y guapa tuviera que preocuparse por algo así. Para mí la sexualidad de los hombres era como la batería de los coches, una energía que estaba siempre ahí, disponible, segura, inagotable, algo con lo que en todo momento podías contar, e intuir que podía llegar a echar de menos esa energía me sumió en un estado de zozobra y desconcierto. Era como si hubiera tenido unos poderes mágicos, secretos, que me permitían disponer de Fernando a mi antojo y me convertían en dueña y señora de nuestra relación, y como si de repente esos poderes se hubieran esfumado sin dejar rastro. Hacíamos el amor, claro que sí: no había semana en que no lo hiciéramos dos o tres veces. Lo hacíamos a oscuras y, aunque es verdad que muy pocas veces lo habíamos hecho con la luz encendida, ahora a mí me parecía que era diferente. Que lo hacíamos así porque yo me había puesto gorda y fea y Fernando prefería no verme. Eso mismo era lo primero que pensaba cuando me decía que me diera la vuelta, que me la iba a meter por detrás. Yo pensaba que me lo decía porque no quería verme la cara, con unos granos muy feos que me habían salido junto a las comisuras de los labios, y al mismo tiempo pensaba que qué tontería pensar eso, si total estábamos a oscuras y no me veía. Vamos, cariño, date la vuelta, insistía él. Yo obedecía y, mientras él decía que con la tripa que yo tenía esa postura era la más cómoda, notaba su pene subiendo y bajando entre mi culo y mi coño. Una noche, de repente, ya no estaba subiendo y bajando sino entrando y saliendo, y no por el coño sino por el culo. ¡Fernando...!, exclamé con un chillido de dolor. Tú déjame, dijo él. ¡Fernando, sal de ahí inmediatamente!, insistí yo, todavía sin acabar de creérmelo, porque lo de que me la iba a meter por detrás yo siempre lo había interpretado como una alusión a la postura, no al orificio. Es mejor así, es mejor así, repetía él con una voz como la que ponía cuando acariciaba a los perros cazadores de su padre, y cada vez que pronunciaba la i de así me la metía un poco más: Es mejor así, así, ¡así...! Luego, cuando ya lo tenía tan dentro que no podía tenerlo más, me parecía como si me hubiera metido no su miembro más bien pequeño sino algo inmenso, algo grandísimo: su brazo derecho, el pene de un caballo, cualquier cosa. Yo no sentía ningún placer y sí mucho dolor. No paraba de lloriquear y de gemir, y él mientras tanto me pasaba las manos por la cintura y las nalgas y susurraba: Dicen los médicos que es lo mejor. Lo he leído en una revista. Por el otro lado podría dañar al feto... Podía ser que fuera cierto, pero yo en esos momentos no podía ni pensar en el feto, y lo único que deseaba era que se corriera de una vez y saliera de allí. Cuando por fin esto ocurría, Fernando la sacaba despacio, muy despacio, con una delicadeza que hasta entonces no había demostrado, y luego se dejaba caer en la cama y empezaba a arrullar como las palomas del patio del colegio: grogro-grogro. Que hiciera eso me gustaba porque significaba que se había quedado satisfecho y relajado, y yo entonces, con el recto aún dolorido, le preguntaba ¿te gusto?, ¿te gusto o no?, y él me buscaba en la penumbra y me decía: Claro que sí, grogro, claro que me gustas, grogrogro.

Luego, con el parto y las almorranas se acabó lo de darme por culo. Entonces empezaron las mamadas. Antes, quiero decir antes del parto, si me daba por culo era porque, según él, era lo mejor para el feto y porque los médicos lo aconsejaban. Después se acostumbró a meterme la polla en la boca, y ya no lo hacía por el bien del feto sino por mi bien. Porque por un sitio lo impedían los puntos y por el otro las almorranas. Porque según él todos los matrimonios lo hacían así durante la cuarentena. ¿Pero cuarentena no significa que...?, trataba yo de resistirme. No seas ingenua, cuarentena es sólo una forma de hablar, me interrumpía él, y se sentaba en el borde de la cama y se daba unas palmaditas en el muslo, lo que equivalía a decir: Venga, ¿a qué esperas?, ponte de rodillas y abre bien esa boquita. Yo, en el fondo, creía que a Fernando no le faltaba razón. Que aquellos puntos y aquellas almorranas formaban parte de mi cuerpo, no del suyo, y no era justo que por mi culpa tuviera Fernando que observar una cuarentena que era mía y sólo mía. Que exigírselo habría sido un disparate, como obligar a un hombre sano a someterse al mismo tratamiento que su mujer enferma. Así que, en cuanto él se daba esas palmadas en el muslo, yo me apresuraba a ponerme de rodillas y abría bien esta boquita mía. ¿Qué era lo que a Fernando le apetecía? ¿Una buena mamada? ¿Una de esas mamadas nocturnas que le dejaban sumido en un sopor cálido y sosegado como los de los niños pequeños después del baño? ¡Ahí estaba yo para hacérsela, tan solícita y obsequiosa como cuando me pedía que le llevara una cerveza o le friera unas croquetas! Reconozco que al principio me costó vencer la repugnancia. Lo que más asco me daba no era el olor, ese olor ácido y penetrante, ese olor como a hierro oxidado que desprendían los genitales de Fernando, no sé si los de todos los hombres. Tampoco el sabor, la rara reacción química que las secreciones de su pene provocaban al mezclarse con mi saliva. Lo que más asco me daba era lo que veía mientras le comía la polla: los pliegues de su tripa rociados de sudor, su ombligo saltón en forma de garbanzo, la línea de vello claro que apuntaba hacia abajo como una flecha... Y en la ingle la mata de pelo negro, descuidada y espesa como la barba de un mendigo. Aunque tal vez no fuera asco sino una especie de desazón, porque, arrodillada entre las piernas de Fernando y con todo aquello entrando y saliendo de mi boca, no había manera de verle la cara. Es decir: los ojos, los labios, las orejas. Esos ojos que no mucho antes me habían mirado con amor, esos labios que habían pronunciado palabras bonitas, esas orejas que habían acogido mis tiernos susurros... ¿Puede considerarse un acto de amor uno en el que no interviene ninguno de los órganos que sirven para eso, para emitir o acoger expresiones de amor? Yo creía que no, y de algún modo lo sigo creyendo. Por eso, mientras bajaba y subía la cabeza, mientras recorría su polla con los labios, los dientes, la lengua, el paladar, trataba de no pensar en nada o, como mucho, de pensar que si estaba haciendo lo que estaba haciendo era sólo porque Fernando tenía derecho. Repetía para mis adentros Fernando tiene derecho, Fernando tiene derecho, y fue así como logré vencer mi inicial repugnancia o desazón o lo que fuera y como poco a poco fui adquiriendo una soltura y una destreza realmente notables. Los movimientos de mi cabeza, mi boca, mis labios se volvieron precisos, armoniosos, casi diría pautados, como si se adaptaran a una melodía secreta que sólo yo oía, y de vez en cuando, para evitar transmitir una sensación de automatismo, me detenía y soltaba un bufido de falsa delectación, un bufido al principio suave como un suspiro, y luego varios más, cada vez más sonoros y potentes, y después los bufidos cesaban y los músculos de mi boca apretaban con más fuerza y todo se aceleraba y... No quiero parecer vanidosa, pero creo que llegué a hacerlo bien, francamente bien. Que aquellas mamadas mías tenían poco que envidiar a las de las mejores profesionales. El caso es que, mientras las hacía, repetía para mis adentros Fernando tiene derecho, Fernando tiene derecho, y ahora me parece hasta gracioso que repitiera eso y que en mi fuero interno repasara todos los argumentos de que disponía para justificarlo: que si los puntos y las almorranas, que si no era justo que por mi culpa, que si el sexo en los hombres era casi una necesidad biológica... Ni siquiera hacía falta, por tanto, que Fernando se esforzara en buscar argumentos con los que convencerme, porque yo misma me adelantaba a encontrarlos, tan imperiosa era mi necesidad de complacerle. Y luego él, con una sonrisa entre cómplice y sorprendida, comentaba: Parece que te gusta... Yo entonces sonreía en silencio, como asintiendo, y ni se me pasaba por la cabeza la idea de replicarle, de decirle que no se equivocara, que al que le gustaba era a él, no a mí, porque es verdad que en el fondo esa sonrisa y ese comentario suyos no dejaban de halagarme y que una parte poco conocida de mí misma disfrutaba cuando Fernando me trataba así, como a una guarra, como a un putón que se relame ante la idea de comerse todas las pollas del mundo.

Claro que yo pensaba que aquello tampoco duraría demasiado. Que acabaría la cuarentena y todo volvería a ser como al principio. Pero la cuarentena acabó y Fernando seguía metiéndomela por el mismo sitio. ¿Se había olvidado del hueco que las mujeres tenemos entre las piernas, ese hueco que él había visitado con asiduidad hasta no muchos meses antes, el mismo por el que nuestro hijo Germán había venido al mundo? Fernando se sentaba en el borde de la cama y se daba las clásicas palmaditas, y yo directamente me humedecía los labios y me arrodillaba. Una noche, ya arrodillada, protesté con timidez. Alguna vez podríamos variar..., sugerí. ¿Qué pasa?, preguntó él, desconcertado, ¿no habíamos quedado en que te gustaba? Yo dije que sí, luego dije que no, luego dije otra vez que sí, que me gustaba, y añadí: Aunque gustar, gustar... Fernando, magnánimo, se encogió de hombros: Pues si no te gusta, me lo dices y solucionado. Y sin pensárselo dos veces me obligó a ponerme a cuatro patas y me la metió por detrás. Por detrás detrás, es decir por el culo, y eso que las almorranas aún no me habían desaparecido del todo. ¿Son todos los maridos así? ¿A todos, llegado un momento, les da por hurgar en todos tus orificios menos en el que corresponde? ¿Acaban todos tratándote como si fueras una de esas muñecas boquiabiertas que venden en los sex shops? En la penumbra del dormitorio, mientras esperaba a que Fernando llegara de sus bares, me acordaba de cuando mis hermanas y yo hablábamos de esos temas en la Redonda, y pensaba que yo ahora era una mujer casada y que sin embargo seguía sabiendo tan pocas cosas de los hombres como entonces. ¡Ah, los hombres! Los poetas no se cansan de decir que las mujeres somos un misterio, pero los que realmente son un misterio son ellos, los hombres. Tan inconstantes, tan encerrados en sí mismos, tan difíciles de conocer y contentar.

Era la época de los bares polinesios. Fernando y sus socios se habían apuntado a esa moda y ahora sus bares se llamaban Bora-Bora, Pago-Pago, Noa-Noa, siempre palabras repetidas, aunque luego él se refería a ellos llamándolos sólo Bora o sólo Pago o sólo Noa, como si en el fondo el nombre completo le pareciera una redundancia. Pero en realidad la moda de los bares polinesios consistía en esos nombres y en muy poco más. Sí, es verdad que se había cambiado la decoración de los locales y que ahora en ellos había sombrillas, guirnaldas de flores, muebles de bambú y, en el Bora, hasta un riachuelo artificial en el que de vez en cuando acababa cayéndose algún borracho, pero lo demás seguía siendo lo mismo. Los mismos horarios que antes, los mismos clientes o casi los mismos, los mismos beneficios insuficientes. Los mismos problemas, por tanto, para sacar adelante la familia que empezábamos a formar, y yo comenzaba ya a resignarme a la perspectiva de tener que seguir en nuestro horrible apartamento del barrio Delicias durante años y años, quién sabía hasta cuándo. Lo de que pronto tendríamos nuestro propio piso, un bonito piso con muebles y cuadros elegidos por nosotros mismos, con una amplia terraza y muchas, muchísimas plantas, con habitaciones para Germán y para los otros niños que pudieran llegar, se estaba convirtiendo en un sueño irrealizable. No, no podía dejarme llevar por esa clase de ilusiones. No al menos entonces, justo cuando Fernando acababa de pedir un préstamo para lo de los bares polinesios y estábamos, como él decía, con el agua al cuello. Ésa era la respuesta que me daba siempre que yo le preguntaba por el trabajo, con el agua al cuello, y por su manera de decirlo yo comprendía que se refería a los apuros económicos pero también al derroche de energías, la preocupación, la falta de sueño. De hecho, aquellos bares le absorbían por completo y le obligaron a abandonar nuevamente sus estudios de Derecho y a interrumpir sus prácticas como pasante en el despacho del abogado. A mí eso me dolió. Y me dolió por dos motivos. Primero, porque no me enteré por Fernando sino por una indiscreción de uno de sus amigos, creo recordar que Luisón Ortega (¿por qué no me lo dijo él mismo?, estoy segura de que habría sabido comprenderle), y segundo, porque aquello quería decir que tal vez nuestro futuro acabaría pareciéndose muy poco al que yo había imaginado, con Fernando convertido en un flamante abogado y yo a su lado, su leal y eficiente secretaria o, más que secretaria, su persona de confianza, aquella a la que siempre recurriría para consultarle todo tipo de asuntos, desde el más insignificante al más delicado o más grave. De modo que, dadas las circunstancias, ahora tenía que aprender a observar aquel apartamento como si no fuera tan horrible, esforzarme por que mi vida y la de los míos se adaptaran a él de la mejor manera posible. ¿Qué remedio me quedaba? Y lo cierto es que la sensación de provisionalidad iba desapareciendo y que a la decoración original (el espejo de Enjoy Coca-Cola, las láminas con trajes regionales y todo lo demás) se habían ido sumando objetos y pertenencias que eran nuestros y sólo nuestros y que hablaban de nosotros como de los verdaderos moradores de aquel apartamento. Estaban, sobre todo, las fotos de Germán. Me había llevado de Villa Casilda la vieja cámara de papá, una cámara de fabricación rusa, de aspecto algo aparatoso pero fácil manejo, que nadie había vuelto a utilizar, y cuando no tenía nada que hacer lo que hacía era fotografiar a mi hijo. Sólo las madres sabemos cómo cambian los recién nacidos. Te pasas horas y horas mirándolos arrobada y cada día descubres un rasgo, un gesto, una caída de ojos que un rato antes no estaba o no habías sabido ver. Me daba la impresión de que ese niño que Germán había sido hasta el día anterior se me escapaba para siempre, y trataba desesperadamente de retenerlo. Trataba de retener todos los Germanes que mi pequeño Germán había sido o estaba siendo, todos los momentos de su vida brevísima, porque cada momento era un Germán nuevo, distinto, y me asustaba pensar que ese Germán pudiera desaparecer definitivamente y sin dejar huella. En eso, no puedo negarlo, soy un poco como mamá, que también guardaba muchas fotos y recuerdos de cuando éramos pequeñas, aunque ahora pienso que no soy yo ni es mamá sino que a lo mejor todas las mujeres somos un poco así en cuanto tenemos hijos. El caso es que el apartamento iba poco a poco llenándose de fotos del niño. Fotos de Germán dormido o despierto, fotos desnudo o vestido, fotos en la bañerita de plástico y en la alfombra de imitación persa, fotos la mayoría de Germán a solas pero también fotos con Fernando y sus padres y con mamá y mis hermanas, nunca fotos conmigo porque era yo la que las hacía y porque me encontraba gorda y fea y prefería no verme. Si aquél iba a seguir siendo nuestro apartamento durante mucho tiempo, aquellas fotos bien podían servir para alegrarlo. O para ocultarlo. Para que pudiera hacerme la ilusión de que aquello no era el odioso apartamento del barrio Delicias sino ese otro, ese apartamento ideal que, tiempo atrás, se me había aparecido en mis fantasías con la fuerza de una premonición.

Que Fernando había dejado de ir por la facultad y por el despacho del abogado lo supe por una indiscreción de un amigo suyo, pero seguramente habría acabado adivinándolo por mí misma. Había cambiado. No era el mismo Fernando del que un año y pico antes me había enamorado o había creído enamorarme. ¿Qué había ocurrido entre tanto? Sí, claro, lo de aquella disparatada noche de finales de febrero, pero eso era algo de lo que ninguno de los dos había vuelto a hablar y estaba ya olvidado. También, por supuesto, el nacimiento de Germán, pero yo no creía que un hecho así pudiera cambiar a nadie para mal. ¿Estás bien?, le preguntaba, te encuentro raro. Estoy bien, gracias. Con el agua al cuello pero bien, me contestaba. Pues cuéntame algo, le decía, nunca me cuentas nada. Es que no hay mucho que contar, me replicaba, y yo pensaba que lo que no tenía eran ganas de hablar y lo respetaba. Lo respetaba porque veía que las cosas no le iban del todo bien, y bastante tenía él con las preocupaciones que le daban el Bora, el Pago, el Noa. ¿Acaso no es eso, el respeto mutuo, una de las virtudes sobre las que debe descansar la armonía entre el marido y la mujer? Un día, mi hermana María me preguntó por él. Estábamos en Villa Casilda, en el comedor. Paloma todavía no había llegado de la academia y mamá acababa de levantarse para ir a la cocina. María, por tanto, había esperado a que estuviéramos solas para preguntarme por Fernando. ¿Qué tal Fernando?, volvió a decir, y en esta ocasión hizo con las cejas un gesto ambiguo que para un extraño podía no significar nada pero para mí, su hermana, significaba mucho. Muy bien, dije, ¿por qué lo preguntas? Por nada, contestó, ¿no puedo preguntar por mi cuñado? Y de nuevo hizo ese gesto con las cejas. Un gesto que pretendía transmitir algo así como un interés sincero e inocente pero que tampoco se molestaba en ocultar un fondo de reconvención o advertencia. Un gesto que quería decir ve con cuidado, o no me hagas hablar, o si yo te contara lo que sé de él. Está muy bien, trabajando sin parar, dije con una sonrisa. Me alegro, dijo ella, las cejas todavía arqueadas. Yo mantuve la sonrisa hasta que llegó mamá de la cocina con una perola humeante y el comedor se llenó de un olor dulzón a cebolla y calabaza. Luego la verdad es que me arrepentí. Tenía que haberle dicho: Si tienes algo que decir, dilo. O haberle dicho: Di lo que te apetezca, pero antes deja de mirarme así. Porque, vamos a ver, si hubiera hablado, si hubiera dicho lo que sabía o creía saber de Fernando, yo habría podido contestarle o simplemente obrar en consecuencia. Ese gesto, en cambio, no admitía réplica, y yo encima me quedaba con la duda. ¿A qué se refería? ¿A lo de la facultad y el despacho? No, eso no podía ser, porque yo sabía que mamá lo sabía, y María habría podido hablar de ello en su presencia. ¿A qué entonces? Pensé que tal vez tenía que ver con los porros que a últimas horas de la noche corrían por el Bora y por el Pago. Fernando nunca me lo había ocultado, y tampoco me había ocultado que cuando algún cliente de confianza le ofrecía compartir su porro, a él le parecía hasta de mala educación no hacerlo. Un poco de hierba, ¿qué importancia podía tener? Yo misma había dado una vez un par de caladas, aunque sin tragarme el humo, y lo consideraba algo completamente inofensivo. Claro que para alguien como María, la intachable María, nuestra Doris Day particular, aquello de ninguna manera podía ser inofensivo. ¡Drogas! ¡En los bares de Fernando se consumían drogas! ¡En sus bares se traficaba con drogas! Me imaginaba a María mirándome con los ojos desorbitados y pronunciando esa palabra, ¡drogas!, y casi me echaba a reír. ¡Drogas! Imaginármela así, puritana, intolerante, ridícula, me reconciliaba conmigo misma y me hacía sentirme superior, y tal vez fue éste el motivo por el que acabé dando por buenas mis conjeturas. Sí, eso era todo lo que María sabía o creía saber de Fernando. No había, en consecuencia, por qué preocuparse, y yo podía seguir actuando como si ese gesto y esa pregunta de María jamás hubieran existido. Como si entre Fernando y yo todo siguiera igual que al principio. Como si lo nuestro nunca hubiera dejado de ser una luna de miel. Pero ese gesto y esa pregunta habían existido, y aunque ya sé que la frase suena melodramática y hueca, es la única que se me ocurre para expresar lo que sucedió: que la semilla de la inquietud acabó germinando en mi interior. ¿Y si mi hermana había tratado de aludir a una cuestión de faldas? ¿Y si le habían llegado noticias de que Fernando se había liado con otra? Cuando en la tele o en la radio o en las revistas de la peluquería se hablaba de maridos que engañaban a sus mujeres, yo no podía dejar de pensar en la posibilidad de que Fernando fuera como ellos, y me parecía que tampoco había motivos para creer que yo no pudiera ser como ellas, como todas aquellas mujeres burladas. En una de esas revistas leí que los maridos infieles suelen modificar sus hábitos. Que tratan de mantener una apariencia de normalidad pero no pueden evitar delatarse en los actos más nimios e insignificantes, como cambiar de marca de colonia o iniciar un régimen de adelgazamiento o sustituir las rancias camisas de rayas por modernas camisas de vivos colores. El caso es que, de pronto y sin habérmelo propuesto de un modo consciente, me descubrí haciendo una lista de los cambios que había podido observar en su aspecto, sus costumbres, su comportamiento. Ahora Fernando cierra la puerta del cuarto de baño cuando entra a orinar, escribí. Ahora se afeita por la noche en vez de por la mañana, escribí. Ahora ya nunca le llaman sus amigos de antes, escribí. Llené diez o doce páginas de una libreta con frases como ésas, todas igual de anodinas e intrascendentes. ¿Que cerraba la puerta para mear? ¿Que habían dejado de llamarle Álvaro y Ernesto y los demás? En lugar de preocuparme, tendría que alegrarme: ¿no era mucho mejor así? Pero una noche me levanté de la cama para añadir una frase nueva y de golpe me pareció que todo encajaba, que había encontrado la pieza que faltaba, la que daba sentido al rompecabezas. La frase era: Ahora su ropa huele. Eso puse: huele. Y no es que antes su ropa no oliera, porque seguramente olía igual de fuerte que entonces. Pero antes su ropa olía a él, a Fernando, y yo tenía la sensación de que ahora olía a cualquier cosa menos a él: a los sitios cerrados en los que había estado, a los cigarrillos que allí se habían fumado, a los clientes a los que había atendido, también por supuesto al perfume de las mujeres con las que había hablado. En cierta ocasión me descubrió llevándome a la nariz uno de sus jerseys y su comentario fue: Ya sabes, en los bares todos los olores se pegan. Pero el problema no era ése. El problema era que entre todos esos olores no estaba el suyo. Era como si lo hubiera dejado en otra parte y luego, con prisas, lo hubiera reemplazado por otros olores, los que tenía más cerca, unos olores desconocidos para mí y que aludían a gente, momentos y lugares también desconocidos. Empecé a verle como a un extraño. O, mejor aún, como a un impostor. ¿Cómo se llamaba aquella película en la que un hombre se hacía pasar por su hermano gemelo y nadie salvo la esposa de éste lo notaba? Esa sensación tenía yo: la de que habían sustituido a mi marido por alguien idéntico a él, una especie de hermano gemelo al que todos tomaban por Fernando. Todos menos yo, claro, porque ante mí aquel extraño se delataba haciendo cosas tales como cerrar la puerta del cuarto de baño cuando entraba a orinar o afeitarse por la noche en vez de por la mañana.

¿Mi matrimonio había empezado a ir mal? Lo comparaba con alguna época anterior supuestamente feliz y me parecía que la relación se había deteriorado en muy poco tiempo. ¿Era realmente así o se trataba más bien de un error de percepción, y ni en el pasado habíamos sido tan dichosos ni en el presente tan desgraciados? En todo caso, si de verdad mi matrimonio se estaba tambaleando, yo me aferraba a la idea de que no podía ser por culpa mía. Me había portado bien. Había sido una esposa dócil y complaciente. Había estado a su lado en los momentos peores. Había respetado sus silencios y sus malos gestos. Había acudido a mamársela siempre que me lo había pedido. Me había dejado dar por culo. Entonces, ¿qué era lo que había hecho mal? ¿En qué me había equivocado? En aquella época yo todavía estaba decidida a luchar hasta el final por salvar mi matrimonio, y daba lo mismo que me supiera o no culpable porque eso hacía que me acabara comportando como si lo fuera. Preguntarme a mí misma qué había hecho mal equivalía a preguntarme en qué podía mejorar, y cuando alguien se pregunta en qué puede mejorar es que no está a gusto consigo mismo y se siente culpable. ¿Qué he hecho mal?, ¿qué he hecho mal?, me preguntaba, y acto seguido encendía un cigarrillo con la colilla del anterior. Yo, que nunca en mi vida había fumado, empecé a hacerlo a los pocos días de tener a Germán. Fumaba Piper mentolado, que sabía más a pasta dentífrica que a tabaco de verdad. Fumaba sobre todo por la noche, cuando ya el pequeño había cogido el sueño y faltaban tres o cuatro horas para que Fernando llegara a casa. Entonces fumaba sin parar, un cigarrillo detrás de otro, a lo mejor un paquete entero en tan poco tiempo, y luego abría bien las ventanas para que el apartamento se ventilara y Fernando no pudiera recriminarme lo mucho que fumaba. ¡Tenía miedo de que mi marido pudiera hacerme algún reproche, el que fuera, y hasta cuando fumaba lo hacía atenazada por un agobiante sentimiento de culpa! Me decía a mí misma que en realidad el único culpable era Fernando, que seguro que se había liado con alguna pájara de las que andaban por sus bares, y enseguida me desdecía y pensaba que incluso en ese caso, incluso en el caso de que me estuviera engañando con otra, yo no podía sentirme totalmente libre de culpa. ¿Por qué va un hombre a buscar cariño en desconocidas si no es porque su propia mujer no le da todo el que necesita? Me propuse cambiar. Me propuse ser mejor, más atenta, más tierna y afectuosa, mostrarme siempre con la sonrisa en los labios, no hacer ni decir jamás nada que pudiera molestarle. No pedirle, por ejemplo, que me contara algo cuando llegaba a casa por la noche, porque hacía tiempo que había notado que eso le irritaba. ¿Qué quieres que te cuente?, no hay nada que contar, murmuraba él, y luego se metía en nuestro horrible cuarto de baño con azulejos de tulipanes y cerraba la puerta, y desde todos los rincones de la casa se oía el ruido de su orina restallando contra la loza del retrete. Algunas noches llegaba más tarde de lo habitual y yo prefería hacerme la dormida. Él entonces se tumbaba a mi lado y me bajaba un poco el pantalón del pijama y me manoseaba el culo y los muslos, y yo me despertaba o fingía que me despertaba. El sexo era su única manera de manifestarme afecto. El sexo, es decir: las mamadas que acababa haciéndole las noches en que no le apetecía darme por culo. Pero a mí ya me daba lo mismo que me la metiera por arriba o por abajo, por delante o por detrás. A mí me bastaba con saber que una de cada tres o cuatro noches llegaría más tarde de lo habitual y que se me arrimaría en la oscuridad de la cama y empezaría a tocarme. Me bastaba con saber que todavía le seguía excitando. Que todavía conservaba algo de mi antiguo poder sobre él. Me aferraba, en consecuencia, a esos momentos de sudor y sábanas revueltas, que eran los únicos en los que de verdad le sentía unido a mí, y habría estado dispuesta a comerle la polla a todas las horas del día sólo por seguir experimentando esa sensación. ¿Mi matrimonio había empezado a ir mal? Está claro que cuando una se hace esa pregunta con demasiada frecuencia la respuesta es sí, pero esas noches podía al menos hacerme la ilusión de que la situación no era tan desesperada, o de que las cosas se iban a arreglar, o de que yo seguía siendo para él más importante que la zorra esa con la que me engañaba. Porque para entonces yo daba ya por seguro su lío con alguna de las clientas o camareras de los bares y, de hecho, de todos los olores que Fernando traía a casa ya sólo distinguía el de aquellos perfumes de mujer. O, mejor dicho, el de aquel perfume de mujer, que ahora era sólo uno, siempre el mismo, inconfundible. Un perfume dulce como el olor de las pastelerías las mañanas de domingo, y al mismo tiempo penetrante como el de la flor del limonero. Un perfume que, por algún motivo, me hacía pensar en ciudades como Roma y París y en coches grandísimos que se detenían delante de hoteles de lujo y en vestidos de noche con profundos cortes laterales. Un mundo, ay, que yo ni conocía ni seguramente conocería en toda mi vida.

Sí, mi matrimonio había empezado a ir mal, y eso más o menos había coincidido con el parto. Germán: hasta ahora casi no he hablado de él. ¡Qué niño tan hermoso y cómo me gustaba tenerlo en brazos! Sentía una especie de placer físico apretándolo contra el pecho y el cuello y llenando de besos su cabecita pelona y sus mofletes, y luego, cuando por fin me decidía a depositarlo en la cuna, me quedaba mirándolo y era como si los minutos no pasaran a su lado. O a veces era al revés, que los minutos pasaban demasiado rápidos, y yo entonces corría a buscar la cámara y le hacía un par de fotos porque me parecía que así podía detener el tiempo, prolongarlo. Pero ¿qué era lo que de verdad quería prolongar? Acaso ese conjunto de sensaciones que su contemplación provocaba en mí. La sensación, por ejemplo, de madurez y fortaleza, la de saberme necesaria para alguien. Germán sacaba lo mejor de mí misma, y verlo tan pequeño y desprotegido hacía que por contraste me sintiera grande y protectora, capaz de arrostrar cualquier adversidad y de proporcionarle todo aquello que pudiera hacerle feliz. Era Germán lo más bonito y valioso, lo único seguro e indudable que había en mi vida, aquello que hacía de mí una persona mejor, más generosa, más digna, y confería un significado último a todos mis actos. Al lado de todo esto, ¿qué importancia podían tener los sacrificios e inconvenientes: las tetas caídas, las almorranas, las estrías? Ninguna, por supuesto, o al menos eso era lo que yo quería creer. Una noche me desperté soñando que ahogaba a Germán con el peso de mi cuerpo, y fue tal mi desasosiego que tuve que encender la luz para comprobar que el pequeño dormía plácidamente en su cuna. ¿Qué pasa?, preguntó Fernando con una voz que emergía de lo más profundo de sus sueños. Nada, dije, una tontería. Pero aquello resultó no ser una tontería. A la mañana siguiente el desasosiego persistía, y lo que lo causaba era no saber lo que aquella pesadilla me estaba dando a entender: ¿se trataba del clásico e inevitable temor de madre o en el fondo de todo se escondía un deseo inconsciente de eliminar aquello que amenazara con echar a perder mi matrimonio? Aquel sueño me descubrió algo que hasta entonces me había negado a reconocer: que consideraba al pequeño Germán un poco culpable de lo que me estaba ocurriendo. Culpable de que Fernando hubiera dejado de encontrarme atractiva, culpable de que mi matrimonio no estuviera en su mejor momento. Las cosas habían empezado a ir mal desde su nacimiento, y el simple hecho de pensarlo me llenaba de zozobra y desconsuelo. ¿De verdad podía llegar a desear la muerte de esa criatura diminuta sólo porque su existencia estaba poniendo en peligro mi matrimonio? Me propuse no darle más vueltas, pero aquello quedó agazapado en algún lugar de mi corazón y no pasó mucho tiempo antes de que volviera a asaltarme un sueño igual o casi igual. En esta ocasión no ahogaba a Germán con el peso de mi cuerpo sino que le veía gatear aquí y allá por un balcón sin barandilla y no hacía nada para evitar que se precipitase al vacío. Aquel segundo sueño cambió mi vida. No, me dije, no quiero tener otra vez un sueño así. No quiero ni pensar en la posibilidad de volver a soñar que mi pequeño Germán muere por mi culpa, y cualquier cosa que pueda dañar mi amor por mi hijo tiene que ser extirpada de mi vida. Sobre eso no me cabía la menor duda: si debía elegir entre mi matrimonio y mi hijo, elegiría. Caí entonces en una honda depresión. Si de natural tengo la lágrima fácil, entonces mucho más. Lloraba y lloraba sin cesar. Lloraba cada vez que veía a un niño por la calle o la televisión, porque pensaba que aquel niño tendría un padre normal y yo quería privar a mi hijo del suyo. Lloraba cuando me cruzaba con una pareja de enamorados que paseaban de la mano, porque creía que eso ya nunca me sucedería a mí. Lloraba si alguien a mi lado lloraba pero también si alguien reía, porque el llanto se había convertido en mi estado habitual. Lloraba siempre y en todas partes, porque nunca y en ningún lado tenía nada mejor que hacer. ¿Qué había sido de mis antiguos sueños? Un hombre alto y desgarbado, con el pelo liso y moreno, con hoyuelos como los de Gregory Peck... No, Fernando no se parecía en nada a Gregory Peck, pero yo tampoco le exigía tanto. Me conformaba con mucho menos. Un marido que me quisiera: ¿era mucho pedir? Un marido que me cuidara y me tratara bien, que se sintiera a gusto a mi lado y me hiciera sentirme igual, que cuando volviera a casa tuviera ganas de hablar conmigo y no de meterme la polla en la boca... Ahora me horrorizaba la simple idea de que pudiera tocarme, y durante dos o tres noches le dejé una nota diciendo que Germán tenía fiebre y que sería mejor que durmiera en el sofá. Esas dos o tres noches las pasé abrazada a mi hijo, susurrándole al oído lo mucho que le quería, lo importante que era para mí. Tenerlo así, dormido entre los brazos, pegado al pecho, notar el calor de su cuerpo minúsculo, el ritmo levísimo de su respiración, me proporcionaba la fuerza que en esos momentos necesitaba. La fuerza que necesitaba para convencerme de que lo que había fracasado era sólo mi matrimonio, no mi vida entera. Nos iremos de aquí, le susurraba también. Nos iremos, bonito mío, y nunca te echaré la culpa de nada. Me dedicaré sólo a quererte. A quererte como una madre debe querer a su hijo.

La situación explotó una de esas noches en que Fernando llegó más tarde de lo habitual. Desde la cama oí la puerta del apartamento, el interruptor del salón, las pisadas de Fernando, sonoras al principio sobre las baldosas, amortiguadas después por la alfombra de imitación persa. Oí también su respiración, o más bien sus bufidos, y el ruido que hizo al arrugar un papel y lanzarlo contra la pared. Era mi nota, claro, la nota en la que otra vez le pedía que durmiera en el sofá. Y oí de nuevo las pisadas amortiguadas y las sonoras, cada vez más próximas. Luego se abrió la puerta del dormitorio y un rombo de luz nos iluminó a los dos, a Germán y a mí. ¿Se puede saber qué pasa?, preguntó. Yo no dije nada. Le miré con desconcierto, como si acabara de despertarme de golpe y no entendiera lo que me estaba diciendo. ¿Cuándo podré dormir en mi cama?, volvió a preguntar. Tampoco entonces dije nada, y Fernando agarró a Germán, dijo este niño está bien, y lo metió en su cuna. Ése es su sitio, dijo, y éste el mío, ¿o no? Yo estaba asustada. El Fernando de aquella noche me recordó de golpe al de dos o tres meses antes, al de aquella noche de finales de febrero, y empecé a temer que pudiera ponerse violento o agresivo. Estaba asustada pero pensaba: Como me toque, como intente ahora meterme la mano por debajo del pijama, me levanto y me voy. ¡Ay, Dios! ¡Hasta muy pocos días antes había ansiado esos contactos y ahora no podía imaginar nada que me repugnara más! Pero el caso es que Fernando no intentó manosearme y que al cabo de unos minutos se quedó dormido. ¿Había bebido? Casi seguro que sí, porque siempre que bebía roncaba y aquella noche lo hacía como pocas veces. Pasó el rato. Yo no podía conciliar el sueño y él no paraba de roncar, y me pareció todo tan horrible: tenerle allí al lado, oír sus ronquidos en la oscuridad, no poder en ese mismo instante abrazarme a mi hijo y darle besos y susurrarle cosas al oído. Y, como si fuera una consecuencia lógica de lo anterior, pensé: ¿Por qué no ahora?, ¿por qué no dejarle ahora mismo y para siempre? Sería tan fácil: coger al niño, meter unas cuantas cosas en una bolsa, marcharme. O más fácil aún: coger al niño y marcharme, ¿qué necesidad tenía de llevarme nada? Llevaba días planeándolo y siempre había imaginado que me decidiría a hacerlo aprovechando alguna de sus frecuentes ausencias, siempre por tanto durante el día y no en mitad de la noche, con Fernando dormido en la habitación. Pero ¿qué importaba lo que hubiera podido imaginar? En ese instante la fuga se me aparecía como algo inaplazable, perentorio. Contuve la respiración y oí a Fernando hacer con la boca uno de esos sonidos confusos y sucios que se hacen durante el sueño, un sonido como de tragar saliva y de pegar y despegar los labios. Me levanté con sigilo. Anduve de puntillas hasta la cuna y cogí a Germán. Lo hice con cautela pero también con determinación. Mis movimientos eran precisos, medidos, como los del artificiero que desactiva un explosivo. En cuanto hube cerrado a mi espalda la puerta del dormitorio emití un prolongado suspiro. Había hecho lo más difícil. Me puse ropa de calle y abrigué a Germán sin despertarle. Ya estamos, bonito, ya casi estamos, le dije, como si fuera él y no yo el que necesitara tranquilizarse. Luego lo metí en el cochecito, un cochecito azul marino con capota para la lluvia que nos habían regalado los padres de Fernando, y pensé: Nos vamos. Pensé nos vamos, pero a la vez que lo pensaba, como alguien que huye de una casa en llamas pero cree disponer de tiempo para rescatar sus pertenencias más preciadas, miraba a mi alrededor en busca de algo que poder llevar conmigo. Las fotos. Las fotos de Germán desnudo o vestido, sus fotos a solas o en brazos de alguien. No podía dejar que esas fotos se quedaran allí, en un apartamento al que yo nunca iba a volver. Habría sido como abandonarle. Como abandonar al propio Germán o una parte importante de él. Cogí las fotos que estaban encajadas en el marco del espejo de Enjoy Coca-Cola y las que había clavado con chinchetas a la estantería y las que había pegado a las láminas con trajes regionales del pasillo. ¿Quedaban más? Sí, quedaban cuatro o cinco en el dormitorio, a las que tendría que renunciar, y dos más en la cocina, una sujeta con una pinza imantada a la puerta de la nevera, la otra tapando a medias un calendario con propaganda de una gestoría. Me encaminé hacia la cocina, y fue entonces cuando oí un ruido a mi espalda y descubrí a Fernando junto a la puerta de la habitación, los ojos entrecerrados, el pijama arrugado. ¿Qué estás haciendo?, dijo. Yo no dije nada. Cogí la foto de la nevera y la del calendario y las puse junto a las otras en la bandeja del cochecito. ¿Qué estás haciendo?, volvió a decir, pero ahora con otro tono, con el tono de quien ya conoce la respuesta y esa respuesta no le gusta. En aquel momento su expresión era todavía de incredulidad, aún no de furia o desesperación, y pasaron varios segundos antes de que terminara de asimilar lo que estaba viendo. Que su mujer se iba. Que su mujer había cogido al niño y las fotos del niño y le abandonaba. ¡Vuelve a dejar todo en su sitio!, gritó entonces, ¡mete a Germán en la cuna y pon esas fotos donde estaban! Se plantó de un salto delante del cochecito y puso los brazos en jarras. Aparta, dije. Eres mi mujer, dijo él haciendo grandes esfuerzos por no gritar. Eres mi mujer y tu sitio está aquí, en esta casa. ¡Aparta!, grité yo ahora. Fernando mantenía los labios apretados y respiraba ruidosamente por la nariz, y yo en ese momento, qué tontería, me acordé de unos dibujos animados en los que un toro echaba fuego y humo por los orificios nasales antes de lanzarse a embestir. No aguanto más, dije, mi vida a tu lado es un infierno. Tú de aquí no te vas, dijo él, y no me hagas decírtelo otra vez. Yo empujé el cochecito y traté de esquivarle. Él entonces me agarró por un brazo y me puso la otra mano en la boca como una mordaza, y se llevó un mordisco tan fuerte que tuvo que soltarme. ¡Me has hecho daño...!, exclamó, y se acercó mucho la mano a la cara, como si quisiera olerse los dedos o de repente se hubiera vuelto corto de vista. Repitió me has hecho daño, me has hecho daño..., pero en su voz había menos queja que sorpresa, como si no acabara de creer lo que estaba ocurriendo.

Y puedo hacerte mucho más, dije yo, aunque mi amenaza sonó falsa, improbable como la de un niño lloroso en el patio del colegio. ¡Me has hecho daño, me has hecho daño!, volvió a decir, ahora sí gritando. Gritando como yo nunca había visto gritar a nadie: enloquecido, fuera de sí. Me puse a temblar. Aparta, dije, y él se apartó, pero no para dejarme salir sino para abalanzarse sobre la vitrina de las armas. Cogió la pistola, claro, el viejo revólver plateado con iniciales en las cachas, y me apuntó a la cabeza. No está cargada, dije yo, aunque hacía tiempo que no lo comprobaba. ¿Ah, no?, dijo él, ¿estás segura?, y yo dije: Dispara y lo sabremos. Permaneció así, apuntándome con aquella pistola, durante casi un minuto, y luego dijo: No puedes marcharte. Si te vas te pego un tiro. Y después me pego uno a mí mismo. No sabes de lo que soy capaz. Parecía de veras dispuesto a hacerlo, y yo con una seguridad cuyo origen desconocía dije: Está bien. Dispara. Mátame si tienes cojones. Y por un momento creí que todo podía acabar así. Que Fernando apretaría el gatillo y que el arma resultaría estar cargada y que yo caería al suelo y moriría en medio de un charco de sangre. ¡Vamos! ¿A qué esperas? ¡Dispara de una puta vez! Fernando asintió con energía. Tenía los ojos húmedos y la boca desencajada. ¡No puedes marcharte!, ¡no puedes hacerme esto!, volvió a decir él, y cada palabra sonaba más quebradiza que la anterior, y cuando dijo hacerme esto lo dijo ya con la voz entrecortada y llorando. Dejó caer el brazo y hundió la barbilla en el pecho. Está descargado, claro que está descargado, dijo, y de golpe todo me pareció ridículo y lastimoso: él así, llorando, amenazándome con un arma descargada, y yo delante, haciéndome la valiente, desafiándole a disparar. ¿Por qué?, me preguntó, ¿por qué te vas?, y yo sentí una fuerte punzada de compasión. Porque no te quiero, Fernando, sólo por eso, dije. Él se sentó en el suelo y se tapó los ojos con la mano, y dijo todo aquello que los maridos de las películas suelen decir en situaciones así: que si dame otra oportunidad, que si te prometo que cambiaré, que si qué sentido tiene mi vida sin ti. Lo vi tan débil y desasistido que por un instante me tentó la posibilidad de reconsiderarlo todo. Pensé que todavía estábamos a tiempo y que podía volver a quererle y que todo se arreglaría, y a punto estuve de decir: Guarda eso en la vitrina, Fernando, y volvamos a la cama. Olvidémonos de lo que ha pasado. Olvidémoslo. Como si nunca hubiera ocurrido. Estuve a punto de decir todo eso, pero lo que al final dije fue sólo adiós. Adiós, Fernando, dije, e incapaz de echarle una última ojeada empujé el cochecito hasta la puerta y me fui. Mi pequeño Germán, en el cochecito azul marino, seguía tan dormido como al principio.

15. PALOMA

Aquellas navidades fueron las primeras después de la muerte de papá en que mamá no lloró, pero eso no quiere decir que fuera feliz. Su estado habitual era de hecho la infelicidad, y yo a veces la descubría mirándonos con fijeza a mí o a mis hermanas y notaba cómo un escalofrío me recorría de arriba abajo toda la espalda. La mirada de una madre no es una mirada normal. La mirada de una madre ve mucho más que la de cualquier otra persona, porque no sólo ve lo que eres en ese momento sino todo lo que has sido en todos los momentos de tu vida. Mamá me miraba, y a quien veía no era a una chica de dieciséis años y pelo castaño que tenía unos novios misteriosos y desaparecía de casa sin decir nunca adónde iba. No. Mamá veía a su hija, a su hija Paloma, y en esa mirada suya estaban al mismo tiempo todas las Palomas precedentes: la recién nacida a la que había amamantado durante casi dos años, la niña de carita redonda que ceceaba al hablar, la flacucha que jugando con unas tijeras se había destrozado el flequillo, la que no paraba de llorar mientras le escayolaban el brazo roto, la que en la noche de Reyes se negaba a irse a la cama, la que muerta de miedo tuvo que ser rescatada de unos autos de choque, la que se mareaba en todos los viajes, la que probaba a escondidas su barra de labios y su colorete... Miraba mamá a cualquiera de sus hijas y no nos veía crecidas sino que nos veía creciendo. Veía en nosotras el paso del tiempo, y viendo el paso del tiempo veía también lo que había sido su vida, lo que había hecho y dejado de hacer en todos esos años, lo que había ganado y perdido, lo que había quedado en el camino. Y eso alimentaba su sensación de infelicidad y hacía que le costara contener el llanto en las cenas de Nochebuena, en los cumpleaños, en sus aniversarios de boda.

Pero mamá no era la única que se sentía infeliz en Villa Casilda. La infelicidad se había instalado en nuestra casa y su presencia se percibía aquí y allá, como la de un huésped en un hostal. Cada una tenía su propia manera de ser infeliz. Mamá lo era de una forma callada y llorosa. Carlota, en cambio, lo era de un modo más ruidoso y desabrido. Lo suyo era quejarse amargamente de todo: de la programación de la televisión, del tiempo que hacía, de lo incómodos e impuntuales que eran los autobuses, de la fealdad de los nuevos edificios de nuestra calle, de lo mal que pegaba el velcro de las zapatillas de Germán. Se quejaba incluso de contrariedades que no se habían producido y que tal vez nunca se producirían: de las gestiones que tendría que iniciar para encontrar empleo, de cómo se las arreglaría entonces con Germán. Se quejaba de todo porque nada le gustaba, y en realidad no se daba cuenta de que se estaba quejando de sí misma y de su propia vida porque eran ella misma y su propia vida las que no le gustaban, con ese desgraciado matrimonio suyo que se resquebrajaba por momentos, si es que no estaba ya del todo roto.

Que su matrimonio no iba nada bien lo descubrí esas navidades cuando oí por casualidad una discusión entre mis hermanas. Había subido a lavarme las manos y, antes de abrir el grifo, oí las primeras voces. ¡No pienso hacerlo!, ¡antes me mato!, gritó Carlota. ¡Tienes que ir!, gritó María. Gritaban las dos como en sordina, susurrando en voz alta, pero sus palabras, cargadas de rabia, tenían la fuerza suficiente para atravesar el tabique que separaba el cuarto de baño del dormitorio de Carlota y Germán. Tranquilízate, dijo María, y Carlota replicó: ¡No me digas que me tranquilice!, ¡odio que me digan que me tranquilice! Y María dijo: Está bien, está bien, perdona... Volvieron a hablar en voz baja y no entendí lo que decían. Abrí el grifo lo justo para mojarme las manos y, cuando lo cerré, habían vuelto a elevar el tono de voz. Discutían porque María quería que Carlota fuera a comer el día de Navidad con la familia de Fernando, y Carlota se negaba. ¡Me niego!, decía, ¡me niego a ir a esa casa y a fingir que todo va bien y a sonreír a sus padres y a interpretar el papel de mujercita buena...! María la interrumpió: ¿Pero no comprendes que mamá se acabaría dando cuenta de todo? Y Carlota dijo: ¡Eso es lo que me gustaría!, ¡que se diera cuenta! María bajaba la voz y luego la subía, y en una ocasión llegó casi a chillar. Dijo: ¿Cómo puedes ser tan egoísta? ¡Tú, tú y sólo tú! ¿Por qué no piensas alguna vez en los demás? Y Carlota dijo: ¡Calla, que vas a despertar al niño! Salí entonces del cuarto de baño y con pasos sigilosos me encaminé hacia la escalera. La puerta del dormitorio se abrió y Carlota preguntó: ¿Hay alguien ahí? No creo que llegara a verme, pero de todos modos protestó: ¿Cómo tengo que decir que no hagáis ruido cuando estoy intentando dormir a Germán?

En cuanto a mí, ¿de qué forma era infeliz? Lo era con una conformidad impropia y difícil de explicar. Lo era como si siempre lo hubiera sido y siempre lo fuera a ser, como si la desdicha formara parte de mi destino y me hubiera acompañado desde el día mismo de mi nacimiento. Tenía la sensación de haberme vuelto insensible. En mi piel, plagada de cicatrices, no había sitio para nuevas heridas. ¿Cuándo había llorado por última vez? Durante el año largo de relación con Ramón había habido momentos en que había querido llorar. Pero no había podido o había podido sólo a medias, y desde entonces me parecía que había pasado mucho tiempo, una eternidad. Las lágrimas, como tantas otras cosas, pertenecían al pasado. Ahora mi novio (o ex novio o lo que todavía fuera César para mí) había resultado ser un drogadicto, había estafado a su jefe y había desaparecido, y ni siquiera eso llegaba a conmoverme.

La única en casa de la que no habría sabido decir si era feliz o infeliz era María. En realidad, de María habría sabido decir muy poco: que sólo parecía sufrir por lo que nosotras sufríamos, que acaso no tuviera otra vida que la que tenía con nosotras. Lo suyo era sacrificarse por quienes tenía más cerca, y yo me preguntaba: ¿el sacrificio está del lado de la felicidad o del de la infelicidad? Si está de este lado, del de la infelicidad, mi hermana mayor se resistía a aceptarlo, tal vez porque eso, la infelicidad, la melancolía, era algo que no podía tolerarse a sí misma: su carácter no se lo permitía. La veía llegar del trabajo, con su aspecto de mujer crecida antes de tiempo y su sonrisa tirante, con su gabardina salpicada de gotas de lluvia, con ese pañuelo arrugado que guardaba en la bocamanga cuando estaba resfriada, y me decía a mí misma: ¿Es así?, ¿es tal como nosotras la vemos o tiene una vida secreta de la que no sabemos nada? Porque si me ponía a pensar en ella, llegaba a la conclusión de que era muy poco lo que sabía de su vida. Yo era un misterio para mi familia pero podía ser que María fuera un misterio mayor.

Estoy ahora hablando de las navidades del ochenta y uno, las terceras navidades sin papá. Entre esas navidades y la primavera siguiente, que fue cuando se hizo oficial la separación entre Carlota y Fernando, ocurrieron varias cosas: los primeros polvos con Santiago, los polvos también con algunos de los amigos de Santiago.

27 de diciembre

Una reflexión de Jane Austen que me gustó:

Harriet era una de esas jóvenes que, una vez que han empezado, no dejan ya de enamorarse nunca.

¿Cómo son las jóvenes que son como Harriet?

A Santiago lo conocí en una de esas charlas sobre literatura a las que iba con Antonia. Todas esas tardes hacíamos lo mismo: la que llegaba primero reservaba un asiento para la otra, siempre en las filas delanteras, siempre en el centro, porque a Antonia le gustaba creer que el conferenciante de turno se fijaba en ella y la distinguía del resto del público. Ahora que ya no éramos profesora y alumna podíamos de verdad considerarnos amigas, y yo a veces me burlaba de lo rancio y lo monótono de su forma de vestir, de esas rebequitas con botones hasta el cuello que le gustaba llevar y que eran las que usaba para reservarme la butaca en el salón de actos. Cuando acababa la conferencia y la veía acercarse al orador en busca de unas palabras amables y una dedicatoria, no podía evitar avergonzarme un poco de ella. Al lado de aquellos hombres tiesos y envanecidos parecía muy poca cosa, la pobre. Los conferenciantes, además, la trataban como creían que merecía una mujer así, con esas piernas cortas y esas gafas y esas rebequitas, con esa sonrisa servil. Había algunos que notaban que estaba conmigo y le hacían un poco más de caso. En eso los hombres, sean escritores o bomberos, son todos iguales. Veían a una chica joven y guapa, supuestamente interesada por su obra o su persona, y se hinchaban como gallos y se daban importancia. Incluso deslizaban galanterías de las que, por elegancia o discreción, no se atrevían a excluir a Antonia, y ella se me agarraba del brazo y aprovechaba para disfrutar de su compañía.

Santiago fue, de todos aquellos escritores, el único al que me acerqué a saludar. Lo normal era que los conferenciantes me parecieran simples impostores, personajillos apenas dotados del talento necesario para cultivar una pose de artistas, con esas americanas de estampados chillones o esas cabelleras de director de orquesta o esos sombreros irreales de las películas de los años cuarenta. Santiago no. Santiago vestía como si su imagen no le importara. Llevaba unos pantalones vaqueros y un chaleco azul marino y unas gafas como las de John Lennon, y lo primero que dijo en cuanto tomó la palabra fue: Me han invitado a leer unos fragmentos de mi nueva novela pero no voy a hacerlo. El profesor universitario que acababa de presentarle le observó con curiosidad, y él prosiguió: Cuando ves que tu familia y tus amigos viven sometidos por la injusticia y el terror, las novelas que escribas o dejes de escribir carecen por completo de interés. Santiago era chileno y vivía en el exilio desde que, hacía ocho años y medio, se había producido el golpe de estado de Pinochet. Aquella tarde, en efecto, habló poco de literatura y mucho de la realidad, de una realidad hecha de sangre y sufrimiento. La muerte de Salvador Allende, la de Víctor Jara, las detenciones masivas e indiscriminadas, los centros de tortura en los que operaba la policía secreta, la impunidad con que actuaban las organizaciones paramilitares, la represión continuada y brutal, el control absoluto sobre los medios de comunicación, los enterramientos clandestinos de desaparecidos, la cínica amnistía de los violadores de los derechos humanos con que el régimen había contestado a las condenas de Naciones Unidas... Yo escuchaba cautivada aquel desfile de los horrores. Todos escuchábamos cautivados, porque por boca de aquel hombre de musical acento latinoamericano hablaba algo más que un hombre: hablaba la humanidad entera, el género humano, incapaz de concebir que tales atrocidades hubieran llegado a cometerse. Su intervención concluyó con una pregunta, ¿entienden ahora por qué me resisto a hablar de literatura?, y la sala prorrumpió en un sonoro y unánime aplauso.

Antonia, ufana, dijo que tenía amistad con Santiago desde hacía cuatro o cinco años, tal vez más, y se ofreció a presentármelo. Esperamos a que se disolvieran los últimos corrillos y nos acercamos. Santiago, Paloma, Paloma, Santiago, dijo Antonia, que ahora se comportaba con nerviosismo, como si su amistad con Santiago no fuera tal o lo fuera pero no tan antigua. Eres muy joven, Paloma, me dijo Santiago, y a mí me pareció que de golpe había perdido el acento chileno. Salimos a la calle, y con nosotros salieron el presentador del acto y otras cinco o seis personas. Alguien propuso tomar unas cañas y Antonia sonrió al ver que la propuesta nos incluía también a nosotras. Uno del grupo era el representante de la caja de ahorros, que se llamaba Salvador. Santiago le trataba como si fuera un criado. Le decía: Salva, consíguenos dos taxis. O: Llama al camarero, Salva. O: Salva, pide otra ronda y paga. Quería dejar bien claro que allí era él el importante. Luego dijo: Salva, estas dos señoritas vendrán a cenar con nosotros. Y Salva asintió con convicción, como si a él se le hubiera ocurrido antes que a Santiago. Fue éste quien en el restaurante dispuso cómo debíamos sentarnos. A mí me colocó a su derecha. Luego me dio unas palmaditas en la rodilla. Para entonces ya sólo éramos cinco: ellos dos, nosotras y el presentador, que se llamaba José Manuel y cada diez minutos se levantaba de la mesa para telefonear a su mujer. Yo también me habría levantado, pero no para telefonear a nadie sino para marcharme y no volver. El hechizo se había desvanecido. Al igual que nuestros abrigos habían quedado en el guardarropa del restaurante, la grandeza que poco antes había percibido en Santiago había quedado en otro sitio, acaso en el salón de actos de la caja de ahorros: lo veía ahora como a los otros escritores, un impostor. Nos sirvieron un aperitivo, y Antonia se empeñó en hablar de Chile y de lo que los españoles podríamos hacer por los chilenos. Santiago contestaba a sus preguntas con frases breves y concluyentes, como si hubiera escuchado esas mismas preguntas millones de veces y el asunto le aburriera. Durante la cena trató de estar chistoso. Se burlaba de la incultura de la gente. Decía cuaderno de Pitágoras en lugar de cuaderno de bitácora, y todos reían. En algún momento José Manuel hizo alguna alusión a Julia, la mujer de Santiago, y Salvador le miró como si hubiera cometido una indiscreción. Julia..., dijo Santiago, no me hables ahora de Julia. Luego Salvador pidió la cuenta y se ofreció a llevarnos en taxi. José Manuel aceptó su oferta y, después de telefonear por última vez, se fue con él. Pero si son sólo las doce, dijo Santiago.

Tampoco Antonia parecía tener ganas de irse a casa. Acabamos los tres en un bar cercano. Santiago se tomó dos vodkas con tónica e insistió en invitarnos. Antonia ahora no le hablaba de Chile sino de sus libros, de lo mucho que había disfrutado con ellos y la impaciencia con que aguardaba los siguientes. Luego me dijo: Cuando quieras nos vamos. Pero me lo dijo como pidiéndome que esperara un rato más, y yo la vi tan feliz que habría esperado hasta que cerraran el bar. A esas alturas de la noche Santiago se movía como un oso y, extrañamente, se le habían empañado sus gafas de John Lennon. Se fue al lavabo y Antonia dijo: A solas resulta encantador, ¿verdad? Volvió Santiago y entonces fue Antonia la que se fue al lavabo, y Santiago dijo: ¿Por qué pierdes el tiempo con la lesbiana esa? Respondí: Yo pierdo el tiempo con quien me apetece. Y Santiago replicó: ¿Qué te pasa?, ¿me tienes manía? Antonia venía hacia nosotros estirándose la rebequita. Santiago murmuró: ¡Dios mío, cómo va vestida!, ¡si parece una monja...! Pedimos dos taxis y Santiago se las arregló para meter a Antonia en el primero. La despidió a través de la ventanilla: Tenemos que vernos más a menudo. Entramos en el otro taxi. Santiago daba indicaciones al taxista: Vaya por esta calle, después por esta otra, coja la segunda a la derecha... Señaló un portal. En el ático tengo un estudio, ¿quieres verlo?, dijo. ¿Y Julia, tu mujer?, dije. En casa, dijo. Pues vete a casa, dije. Lo lógico entonces era que se pusiera a hablarme de ella y de la última de las innumerables crisis por las que había pasado su matrimonio. Todos lo hacen, todos los hombres casados que tratan de seducir a una jovencita. Él no lo hizo. ¿Dónde te llevo?, dijo, haciendo un gesto de lord inglés que acepta con elegancia la derrota. ¿Dónde vas?, dije. Estábamos más cerca de su casa que de la mía. Te llevo yo, dije, pero dame dinero para el taxi. Paramos tres manzanas más adelante. Santiago me dio un billete de mil y dijo: Hasta la vista.

Me acosté por primera vez con él una semana después. Aquella tarde Antonia y yo nos lo encontramos en una lectura poética de un amigo suyo peruano, y se sentó con nosotras. En realidad creo que no se trató de un encuentro casual. De las palabras de ambos deduje que habían hablado por teléfono y Santiago se había asegurado de que no faltaríamos. Qué sorpresa, dijo sin embargo al verme. Asistimos en silencio a la lectura de poemas, y luego aplaudimos y reprodujimos el mismo esquema de la primera noche: las cañas, la cena, los vodkas con tónica, la distribución final en distintos taxis. Volvimos Santiago y yo a quedarnos solos, y él me preguntó: ¿Tampoco hoy quieres ver mi estudio? Sí, hoy sí, dije, y media hora después estábamos follando sobre un viejo sofá cubierto por una jarapa.

El edificio estaba situado sobre las vías soterradas del ferrocarril, y cada vez que pasaba un tren notábamos un ligero temblor. Había sólo un par de estanterías, y junto a las paredes se amontonaban docenas de cajas llenas de libros. Había una foto de Pablo Neruda y otra del Che Guevara, un precolombina con los brazos muy cortos o rotos, dos de carnaval, una linterna, una antigua bocina de coche, beza de plástico como las de las tiendas de peluquines, una flauta de caña, un jarrón con tres flores artificiales, una lámina con las diferentes razas de perros, una chilaba, una torre Eiffel en miniatura, un pisapapeles de cristal, un cenicero del hotel Waldorf Astoria, unas maracas. Mientras follábamos pensé que aquél era el sitio del Santiago joven y chileno y que su casa, con una decoración que imaginaba pactada y convencional, debía de ser el del Santiago maduro y exiliado. Echamos dos polvos casi seguidos, el segundo más trabajado que el primero, y Santiago, sin resuello, dijo: Ha estado muy bien. ¿Mejor que con tu mujer?, dije, y él dijo: Mucho mejor. ¿Otro?, dije. Se echó a reír: ¿Quién te has creído que soy? Yo reí también.

9 de febrero

Me pase lo que me pase, seguiré teniendo fe en el amor. A veces pienso que hay un hombre en el mundo que me está destinado, el hombre de mi vida, y que tarde o temprano nos acabaremos encontrando. ¿Dónde? ¿Cómo? Eso no lo sé. Puede ser que el encuentro llegue a producirse pero que sea tan breve, tan fugaz, que el instante pase sin que ni él ni yo nos demos cuenta hasta más tarde, cuando ya no nos sirva de nada. Por eso estoy siempre atenta a la gente que me rodea, a los hombres con los que me cruzo por la calle, a los que comparten conmigo el autobús: si estuviera entre ellos, ¿cuál sería? Otras veces me pongo pesimista y temo que ese encuentro ni siquiera llegue a producirse. ¿Y si ese día me retraso unos minutos sobre mi horario habitual y el hombre de mi vida va en el autobús anterior? ¿Y si ocurre al revés?, ¿que yo corra para coger ese autobús y resulte que él viaja precisamente en el siguiente, el que yo tendría que coger por culpa de ese pequeño retraso?

Me llamó Santiago para invitarme a cenar. Me dijo que quería regalarme algunos de sus libros, pero yo sabía (los dos sabíamos) que eso no era más que un pretexto. Está bien, dije, ¿dónde? Quedamos en un pequeño restaurante de las afueras en el que era improbable que se produjera un encuentro embarazoso. Santiago sacó tres libros y me los dedicó. En dos de ellos puso nada más: Para Paloma, con todo mi afecto. En el otro escribió: Para Paloma, para que nada interrumpa su vuelo. Habló de sus libros: de las elogiosas críticas que habían recibido, de los premios que habían obtenido en Chile y en España, de los comentarios que algunos lectores le habían hecho sobre ellos. Habló de sus libros por simple vanidad pero también porque no teníamos nada mejor de lo que hablar. Yo trataba de bromear. Le decía: Si no me gustan, ¿tengo que decirte la verdad? La verdad, toda la verdad y nada más que la verdad, bromeaba él, pero bromeaba con un aplomo algo impostado, imaginando por primera vez mi posible decepción. Me di cuenta de que Santiago, acaso como todos los escritores y artistas, prefería ser admirado a ser amado, lo que le hacía particularmente vulnerable. Aquella noche, en el estudio, hablamos bastante de Julia, su mujer. Dije: ¿Cómo es?, ¿es española o chilena? Dijo: Chilena también. Dije: ¿La quieres? Dijo: Creo que sí. Dije: Sabes que sí. Me parecía que así las cosas estaban claras: él quería sexo y yo volver a disfrutar de la compañía íntima de un hombre, saberme otra vez deseada, sentirme de nuevo mujer. Quería todo eso pero no quería comprometer mis sentimientos: de ahí que prefiriera los hombres casados a los solteros. Santiago nunca haría, como hacía Ramón, planes para el futuro, ni me diría que no era justo que tuviéramos sólo una vida, ni soñaría con vivir algún día conmigo y con tener una hija con un pelo como el mío y unos ojos como los míos. Santiago nunca me hablaría de amor.

Pero eso no quiere decir que no me tuviera cariño ni que no me tratara con ternura. Follamos aquella noche y bastantes noches más. Él me llamaba y yo iba a su estudio, y me gustaba que me acariciara y que me dijera al oído lo bonita que le parecía la expresión de mi cara, tan triste, tan absorta. En eso consistía para mí la ternura: en escuchar unos susurros afectuosos y en dejarme acariciar. El desprecio que me había inspirado la primera noche había desaparecido. No se puede despreciar a alguien cuando se tiene acceso a su intimidad, porque sus defectos y flaquezas, como los de una madre o una hermana, han pasado a formar parte de ti y acabas disculpándolos. A mí ese acceso me lo proporcionaban tanto nuestros revolcones en el sofá como la lectura de sus libros, y sabía que su punto débil era el narcisismo, y por tanto la inseguridad. Cuando hablábamos, hablábamos sobre todo de sus libros. Santiago tenía novelas anteriores y novelas posteriores al golpe de Pinochet. A mí me interesaban poco sus novelas recientes y mucho las antiguas, porque hablaban de un mundo en el que la felicidad era posible y me hacían pensar que, de haberle conocido en aquellos años, habría podido llegar a enamorarme de él. Santiago, a veces, me leía fragmentos de la novela en la que estaba trabajando. Cuando concluía la lectura, me miraba con ansiedad, los labios un poco separados, las gafas de John Lennon empañadas como aquella noche en el bar. ¿Qué?, decía, ¿qué te ha parecido? Y yo decía me gusta, me gusta mucho, me parece... distinto, especial, aunque en realidad me gustaba tan poco como sus últimos libros y no me parecía ni distinto ni especial. ¿De verdad?, insistía él sin acabar de creérselo, y hacia la una y media o las dos me acompañaba al taxi y nos decíamos adiós con la mano.

20 de febrero
Busco en la novela de Jane Austen otra frase que me llamó la atención: La vanidad, cuando trabaja sobre un cerebro débil, produce toda clase de desgracias.
¿Es el caso de Santiago? No creo. Tal vez la combinación de vanidad e inteligencia se dé en todos los artistas y escritores. Santiago se ha inventado un personaje, y la vanidad es la fuente de la que saca la energía necesaria para estar a su altura.

Algunas noches Santiago salía con sus amigos y me llamaba desde un bar. Ven, decía, me apetece estar contigo. Lo que le apetecía era que sus amigos me vieran. Estaban con él el poeta peruano y tres o cuatro hombres a los que conocía de vista, uno de ellos librero, profesores los otros, y Santiago me exhibía como un trofeo de caza. Lo notaba en su sonrisa orgullosa pero también en el silencio expectante que seguía a mi llegada, en las miradas que intercambiaban cuando me sentaba, en la falsa espontaneidad de su conversación: qué curioso que ni Santiago mencionara nunca a su mujer ni los otros a las suyas. Hablaban de política, de deporte, de libros, y cuando yo intervenía todos fingían escucharme con interés. Luego Santiago decía ¿nos vamos?, y no estaba claro si quería decir que nos íbamos él y yo o que nos íbamos todos, pero el caso es que salíamos los dos juntos y nos metíamos en el mismo taxi.

Si había algo que deseaba evitar, era que Santiago pudiera llegar a creerme de su propiedad. Una de esas noches le di mi número de teléfono al poeta peruano, que se llamaba Mario y siempre me hablaba de usted. Le dije que me llamara algún día y me llamó a la mañana siguiente. ¿Tiene un rato libre?, dijo. Me esperó a la entrada del Teatro Principal. Nos dimos un beso y dijimos: Bueno, bueno. La marquesina nos protegía de la lluvia. Vivo aquí al lado, dijo. Hay casas muy bonitas, dije. Mario mantenía las manos metidas en los bolsillos del abrigo y parecía envarado. Vivo muy cerquita, insistió. ¿Y a qué esperamos?, dije. Su cama era estrecha, demasiado estrecha para alguien obeso como él. No vienen muchas mujeres por aquí, dijo a modo de disculpa. Nos acomodamos como pudimos y la cosa duró poco porque Mario se corrió enseguida. Me quedo a hacerte compañía, dije, porque me pareció que se sentía muy solo. Él me lo agradeció con una sonrisa de ojos rasgados, casi orientales. Permanecimos un rato abrazados, oyendo el murmullo de la lluvia en los cristales.

Unos días después llamó otro de los amigos de Santiago, uno de los profesores, y me llevó al Hotel El Cisne, que yo recordaba de la época en que papá y el tío Delfín nos llevaban a los karts. Cuando terminamos, me preguntó si necesitaba dinero. Dije: Tú eres de los que se sienten más seguros cuando pagan por el sexo... Él sonrió algo turbado y se llevó la mano a la cartera. ¿Cuánto?, dijo. Bastante, dije por decir algo. ¿Veinte mil es mucho o es bastante?, dijo. Aquel hombre debía de pensar que yo era una putilla, una de esas estudiantes que de forma ocasional ejercen la prostitución, y yo por un momento me vi como alguien así y estuve tentada de aceptar su dinero. Me acordé entonces de la única vez que había visto putas, de aquella tarde ya lejana en que fui con mamá y mis hermanas a retirar el Simca 1200 y acabamos todas dentro de una acequia. Para convertirme en una de ellas sólo tenía que coger aquellos billetes y decir gracias, y en realidad las cosas no serían tan distintas. Sin embargo dije: Estaba bromeando.

Imaginaba que Santiago y sus amigos hablaban de mí a mis espaldas. Con Nicolás, el profesor, volví a follar en unas cuantas ocasiones, siempre en El Cisne. Con Mario sólo un par de veces más. Y mientras tanto seguía acudiendo al estudio de Santiago cada vez que me llamaba. Al principio parecía dolido conmigo y evitaba toda mención a Mario y a Nicolás. Pero no tardó en aceptar la nueva situación, y todo volvió a ser como antes. Echábamos un polvo sobre el sofá y después me leía los nuevos capítulos de su novela. Y yo pensaba en lo diferentes que eran los hombres, con esos olores que tenían, tan distintos, y esos ruidos que hacían al tragar saliva o respirar, con el tacto nunca igual de sus manos, sus cuellos, sus vientres, con esa manera de tratarme en la intimidad, que jamás era la misma: unos querían abrazar y otros ser abrazados, unos me tocaban como temiendo hacerme daño y otros como queriéndolo, unos parecían tener que pedirme permiso para follar y otros lo hacían con la autoridad de quien ejerce un derecho. Qué diferentes eran todos, y qué vidas tan distintas: en eso pensaba mientras me acostaba con ellos, y en ningún momento me planteaba si me estaba convirtiendo en un simple juguete de los hombres.

19 de mayo

Estoy leyendo *Del amor*, de Stendhal. No entiendo ese libro o lo entiendo sólo a medias. Entiendo cuando dice que la inquietud de los adolescentes se debe a una sed de amar porque eso es lo que yo soy, una adolescente, y tal vez sea ésa la causa de mi constante inquietud. Entiendo cuando habla de esos hombres que desean tener una mujer como se posee un hermoso caballo porque Santiago es así. Pero todo lo demás no lo entiendo. Stendhal intentó descubrir las reglas de juego del amor y yo no me reconozco en esas reglas. Es como si hablara de un juego diferente, como si para él el amor fuera jugar al ajedrez y para mí jugar a las damas: el mismo tablero pero nada más.

El marido de mi hermana dejó de aparecer por Villa Casilda, y la tirantez que en tantos momentos había percibido se esfumó de golpe. Carlota, sin Fernando, era otra persona. No la Carlota anterior a Fernando sino una Carlota nueva, transformada por la maternidad y la experiencia. Ella, que siempre había sido tan descuidada con las cosas de la casa, se había vuelto diligente y hogareña. Las toallas que antes dejaba tiradas en cualquier sitio ahora aparecían meticulosamente plegadas, los cacharros que fregaba sin ningún esmero se veían ahora impolutos, los postres que antes preparaba sólo en fechas señaladas y a regañadientes ya nunca faltaban en la nevera. Igual que los fumadores siguen siéndolo tiempo después de haber dejado de fumar, mi hermana seguía siendo una mujer casada aunque su matrimonio se hubiera roto. Carlota era la perfecta ama de casa y esposa. Había nacido para eso, del mismo modo que María había nacido para permanecer soltera y yo para liarme con hombres casados. Y, aunque parezca contradictorio, el fracaso matrimonial había acabado haciendo de ella una persona mejor, más madura y responsable, más tolerante y cariñosa. Por primera vez en mucho tiempo la vi feliz, y pensé que para las mujeres como ella esas cosas no admiten medias tintas: o un marido ejemplar o nada. En aquella época no se cansaba de repetir lo mucho que nos quería a todas: nos lo decía a mamá y a mí cuando le parecía que estábamos tristes, se lo decía a María cuando la empresa de Delfín parecía pasar por dificultades, y no sólo nos lo decía sino que nos pedía que nos lo dijéramos unas a otras, te quiero, mamá, te quiero, María, porque según ella en Villa Casilda ya no podían reinar sino el amor y la armonía. Se había propuesto ser el ama de casa de Villa Casilda aunque Villa Casilda no fuera en sentido estricto su casa. Decía, de hecho, que nunca se volvería a casar y que los hombres no le interesaban, pero cuando lo decía nosotras nos sonreíamos porque pensábamos que seguramente sería sólo cuestión de tiempo. Mientras tanto, como a la Emma de Jane Austen, le dio por hablar de buscarnos pareja a las demás. A María, a la que debía de haber dejado por imposible, no se lo decía, pero en su ausencia comentaba: Lo que necesita es un hombre, aunque qué hombre estaría dispuesto a aguantarla. Y a mí me decía: ¿Y tú?, ¿avanzas con tu chico o habrá que buscarte otro? Al final se decidió a empezar por mamá, porque lo veía menos complicado que con María y conmigo, y los primeros pretendientes no tardaron en desfilar por nuestra casa. Y yo miraba a mamá acudir al encuentro de esos desconocidos y pensaba: Cuesta aceptar que las personas a las que llevamos toda la vida queriendo tengan derecho a querer a otros.

El verano estaba ya muy cerca. Seguía viendo a Santiago en su estudio y, aunque con menos regularidad, a sus amigos: a Mario en el pisito, a Nicolás en el Hotel El Cisne. Una tarde llamé a Antonia para ir juntas a una conferencia. A la salida me dijo: Me han llegado rumores. Dime que no es verdad. No dije nada, y ella insistió: ¿Qué será lo próximo?, ¿anunciarte en las páginas de contactos? Podría haber tratado de explicárselo todo, pero me pareció improbable que llegara a entenderme. ¿Qué estás haciendo con tu vida, Paloma?, ¿dónde crees que vas a llegar por ese camino?, me preguntó. Se marchó sin decirme adiós y no me apeteció volverla a llamar.

De César no había vuelto a tener noticias. Mejor así: prefería olvidarle. Rehuía todo aquello que pudiera llevarme a recordarle, y en mis paseos por la ciudad evitaba pasar por la calle del canódromo, por las de los bares que habíamos frecuentado juntos, por la de Automóviles Esteban. A Mauricio me lo encontré en una ocasión, y la escena no fue muy agradable. Me dijo: Ahora me vas a decir dónde se ha metido ése. Me dijo: No me vengas con que no lo sabes. Me dijo: Te voy a llevar a juicio y me vas a pagar tú lo que él me robó. Yo le dije que no había visto a César desde hacía meses y que no tenía dinero. Él se acarició el foulard y se apiadó un poco. Me dijo: No sé qué hacías con alguien así; ese chico era un caso perdido.

A César lo vi un día a la salida de la academia. El que me esperaba apoyado en el capó de un coche era César y no lo era. Estaba flaco, sucio, ojeroso, y llevaba el pelo más largo que nunca. Por un momento pensé que no era él sino alguien que tuviera el mismo aire de familia, acaso un hermano, su hermano muerto. ¿A qué has venido?, dije. A ver cómo estabas, dijo. Estoy bien, gracias, dije, y eché a andar. Me siguió. Me detuve. Dije: ¿No comprendes que no quiero verte? Dijo: ¿Por qué? Dije: Porque lo sé todo. Dijo: ¿Qué es lo que sabes? Dije: Qué más da, lo sé todo, y lo que no sé lo supongo. Suponía que había robado a Mauricio porque debía mucho dinero y porque la gente a la que se lo debía era bastante peor que Mauricio. No sabes nada, dijo. No hables, sólo hablas para decir mentiras, dije. Dijo: Mauricio, ese hijoputa que siempre me regateaba la comisión... Dijo que la culpa de todo la tenía él, Mauricio. Que si no hubiera sido por ese cabrón, su vida ahora sería muy diferente. Que Mauricio era de los que robaban a todo el mundo: a sus empleados, a sus clientes, a sus socios. Que de quién me creía yo que había aprendido él. Y yo le dije: Siempre son los demás los que tienen la culpa, ¿verdad? Primero la tenían tus padres, después Mauricio. ¿Y tú?, ¿tú nunca tienes la culpa de nada? César agachó la cabeza y yo sentí pena por él. Mírate, dije, te has convertido en un yonqui.

Nos sentamos en un banco y permanecimos un rato en silencio, mirando los coches pasar. Yo sabía que no había venido a darme explicaciones. Entonces ¿a qué?, ¿a pedirme dinero?

Sacó un paquete de cigarrillos. Me fijé en la marca, Lark, la misma que fumaba Ramón. Tal vez fue ese detalle lo que me llevó a decir: Pídele ayuda a tu padre, que es rico. En el mismo momento en que lo decía intuí que ya había recurrido a él. Se llevó el cigarrillo a los labios con dedos temblorosos y traté de imaginar cómo sería su vida de yonqui, sacándoles dinero a su padre, a su madre, a sus antiguos amigos, a todos. Me observó con tristeza y rencor, acaso imaginando lo que yo misma estaba imaginando. Luego levantó la vista hacia un punto indetermina-do por encima de los árboles y las casas y dijo que última-mente dormía muchas horas y que el mundo de los sueños le parecía más acogedor que el mundo real. Que en él la gente te conocía bien y te quería tal como eras, que no existían ni la en-fermedad ni la muerte, que los muertos seguían vivos. Y yo vol-ví a acordarme de su hermano Javier, que tal vez fuera uno de esos muertos que seguían vivos en sus sueños. César hablaba del mundo de los sueños como los cristianos hablan del cielo, y yo le escuchaba y miraba también por encima de las casas y los árboles y no veía ya ni edificios ni grúas ni antenas de televi-sión: sólo el cielo.

De repente se levantó y echó a andar. Espera, dije, pero él siguió andando. Cuando le alcancé vi que estaba llorando. ¿Qué te pasa?, dije. Negó con la cabeza. ¿Qué te pasa?, volví a decir. Sacó de un bolsillo un papel doblado. ¿Qué significa esto?, preguntó. ¿Qué significa qué?, dije. ¡Esto!, gritó, ¡esto que tengo en la mano! Era un pequeño cartel con mi foto, mis datos y la palabra DESAPARECIDA en letras mayúsculas. Lo he encontrado en el apartamento de mi padre, entre sus cosas..., dijo César. ¿Qué pasó entre vosotros?, añadió con una voz llo-rosa que no era la suya.

Las últimas noticias sobre César las recibí bien entrado el verano. Sonó el teléfono de casa. ¿Quién es?, dije. Soy Belinda, ¿te acuerdas?, contestó una voz entrecortada. No, dije. Dijo: Belinda, una amiga de César, nos vimos un día en el piso... Me acuerdo, dije. Hubo un instante de silencio, y Belinda dijo: Ven, por favor, ven cuanto antes...

16. MARÍA

–¿Y a Galicia? –dijo Carlota mientras hojeaba distraída una revista–. No conozco Galicia, pero dicen que es muy bonita.

–Sí que lo es –dijo mamá–. Yo estuve una vez. Hace mucho. Cuando todavía vuestro padre y yo no éramos novios...

–¿Con quién fuiste? –preguntó Carlota, maliciosa–. No irás a decirnos que fuiste sola...

–Paloma, por favor, mira a ver si puedes abrir esta sombrilla...

Paloma se levantó del columpio y forcejeó con la sombrilla hasta que logró abrirla. Carlota insistió:

–¿Vas a decirnos con quién fuiste o no?

Mamá sonrió halagada y se encogió de hombros. Eso era muy suyo: aprovechar la menor ocasión para sugerir que había habido novios anteriores a papá y luego desmentirlo sin especial convicción.

–Con los tíos de Madrid –dijo–. Con Mariola, Rosita y los tíos. Tuve que ir en tren hasta León y allí me recogieron con el coche. Fue el año de *Mogambo*.

–¿La de Ava Gardner?

–La de Ava Gardner, Grace Kelly y Clark Gable –dijo y, como siempre, pronunció Grace a la manera inglesa y Gable a la española–. Nosotras la vimos en Ferrol, en uno de esos cines de reestreno... Los chicos silbaban cada vez que salía Ava Gardner. ¡Cuidado con el niño!, ¡se va a tragar toda el agua de la piscina!

–¡Ven con la tía! –dijo Paloma, extendiendo los brazos, y Germán se hincó los dedos en los mofletes hinchados y un chorretón de agua le resbaló por la barbilla.

–Pero no sé si un viaje tan largo... –dijo Carlota, haciendo un gesto hacia el pequeño–. La verdad es que está lejos.

–Pues entonces San Sebastián –dijo mamá.

–Pues San Sebastián –asintió Carlota.

–O Fuenterrabía –añadió mamá–. En Fuenterrabía sí que estuve con vuestro padre...

–Donde sea –la interrumpió Carlota–. Lo que no quiero es pasarme otro verano sin salir del jardín.

Hablaban. Hablaban alegremente de viajes que no llegaríamos a hacer, y yo pensaba que ninguna de ellas volvería nunca a pronunciar las palabras de Carlota: Lo que no quiero es pasarme otro verano sin salir del jardín. Estábamos a principios de agosto. Era aquél el último mes de agosto que pasaríamos en Villa Casilda, pero yo todavía no había querido decirles nada. ¿De qué habría servido, si no podíamos hacer nada para evitar lo que se nos venía encima, y menos entonces, durante las vacaciones judiciales? El cierre de los juzgados había sido para mí como el inicio de una tregua. Tenía todo el mes por delante, un mes entero para elegir el momento de anunciarlo, y me parecía que, mientras no lo hiciera, sería como si no hubiera ocurrido nada, como si todo siguiera igual que siempre y la casa fuera a ser nuestra para toda la vida.

–Aunque el Cantábrico, ya se sabe... –reflexionó mamá en voz alta.

–Sí. –Carlota le dio la razón–. Donde esté el Mediterráneo...

Durante ese mes la idea de la tregua fue robusteciéndose en mi interior, y en algún momento llegué a creer que la vida era eso, esa temporada sin embargos ni subastas judiciales, sin amenazas sobre nuestra casa y nuestra forma de vida. Añoraba la despreocupada felicidad de los veranos antiguos, veranos de hombros quemados y pálidas marcas de los tirantes, veranos de horchata bien fría y costras en las rodillas, de excursiones en busca de moras. Era tan fácil y tan grato dejarse mecer por esas ensoñaciones... Algunas mañanas, en el duermevela que precedía al despertar, me sentía invadida por una sensación inequívocamente placentera: la sensación de vivir en un mundo que estaba bien hecho, un mundo ordenado y armonioso en el que no había sobresaltos ni peligros, ¿por qué no tendría que ser así? Luego abría los ojos y me bastaba con ver los muebles del dormitorio (la cama vacía y sin sábanas de Carlota, la cama de Paloma con Paloma desperezándose, los cajones mal cerrados de la cómoda, las sillas con la ropa del día anterior) para volver a la realidad y recordar nuestra situación. Entonces cerraba con fuerza los ojos y, del mismo modo que cuando nos despertamos en mitad de un sueño agradable y tratamos de retenerlo y prolongarlo, me esforzaba por recuperar esa ilusión anterior y por aferrarme a ella. Apartaba de mí la realidad como si fuera un mal sueño, cuando el único sueño era precisamente el otro, y como sueño que era se desvanecía a los pocos instantes.

–Qué mañana tan limpia... –oía decir a Paloma, asomada a la ventana.

–¡Café recién hecho! –gritaba Carlota desde el piso de abajo.

Mamá y mis hermanas hablaban, y yo escuchaba y pensaba que pronto todo aquello sería irrepetible: esas conversaciones en esa parte del jardín, el olor del níspero y la hierba, el ñic-ñic del columpio en la brisa de la tarde, las voces de Carlota llamando a su hijo desde uno de los ojos de buey de la Redonda, Germán escondiéndose en la caseta del perro, mamá haciéndole un gesto de complicidad mientras echaba pesticida en el muro de hiedra. Si hubiera tenido a mano una cámara, no habría parado de hacer fotos, aunque sabía que ninguna de ellas me devolvería jamás todo el cúmulo de sensaciones que cada uno de esos instantes llevaba aparejado. La sensación, por ejemplo, de que toda mi vida y toda la vida de los míos estaba allí, en esas imágenes, en esos olores, en esos sonidos familiares. La sensación también de que todo lo que veía o hacía lo veía o lo hacía por última vez. Tenía aquellos días una rara conciencia de la casa y sus objetos. Me sentía como deben de sentirse los heridos a los que han de amputarles un brazo o una pierna, que no pueden dejar de pensar en ese miembro del que pronto se verán privados. Yo, del mismo modo, no podía dejar de pensar en Villa Casilda y en todo lo que Villa Casilda contenía o había contenido. Veía la casa y la veía tal como había sido en todas las etapas de mi vida. Veía nuestro viejo equipo de música y recordaba que en su sitio de ahora había estado la televisión y en el de la televisión una vitrina con abanicos y figuritas de porcelana, y que durante años el sofá había estado orientado hacia el otro lado, hacia el lado en el que había estado la televisión y ahora estaba el equipo. Acariciaba el papel de rayas de las paredes del comedor y me acordaba de que antes había habido un papel de flores de lis, y antes de éste, una capa de pintura de color yema de huevo. Subía por la escalera y revivía las mañanas de la infancia en que Carlota y yo nos deslizábamos riendo y gritando por la barandilla. Abría las puertas de las habitaciones y volvían a mí sonidos que en otro tiempo habían sido habituales, los estruendosos ronquidos del abuelo, los susurros de mis padres a la hora de acostarse, las voces de Paloma hablando en sueños, las de Carlota haciéndola callar, los ronroneos de Dama y de Mirón. Y me asomaba a la Redonda y seguía con los dedos la grieta de la pared y volvía a preguntarme por esa fecha que una mano infantil había escrito un día de diciembre del año cuarenta y tres, una inscripción que podía ser la conmemoración de algo pero que acaso sólo se conmemorara a sí misma... Todo el pasado familiar se me representaba en cada uno de aquellos objetos y detalles, y en esas imágenes del pasado estaba también encerrada una parte de mi futuro inmediato, esa sensación de desposesión a la que sin duda tardaría en acostumbrarme. De desposesión o más bien de mutilación, porque sabía que la falta de Villa Casilda me dolería como dicen que a los mutilados les sigue doliendo el brazo que no tienen.

Fue un tiempo de despedidas. Decía adiós a todo lo que hasta entonces había sido mi vida, porque no podía ignorar lo que me esperaba a principios de septiembre. Decía adiós a la casa, y lo único que buscaba era el momento de dar a mi madre la mala noticia.

El momento llegó una noche de finales de agosto. Paloma había salido y Carlota dio las buenas noches y subió a acostarse. El televisor estaba encendido pero ni mamá ni yo le prestábamos atención. Ella hacía solitarios en la mesa camilla. Me senté a su lado.

–Si no vamos a ir a ningún sitio, por lo menos podríamos hacer una excursión al Monasterio de Piedra –dijo, como reanudando una conversación que hubiera quedado interrumpida–. Dicen que es muy bonito, con cascadas, cuevas, un pequeño lago. En mi época iban los recién casados, y volvían con esas fotos tan cursis en las que no se sabe si están enamorados o aburridos...

–Mamá –dije.

–Tu padre prometió llevarme cuando éramos novios –prosiguió–. Pero nos casamos y naciste tú y luego nacieron tus hermanas...

–Mamá... –volví a decir.

–¿Mmmm?

–Escúchame un momento, mamá.

–Te escucho.

–¿Por qué no me dijiste que habías hipotecado la casa? Nos la han embargado y dentro de unos días sale a subasta. Nos echan de aquí. Tendremos que buscar piso.

–¿Qué tontería es ésa? –dijo ella, apartando sólo un instante la vista de las cartas.

–Pediste dinero al banco y no lo has devuelto. ¿Cuántas veces te han escrito reclamándotelo? Dentro de un par de meses vendrá un oficial del juzgado y nos dirá que cojamos nuestras cosas y nos larguemos.

–Vamos, vamos... –sacudió la cabeza–, no será para tanto.

Así era ella, incapaz de medir las consecuencias de sus actos, y tal vez tendría que haber supuesto que reaccionaría de ese modo, atrincherándose en una displicencia que seguramente era la misma con la que, un mes tras otro, había ido despachando las notificaciones del banco. Volví a explicárselo todo. Le dije: Hipotecaste la casa. Me dijo: Sí. Le dije: ¿Pagaste las cuotas? Me dijo: No. Le dije:

—Pues eso es lo que les pasa a los que hipotecan su casa y no pagan las cuotas. Que les echan. Que les quitan la casa. Y eso es lo que nos va a pasar a nosotras.

Mamá entonces hizo un montón con las cartas y las alejó de su lado. Me miró con aire acusador:

—Ay, María, parece que disfrutas dando malas noticias...

Su actitud era de leve disgusto, ni siquiera de irritación, como si en el fondo lo único importante fuera que le había fastidiado el solitario. Lo que en ningún momento demostró fue preocupación, y me sentí obligada a explicárselo otra vez: ¿había hipotecado la casa?, ¿había pagado las cuotas...?

—Lo he entendido —me interrumpió—. No soy tonta.

—Lo que no has entendido es que Villa Casilda ya no es nuestra. Y que, para seguir viviendo aquí, tendríamos que comprársela a su actual propietario...

—¿Comprar, dices? ¿Cómo voy a comprar mi propia casa?

—¿Lo ves como no has entendido nada? —exclamé, fuera de mí—. ¡La casa no es tuya! ¡Es del banco!

Sólo entonces, después de aquellos gritos, empezó a darse cuenta de la gravedad del asunto. Me miró con los párpados entornados y dijo:

—Se paga al banco y arreglado...

Lo dijo con voz débil, preguntando más que afirmando, y yo negué con la cabeza y dije:

—Demasiado tarde. Y, de todos modos, ¿con qué dinero le pensabas pagar?

Se encogió de hombros, como si en el fondo ese detalle le pareciera intrascendente. Insistí:

—Cuando pediste el dinero al banco, supongo que tenías intención de devolverlo. ¿Cómo pensabas hacerlo?

—¿Con la herencia del abuelo...? —Volvió a encogerse de hombros.

Seguía contestando con preguntas a mis preguntas: era

como si estuviera tratando de acertar las respuestas correctas, que sólo yo conocía.

–¿Herencia? ¿Qué herencia?

–Ay, no sé, algo tendría. Todo el mundo tiene algo cuando se muere. Pensaba ponerme a arreglar las cosas pero lo fui dejando, dejando...

Aquello era absurdo: mamá hablando de una herencia que no existía y que, de haber existido, se habría cobrado siete años antes, a la muerte del abuelo.

–Mi padre, siempre que se enfadaba, hablaba de desheredarnos –dijo–. ¿No recuerdas que decía que sólo le aguantábamos para quedarnos con la herencia?

–Tu padre no estaba bien de la cabeza –dije con rencor.

–No te permito que hables así...

–A ver. Dime. ¿Dónde está esa herencia? ¿Dónde demonios está?

Pero mamá tenía razón. La herencia, la famosa herencia del abuelo. ¿Cuántas veces le habíamos oído rezongar al respecto? ¿Cuántas veces le habíamos oído decir que, si no le tratábamos bien, cogería su dinero y se iría a Montecarlo a jugárselo en el casino? El abuelo hablaba de su fortuna como si fuera la de los Rotschild o los Rockefeller y, aunque eso era a todas luces una fantasía senil, bien podía ser que en ella hubiera algo de cierto.

–El abuelo murió cuatro años antes que papá –dije–. ¿Puede ser que él...?

–Imposible –negó ella, taxativa–. Yo era su única heredera. Me habría enterado. No sé. Habría tenido que ir al notario, firmar algún papel...

–¿Y la casa?

–La casa estaba a mi nombre desde la muerte de mamá.

Había recuperado su anterior seguridad, y ahora me hablaba con el tono de quien siempre ha sabido que tenía razón. Y yo, acaso por ese tono suyo, acaso porque la desesperación nos hace crédulos, empezaba a pensar que todo podía arreglarse.

–Entonces, ¿dónde está? –volví a preguntar, pero ahora la mía no era una pregunta retórica.

Al cabo de un rato estábamos en la biblioteca, con los cajones sacados de sus guías y montones de carpetas desparramadas por el suelo. Aparecieron viejas cartas y facturas, libros de cuentas de dos o tres décadas antes, antiguos carnets de conducir e identidad, testamentos de parientes de mamá pero no el de su padre, copias de escrituras de propiedades vendidas mucho tiempo atrás, garantías de electrodomésticos ya inexistentes, radiografías e historiales médicos de la abuela y el abuelo y también de papá, pólizas de seguros vencidas, agendas y calendarios, libros de familia, partidas de nacimiento, recordatorios de primeras comuniones, esquelas recortadas de los periódicos, diplomas sin valor, certificados de buena conducta, orlas académicas, álbumes de fotos. Mamá sacó algo de algún sitio y exclamó:

—¿Qué te decía? ¡Aquí están las fotos de aquel verano en Galicia! En ésta salgo con Rosita. En ésta con Mariola y los tíos...

—¡Mamá, por favor! –dije yo.

Seguí registrando cajones y carpetas hasta que me pareció evidente que no encontraría lo que andaba buscando. Pero mis esperanzas se resistían a extinguirse, y para entonces una nueva idea se había abierto camino en mi cabeza. El armario, pensé. El armario en el que el abuelo guardaba sus artículos de promoción, vales de descuento y cupones para concursos. El armario de sus tesoros, que nadie había tocado desde el día de su muerte. ¿En qué sitio sino en ése habría escondido las más valiosas de sus pertenencias un chiflado como él? Eché a correr escaleras arriba.

—¿Se puede saber dónde vas? –decía mamá a mi espalda, y cuando me vio abalanzarme sobre la puerta del dormitorio, añadió–: ¡Vas a despertar a Carlota y al niño!

A Carlota no la desperté porque ya estaba despierta. La habitación olía al humo de sus cigarrillos mentolados.

—¿Qué pasa? –preguntó dando un respingo, y se apresuró a aplastar el cigarrillo en el cenicero de la mesilla.

Le expliqué la situación mientras con la única llave del armario abría sus tres puertas. Le dije que Villa Casilda había dejado de ser nuestra pero que todavía estábamos a tiempo de recuperarla. Encontrar la herencia del abuelo: era nuestra última oportunidad. Escuchar aquello casi le provocó un sofoco.

—Pero ¡mamá! ¿Cómo has podido...?

—¡Chisss! —dijo ella—. ¡Que vas a despertar a Germán!

—¡A Germán lo despierto si me apetece, que para eso es mi hijo!

Entre las dos, y ante la mirada de mamá, vaciamos con rapidez uno de los cuerpos laterales del armario, el de la derecha: una colchoneta hinchable, un sombrero mexicano y otro cordobés, decenas de camisetas en sus bolsas, un juego de sartenes y otro de cacerolas, una reproducción en latón de un globo aerostático, dos paraguas de Coca-Cola, varias bolsas de viaje Mundicolor... Vaciamos después el de la izquierda: delantales, libros de recetas, flotadores, una papelera en forma de buzón de correos, más camisetas. Todo iba quedando amontonado a nuestra espalda, como desechos de un edificio bombardeado.

—Ahora éste —dijo Carlota.

—Ahora éste —repetí.

El cuerpo central del armario lo fuimos vaciando de un modo más parsimonioso y metódico. Sin duda presentíamos que si lo que buscábamos no estaba allí, quería decir que no existía, y de algún modo tratábamos de postergar la posible decepción. Un termo, un cenicero con forma de zapato, otra bolsa de viaje Mundicolor, varias cajas con bolígrafos y mecheros, una foto enmarcada de un avión de Swissair, un bote gigante de Netol, otro paraguas de Coca-Cola... En esta parte del armario, a diferencia de las otras dos, había una cajonera de conglomerado. Sacamos todos los cajones y los volcamos junto a la cuna de Germán, único rincón de la habitación en el que quedaban unos palmos de suelo libre. Allí estaban los folletos de propaganda, los vales de descuento, los cupones. Cuando ya parecía que nuestra búsqueda había sido en vano, Carlota se asomó al hueco que había entre la cajonera y el fondo del armario y dijo con voz trémula:

–Aquí hay algo.

Mamá se acercó, expectante. Carlota introdujo la mano y la fue sacando poco a poco. Era un estuche, el estuche de un violín. Mi hermana le sacudió el polvo con la mano, lo agitó junto a su oído como para adivinar su contenido y me lo entregó diciendo: No es un violín. Yo lo sostuve en alto con solemnidad, como si se tratara de una ofrenda que nos dispusiéramos a hacer a quién sabía qué divinidad, y luego lo deposité en el centro de la cama. Si existía lo que andábamos buscando, la herencia del abuelo, su tesoro, era evidente que sólo podía estar allí dentro.

–¡Venga! ¿A qué esperáis? –nos apremió mamá.

–Lo abres tú –dijo Carlota tragando saliva.

La ansiedad nos tenía paralizadas. Apoyé los pulgares en los cierres metálicos del estuche y los desplacé hacia ambos lados con lentitud. La tapa saltó con un suave clic. No la levantamos de inmediato. Durante unos segundos permanecimos inmóviles, clavadas nuestras miradas en aquella rendija. Luego sí la levanté del todo, y las tres soltamos el mismo grito:

–¡Dinero!

Había dinero pero no demasiado. Billetes de diferentes valores: billetes de mil pesetas con el retrato de Echegaray o el de San Isidoro, billetes de quinientas con el de Verdaguer, billetes de cien con el de Bécquer, billetes también antiguos, que hacía tiempo que estaban fuera de circulación, billetes de mil con los Reyes Católicos, billetes de cien con Romero de Torres... En total habría treinta y cinco o cuarenta billetes, acaso algunos más, casi todos doblados o arrugados y con aspecto de haber sido arrojados allí dentro, amontonados unos sobre otros como papeletas en una urna. Pero los billetes no eran el único contenido del estuche. Debajo de ellos y como escondida había una caja de madera, del tamaño de un diccionario mediano y cerrada con un pequeño candado.

–¡La llave! –exclamó Carlota–. ¿Dónde está la llave?

Buscamos dentro del estuche pero allí no estaba. De golpe, la inmovilidad de poco antes dio paso a las prisas, y Carlota bajó a la cocina a buscar algo con lo que abrir la caja, y mamá le decía que corriera y yo preguntaba: ¿Lo tienes ya?, ¿lo tienes o no? Y mientras tanto jugueteaba nerviosa con el candado, y mi fantasía, supongo que como la de mamá y la de Carlota, se desbocaba por momentos: ¿qué habría allí dentro?, ¿acciones?, ¿títulos de propiedad?, ¿indicaciones sobre una cuenta desconocida o una caja de seguridad? Llegó por fin Carlota, y traía un destornillador y un cuchillo.

–A ver si con esto... –dijo.

Lo intentamos primero con el cuchillo y luego con el destornillador. Hicimos palanca en el candado hasta que conseguimos romperlo. Lo quité y lo dejé junto a los billetes. Miré a las otras dos.

–¡Abre de una vez! –me ordenaron.

Abrí. Del interior de la caja saqué una foto, otra foto, después un par de recortes de periódicos y cuatro o cinco fotos más. Eran fotos y recortes en los que se veía al abuelo recibiendo premios y regalos de manos de gerentes de diversos establecimientos: fotos del abuelo en el Sepu sosteniendo un vale por cien litros de gasolina, fotos en una agencia de viajes con unos billetes de avión y un diploma, fotos con una caja de herramientas junto al muñeco de Michelin, fotos con un equipo completo de hombre-rana que en realidad sólo constaba de las gafas de bucear, el tubo y las aletas. Siempre fotos del abuelo mirando a la cámara, siempre fotos sonriendo, y aquella sonrisa suya era como una burla, una burla póstuma y maligna dirigida a nosotras, a su hija y sus nietas, que seguíamos mirando aquellas fotos porque no teníamos valor para mirarnos a los ojos. Carlota agarró las fotos y los recortes y los arrojó sobre el montón de cachivaches y artículos de promoción.

–¡La herencia!, ¡la herencia del abuelo! –exclamó, y sólo entonces Germán se removió en su cuna y empezó a lloriquear.

Acabó agosto y llegó la fecha de la primera subasta. Acudí al juzgado y me senté en uno de los bancos del pasillo. Al cabo de un rato aparecieron varios subasteros, uno de ellos Lino, y me saludaron como solían hacerlo entre ellos, con un gesto seco que quería decir: Ya te he visto, también tú quieres entrar en el negocio. Qué lejos estaban de imaginar la verdad. Ellos estaban allí para asegurarse de que la puja quedaría desierta, yo para ser testigo de la desposesión de Villa Casilda. Necesitaba estar presente, sentir mi desgracia como algo real, y durante unos momentos fantaseé con la posibilidad del milagro, un inesperado premio de lotería que me permitiera detener el proceso. Habría entrado en el despacho de la secretaria del juzgado, habría preguntado a cuánto ascendía el valor de tasación y luego, uno encima de otro, en apretados fajos de billetes, habría depositado sobre la mesa todos los millones que hicieran falta. Pero el milagro, claro está, no se produjo. Todo ocurrió tal como estaba previsto, y la segunda subasta quedó señalada para un mes después. Miré a Lino y a los otros: ¿cuál de ellos acabaría adjudicándose la casa?, ¿se la ofrecerían a Manzano o a alguien como él?, ¿qué oscuro constructor terminaría comprándola? Aquella gente me repugnaba más que nunca. Me repugnaba la idea de que Villa Casilda fuera a ser objeto de sus sucias transacciones, me repugnaba imaginármelos en la subastilla de Los Hermanos regateándose unos a otros hasta el último céntimo. Me encaminé hacia la salida. Me crucé con Lino, que me comentó con fastidio:

—Me dijeron que lo habías dejado...

—Pues ya ves —dije.

Esa mañana de primeros de septiembre se celebraban dos o tres subastas más: la tercera de un lote de ciclomotores, la tercera también de una partida de tubos y grifería. Saliendo del juzgado me encontré con Delfín, que sin duda acudía a participar en alguna de esas subastas menores.

—Suponía que te encontraría aquí —dijo.

—Hace un par de meses creía haberme despedido para siempre de este sitio y ahora mírame... —dije.

Ésa era la más cruel de las ironías: me había hecho subastera y no había podido evitar que mi propia casa acabara subastándose.

–Te juro que si pudiera hacer algo, si de mí dependiera...
–dijo–. ¿Cómo te va?

–Bien –dije–. Estoy buscando trabajo. Y puede que en una casa de seguros...

Su interés parecía sincero, y eché de menos la época no tan lejana en la que todavía podía contar con su apoyo y su consuelo. No nos habíamos visto desde finales de julio. Fuimos a tomar un café y hablamos del verano reciente y de otros veranos anteriores, los veranos de los cámpings y la roulotte. De repente me apeteció apoyar la cabeza en su hombro. Pensé: Sería tan sencillo, arrimarme a él, rodearle la cintura con el brazo, descansar un instante sobre su hombro y su pecho. Pero había algo disuasorio en la actitud de Delfín, un fondo de reticencia que se expresaba en su manera de mirar y de moverse, tan naturales en apariencia y sin embargo tan forzadas, como si él hubiera vuelto a ser el tío Delfín y yo María, la hija mayor de su socio, como si nunca nos hubiera unido nada que no fuera ese parentesco fingido. Miró el reloj y dijo que se le hacía tarde, y ese gesto y esas palabras, que sin duda estaban más que justificadas, bastaron para que me sintiera definitivamente rechazada. Salimos a la calle.

–Escucha, María, tengo que decirte una cosa... –dijo.

–No hace falta –dije–. Me lo imagino. Estás o has estado con otra. Es eso, ¿verdad?

Delfín, confuso, quiso decir algo pero no llegó a hacerlo porque no le dejé hablar.

–Un clavo saca otro clavo –dije, despidiéndome.

Mamá, por entonces, estaba atravesando una de sus habituales fases de depresión, y su abuso del pacharán llegó a preocuparme hasta tal punto que decidí prohibírselo, lo que no sé si fue una medida correcta porque el alcohol, al menos, la ayudaba a conciliar el sueño. Desanimada, insomne, resentida, se negaba a comer otra cosa que no fuera fruta y chocolate, y Carlota y yo nos enfadábamos con ella cuando veíamos que se dejaba el plato de pasta o de pollo sin probar. La vida seguía mientras tanto, y nadie se había acordado de informar a Paloma de lo que ocurría con la casa. Eso fue lo que la enfureció y lo que, una tarde, de vuelta del supermercado, hizo que me montara una desagradable escena. Recuerdo que en la radio del Simca no habían parado de hablar de Grace Kelly, que acababa de morir en un accidente de circulación (precisamente Grace Kelly, una de las actrices de *Mogambo),* y que, entre otras cosas, Paloma me acusó de no haber hecho nada por evitar lo de Villa Casilda.

—Al fin y al cabo te dedicas a eso, ¿no? —me dijo con acritud—. A echar a la gente de su casa. A hacerles lo que nos están haciendo a nosotras.

La discusión acabó cuando cerré el maletero del Simca y señalé unas bolsas que había que meter en casa.

—Llevad eso —dije a Paloma y Carlota—. Voy a aparcar.

En realidad no me fui a aparcar sino a dar una vuelta en el coche. Una larga vuelta con las ventanillas abiertas porque necesitaba que el aire me diera en la cara. Me sentía muy dolida con mi hermana pequeña, y no cesaba de preguntarme qué había hecho mal, en qué me había equivocado. Conducía el Simca por las calles de la ciudad y soñaba con una libertad de la que carecía. Conducía por la ciudad y soñaba con la libertad que tendría si no hubiera tenido que esforzarme por sacar adelante a esa familia mía. ¿A quién recurrir en esos momentos de debilidad? ¿A quién confiar mis problemas y mis turbaciones? Pensé en Delfín, pero no en el Delfín del almacén o la roulotte, tampoco en el tío Delfín de las comidas dominicales. Pensé en el Delfín de pocos días antes, el que me había encontrado en los juzgados, y le vi mirando el reloj y diciendo que se le hacía tarde. ¿Qué era lo que había intentado decirme a la salida del bar? ¿Había querido revelarme la identidad de su nueva amante? De repente me pareció que todo estaba claro. Que entre Paloma y Delfín había ocurrido algo. Que Paloma y Delfín estaban o habían estado liados. ¿Qué tenía de extraño, conociendo las libertades que, desde que era una niña, Paloma se había tomado con los hombres? ¿Y por qué creer que Delfín podía resistirse a sus encantos, después de haber comprobado la facilidad con que había sucumbido a los míos? Eso lo explicaría todo: las reticencias de él, la inesperada hostilidad de ella, que habría empezado a verme como a una adversaria... Pero qué tontería, no podía ser. Una y otra vez desechaba esa hipótesis por disparatada, y una y otra vez volvía a mí, más enérgica, más vigorosa. Me acordaba de los veraneos en los cámpings y de una bronceada Paloma de trece años (una criaja, decíamos entonces), admirando la musculatura de Delfín y comentando que le parecía guapísimo. ¿Había notado algo en alguno de ellos? La verdad es que no, pero eso tampoco quería decir nada: era evidente que no iban a ir por ahí proclamándolo. Y, en realidad, ¿qué podía haber notado en Paloma, la hermética e inescrutable Paloma? La idea de que habían sido y seguían siendo amantes se me imponía con la fuerza de lo evidente. Me los imaginaba manteniendo encuentros furtivos en el piso de él (ese piso en el que yo siempre me había negado a entrar), en la oficina, en el almacén, ¡acaso en la roulotte!, y me sentía traicionada. En el fondo, que Paloma hubiera llegado o no a seducirle casi era lo de menos: lo importante era que habría sido capaz de hacerlo, y eso me bastaba para odiarla. Y no sabía qué me molestaba más, si el hecho de que hubiera podido acostarse con Delfín o el de que hubiera descubierto nuestra relación clandestina. Un cúmulo de sentimientos contradictorios me tenía como atenazada. A la frustración, el desánimo, el desvalimiento se unían ahora los celos, y me preguntaba: ¿Se pueden sentir celos cuando no hay amor, cuando se está segura de que ya no hay amor? Conduje de vuelta a casa y encontré aparcamiento en la esquina del paseo. Cerré la puerta del Simca y, mientras me encaminaba hacia Villa Casilda, repetía en voz baja las palabras que, tres años atrás, había tenido que borrar de esas mismas paredes:

–Paloma, puta, Paloma, guarra...

Todas esas suposiciones mías se revelaron infundadas dos o tres días después, cuando descubrimos que Paloma se había vuelto a fugar. Lo primero que hice fue llamar a Delfín.

–¿Otra vez? –dijo–. ¿Cuántos años tiene?

–Diecisiete –dije–. Cumple dieciocho en febrero.

–Ya es mayorcita. La vez anterior volvió por sí misma. Esta vez también lo hará. Pero si quieres que hable con Ayala... ¿Sabes si ha roto con el novio o ha tenido algún disgusto?

No, estaba claro que entre Paloma y Delfín nunca había habido nada, y a la turbulencia de los sentimientos de los últimos días se incorporaba ahora la culpa: ¡qué injusta había sido con mi hermana!, ¿cómo había podido creer que...? Tenía la sensación de que el motivo de su fuga no era otro que yo, el desapego con que la había tratado desde la tarde de la discusión, y los lamentos de mamá contribuían a alimentar mis remordimientos:

–Se ha ido –decía–. Se ha ido para siempre. ¿Volveré a ver a mi pequeña?

Carlota era la única que conservaba la serenidad. Decía que aquello no era más que una chiquillada y que no había que darle importancia, y después de cenar se acostó a la hora habitual, mientras nosotras dos nos disponíamos a pasar la noche en vela, esperando que se abriera la puerta y apareciera Paloma con su bolsa de viaje o que sonara el teléfono y escucháramos su voz anunciando que se había ido a pasar el fin de semana con alguien y se encontraba bien.

–¿Volveré a verla? –preguntaba mamá, las manos en las mejillas, los codos apoyados en la mesa.

Me acordé entonces de la anterior fuga de Paloma, de la tarde en que vi a mamá dormida, el solitario interrumpido sobre el tapete, sus rasgos contraídos en una mueca de dolor, los brochazos de luz golpeándola desde la mesa camilla. Me acordé de esa tarde, de la promesa de cuidarla y asistirla que esa tarde me hice a mí misma. Y, sobre todo, me acordé de lo que ocurrió esa noche, la del golpe de estado, mientras esperábamos a Carlota y sufríamos por la suerte de Paloma.

Del golpe de estado me enteré en la oficina mientras preparaba el pedido mensual de la papelería: cintas de máquina de escribir, hojas de papel carbón, albaranes de repuesto. Delfín llegó al almacén y me llamó desde los peldaños inferiores de la escalera:

–¡Ven, María! ¡Ven a la roulotte!

–¡Qué fogoso estás hoy! –contesté, porque hacía poco que éramos amantes y pensaba que me requería para otra cosa.

La de la roulotte era la única radio que había en el almacén. Cuando entré, Delfín estaba manipulando el dial.

–Unos guardias civiles han entrado en el congreso de los diputados –dijo, y con la palma de la mano me exigió silencio.

Me senté a su lado y le agarré por la cintura. Las noticias que daban los informativos eran peores que las que el propio Delfín traía. El ejército había sido acuartelado y se especulaba con la posibilidad de que los capitanes generales de importantes regiones militares se adhirieran al golpe. No se trataba, por tanto, de una simple aventura de un puñado de guardias.

–No puede ser –dije.

–Claro que no –dijo Delfín, estrechándome contra su cuerpo–. La historia no puede retroceder. Seguro que dentro de un rato los han echado.

Decíamos que no podía ser pero apretábamos nuestros cuerpos con nerviosismo. Teníamos la sensación de que, si la intentona triunfaba, nada de lo bueno que había en España sería ya posible. Ni siquiera nuestro amor. Ni siquiera ese estar abrazados en el camastro de la roulotte.

–¿Qué será de nosotros? –dije.

–Te digo que a ésos los echan dentro de un rato –volvió a decir Delfín–. ¡En cuanto aparezca el rey! ¡Eso es! ¡En cuanto aparezca el rey y los llame al orden entregarán las armas!

Pero la tarde avanzaba y las cosas no llevaban camino de arreglarse. Más bien al contrario: por la radio llegaban noticias de los sospechosos movimientos detectados en torno a no sé qué división acorazada.

–Tengo que ir a la papelería –dije para acabar con todo eso.

Nos dimos un largo beso ante la entrada del almacén, abiertas las puertas del Renault 5 y del Simca. Éramos como dos enamorados que apuraban sus últimos instantes entre el fragor de las alarmas y los bombardeos, y no puedo negar que a nuestra inquietud y nuestra ansiedad se unía el grato estremecimiento de sentirnos por una vez protagonistas de la historia.

Cuando llegué a la papelería, un dependiente de pelo escaso y bata gris se disponía a bajar la persiana. Pero si falta mucho para la hora de cierre..., protesté para mis adentros. Los otros empleados se arracimaban alrededor de un transistor que daba la noticia, aún sin confirmar, de que las calles de Valencia habían sido tomadas por tanques del ejército. Me entregaron el paquete con el pedido, y por un momento pensé que aquellas cintas de máquina y aquellas hojas de papel carbón carecían por completo de sentido. La persiana cayó con gran estrépito detrás de mí, y el dependiente de la bata gris dijo ¡vayan saliendo, por favor! y me condujo hacia una puerta lateral que daba a un zaguán.

Luego fui a casa y me encontré a mamá dormida ante la mesa camilla. Encendí la televisión y la radio, pero no había novedades. Mamá se despertó y dijo:

–He llamado a Carlota. Le he dicho que cogiera un taxi y viniera inmediatamente.

–No te preocupes tanto. Estará con Fernando.

–Pues llámala y que vengan los dos.

Por su manera de hablar comprendí que había estado bebiendo. Descolgué el teléfono y marqué el número de Carlota.

–No contestan –dije–. Deben de estar en camino.

Nos sentamos en el sofá y nos dispusimos a esperar. Mamá empezó a lamentarse de lo dura que era la vida, con una de sus tres hijas desaparecida y ahora esto, una guerra civil, porque para ella era seguro que el golpe de estado prosperaría y que poco después estallaría una guerra como la del treinta y seis. De vez en cuando se levantaba y desaparecía en la biblioteca o la cocina, y yo sabía que había ido a echar un nuevo trago de las botellas de pacharán que tenía escondidas en diferentes rincones de la casa. Luego volvía al sofá y decía:

–¿Todavía no han llegado? Llámala otra vez. O llama a la policía. Haz algo.

A la hora de cenar seguíamos sin tener noticias de Carlota, y también yo empecé a inquietarme. Preparé cena para cuatro. La preparé despacio, buscando así prorrogar la espera de Carlota y su marido. Cuando la mesa estuvo ya dispuesta y la cena servida, mamá me miró a los ojos y dijo:

–¿Qué le habrá ocurrido? ¿Dónde estará ahora mi querida Carlota?

Ninguna de las dos llegaría nunca a saber cómo pasó esa noche Carlota, tampoco cómo la pasó Paloma, y sólo yo sé cómo la pasó mamá, que ocultó la cara entre las manos y se puso a decir entre sollozos:

–¿Y si están muertas? ¿Y si las han matado? ¡Mis pobres niñas! ¡Mi querida Carlota, mi pequeña Paloma, desaparecidas las dos...!

Yo procuraba tranquilizarla. Le decía que seguramente Carlota habría ido a casa de algún amigo y que por Paloma no debía preocuparse, que era una chica mucho más madura de lo que podíamos pensar y seguro que sabría arreglárselas sola. Justo entonces sonó el teléfono. Corrí a cogerlo.

–Diga –dije, pero al otro extremo de la línea no contestaba nadie. Insistí–: Diga. ¿Quién es?

Hubo unos instantes de silencio y noté cómo colgaban, y por lo que fuera pensé que ese silencio era el silencio de Paloma, que debía de estar en otra ciudad y en una noche como aquélla necesitaba establecer algún contacto, aunque fuera ése, con nosotras, su familia. Mantuve unos segundos el auricular pegado a la oreja. Luego volví junto a mamá y dije:

–¿Qué te decía? Era Carlota. Que está bien. Que está con Fernando en casa de no sé quién y hasta ahora no había podido telefonear.

Aquella mentira tuvo un efecto mágico. Fue como si todo se hubiera solucionado, como si el mismo golpe de estado se hubiera resuelto con la entrega de las armas por parte de los guardias civiles. Se disipó todo rastro de tensión o de miedo, y mamá soltó un suspiro de alivio, me cogió de la mano y dijo:

–Te voy a enseñar una cosa.

Me llevó a su habitación. Se sentó en la cama y abrió uno de los cajones de la cómoda. Sonrió con sonrisa de niña y sacó un grueso libro encuadernado en piel. En el lomo ponía *Obras completas de D. Miguel de Cervantes*, pero luego lo abrió y resultó ser una de esas cajas en forma de libro que se ven en las estanterías de las tiendas de muebles. Mamá seguía sonriendo.

–Nunca se lo he enseñado a nadie. Vas a ser la primera.

En su interior había varias bolsitas de plástico transparente como las que utilizan los coleccionistas de monedas, cada una de ellas con una pequeña etiqueta. Algunas parecían estar vacías. Pero no lo estaban. Me tendió una. La cogí.

–El mechón de pelo de tu padre, ¿te acuerdas? –dijo.

Claro que me acordaba: el mechón de pelo del flequillo que le había cortado mientras velábamos su cadáver en la biblioteca. Me entregó otra bolsita y echó un vistazo a la etiqueta:

–Éste es el trozo de diente que se me cayó con el parto de Paloma. ¡Qué embarazo tan malo, el peor de los tres!

Iba pasándome aquellas bolsitas e informándome de su contenido: uñas de Carlota cuando tenía cinco años, también uñas de Paloma y mías, dientes de leche de las tres, más mechones de pelo, un hueso de la rodilla de papá de cuando le operaron del menisco...

–¿Y eso? –dije, señalando lo que parecía una culebra reseca y enroscada en sí misma.

–Trozos de vuestros cordones umbilicales. –Se echó a reír–. El de Paloma, el de Carlota, el tuyo...

Mamá era de esas personas que guardaban cosas inútiles durante años y nunca se decidían a tirar nada: zapatos viejos, relojes estropeados, bañadores y sombreros pasados de moda. Pero su tendencia a la acumulación no tenía nada que ver con la del abuelo. La de mamá, tan irresponsable para tantas otras cosas, era consecuencia de un enfermizo sentido de la responsabilidad. Una responsabilidad que la paralizaba: entre tirar algo y no tirarlo siempre se decidía por esto último porque si lo tiraba y luego lo echaba de menos, no había ya posibilidad de rectificar, mientras que si no lo tiraba, siempre estaría a tiempo de hacerlo. Lo que yo ignoraba era que esa tendencia suya la había llevado a coleccionar uñas, dientes, cordones umbilicales. En el interior del libro hueco había también postales, dibujos infantiles, flores secas. Mamá lo sacaba todo y lo extendía sobre la colcha, y en aquella rara exposición vi también su carnet de conducir. Allí estaba, entre todos aquellos vestigios, como un fósil de su prehistoria personal, tan muerto e inservible como todos esos restos que lo rodeaban en sus bolsitas de plástico, dando a entender que mamá alguna vez había conducido pero que ya no, ya nunca. Lo conservaba como otros conservan la entrada de una función teatral o un concierto que fue decisivo para el curso de sus vidas, y pensé que verlo allí habría sido gracioso si no hubiera sido porque con su presencia delataba una de esas derrotas íntimas a las que jamás se había sobrepuesto.

–Y ahora viene lo mejor –anunció–. Ven.

La seguí por la escalera hasta el salón. Encendió el equipo de música y metió una cinta. Al cabo de unos segundos empezó a sonar una voz infantil, la voz de Paloma con cuatro o cinco años cantando:

–Al pasar la barca me dijo el barquero: las niñas bonitas no pagan dinero...

Sacó esa cinta y metió otra, y entonces oímos a Carlota cantando una canción parecida, y luego sacó también ésta y puso otra en la que era yo la que cantaba. Miré a mamá, que escuchaba con los ojos húmedos y una sonrisa melancólica en el rostro.

–Os grabé a las tres con el magnetofón, ¿te acuerdas? –dijo–. Y hace poco mandé hacer copias en cassette...

Entonces se puso a canturrear, vamos a contar mentiras, vamos a contar mentiras, tralalá, y yo oía su voz y mi propia voz de niña, las dos juntas, cantando la misma canción, y regresaban a mí sensaciones del pasado que creía olvidadas para siempre. Y pensaba en mamá, y me decía a mí misma que era como cuando en un tren ocupas uno de esos asientos que no miran para adelante sino para atrás y por la ventanilla ves no lo que viene hacia ti sino lo que pierdes, un paisaje que escapa y desaparece. Así era ella, incapaz de mirar el futuro, pendiente sólo del pasado. Luego la canción concluyó, y mamá dijo:

–Si volviera a nacer, tendría también tres hijas y se llamarían igual, María, Carlota, Paloma, y serían como vosotras... La que no sería igual sería yo.

17. CARLOTA

Si María se pensaba que nadie se había dado cuenta de lo suyo con Delfín, estaba muy equivocada. Ay, María, la inteligente de la familia... ¡Qué idiota puede llegar a ser la gente que se pasa de lista! Porque, vamos a ver, las cosas estaban clarísimas. ¿Qué ocurriría si dejáramos durante un año a un hombre y una mujer en una isla desierta? Que tarde o temprano se acabarían liando. Pues lo de María y Delfín, juntos mañana y tarde en aquel almacén sin clientes, era como lo de la isla desierta sólo que en horario de oficina. Supe que acabarían haciéndose amantes en el mismo momento en que María anunció lo de su empleo. Lo supe como una revelación: algo que se te aparece de golpe y no tiene vuelta de hoja. Y en realidad me parecía bien: mi hermana necesitaba un hombre y Delfín necesitaba que le rescataran de su soltería. Digo yo que el ser humano no ha nacido para estar solo y que no tiene sentido vivir sin nadie y para nadie. Pero el tiempo pasaba y entre ellos no surgía nada. Aparentemente Delfín hacía su vida y María la suya, y sólo coincidían en el trabajo y en las comidas dominicales de Villa Casilda. Fue uno de esos domingos cuando lo comprendí todo. Delfín se había empeñado en preparar una paella y no permitía que nadie le ayudara. Llevaba puesto un delantal que hacía tiempo que tendríamos que haber tirado, un delantal con volantes, viejísimo, de la época en que por casa venía Paca, la asistenta. Si alguien se acercaba a la cocina, Delfín hacía un gesto de no se te ocurra tocar nada y explicaba en voz bien alta cada uno de los pasos que daba. Ahora la verdura, decía. La verdadera paella siempre ha llevado verdura, decía, y luego repetía: Siempre. Estuve un rato a su lado calentando la papilla de Germán, y María entraba y salía con platos, vasos y cubiertos. Una de esas veces se detuvo junto a la paellera y puso cara de qué bien huele. Tenía los dedos húmedos y habría podido secárselos con el trapo de la cocina, que colgaba del tirador de un cajón, pero se los secó en el delantal de Delfín, en el extremo de aquel delantal viejo y gastado. Fue un detalle minúsculo pero no un detalle insignificante. Al contrario: aquello significaba mucho. Significaba que entre ellos había un grado de confianza o intimidad desconocido. Significaba que las normas que valían para María no eran las que valían para las demás. Significaba que se habían liado. Los observé después, durante la comida, y no me cupo la menor duda. Las miraditas de él, la falsa indiferencia de ella... El amor tiene algo, y es que se huele, se percibe, no se puede ocultar, y María y Delfín despedían ese olor o lo que fuera. ¡Se habían liado! Eso es lo que aquel domingo comprendí: que se habían liado y habían decidido mantenerlo en secreto. Hay cosas que nunca entenderé, y una de ellas es ésa: ¿por qué algunos se empeñan en esconder el amor? Ah, el amor, el sentimiento más hermoso y elevado, ese que yo sólo experimenté por equivocación... Yo habría entendido lo de mantenerlo en secreto si alguno de los dos, María o Delfín, estuviera casado o tuviera pareja oficial. Pero ése no era el caso, y la diferencia de edad tampoco me parecía razón suficiente: ¿cuántos matrimonios hay en los que el marido dobla en edad a la mujer? No. La cuestión es que hay personas que se avergüenzan de estar enamoradas, y María siempre ha sido una de ellas. María la intachable, la que nunca te decepcionaba, el eterno modelo de rectitud. El amor era para ella un traspié, un signo de debilidad que no podía consentirse a sí misma, y ahora que había caído como todo el mundo cae, estaba dispuesta a hacer cualquier cosa con tal que no se supiera. Qué rara es la gente, qué distintos unos de otros. Si en aquella época mi relación con ella hubiera sido buena le habría dicho: Vamos, María, relájate y disfruta. Pero mi relación no sólo no era buena sino que era horrible, y saberme en posesión de ese secreto suyo me producía un placer perverso. Era como si descubrir su secreto me hubiera conferido algún poder sobre ella, como si ahora yo fuera la fuerte y la lista y ella la débil y la tonta.

Lo que yo sentía hacia mi hermana era puro y simple rencor. ¿Cómo no sentir rencor si ella estaba enamorada y yo no? Pero desde luego ese rencor no nació en ese momento sino que venía de muy atrás. Todavía recuerdo la mirada que me dirigió la noche en que llegué a Villa Casilda huyendo de Fernando y de mi vida con Fernando. Una mirada que quería decir: Ya te lo había dicho. O más bien: ¿Te crees que no me lo esperaba? Una mirada en la que había más reproche que comprensión, y yo allí, a las cuatro y pico de la madrugada, con la cara sucia de lágrimas y el matrimonio roto, con un niño de un mes lloriqueando en el cochecito y sus fotos cayéndoseme por todas partes... ¿Era ése el momento de recordarme lo estúpida que había sido y lo lamentable que era mi vida? María se llevó un dedo a los labios y Paloma cogió a Germán, que buscó su pecho con los labios: se moría de hambre el pobrecito. Nos encerramos en la cocina para no despertar a mamá y, mientras yo daba de mamar a Germán, María iba de un lado para otro y decía: Sobre todo que no sufra, sobre todo hay que ahorrarle el mal trago... Yo estaba en el taburete, con una teta fuera y los ojos cerrados para no volver a llorar, y pensaba: ¿Se está refiriendo a nuestra madre? Pero ¿no soy yo la que está sufriendo? ¿No soy yo la del mal trago? Luego María se plantó delante de mí y dijo: Hablaré con Fernando. Hablaré con Fernando y encontraremos una solución.

Mucho tiempo después no se cansaría de repetir que fue entonces cuando ella y yo acordamos lo del fingimiento, pero en realidad no hubo ningún acuerdo y todo fue idea suya. ¿En qué consistía ese fingimiento? Mamá no tenía que saber (al menos no entonces, reciente aún la primera fuga de Paloma) que me había separado, y María llamó a Fernando y le dijo: Si quieres ver a tu hijo, tendrás que hacer lo que yo te diga. Fernando se presentó en casa. Paloma salió a abrir. María desde la escalera me hizo una seña de ¡vamos, vamos!, y yo, en el momento en que mamá asomó la cabeza y preguntó quién es, me acerqué a saludarle. Desde donde ella estaba, debió de parecer que le besaba, que le daba uno de esos besos castos con que las mujeres casadas saludan a sus maridos, pero lo único que hice fue rozar su mejilla y decirle: Eres un cabrón. Luego tuvimos que representar ante mamá los papeles que nos habían correspondido, Fernando el del hombre de negocios con múltiples compromisos fuera de la ciudad, yo el de la esposa abnegada, dispuesta a esperarle en la casa familiar el tiempo que hiciera falta. ¿Bilbao dices?, dijo mamá. Bilbao, repitió Fernando. En teoría tenía trabajo en Bilbao de lunes a sábado, y los domingos viajaba con su maletín para pasar el día junto a su mujercita y su hijo. Ay, cómo llegué a odiar los domingos, las absurdas comidas familiares, los paseos vespertinos que María me obligaba a dar... Si por la tarde llovía y no había paseo, María se levantaba del sofá y decía: Vámonos, Paloma, querrán estar a solas. ¿Por qué hacía esas cosas? ¿Por maldad? Fernando era la única persona en el mundo con la que yo no quería estar, ni a solas ni en compañía de otros, y María lo sabía. ¿Por qué lo hacía entonces? Mis paseos con él consistían en acercarnos al parque, dar una vuelta rápida con el cochecito del niño y regresar a Villa Casilda, y mi contribución al escasísimo diálogo nunca se apartaba del monosílabo. ¿Te apetece tomar algo? No. ¿Quieres que nos sentemos? No. El tonto de Fernando creía que nuestro matrimonio aún podía arreglarse y que era sólo cuestión de tiempo. Que acabaría arrepintiéndome de mi actitud y suplicándole que me dejara volver. Por eso no había dicho nada a su familia y se prestaba, aunque sin excesivo entusiasmo, a toda esa pantomima. Tampoco me extrañaría que María le hubiera hecho concebir falsas esperanzas. María detestaba a Fernando, pero las personas como ella toleran muy mal los fracasos, y estaba claro que aquello lo era. Un día me dijo: Me ha dicho Fernando que te pregunte quién tiene que pedir perdón a quién. Dile que se meta el perdón por el culo, dije. Y otro día: Me ha dicho Fernando que te diga que está dispuesto a pedirte perdón. Y yo: ¿No te dije dónde tenía que meterse el perdón? Entonces, ¿es que no le piensas perdonar nunca?, dijo ella. Entonces es que sólo le perdonaré cuando esté muerto, dije.

Pero lo peor de todo era por la noche. Como se suponía que entre nosotros no había problemas, los domingos por la noche teníamos que compartir dormitorio. ¿Puede concebirse un tormento mayor para una mujer que sólo desea perder de vista a su marido? ¿Puede imaginarse una tortura más perversa y cruel? Cuando intenté negarme, María me miró con esa mirada suya de monja estreñida y me dijo: ¡Tienes que colaborar, Carlota, tienes que colaborar! Llegó la hora de acostarnos y quise dejar las cosas bien claras. Tú en el colchón y yo en la cama, dije. ¡Y no se te ocurra acercarte! Dije eso, y luego me encendí un Piper y llené la habitación de humo mentolado. Y así pasamos la noche, Fernando roncando en el colchón, Germán durmiendo en la cuna, yo fumando sin parar en aquella cama vieja e incómoda. Y así pasamos otras noches de domingo, en aquella habitación siniestra que María me había prohibido reformar, con aquel armario inútil y lleno de basura, con aquellas fotos deprimentes, hasta que a las cinco Fernando se levantaba y salía de casa a tiempo de coger, o no, el primer autobús para Bilbao. ¿Se ha visto alguna vez una situación más disparatada? Claro está que las cosas no podían seguir así eternamente. Mi victoria empezó a fraguarse durante aquel mes de diciembre, cuando María no hacía más que insistirme en que tenía que asistir a la comida de Navidad de los padres de Fernando. No, por ahí yo no estaba dispuesta a pasar. Tuvimos varias discusiones al respecto, la más fuerte de ellas en la habitación que María llamaba del abuelo y yo de invitados, es decir, en el dormitorio que ahora era de Germán y mío. María me insultó. Me llamó egoísta y caprichosa y no sé cuántas cosas más, y yo le dije que antes que ir a esa comida me pegaría un tiro. Al final acabamos gritándonos, y para que ella dejara de gritar yo le gritaba que iba a despertar al niño, y para que yo dejara de gritar ella me gritaba que podía oírnos mamá. ¡Eso es lo que quiero!, ¡que mamá oiga todo lo que tiene que oír!, grité entonces, y abrí la puerta con la intención de asomarme a la escalera y seguir gritando: ¡Fernando y yo nos hemos separado!, ¡le odio!, ¡odio a Fernando y no quiero verlo nunca más! En el último instante, sin embargo, me detuvo la mirada de María, esa mirada suya cargada de rencor y de amenaza, y lo que grité fue: ¿Hay alguien ahí?, ¿cómo tengo que deciros que no hagáis ruido cuando estoy tratando de dormir a Germán?

Pareció por un momento que aquella batalla la había ganado ella, pero no tardé en descubrir que había sido al revés. A partir de entonces todo fue más sencillo. Un domingo, durante la comida, dije que habían suprimido el autobús de las seis menos cuarto y que, a partir de entonces, Fernando cogería el de las diez de la noche. Fernando miró a María y pestañeó un par de veces. Pero no dijo nada: había acabado dándose cuenta de que nuestro matrimonio no tenía arreglo, y acaso hasta lo prefería así. Otro domingo anuncié que Fernando había conseguido un contrato muy importante y que eso le obligaría a quedarse algunos fines de semana en Bilbao. Fernando esta vez ni miró a María ni pestañeó. Poco a poco fui expulsándolo de mi casa como antes lo había expulsado de mi vida, y mamá acogía mis invenciones con aparente credulidad. Llegó un momento en que Fernando simplemente dejó de aparecer por Villa Casilda, y nadie pareció extrañarse. Y María, que era ya la única persona interesada en sostener aquella comedieta, callaba y desviaba la mirada, y sólo de vez en cuando, en presencia de mamá, me comentaba: Ha llamado tu marido, ¡hay que ver lo que trabaja ese hombre! Pero incluso ese interés de María fue languideciendo hasta desvanecerse por completo, y entonces sí que llegamos al disparate absoluto: mi vida era como la de las mujeres de los marinos, que esperan durante meses el regreso de sus maridos, sólo que en mi caso todas sabíamos que ni había marino ni había regreso ni había nada. En qué instante descubrió mamá nuestra farsa es algo que no soy capaz de precisar.

Puede ser que lo supiera desde el principio y que durante todo ese tiempo nos hubiera estado siguiendo la corriente. También puede ser que lo hubiera adivinado algo más tarde y que se hubiera callado. Estábamos en la primavera del año siguiente, el ochenta y dos, cuando, en una de esas comidas dominicales, me miró y dijo: Menos mal que te has librado de Fernando; la verdad es que siempre me pareció un idiota. Hubo entonces un momento de silencio y perplejidad. Luego Delfín se echó a reír. Y Paloma se echó a reír. Y mamá se echó a reír. Y cuando por fin María se echó a reír, también yo me eché a reír, y después empezaron los insultos. Mamá repitió entre risas: ¡Un auténtico idiota! Y Paloma: ¡Un subnormal! Y yo: ¡Un cretino! Y el pequeño Germán, que acababa de cumplir un año, nos miraba a unos y a otros y reía también, sin saber que todos aquellos insultos estaban dedicados a su padre.

Aquellas palabras tuvieron un efecto mágico sobre mí. Aunque viviera como una mujer separada y aunque ya todo o casi todo el mundo lo supiera, necesitaba ese, digamos, reconocimiento oficial. Mi madre dijo menos mal que te has librado de ese idiota, y de golpe saltaron por los aires los últimos lazos, ficticios o reales, que me ataban a Fernando y a la vida que había llevado con Fernando. Aquellas palabras rompieron la cadena del ancla que me tenía inmovilizada, me liberaron. Ahora podía hacer chistes sobre mi ex marido y de ese modo desahogar mi odio. Podía hablar con libertad de mis sentimientos. Podía soñar con ser esa persona distinta y feliz que deseaba ser. En definitiva, podía pensar. Podía empezar a pensar en mí y en la nueva vida que se abría ante mí. Admito, sin embargo, que el cambio no fue fulminante. Yo por entonces estaba bastante desequilibrada. Necesitaba algún tipo de auxilio y no sabía dónde buscarlo. No en mi madre ni mis hermanas, demasiado próximas a mí, tampoco en mis antiguas amigas, de las que había acabado distanciándome, y mucho menos en la religión, a la que ya nada me unía. Me movía por intuiciones aisladas y un poco a ciegas. Me preguntaba ¿esto es bueno o es malo para mí?, y según cuál fuera mi respuesta hacía una cosa u otra. Me preguntaba por ejemplo si sería bueno o malo que reanudara mis estudios o me pusiera a buscar trabajo, y me contestaba que malo porque eso consumiría las pocas fuerzas que entonces tenía (aunque de hecho empecé a buscar trabajo). Me preguntaba si sería bueno que empezara a frecuentar fiestas y cafeterías, y me contestaba que no porque iniciar una nueva relación con otro hombre era lo último que en ese momento me apetecía. En general casi todas las preguntas que me hacía encontraban la misma respuesta, malo, malo, y las únicas excepciones tenían todavía que ver con Fernando. ¿Sería bueno o malo que tirara a la basura los pocos regalos que conservaba de Fernando? Sería bueno. ¿Sería bueno que destruyera todas las fotos que tenía con él? Bueno no, buenísimo. Un día pasé por delante de la sede del partido socialista y me pregunté si hacerme de izquierdas sería bueno o malo para mí. Entré, agarré unos folletos y me los llevé a casa. Aquellos folletos me entusiasmaron. Hablaban de solidaridad entre los pueblos y las naciones del mundo, de un reparto más justo de la riqueza, de nuevas conquistas sociales para los desfavorecidos. Hablaban de hacer a los trabajadores hombres libres, iguales, honrados e inteligentes, dueños del fruto de su trabajo. Hablaban de satisfacer las necesidades de los impedidos por edad o padecimiento y de abolir las clases sociales. En realidad no pensé que la lectura de aquellos papeles hubiera hecho de mí una izquierdista. Lo que pensé es que yo siempre había sido izquierdista sin saberlo y que aquellos papeles se habían limitado a revelármelo. Volví a la mañana siguiente y pedí afiliarme. La chica que me atendía no sería mayor que yo. Muy bien, dijo, voy a buscar los impresos de solicitud. Reapareció con los impresos y me informó de los requisitos y la cuantía de las cuotas. Quiero pagar desde marzo del ochenta, dije. ¿Qué?, dijo ella. Que quiero pagar las cuotas desde marzo del ochenta, repetí. Pero no puede ser, replicó ella, ¡de eso han pasado más de dos años! Yo insistí y la chica fue a consultarlo con alguien. Es bastante irregular, dijo al cabo de un rato, pero me han dicho que explique los motivos por escrito y que lo estudiarán. También quiero hacerme de la UGT, dije yo, y la chica me miró con lástima y cautela, como se mira a los locos inofensivos. Lo malo es que los motivos de mi petición no podían explicarse por escrito sin correr el riesgo de que me tomaran por una chiflada. ¿Por qué marzo del ochenta? Porque había sido entonces cuando se había iniciado mi relación con Fernando, y quería borrar todo ese pasado, construirme un pasado diferente en el que no estuvieran Fernando ni sus amigos, en el que yo no hubiera salido con armas la noche del veintitrés de febrero. Pedí a la chica adhesivos con el logotipo del partido, carteles con la efigie de Pablo Iglesias y el lema CIEN AÑOS DE HONRADEZ, fotos de Felipe González sobre un fondo de nubes blancas, y con todo ello intenté alegrar las tristes paredes del dormitorio. Cuando se lo enseñé a Paloma, se quedó mirando una de las fotos, la más grande, de Felipe González. A que es guapo..., dije, y ella asintió y dijo: Me recuerda un poco a aquel cura, ¿cómo se llamaba? Yo dije: ¿Al padre Ródenas? No se parece nada. Y ella: Se parece mucho. ¡Que no se parece! ¡Que sí! ¡Que no!

Un abogado se encargó de tramitar la separación. A partir de entonces mis contactos con Fernando fueron siempre brevísimos, apenas el instante en que, una tarde a la semana, venía a Villa Casilda a llevarse a Germán o acudía yo a casa de sus padres a recogerlo. Nos decíamos hola, nos decíamos adiós y prácticamente no nos decíamos nada más, y yo aprovechaba esa tarde para dar una vuelta e irme de tiendas. Uno de mis destinos habituales era la Librería Psicológica Rosaura, que era donde tiempo atrás había comprado algunos manuales sobre el embarazo, la lactancia y los primeros cuidados del bebé, y donde ahora buscaba algún libro que me ayudara a salir del atolladero en que me encontraba. Rosaura, la propietaria, me recomendaba cada semana un libro nuevo. Un tratado de cromoterapia o de medicina natural, un curso abreviado de meditación trascendental, un estudio sobre el magnesio y su importancia, otro sobre el poder curativo de las pieles de las frutas, las memorias de un monje que había muerto y resucitado, un documentado reportaje sobre viajes astrales... Yo no estaba tan

loca para creerme todas las sandeces que en esos libros se decían, pero no puedo negar que durante un tiempo traté de poner en práctica las enseñanzas de un psiquiatra norteamericano
llamado Kubelik. Decía Kubelik que, después de una separación matrimonial o la pérdida de un familiar, el yo profundo
buscaba su propia expansión y que nadie debía hacer nada para
impedírselo. Eso me convenció, y el hecho de que me hubiera
convertido en socialista me pareció un caso evidente de expansión del yo profundo. También decía Kubelik que las carencias
afectivas podían ser la fuente de muchos desarreglos físicos y
que el amor y el cariño lo curaban casi todo. Mi hermana María dirá lo que quiera pero, cuando sufrió aquella enfermedad,
no sé si habría logrado recuperarse tan pronto sin mi ayuda y la
de Kubelik. ¿Que parece ridículo eso de estar todo el rato al
lado de un enfermo repitiéndole te queremos, te queremos mucho? Lo sé, pero todas las cosas tienen un precio y, durante las
dos o tres semanas en que Paloma y yo seguimos los consejos
de Kubelik, se respiraba en casa una atmósfera especial, una atmósfera de armonía y tranquilidad que nos benefició mucho a
todas, María incluida. También es verdad que Paloma se cansó
enseguida y que hasta yo empecé a cansarme, y que cuando lo
dejamos tampoco se notó demasiado. Pero si quería hablar de
la Librería Psicológica era sobre todo porque en el mismo local
estaba la sede de la Asociación de Viudos y Viudas. La presi-
denta era la propia Rosaura, dos veces viuda, que organizaba
excursiones, bailes, torneos de petanca y minigolf, campeonatos de juegos de salón. Allí los viudos y las viudas se conocían
y, con la ayuda de unos y otros, combatían los demonios de la
soledad y el dolor. Yo los veía reunirse algunos días y hablar de
sus planes para el verano o los estudios de sus hijos, y percibía
en ellos una sensación de orden, de equilibrio, que me atraía
poderosamente. Allí todos sabían quiénes eran, de dónde venían, a qué podían aspirar. Todos conocían las experiencias
centrales de las vidas de los demás, y haberlas compartido a su
manera establecía entre ellos un vínculo tan fuerte como el del
parentesco o la amistad antigua. Intenté en varias ocasiones ha-

339

cerme socia, y Rosaura se echaba a reír. Estás tonta, me decía. Tenemos unos estatutos y son bien claros. ¡Pero para mí es como si Fernando hubiera muerto!, insistía yo. Que no, cortaba ella, inflexible. Métete en un club de separados. Además eres muy joven, y aquí la más joven podría ser tu madre. Organizaron una excursión a Sigüenza. Rosaura iba de un lado para otro apartando cajas y carpetas y diciendo ¿dónde estará la lista?, ¿dónde la habré metido? ¿Qué lista?, pregunté con expresión candorosa. La de la excursión, dijo ella, cruzando los brazos con fastidio. Por supuesto, la lista estaba en mi bolso. De ella saqué los nombres y números de teléfono de los viudos que durante los meses siguientes iban a llamar a mamá para invitarla a salir. Lo ideal habría sido que mamá se hubiera hecho socia y que se apuntara a los viajes, las fiestas, los campeonatos de minigolf, pero yo la conocía muy bien y sabía que, si se lo hubiera propuesto, me habría dicho algo así como: Una asociación de viudos, ¡qué horror!, ¿por qué no me ingresas directamente en un asilo? Yo, que había fracasado en mi matrimonio y en aquel momento ni se me pasaba por la cabeza la idea de rehacer mi vida junto a otro hombre, anhelaba sin embargo que mi madre volviera a casarse. Que encontrara un señor educado y elegante que la tratara con cariño y respeto. En el fondo seguía siendo una fanática del matrimonio, como cuando tenía tres o cuatro años menos y me colaba en bodas de desconocidos y coleccionaba catálogos y fotografías de trajes de novia. Con el pretexto de que la asociación estaba actualizando sus ficheros llamé a todos los hombres que había en aquella lista. Su teléfono ya veo que no ha cambiado, decía con voz de secretaria diligente, y añadía: ¿Me puede repetir su dirección, profesión, miembros de la unidad familiar, hijos menores de edad...? Con arreglo a esos datos fui estableciendo una especie de clasificación. Hice tres grupos, y en el primero estaban los que cumplían estos dos requisitos: tener pocos hijos, a ser posible no más de dos, y gozar de una situación económica desahogada, algo que se deducía con facilidad de la profesión que ejercían y la zona de la ciudad en la que vivían. Los del segundo grupo cumplían sólo uno de los requisitos y resultaban menos interesantes que los del grupo anterior: o bien eran hombres de escasos recursos pero relativamente libres de cargas familiares (peligro: podían estar buscando una ricachona que los sacara adelante), o bien se ganaban razonablemente la vida pero tenían cuatro o cinco hijos (peligro también: acaso no buscaban una esposa sino un ama de llaves). El tercer y último grupo lo formaban los que no cumplían ninguno de los dos requisitos, y yo lo sentía por ellos porque podían ser bellísimas personas, pero quedaban descartados de antemano: pobretones cargados de hijos y muy probablemente amargados, ¿qué favor hacía yo a mi madre presentándole a una piltrafa así? Cogí la lista del primer grupo y elegí un nombre al azar. Sí, soy yo, me contestó una voz grave al otro lado de la línea. Lo que tengo que decirle..., dije, lo que tengo que decirle puede parecerle un poco extraño. No sé, dígame usted, dijo él. Entonces le dije que mi madre era viuda y que, aunque esas cosas no acababan de gustarle, en un par de ocasiones se había acercado a la Asociación... ¿Y?, dijo él. Y nada, dije yo. Que el otro día le descubrí en la cartera un papel con su nombre y número de teléfono, y me extrañó porque mamá no es de las que se dejan impresionar así como así, pero parece que usted... ¿Parece que yo...?, preguntaba él, cada vez más interesado. No sé, decía yo, tal vez no tendría que haberle llamado... ¡No, no!, ¡ha hecho bien!, ¡ha hecho muy bien!, repetía él, y me preguntaba qué aspecto tenía mi madre, a ver si lograba recordarla. Pelo castaño, estatura mediana, guapa, cuarenta y pocos años..., decía yo, y por primera vez no faltaba a la verdad. Sí, sí, sí, creo que ya sé quién es, vamos, estoy completamente seguro de saber quién es, acababa diciendo. Luego yo le daba nuestro número de teléfono y le pedía que, sobre todo, no le mencionara esa llamada mía ni le hablara de la nota que había encontrado en su cartera: mi madre no me lo perdonaría. Ésta fue la táctica que utilicé en todos los casos, y juro que ninguno fue capaz de resistirse a mis halagos. Ay, qué bobos pueden llegar a ser los hombres, que morderán todos los anzuelos que se te ocurra ponerles. El caso es que a partir de entonces a mamá no le faltaron pretendientes que la llamaran por teléfono y se ofrecieran a acompañarla. María, Paloma y yo les espiábamos desde la ventana, y yo me acordaba de cuando mamá y ellas nos espiaban a Fernando y a mí. Y acordarme de eso me ponía triste y hacía que las bromas de mis hermanas me irritaran un poco. Pero era verdad que ninguno de aquellos hombres estaba a la altura de nuestra madre. Ni el corredor de seguros que no cesaba de arreglarse el pañuelo del bolsillo ni el sastre que le besaba la mano con gestos de prestidigitador. Ni siquiera el mejor de ellos, un oficial de notaría que se parecía a James Stewart pero en tosco y achaparrado. ¿Cómo iban a estar a la altura de mamá si a su lado era como una diosa griega, tan guapa aquella temporada, más guapa que nunca, y rejuvenecida y feliz, sencillamente deslumbrante?

Mi rencor hacia María no podía desvanecerse de un día para otro. Mi rencor, un sentimiento que había alimentado durante tantos domingos, en aquellos paseos sin sentido y aquellas noches horribles con Fernando, el niño y el humo de los Piper... Que mamá dijera menos mal que te has librado de él no bastaba para borrar todo lo ocurrido durante el último año. Es verdad que, después de esas palabras, María abandonó la costumbre de lanzarme miradas de desaprobación y soltarme frases como: Tienes que colaborar, Carlota, tienes que colaborar. Pero ¿quién me compensaba a mí por todos esos meses de miraditas ceñudas y reconvenciones? Al final resultó que a nuestra madre no sólo no le hizo daño la noticia de mi separación sino que la acogió con alivio y regocijo. ¡Cuántos disgustos y fricciones nos habríamos ahorrado si María, con el supuesto fin de protegerla, no se hubiera empeñado en ocultarle la realidad! Eso era lo que más me molestaba de ella, ese afán suyo por tratarnos a todas como si fuéramos niñas pequeñas, indefensas criaturas necesitadas de su protección. ¿Quién se creía que era, siempre mandando, siempre organizándolo y vigilándolo todo, siempre exigiéndonos un comportamiento tan irreprochable como el suyo? Una de las pocas cosas que he aprendido de la vida es a desconfiar de la gente que parece no tener vicios ni defectos, que nunca ha fracasado en nada ni cometido grandes errores. Las personas así, tan perfectas ellas, tan superiores, acaban volviéndose intolerantes porque no encuentran motivos para consentir a los demás lo que no se consienten a sí mismas, y lo único que puede salvarlas es un patinazo fuerte, una caída. Yo pensaba que la relación clandestina de mi hermana con Delfín era el error que necesitaba, ese paso en falso que debía hacer de ella una persona más comprensiva y humana. Pero está visto que me equivocaba: si María rompió esa relación sin llegar jamás a hacerla pública fue porque quería seguir siendo intachable. Claro que eso lo supe algún tiempo después, y durante todo aquel verano y algunos meses más pensé que había sido yo quien había provocado la ruptura.

Por lo que entonces pude intuir, la empresa estaba atravesando un momento delicado. Delfín venía los domingos a Villa Casilda, y de sus palabras y de las de María se deducía que habían bajado las ventas o habían bajado los precios o habían bajado los beneficios. Algo había bajado, y las cosas no iban como ellos habían esperado. Eso afectó muy seriamente a María, y yo creo que la enfermedad que en aquella época la aquejó fue una simple depresión. Había sobreestimado su fortaleza. Se había sobreestimado. ¿Problemas con la familia de irresponsables y descerebradas que le había tocado en suerte? Allí estaba ella para afrontarlos. ¿Problemas con mamá y su afición al pacharán? Allí estaba María, vigilante. ¿Problemas con las inútiles de sus hermanas, una de ellas metida en inciertos amoríos, la otra una histérica que acababa de separarse de su marido? Allí estaba también María, preparada para lo que hiciera falta. Con lo que sin duda no contaba era con que fuera a fallarle lo único que creía tener seguro, su puesto de trabajo, Delfín en definitiva, y eso hizo que se derrumbara. Que se deshiciera de golpe como una tarta helada en una mañana de sol. Delfín la llamaba todos los días, no sé si tratando de consolarla o de encontrar un arreglo, y ella ni siquiera tenía fuerzas para ponerse al teléfono.

Yo nunca la había visto así, tan debilitada, tan vulnerable, y aunque en apariencia me esforzaba por contribuir a su recuperación, en mi fuero interno no dejaba de reconocer que esa postración suya tenía para mí algo de gratificante y placentero. Lo admitamos o no, las desgracias ajenas suelen reconfortarnos. Nos reconfortan de una forma rara, inesperada, como deseos jamás formulados pero al fin cumplidos. Claro que me compadecía de mi hermana, claro que sí. Al mismo tiempo, sin embargo, todos esos rencores que habían ido acumulándose en mi interior pugnaban por salir y desahogarse, ahora que la ocasión lo permitía. Quería ser buena pero también quería ser mala con María, y uno de esos domingos no pude evitar ser mala, malísima. Después de la comida, María, Paloma y mamá se quedaron medio adormiladas ante el televisor, y Germán, supongo que porque le estaban saliendo los dientes, se puso a llorar en el piso de arriba. ¿Me ayudas?, pregunté a Delfín. Entramos en el dormitorio, que estaba casi a oscuras, y nos sentamos en la cama. Qué niño tan guapo..., susurró Delfín. Limpié el chupete y se lo puse, y entre los dos mecimos la cuna hasta que volvió a dormirse. Me levanté para taparle con la sábana. Mantuve por unos segundos el culo a la altura de la cara de Delfín, casi rozándole. Luego me volví y a través de la penumbra me pareció verle azorado. ¿Estás bien?, dije. Sí, sí, estoy muy bien, dijo él. Quiero decir si estás bien en general, dije. ¿A qué te refieres?, preguntó. No sé, a ti, al almacén, al trabajo con María..., dije. Si en ese momento me hubieran preguntado qué me proponía, habría jurado que sólo ofrecerle mi apoyo, consolarle si es que necesitaba consuelo, y seguramente no habría mentido. Pero la voluntad no siempre es clara, inequívoca, y el caso es que Delfín dio unas respuestas más bien vagas y al cabo de un minuto estábamos revolcándonos sobre la vieja cama de hierro forjado de los abuelos, Germán allí al lado, mi madre y mis hermanas en el piso de abajo. ¡Tengo la regla...!, dije yo. ¡No me importa...!, dijo él. ¡Chisss!, dije yo, ¡más bajo! Aquello fue rápido y torpe, como los polvos que Fernando y yo nos echábamos en el 1430. ¿Nos veremos otro día?, preguntó Delfín en un jadeo. ¿Otro día?, susurré. Sí, mañana o pasado mañana, insistió él. No, no, no puede ser..., dije yo, alisándome la ropa con nerviosismo. En realidad estábamos los dos bastante avergonzados. Luego, reunidos ya con las demás, evitábamos mirarnos a los ojos, y cuando a media tarde se marchó, preferí meterme en el cuarto de baño para no tener que decirle adiós. ¿Por qué lo había hecho? ¿Por qué había tentado al novio secreto de mi hermana? Intentaba convencerme a mí misma de que se trataba de un episodio evidente de expansión del yo profundo, algo que según Kubelik nadie debía impedir. ¡No era yo, Carlota, quien se había acostado con Delfín sino mi yo profundo, esa otra Carlota poco conocida que vivía dentro de mí! Nadie, por tanto, me podía acusar de nada: era como esos casos de doble personalidad de las películas, en las que el personaje ignora los crímenes que comete su mitad oscura. Pero lo cierto era que yo había actuado conscientemente. ¿Qué era lo que había buscado? ¿Hacer daño a María? ¿Vengar antiguos agravios? Me acordaba de cuando, siendo niñas, una de nosotras se enfadaba con otra y su venganza consistía en esconder su muñeca preferida. Era una maldad pero una maldad inocente, algo que no podía tener unas consecuencias demasiado graves, y tampoco yo creía que esta nueva maldad mía pudiera tenerlas. De repente pensé que acaso no fuera así. Que acaso todo fuera a complicarse. ¿Y si a Delfín le daba por encapricharse de mí? ¿Y si descubría que yo le gustaba más que María y decidía dejarla por mí? Ya he dicho que yo aún no sabía que hubieran roto, y esa posibilidad, que al principio se me aparecía como remota y disparatada, fue poco a poco cobrando fuerza hasta que llegó un momento en que se me antojó inevitable, fatal. De niñas nos escondíamos las muñecas, pero al cabo de unas horas se nos pasaba el enfado y nos las devolvíamos. Ahora era como si, en vez de esconder su muñeca favorita, la hubiera despedazado o tirado al camión de la basura. Y desde luego un novio, aunque fuera secreto y talludito, era más importante que una muñeca. Esa noche busqué el número de Delfín en la agenda de mamá y le llamé. María y Paloma, en la cocina, entretenían y daban de cenar a Germán. Soy Carlota, dije. Ah, Carlota, dijo Delfín. Estaba pensando en llamarte. Tenemos que hablar... ¡No!, le interrumpí alterada. ¡No tenemos que hablar! ¡No tenemos nada de que hablar! ¿Me entiendes? ¡No quiero hablar contigo! Entonces, ¿para qué me llamas?, dijo él. ¿Que para qué te llamo?, dije. ¡Pues para eso! ¡Para decírtelo! ¡Para decirte que no tenemos nada de que hablar! ¿Ha quedado claro? María oyó voces y asomó la cabeza: ¿Quién es?, ¿con quién hablas? Nada, ya acabo, dije con una sonrisa forzada. Volvió a meterse en la cocina, y su risa se sumó a las de Paloma y Germán. ¿Ha quedado claro?, le repetí a Delfín. Sí, sí, yo sólo pensaba..., trató de contestar. ¡Tú no piensas nada!, repliqué, casi chillando, ¡tú eres un guarro y te has aprovechado de mí! Le solté unas cuantas frescas más y colgué. Fui luego a la cocina y me detuve en la puerta a mirarles, Germán haciendo pedorretas con la boca, María y Paloma riéndole las gracias, y me entraron ganas de llorar. Le había dicho a Delfín que era un guarro, pero la única guarra allí era yo. María señaló a Germán, que ahora hacía las pedorretas con la boca llena de agua, y dijo mira qué gracioso, y yo no miraba a mi hijo sino que la miraba a ella. Y pensaba: ¿Cómo he podido ser tan cerda?, ¿cómo he podido hacerle eso? María entonces se levantó y me dijo: ¿Qué pasa, Carlota? Estás rara. ¿Seguro que te encuentras bien?

Los domingos siguientes observé a María y a Delfín y supe que habían roto. Lo supe igual que había sabido lo otro, por algún gesto aislado, alguna entonación, algún cruce de miradas. Lo que no sabía era que eso había ocurrido antes de mi encuentro con Delfín y, como no podía ser de otro modo, acabé pensando que habían roto por mi causa. ¡Ay, qué desgraciada volví a sentirme, atenazada otra vez por los remordimientos y la culpa! Es curioso cómo y con qué rapidez pueden cambiar los sentimientos. Los sentimientos en primer lugar hacia mí misma, que me consideraba una mala mujer, una traidora. Los sentimientos también hacia Delfín, que ahora me parecía un ser detestable y del que procuraba alejar a Germán porque tocarle a él habría sido como tocarme a mí. Y los sentimientos, por supuesto, hacia María, que había pasado a inspirarme una lástima y un amor tan auténticos y poderosos como antes lo había sido mi rencor. Digo que es curioso cómo pueden cambiar las cosas porque los mismos motivos que semanas atrás había tenido para denigrarla los tenía ahora para elogiarla. ¿Quién había sido la que había tomado la decisión de abandonar los estudios y ponerse a trabajar? Ella. ¿Quién se había encargado de la búsqueda de Paloma durante su famosa fuga? Ella. ¿Quién se había ocupado de nuestra madre en sus peores momentos? Ella, ella y sólo ella. María constituía una presencia firme, segura, a la que siempre se podía recurrir, y las demás no éramos más que una fuente constante de conflictos ¿Qué había hecho yo en todo ese tiempo? Quedarme preñada de un cretino, escapar de casa con un recién nacido en brazos, acostarme con el amante de mi hermana. Ahora María era para mí la buena, la imprescindible, la admirable, y del mismo modo que mi rencor había podido resistir agazapado en mi interior durante meses y meses, también mi capacidad de amor podía crecer y fortalecerse con el paso del tiempo. Otra cosa no sé, pero la tenacidad de mis sentimientos parece fuera de dudas.

¿En qué momento y cómo descubrí que no había sido yo la responsable de la ruptura entre María y Delfín? Creo que fue la propia María la que me lo dijo. Pero, en todo caso, eso ocurrió después de lo que ahora estoy contando. Después de que concluyera la época de los pretendientes de mamá y nos enteráramos de que Villa Casilda había dejado de ser nuestra. Después, mucho después de la discusión entre las tres hermanas, en la que Paloma acusó absurdamente a María y tuve que salir yo en su defensa. Después también de la segunda, la breve segunda fuga de Paloma, y de que hiciéramos una selección de nuestras pertenencias y empezáramos a preparar nuestra mudanza a la que iba a ser la nueva vivienda familiar, un piso cercano al campo de fútbol.

Para entonces yo era otra persona, una persona totalmente diferente de la desequilibrada Carlota de siempre. Mi último episodio, digamos, peculiar fue el de mi inesperado entusiasmo socialista. Que me había convertido en una fervorosa militante ya lo he dicho. Lo que no he dicho es que aquel año se convocaron elecciones generales para el mes de octubre y que se daba por segura la victoria de los socialistas. Me reuní con otros compañeros de las juventudes del partido y no paramos de pegar carteles, repartir folletos, animar a la gente a acudir a los mítines. Yo hacía campaña a todas horas y en todas partes. Hacía campaña en la panadería y la tienda de ultramarinos cuando me tocaba ir a comprar. Hacía campaña en la consulta del pediatra mientras esperaba a que pusieran una vacuna a Germán. Hacía campaña también en casa, aunque tal vez fuera allí donde tenía menos posibilidades de éxito: Paloma era aún menor de edad y no podía votar, María insistía en que el voto era secreto y que no pensaba decirme a quién iba a votar, y mamá me decía que no la molestara con esas pamplinas, que ella nunca votaría a nadie que fuera más joven que ella. Llegó el día de las elecciones y fui a votar a una escuela próxima que habían habilitado como colegio electoral. Era la primera vez que votaba. De hecho, hacía sólo seis meses que tenía derecho al voto. El resto del día lo pasé con Germán, dando vueltas por la ciudad, asomándome a otros colegios electorales para ver si la gente votaba o no. Me fijaba en los hombres y mujeres que se acercaban a la mesa con el carnet de identidad y los sobres de las papeletas, y pensaba: Éste es de los nuestros, ¡menuda pinta de socialista! Y aquella mujer también, no hay más que verle la ropa. La arrolladora victoria socialista en aquellas elecciones se fue consolidando en mi imaginación mucho antes de que los telediarios dieran los resultados de las primeras encuestas: ¡mayoría absoluta! Sentí aquel triunfo como algo personal, como un triunfo al que yo había contribuido en mi modesta medida y también como un triunfo mío sobre lo peor y más siniestro de mi pasado. Sin dudarlo un instante, puse a Germán ropa de calle y pedí un taxi: por nada del mundo quería perderme la fiesta del partido. Se celebraba en el hotel Corona, el mismo que unos años antes había sufrido un devastador incendio. Se había reconstruido hacía poco y tal vez fuera el único hotel de la ciudad con capacidad para acoger a los cientos de militantes y simpatizantes que querrían sumarse a la fiesta. En la calle, ante la entrada, se había concentrado un grupo de gente que coreaba viejas canciones y hacía ondear banderas rojas, republicanas y aragonesas. Conseguí abrirme paso hasta el interior. Una pantalla gigante de televisión transmitía los resultados de las distintas circunscripciones, y los aplausos y los gritos de los presentes daban a entender que esos resultados eran siempre favorables a los socialistas. Una larga mesa cubierta por un mantel blanco hacía las veces de barra de bar, y la gente se apiñaba para rellenar de cerveza o limonada sus vasos de plástico. De otra mesa similar cogí unos cuantos adhesivos con el logotipo del puño y la rosa y me los pegué encima de la ropa. Cogí también un par de banderines y se los di a Germán para que los agitara por encima de la cabeza. Llevaba al niño acomodado sobre los hombros. Quería que viviera aquel momento en toda su intensidad. Que se le quedara grabado como uno de sus recuerdos más antiguos. ¡Oé, oé, oé!, empezó a gritar la gente, y animé a Germán a hacer lo mismo. ¡Felipe, Felipe!, gritaron después, y también Germán y yo gritamos. Pasaron los minutos y en la pantalla apareció la imagen de Felipe González y Alfonso Guerra saludando desde un balcón. Los gritos se hicieron atronadores: ¡Felipe, Felipe! ¿Cuántos estaríamos en ese momento allí, apretados unos contra otros, sudorosos, repitiendo a voz en cuello el nombre de nuestro líder? Después todas las cabezas se volvieron hacia otro lado. Sobre una tarima estaban los candidatos locales, acompañados del alcalde y otras personalidades del partido. Se turnaban para pronunciar breves discursos ante el micrófono y levantar hacia nosotros sus vasos de plástico. Yo aplaudía sin parar. Aplaudíamos todos. No entendíamos nada de lo que aquellos hombres y mujeres decían pero aplaudíamos igual, y así éramos felices. Entonces ocurrió. Entonces ocurrió que me volví hacia mi derecha y vi que, muy cerca de mí, casi pegado, un hombre me observaba. Era un hombre oscuro, bajito, calvo, con el bigote poblado y unas largas patillas pasadas de moda. Era el sindicalista al que una noche de febrero había encañonado con un revólver y obligado brazo en alto a gritar arriba España. El hombre llevaba, como yo misma y como Germán, la pechera llena de adhesivos, y sostenía también uno de esos banderines en la mano. Pero no la agitaba. Se había quedado como paralizado mirándome, y también yo estaba inmóvil. Durante unos segundos tuve la sensación de que el bullicio desaparecía a nuestro alrededor. De que la gente se callaba y los televisores se callaban y los altavoces se callaban. De que el silencio reinaba de repente, y en medio de ese silencio estábamos sólo nosotros, yo con aquellas pegatinas y Germán subido a los hombros, él con aquel brillo de incredulidad o de sorpresa en la mirada. ¿Qué pensamientos estarían en ese momento pasando por su cabeza? Me miraba a los ojos, miraba a mi hijo y me volvía a mirar. Debía de estar calculando mentalmente el tiempo que había transcurrido desde aquella noche, más o menos año y medio, la edad que entonces tenía Germán. Luego la música y los gritos volvieron poco a poco a hacerse audibles. Alguien se interpuso entre nosotros, y aquel hombre desapareció de mi vista y ya nunca lo volví a ver.

18. PALOMA

Era el día más caluroso del verano. Incluso en la iglesia hacía calor, y las mujeres de los primeros bancos se daban aire con los abanicos. Yo estaba de pie, junto a una columna. Al funeral asistían cuarenta o cincuenta personas. Las miraba y me preguntaba qué relación habrían tenido con César. Cada una de ellas, en un momento u otro, había formado parte de su vida, igual que yo. Tenía la sensación de ser sólo una más, de no haber sido tan importante para él como en alguna ocasión había llegado a creer. La señora que se repasaba las comisuras de los labios con un pañuelo, el matrimonio que cuchicheaba en la penúltima fila, el anciano que se pellizcaba la muñeca como quien da cuerda a un reloj... Yo no sabía nada de ellos, ni ellos de mí, y al cabo de un rato nos separaríamos y seguramente nunca más volveríamos a encontrarnos. Si coincidíamos en esa iglesia era por César, pero no parecía probable que ellos y yo hubiéramos conocido al mismo César. ¿En qué episodios de su vida habían participado? Me dije que esas personas eran familiares, vecinos, amigos de los padres, gente que debía de haberlo tratado varios años atrás, cuando todavía César tenía futuro y no sólo pasado, testigos del César que habría podido ser, no del que fue. A Ramón sólo de vez en cuando lo entreveía. Estaba en el centro de la primera fila, al lado de Clara, su ex mujer. Sus caras, además de la del antiguo director de la academia, eran las únicas que me resultaban conocidas. Pero yo pensaba que mi César, el que yo había acudido a despedir, tampoco era el suyo. Que mis recuerdos y los de ellos no se parecían en nada. Que en realidad no estábamos diciendo adiós a la misma persona. Y me sentía como una intrusa. Durante el sermón, el cura habló de dolor y de esperanza, más de ésta que de aquél, y repitió varias veces una cita del Nuevo Testamento: El que cree en mí vivirá eternamente. Y yo pensé que acaso el verdadero intruso fuera él, el cura.

Luego algunas de aquellas personas se levantaron para comulgar, y yo me acordé de la llamada de socorro de Belinda y del cuerpo agonizante de César en la minúscula cocina de la buhardilla en la que vivían. Pero César no había muerto en la buhardilla sino en el hospital. Belinda me había llamado y me había dicho: Ven, por favor, ven cuanto antes. Yo acudí de inmediato y llamé a la ambulancia. Mientras la esperábamos, Belinda trataba de contener las lágrimas. Dijo: César siempre decía que, si alguna vez le pasaba algo, te avisara a ti, sólo a ti. Ni siquiera se había atrevido a tocarle, y César seguía en la misma postura y el mismo lugar en que había caído, con el cuello torcido y la cabeza contra el cubo de la basura, los ojos entreabiertos y en blanco, una vieja corbata haciéndole el torniquete, la jeringa colgando como una banderilla. De vez en cuando emitía un jadeo y estiraba las piernas y sacudía los hombros en una desfallecida serie de espasmos, y Belinda se arrodillaba junto a él y exclamaba: ¡Está vivo!, ¿cuánto va a tardar esa ambulancia? Y yo me arrodillaba también y decía: No me hagas esto, César... En realidad, la ambulancia tardó poco en llegar, pero a nosotras esos minutos se nos hicieron eternos. Entró primero un médico con cara de niño y calva prematura y luego dos auxiliares con una camilla. Yo por teléfono ya había dicho que se trataba de un caso de sobredosis, y el joven médico le tomó el pulso e hizo con las cejas un gesto a los otros dos, que desplegaron la camilla y cargaron sobre ella el cuerpo de César. Las pocas palabras que a partir de ese momento intercambiaron eran advertencias sobre esquinas de muebles y marcos de puertas, y Belinda no paraba de decirle al médico: Se salvará, ¿verdad?, júreme que se salvará. En la ambulancia no había sitio para nosotras, así que tuvimos que seguirla en un taxi. Al llegar a la entrada de urgencias, la ambulancia desapareció en el interior del edificio y a nosotras nos dijeron que esperáramos en una pequeña sala con diez o doce sillas de plástico y una máquina de café. Alguien me pidió que rellenara un formulario con los datos de César. Belinda, a mi lado, no pudo aguantarse más y se echó a llorar. ¿Por qué no puedo pasar?, protestaba entre lágrimas, ¿por qué no me dejan verle? Una enfermera le ofreció un tranquilizante y ella lo aceptó con gesto sumiso. Esperamos en silencio, y al cabo de un rato vimos aparecer al médico de la calva prematura. Nos bastó con ver su expresión para saber que las cosas no iban bien. La vida es una mierda, dijo Belinda, la vida es una puta mierda. La abracé. Siguió hablando: ¿Por qué ha tenido que ocurrirle una cosa así? Con lo que nos queríamos... Hacía dos meses que vivíamos juntos y teníamos previsto montar algo, no sé, un negocio, una tienda... Hablaba de sus proyectos de vida en común y lo hacía en pasado, como si César estuviera ya muerto. Luego se calló y la mantuve abrazada durante varios minutos. No quería que supiera la verdad. No quería que supiera que lo de César no había sido un accidente sino un suicidio, y que seguramente había sido por mi culpa. Que César había renunciado al futuro cuando encontró el cartel con mi foto entre las cosas de su padre.

Aquel día, en la iglesia, mientras algunas de aquellas personas acudían o volvían de comulgar, me acordé de todo eso, y el recuerdo que con más fuerza se agarró a mí fue el del abrazo, el del largo abrazo que me había unido a Belinda, el de la honda piedad que entonces me había inspirado aquella chica llorosa y engañada. Acaso fuera ella la única que no tenía la culpa de nada. Yo, en cambio, sí era culpable, o al menos sí me sentía culpable: culpable de no haber hecho por César todo lo que debía, culpable de no haberme sacrificado por él. ¿Alguna vez me había sacrificado por alguien? Había visto a Carlota sacrificarse por su hijo, a María por mamá y por nosotras, y jamás me había parado a pensar en la magnitud de mi egoísmo. ¿Por qué no había luchado por César? ¿Por qué no había sabido ade-

353

lantarme a sus problemas? Pero seguramente también eran culpables todos los que estaban en la iglesia y muchos de los que no estaban. Acabó el funeral y la gente empezó a salir. Vi pasar a Ramón, que me pareció más viejo de lo que era, y pensé que en los funerales todo el mundo parece más viejo. Vi asimismo pasar a Clara, su ex mujer, y al antiguo director de la academia y a todos esos desconocidos, esos parientes, vecinos, amigos de la familia, que tampoco habían hecho por César todo lo que debían ni se habían sacrificado por él. El rencor que sentía hacia mí misma se proyectó sobre ellos. Pensé en César, que siempre echaba las culpas de todo a los demás y nunca admitía sus propias culpas, y me dije que había muerto para eso, para que nos sintiéramos culpables quienes le habíamos conocido y tratado. No me moví de mi sitio. Seguí junto a la columna hasta que toda aquella gente se hubo ido. Supuse que debían de estar en la calle, intercambiando palabras de consuelo y repartiéndose en los coches que tenían que llevarles al cementerio. Había pensado en asistir también al entierro pero al final desistí: mi dolor se acomodaba mejor a la cerrada penumbra de las iglesias que a la azul luminosidad de los cementerios. Al cabo de unos minutos noté que alguien se me acercaba por detrás. Era el cura que había oficiado el funeral, vestido ahora con ropa de calle. ¿Estás bien?, me preguntó. Sí, gracias, dije. El cura asintió con la cabeza. Le querías, ¿verdad?, dijo, y yo cerré los ojos y no contesté. Entonces él me cogió con suavidad por los brazos y me obligó a apoyar la cabeza en su hombro. Y lloré. Por fin lloré. Durante unos minutos no pensé en nada, ni en mí misma ni en César ni en nadie, y lo único que hice fue llorar, llorar mansamente sobre el hombro de aquel cura desconocido que olía a desodorante barato y a tabaco.

Fue aquélla otra de mis malas temporadas, acaso la peor de todas. Igual que había hecho un año antes, busqué entonces refugio entre las viejas paredes de la casa familiar. Me encerraba en la Redonda y leía novelas que acababa abandonando. O me sentaba en el columpio y miraba a Germán correteando por el jardín. O me tumbaba en la cama y me limitaba a dejar que el tiempo pasara. Con cierta regularidad me llamaba Santiago, y a veces también Nicolás, el profesor que me llevaba al hotel El Cisne, y yo ni siquiera me ponía al teléfono. ¿Para qué, si esos encuentros clandestinos no podrían aliviar mi dolor?

Vivía encastillada en Villa Casilda como las princesas tristes de los cuentos infantiles, y mi único contacto con el exterior eran las conversaciones telefónicas que cada dos o tres días mantenía con Belinda. Me decía: No pude ir al funeral ni al entierro, no tuve valor... Me decía: No se me va de la cabeza la imagen de César en el suelo de la cocina... Me decía: Me gustaría ser como tú, ser guapa y educada y no tener problemas con la droga, me gustaría no haber conocido a César porque entonces sería feliz... Era curioso que fuera Belinda la única persona con la que me apetecía hablar: ella, que sólo compartía conmigo el dolor por una muerte cercana. Pero incluso esas conversaciones duraron poco. Hubo una semana en que la llamé no sé cuántas veces a la buhardilla y jamás la encontré, y después de eso dejé de llamar y ya no volví a pensar en ella. ¿Lo que yo experimentaba era apatía, indiferencia ante las cosas de la vida? Podía ser, pero yo pensaba que esa apatía o esa indiferencia habrían tenido que procurarme algún tipo de fuerza o protección, y lo que de verdad me sentía era desprotegida y débil. En mi diario anoté: La vida está constantemente poniéndonos a prueba. Nos somete a pruebas que están siempre un poco por encima de los límites de nuestra resistencia, y al hacerlo amplía esos límites y nos endurece, preparándonos para las pruebas siguientes, que sin duda serán más duras que las anteriores. Eso anoté en mi diario una de aquellas tardes, y no sabía yo lo atinadas que enseguida se revelarían esas vagas intuiciones mías.

14 de septiembre

Germán ha aprendido a decir pelota y se ha pasado todo el día repitiéndolo: pelota, pelota, pelota. En la tele no paran de hablar de la muerte de la princesa Gracia de Mónaco, que ayer sufrió un accidente automovilístico.

La primera noticia sobre el embargo de Villa Casilda la tuve el segundo martes de septiembre, y en mi diario, curiosamente, no hice la menor alusión al respecto. Tampoco en él hay ninguna referencia a la discusión que al día siguiente mantuve con mis hermanas. Aquel martes por la noche vi a mamá que subía llorando la escalera y a María que la seguía diciendo: No te lo tomes así, no es tan grave, saldremos adelante... Miré a Carlota, que se estaba probando ante el espejo del recibidor diferentes camisetas de las juventudes socialistas, unas con la efigie de Pablo Iglesias, otras con el puño y la rosa. Dije: ¿Qué ha pasado? Dijo: ¿No te has enterado? Subí al primer piso. Me asomé al dormitorio de mamá, que se había agachado junto a la cómoda y rebuscaba con denuedo en los cajones inferiores. María, con un tono al mismo tiempo severo y maternal, como el de las monjas de los hospitales, seguía diciendo: Te digo que no te preocupes. Todo se arreglará. Encontraremos un piso bonito y bien situado... Luego mamá, con los ojos nublados por las lágrimas, abrió el armario y braceó en su interior como un submarinista. María dijo: Y no te molestes. He vaciado todas tus botellas de pacharán y las he tirado a la basura. Mamá se volvió hacia ella y le hizo un reproche lastimero: ¿Eso has hecho?, ¿cómo has sido capaz? María no contestó. La cogió de la mano y la obligó a sentarse en el borde de la cama. Acuéstate, le dijo, ponte el camisón y acuéstate. La trataba como a una niña pequeña después de un berrinche. De hecho, ella misma la ayudó a ponerse el camisón y a meterse en la cama. Cuando salió del dormitorio y descubrió mi presencia, se llevó el dedo índice a los labios y cerró la puerta con los hombros encogidos y aire sigiloso, y yo pensé que Carlota hacía esos mismos gestos cada vez que acostaba a Germán.

Pero la verdadera discusión (ya lo he dicho) no se desató hasta el día siguiente. María y Carlota llegaron con el Simca cargado de bolsas y cajas del supermercado. Yo estaba en el columpio con Germán. María se me acercó con un par de bolsas, hizo un gesto hacia el interior de la casa y preguntó: ¿Qué tal ha pasado la tarde? Yo ya sabía que se refería a mamá y a pesar

de todo pregunté: ¿Quién? Ella, en lugar de contestarme, dijo:
Ayuda a llevar cosas, el coche está mal aparcado. Entró con las
bolsas y las dejó en la cocina. Carlota sacaba las compras del
maletero y las amontonaba junto a la verja, y Germán trataba
de arrastrar una de las cajas, demasiado pesada para él. Volvió
María por más bolsas. Espero que no haya aprovechado para
salir a comprar pacharán..., rezongaba. Luego me miró y dijo:
¿Ayudas o no? Me molestaba esa actitud suya. Me molestaba
que hasta entonces no me hubiera informado de nada y que
sólo hablara conmigo para darme órdenes e instrucciones. Dije:
Todavía estoy esperando que me expliques lo que está pasando.
Dijo: Lo principal ya lo sabes. Nos echan de Villa Casilda.
Dentro de poco dejará de ser nuestra. Dije: ¿Y no tenía derecho
a saberlo?, ¿es que yo no vivo en esta casa? María levantó la caja
de Germán, resopló y dijo: ¿Habría servido de algo? La seguí
hasta la entrada. Dije: La cuestión no es si habría servido de
algo. La cuestión es que me van a echar de mi casa y nadie me
dice nada. Dijo: La cuestión es que las cosas nos han ido mal y
tendremos que alquilar un piso. Se detuvo al llegar a las columnas y añadió: Todavía no me has dicho si ha salido a comprar...
Alcé la voz: ¿Eso es lo que te preocupa?, ¿que mamá se eche de
vez en cuando un trago de pacharán? María me censuró con la
mirada: ¿Qué pretendes?, ¿que se entere todo el mundo? Me
acordé de la época de las pintadas, de la celeridad con que se
aprestaba a borrarlas, y grité: ¡Sí!, ¿por qué no se van a enterar
los vecinos?, ¿por qué no tienen que saber que esta familia es
un desastre? Gritó: ¡Cállate!, ¡cállate de una vez! Grité: ¡Cállate
tú!, ¡cállate tú, que siempre estás diciéndonos lo que tenemos
que hacer y organizándonos la vida!

Los motivos de mi rabia, que ahora no me parecen tan jus-
tificados, entonces sí me lo parecían, y desde luego no pensaba
que tuvieran nada que ver con el mal momento que estaba
atravesando después de la muerte de César. Que no me hubieran informado de lo que estaba ocurriendo, que nadie en aquella casa me hubiera demostrado la menor confianza se me anto-
jaban razones suficientes para gritar a María como lo estaba

haciendo. La seguí con la mirada mientras avanzaba hacia la cocina, depositaba la caja en el suelo y regresaba a mi lado. Sacudió varias veces la cabeza y dijo: Mira, Paloma, no empeoremos más las cosas, que ya están bastante mal. Pero a mí no había quien me parara. Dije: ¿Empeorar?, ¿qué puede empeorar?, ¡nos quitan la casa, lo único que teníamos, lo único que hemos tenido desde que nacimos, desde mucho antes de nacer, y tú dices que todavía podemos empeorar!, ¿qué nos podrán quitar a partir de ahora? Me apartó con el brazo y fue al coche en busca de más bolsas. También ahora la seguí, y mientras la seguía, la asaeteaba con mis reproches: Murió papá y quisiste ocupar su lugar, ser la cabeza de familia. ¡La capitana de este barco! Pero el barco se va a pique, se hunde, ¡ya se ha hundido! Alguna responsabilidad tendrás. ¡A lo mejor no eres esa mujer perfecta e irreprochable que crees ser! María soltó la bolsa que acababa de agarrar y dijo: ¿Y qué querías que hiciera? Dije: ¡Cualquier cosa!, ¡cualquier cosa con tal de salvar esta casa! Dijo: Muy fácil de decir pero muy difícil de hacer. Dije: No te hagas la tonta. De eso tú sabes bastante. Dijo: ¿Qué quieres decir? Dije: Es tu trabajo, ¿no? A eso te dedicas. A echar a la gente de su casa. A quitarles lo poco que tienen. A hacerles lo que ahora nos están haciendo a nosotras.

Ya no gritaba: no me hacía falta. María no se esperaba un ataque como aquél, o al menos no se lo esperaba de mí, que nunca me dejaba llevar por arrebatos, y me miraba con la boca abierta y no sabía cómo reaccionar. Ya no, dijo, ya no me dedico a eso, y yo dije: Pues, si no tú, Delfín. No, Delfín tampoco, dijo ella, pero lo dijo con voz temblorosa, y yo añadí: Algún día nos contarás de dónde sacas el dinero, y nos contarás también si con ese dinero no habrías podido ayudar más a mamá. Yo sabía que estaba siendo injusta con ella pero no me importaba. Notaba que mis acusaciones le hacían daño. Que habían abierto una herida oculta y que poco a poco la hacían más grande y más profunda. Pero es que hacerle daño me procuraba placer, un placer desconocido, y disfrutaba descubriendo el secreto poder destructivo de mis palabras. A María la veía a cada momento más abrumada y titubeante, a punto ya de derrumbarse por completo. Sólo te preguntaré una cosa..., dije, y ella dijo: Lo siento, Paloma, tendría que habértelo dicho. Sólo te preguntaré una cosa, volví a decir, ¿estás segura de que no habrías podido evitar todo esto?, ¿de verdad lo estás? Y María dijo otra vez lo siento y cerró por un instante los ojos.

Carlota, seguida siempre de Germán, trajinaba en el jardín con las últimas bolsas y paquetes. ¡Ya está bien, Paloma!, ¿por qué no la dejas en paz?, gritó de repente, los brazos en jarras, el rostro contraído en una mueca de odio, y las dos la miramos en silencio. Ella, que jamás escatimaba reproches a nuestra hermana mayor, se ponía inesperadamente de su lado. No estoy hablando contigo..., dije. Gritó: ¡Déjala en paz!, ¿me oyes? Gritó: ¡Déjala en paz y no vuelvas nunca a hablarle en ese tono! Gritó: ¡Deja a María en paz o te arranco el pelo y te clavo las uñas en tu bonita cara! Aquellas amenazas suyas habrían resultado ridículas si no hubiera sido porque parecía dispuesta a cumplirlas, y por un segundo se me representó con viveza la clásica imagen de una pelea entre mujeres, mi hermana abalanzándose sobre mí y derribándome con torpeza, yo tratando de esquivar sus arañazos y tirones de pelo, las dos revolcándonos por el suelo con los ojos llorosos y la respiración anhelante. Quise decir algo pero no llegué a hacerlo porque en ese momento asomó mamá por la puerta y preguntó alarmada: ¿Qué ocurre, niñas?, ¿qué pasa aquí? Nos miramos las tres, y María dijo: Nada, mamá, no pasa nada. Luego cerró el maletero del Simca y señaló las bolsas con las que Germán, ajeno a todo, seguía jugando. Y añadió: Llevad eso, voy a aparcar.

16 de septiembre
Esta noche he soñado con la casa. Era Villa Casilda pero no lo era. Tenía delante una amplia y cuidada extensión de césped. Tenía también un estanque y unas estatuas de hombres y mujeres sin brazos. Y en vez de una torre tenía dos y eran cuadradas y sin el tejadillo de pizarra que tiene la nuestra. Al principio me parecía que la casa estaba muy lejos

pero de repente me he encontrado delante de la puerta. Lo peor ha venido después, cuando la he abierto y he descubierto que la casa era sólo una fachada, como uno de esos decorados de las películas detrás de los cuales no hay nada, sólo el desierto. Pero lo que había en mi sueño no era el desierto sino el mar, un mar como el de nuestras antiguas vacaciones, con mujeres que paseaban por la orilla y niños que hacían castillos de arena.

Me gustaría saber interpretar los sueños. Me gustaría saber interpretarlos porque entonces sabría algo más de mí misma.

Al igual que en mi primera fuga, me fui de casa un sábado. Pero esta vez me fui muy temprano, cuando todavía Juan Antonio no había dejado junto a la puerta las barras de pan y las botellas de leche. Los días que habían pasado desde la discusión me habían parecido un infierno. Deambulaba por la casa deseando no encontrarme con nadie, y cuando me encerraba en mi habitación lo pasaba peor, porque al fin y al cabo era también la habitación de María. No quería hablar ni que me hablaran, no quería que me miraran, no quería respirar el mismo aire que respiraban mi madre y mis hermanas, y ni siquiera a solas encontraba reposo. La casa entera se había vuelto contra mí. Todo en ella había sido testigo de mi crueldad. Todo me recordaba el momento en que había sido injusta con María, y lo paradójico era que no aguantara precisamente aquello que había creído defender. ¿Qué refugio te queda cuando no te queda ni la casa, el último de todos los refugios? La idea de una nueva fuga se fue imponiendo de un modo natural, y la noche del viernes al sábado se me reveló como algo inaplazable y urgente. No, no podría aguantar uno de esos fines de semana familiares, con la casa llena de voces y de gente: María y Carlota doblando las sábanas mientras cantaran a dúo la última canción de moda, mamá yendo de aquí para allá y comprobando el punto de sal del estofado, Delfín haciendo cuchufletas al pequeño Germán.

Así que me fui de casa a primeras horas del sábado. Me fui

sin saber adónde iba, y lo único que llevaba conmigo era mi bolsa de viaje, con algo de ropa, un par de libros y mi diario. Anduve sin rumbo preciso hasta encontrar una cafetería que acababa de abrir. Pedí un café y cogí el periódico para mirar los horarios de trenes y autobuses. Al cabo de una hora salía un autobús para Pamplona y San Sebastián, y algo más tarde pero de otra estación uno para Burgos, León y La Coruña. Me decidí por éste porque La Coruña estaba más lejos que San Sebastián. Pero llegué a la estación y dejé que ese autobús y otros dos más salieran sin mí. Estaba sentada, con la bolsa a mi lado y el diario en el regazo, y no tenía ganas de escribir. Me preguntaba si en casa habrían descubierto ya mi fuga. Me preguntaba si estarían reprochándosela unas a otras: Carlota a María por no haber sabido evitarla, María a Carlota por sus gritos del miércoles, mamá a las dos porque no paraban de hacerse reproches. Me dije: ¿Para qué me voy en realidad?, ¿para hacer que se sientan culpables? No era que quisiera estar en otro sitio. Era que quería no estar, y una estación de autobuses era el mejor lugar para no estar en ningún sitio. Pensé en César. También él había querido no estar y se había acabado suicidando. Pero yo no era como él. Yo jamás me suicidaría. Me faltaba valor. O me sobraba egoísmo. A la una y media se fue otro autobús, y el siguiente no salía hasta las cuatro. La señora de la taquilla se fue a comer, y en la pequeña barra del bar sólo quedaban tres hombres. Luego los tres hombres se fueron, y yo recogí mis cosas y me fui también. De repente me vi en la calle, sola, con aquella bolsa colgada del hombro, y mi fuga me pareció lastimosa. ¿De verdad era mejor estar allí que estar en mi casa, con mi madre y mis hermanas?

Busqué en mi diario. En alguna parte tenía anotada la dirección de Antonia. Cogí un taxi, que me dejó delante de un portal estrecho y oscuro. Habíamos sido amigas pero yo nunca había estado en su casa. Subí al segundo piso. A través de la puerta la oí estornudar: uno, dos, tres, hasta siete estornudos que sonaron como breves ladridos. Llamé al timbre. Dije: Vengo a pedirte perdón. Dijo: ¿Perdón?, ¿por qué tendrías que pedirme perdón? Agarró mi bolsa y adivinó lo que ocurría. La guardó en una habitación. Dijo: Ya he comido. Cuando se vive sola, todo se hace antes de tiempo. Pero tú seguro que no has comido. Dijo también: Estaba forrando unos libros. Y señaló una mesa en la que había varias novelas con aspecto de recién compradas, unas hojas de periódico y unas tijeras. Me hizo sentarme en la cocina. Me preparó una ensalada y una tortilla francesa. Luego me llevó a una galería con una mesita y dos sillones de mimbre. Aquí es donde me gusta sentarme a leer, dijo.

Pero aquella tarde no leyó. Nos sentamos en los sillones y dijo: Ahora cuéntamelo todo desde el principio. La galería daba a un patio en el que unos niños jugaban al baloncesto. Al principio eran sólo dos niños pequeños, después cinco o seis, al final más de quince de todas las edades. Jugaban dos partidos a la vez, los pequeños en una canasta, los mayores en otra, todos ruidosos, incansables. Busqué la primera frase: Algunos de esos chicos tienen la edad que yo tenía la primera vez que me fui de casa... Bastó con eso, con que mencionara mi fuga a Barcelona, para que un montón de recuerdos de los últimos tres años acudieran a mí y se organizaran como una novela o una película, recomponiendo lo que había sido mi historia con César y Ramón, mi relación primero con el hijo, después con el padre, y al final otra vez con el hijo. Recordé en voz alta aquella fuga primera y su precipitado final. Recordé mi llamada telefónica desde la cafetería de una gasolinera, y eso me llevó a recordar muchas cosas más. Recordé los corros del colegio y las sonrisitas maliciosas de mis compañeras de curso. Recordé el olor de la moto de César y la carrera que una tarde me hice en la media mientras desmontaba. Recordé una camiseta negra con una foto de Blondie que alguien le había traído de Londres y que le encantaba. Recordé el ruido sordo de su navaja al hundirse en colchones y sofás. Recordé sus gritos de dolor cuando el armarito del lavabo le cayó sobre el pie descalzo. Recordé la uña negra de su dedo gordo. Recordé las inmensas raciones de helado que se servía en el buffet libre. Recordé el canódromo. Recordé la puerta de los váteres del canódromo y la expresión de pícaro que César ponía cuando se encerraba con sus amigos. Recordé un perro al que apostamos todo nuestro dinero que se llamaba King Kong. Recordé nuestras risas cuando King Kong ganó. Recordé una cadena de plata que me regaló. Recordé su voz diciendo mi nombre. Recordé su voz. Y miraba a los chicos que jugaban al baloncesto y seguía recordando, y recordé el gesto inquisitivo del conductor del autobús y la corbata torcida de Ramón. Recordé las canciones de Demis Roussos que escuché en su coche. Recordé su tristeza la primera vez que me habló de Javier. Recordé el temblor de sus manos al tocarme. Recordé el apartamento del aparthotel y cómo apoyaba mi cuerpo en el suyo cuando bailábamos. Recordé sus promesas de amor eterno. Recordé su olor a colonia Nenuco y a cigarrillos Lark. Los recuerdos seguían brotando y ordenándose a medida que los enunciaba ante la atenta mirada de Antonia, y era como en los sueños, cuando estás a punto de despertar y todo lo que sueñas, por disparatado que sea, tiene un sentido. Recordé mi único encuentro verdaderamente casual con Ramón y recordé lo que entonces había recordado, la mesa de pésame que un día habíamos puesto en el jardín de Villa Casilda. Y recordé también las grandes maletas, el paraguas, la cámara fotográfica, la carpeta azul, todos aquellos objetos amontonados en el apartamento. Y luego volví a recordar a César, al inestable César de la segunda época, y Antonia me escuchaba en silencio y yo recordaba para ella (pero también para mí, sobre todo para mí) los golpes del viento mientras paseábamos en el Alpine, las tardes que pasábamos en su colchón, la última conversación que mantuvimos. Y recordaba la llamada de Belinda y recordaba la agonía de César y mi abrazo con Belinda. Y recordaba el funeral y cómo durante el funeral había recordado la agonía de César y mi abrazo con Belinda... Los recuerdos no cesaron hasta el final de la tarde, cuando ya la oscuridad envolvía el patio y las canastas y acallaba los gritos de los chicos. Callé también yo. Había contado todo o casi todo lo que he contado hasta aquí, y Antonia me cogió de la mano y dijo: Te vendría bien ponerlo por escrito. ¿Por qué no lo haces?, ¿por qué no intentas hacer una novela con todo eso? Ahora vamos a ver qué podemos cenar.

Durante la cena estábamos las dos de buen humor. Bromeábamos. Bromeábamos sobre nuestras propias vidas como si en el fondo carecieran de importancia, y me daba cuenta de que no sentía ya ningún rencor hacia mis hermanas o mi madre, tampoco hacia mí misma. Antonia me dijo que no estaba acostumbrada a verme reír, y yo pensé que esa frase la había oído en muchas ocasiones y de labios muy distintos. Luego me enseñó mi habitación, la habitación en la que había dejado mi bolsa, y desplegamos la cama turca y pusimos sábanas limpias. Me acosté pronto pero tardé mucho en conciliar el sueño. Su sugerencia de poner por escrito mis recuerdos me daba vueltas en la cabeza como el estribillo de una canción pegadiza: ¿por qué no intentas hacer una novela con todo eso?, ¿por qué no? La novela, de hecho, se había ido construyendo por sí misma a lo largo de la tarde y no me resultaba difícil imaginarla. Su tema sería el secreto, la vida oculta de los seres cercanos, también mi vida oculta, y tendría una estructura similar al relato que había improvisado para Antonia y alternaría pasajes narrativos con extractos de mi diario. Empezaría con mi primera fuga, luego retrocedería a mis tempranos noviazgos y a César, de allí pasaría a Ramón y a los martes del aparthotel, volvería a César y proseguiría con él y con Santiago, también con Antonia y mi descubrimiento de la literatura, y acabaría... ¿Cómo acabaría? ¿Con el abrazo de Belinda? ¿Con el funeral de César? Tenía la sensación de que la novela ya estaba escrita y de que a mí sólo me quedaba desvelarla, convertirla en palabras del mismo modo que un médium convierte en palabras las imágenes que vislumbra del pasado o el futuro. Y esa sensación se me presentaba como un mandato porque ¿quién sino yo podía escribir esa novela? Ese simple hecho, el hecho de que no hubiera nadie más en el mundo que pudiera escribir precisamente esa novela, acaso quisiera decir que tenía que escribirla. Que no podía sustraerme a ese mandato. Que ni siquiera podía aplazarlo. Y me preguntaba si esa misma sensación y ese mandato habían estado en el origen de todas esas novelas que había admirado: las novelas de Pasternak, de Hemingway, de Austen. Y me sentía tocada por los dedos de la inspiración y el arte. Y ese sentirme acariciada me revelaba un sentido de las cosas de la vida que hasta entonces había permanecido escondido. Y esa revelación me mantenía en un estado como de embriaguez y exaltación que me impedía dormir. Y esa embriaguez y esa exaltación...

Me despertaron el ruido de la persiana y la luz que entraba a través de los visillos. Antonia depositó una bandeja sobre la única silla que había en el cuarto y se sentó en el borde de la cama. Me preguntó si había dormido bien y sonrió como mamá sonreía cuando mis hermanas y yo éramos pequeñas y entraba en el dormitorio a despertarnos. En la bandeja había leche, café recién hecho y magdalenas. Había también un libro. Era *Lolita*, de Vladimir Nabokov. Dijo Antonia: Ayer no te lo quise decir, pero cuando hablabas de las cosas que te decía Ramón me acordé de este libro. Es la historia de un hombre maduro que pierde la cabeza por una chica de doce años. Lo abrió por el principio y me lo mostró y, mientras yo leía las primeras líneas, ella volvió a sonreír y recitó: Paloma, luz de mi vida, fuego de mis entrañas... Y de repente pensé que era así como tenía que acabar mi novela, en aquella habitación modesta, en aquella cama estrecha, con la luz de la mañana atravesando los visillos y el olor del café invadiéndolo todo, con aquella sonrisa de Antonia que me recordaba a mamá, con aquel libro y aquellas palabras, Paloma, luz de mi vida, fuego de mis entrañas.

El verano siguiente, el del ochenta y tres, fue el de la demolición de Villa Casilda. Para entonces, yo había dejado mi empleo en una casa de seguros por otro en una gestoría, Carlota trabajaba a tiempo parcial en una boutique y Paloma, que había tomado la determinación de matricularse en Filosofía y Letras y convertirse en escritora, se esforzaba por reparar en la medida de lo posible su desastroso expediente académico. Vivíamos en un piso alquilado junto al campo de fútbol. Era un piso alto, con una galería acristalada desde la que se dominaba toda la ciudad. Era también un piso moderno, de techos bajos y tabiques delgados, de dormitorios pequeños. Habíamos tenido que aprovechar algunos de los muebles de Villa Casilda, muebles pensados para casas grandes, y la sensación general era de ahogo y falta de espacio. No había pasillo. Las habitaciones daban a un distribuidor que a su vez daba a la cocina y el salón. Carlota y Germán dormían en la más grande de todas, comunicada con la cocina a través de una puerta que hubimos de cegar con un armario. El dormitorio de al lado era el de mamá, y los dos siguientes el de Paloma y el mío.

Por primera vez tenía un cuarto para mí sola. En Villa Casilda siempre había compartido habitación, primero con Carlota y Paloma, luego sólo con Paloma, y jamás había tenido problemas para acomodarme a su compañía. Por extraño que pueda parecer, la clásica aspiración femenina a poseer un espacio privativo nunca había llegado a pasarme por la cabeza, y ahora que lo tenía me sentía como esos esclavos que dejaban de serlo y no sabían qué hacer con su libertad. Paloma llenó de pósters y libros sus paredes, Carlota decoró las suyas con fotos de Germán y viejas estanterías que Delfín la ayudó a restaurar y a pintar de vivos colores. ¿Y yo? ¿Qué podía poner yo en las mías? ¿Retratos de mis padres y mis hermanas, como si mi dormitorio no fuera sino una más de las estancias comunes, la prolongación de la cocina o el salón? ¿Fotos mías con Delfín, con el que oficialmente no había tenido ninguna relación especial? ¿Recuerdos de novios que no habían existido, estudios que había abandonado, viajes que no había hecho, fiestas a las que no había sido invitada? Cuando me disponía a acostarme, me sentaba en la cama y veía esas paredes blancas, y pensaba que así había sido mi vida hasta entonces, una vida en blanco.

Tardaron tres días en derribar Villa Casilda. El primer día tiraron el muro, agrandaron a golpe de pico las ventanas y arrojaron todos los trastos que habíamos dejado dentro, con lo que el jardín quedó convertido en un vertedero. El segundo echaron abajo la fachada. Lo hicieron con tal limpieza que por unos momentos Villa Casilda se me apareció como una gigantesca casa de muñecas, y los curiosos que había a mi lado hacían comentarios sobre los escasos enseres que nadie había querido llevarse: los apliques sin valor, los grifos viejos, las mamparas con calcomanías. Las paredes mostraban el empapelado que nosotras mismas habíamos puesto, de los techos colgaban cables de lámparas que alguna vez habían servido para iluminarnos, y donde antes había habido un cuadro o un mueble había ahora una silueta que lo recordaba. Yo casi prefería que aquellos obreros acabaran cuanto antes su trabajo, porque exponer todo aquello, por poco que fuera, a la vista de los transeúntes tenía algo de exhibición impúdica, de profanación de nuestra intimidad. Por la tarde algunos de los hombres de la cuadrilla se encaramaron al tejado y destrozaron con la piqueta todo lo que podía ser destrozado: entre las montañas de escombros reconocí trozos de techo y de escalera que sólo podían pertenecer a la Redonda, ahora desmochada.

La excavadora no llegó hasta el tercer día. Con fuertes y horrísonas embestidas terminó de arrasar lo poco que quedaba en pie. Yo aprovechaba las gestiones de la oficina para acercarme y ser testigo del derribo. Apuraba mis habituales recorridos por negociados oficiales y acudía a mirar. Cuando a media tarde llegué, Villa Casilda había desaparecido y su lugar lo ocupaba un informe montón de cascotes. Me acordé entonces de lo que el abogado Esponera había comentado a propósito de la demolición de su antiguo colegio, de cómo al tirarlo habían destruido también muchos de sus recuerdos, de sus futuros recuerdos. Me volví para marcharme y a unos metros de distancia descubrí a Paloma, que observaba en silencio las ruinas de lo que había sido nuestra casa. Me situé a su lado. Durante varios minutos ninguna de las dos dijo nada. Mirábamos solamente. Mirábamos a esos obreros con casco amarillo y camiseta de tirantes que a través de una pasarela de tablas empujaban las carretillas cargadas de escombros hasta el volquete de un camión. Luego el camión se fue y apareció otro que debía de estar esperando en alguna calle próxima.

–¿Y la gestoría? –preguntó Paloma.

–Voy para allá –contesté sin moverme.

La excavadora se desplazaba de un lado para otro con movimientos de animal antediluviano. Su pala mecánica cambiaba de sitio los montones de cascotes con arreglo a una lógica inescrutable. Los hombres se llamaban a gritos: ¡Paco, Paco!, ¡Ismael! Alguno de ellos se ponía a cantar una canción andaluza y se atascaba siempre en el mismo verso.

–¿Qué hacéis vosotras aquí? –oímos que nos decían.

Era Carlota. Venía hacia nosotras cubriéndose la boca y la nariz con un pañuelo, y parloteaba con nerviosismo.

–¡Dios mío, cuánto polvo! –decía–. Menos mal que no he traído a Germán... Lo he dejado con mamá. A ella no le he dicho adónde iba. Mejor así, ¿no? El espectáculo no le habría hecho mucha gracia. Y esta gente, ¡qué manera de sudar! Hay que ver. ¡Con la de cosas que nos han pasado en esta casa! ¿Qué construirán? Supongo que uno de esos bloques de apartamentos. La verdad es que tampoco me importaría vivir aquí. Pero, claro, para eso hace falta dinero... Buf. Podremos hacer muchas cosas pero no podremos hacerlas aquí. Ja ja, podremos discutir como antes pero no aquí. ¿Os acordáis de nuestras discusiones?

Nos acordábamos. Yo me acordaba sobre todo de la última discusión, la que habíamos sostenido en ese mismo sitio un año antes. ¿Por qué Paloma me había acusado como lo había hecho? ¿Por qué Carlota se había revuelto contra ella con toda su rabia? ¿Qué era lo que ignoraba sobre ellas que las había llevado a comportarse de un modo tan distinto del que habría previsto? Nunca, ni entonces ni ahora, llegué a entender sus reacciones de aquella tarde.

–¡Mirad! –exclamó Carlota–. ¡La caseta de los perros! ¡La caseta de Dama y de Mirón! ¿No es eso de ahí? Sí, seguro. Estos hombres la han destrozado pero seguro que lo es... Dama, Mirón: ¿cuánto hace que se murieron? ¿Y cuánto hace que se murió el abuelo? Hay que ver, hay que ver...

Los obreros seguían con el desescombro y Carlota acabó callándose. Fue como si nuestro silencio, el de Paloma y el mío, hubiera terminado imponiéndose, y como si nuestra melancolía, la de las tres, no encontrara una forma mejor de manifestarse. Miré el reloj y sacudí la cabeza. Miré después a mis dos hermanas sobre ese fondo de polvo y ruinas, y creí verlas no como lo que eran, dos personas, Carlota y Paloma, sino como dos partes de un todo más amplio. Las veía a las dos juntas y las veía conmigo. Y me veía a mí misma junto a ellas, como si en realidad no estuviera mirando sino siendo mirada, y lo que veía era tres mujeres solas y tristes, tres mujeres sin amor, y esas tres mujeres que veía sólo podían inspirarme lástima. Sentí lástima por ellas y la sentí por mí misma, incapaz de hacer otra cosa que sentir lástima por nosotras tres. Volví a mirar el reloj y dije:

–Me voy. Tengo trabajo.

Ese verano fue también el de nuestro accidente automovilístico. Aquel día íbamos al Monasterio de Piedra, la excursión que mamá nunca había llegado a hacer. Íbamos todos, yo conduciendo, Paloma a mi derecha, mamá y Carlota detrás entreteniendo a Germán, y el ambiente era festivo. Carlota había reanudado su búsqueda de pretendientes para mamá, y no parábamos de hacer bromas sobre todos esos militares viudos, anticuarios solteros, profesores separados que los sábados llamaban al portero automático y entre carraspeos decían: Buenas tardes, vengo a... Mamá negaba con la cabeza y soltaba una risita de adolescente. No sé por qué insistes, decía. Y, precisamente por eso, Carlota insistía:

—Ya me dirás cuando encontremos al hombre que te conviene.

Entre sus últimos candidatos había llegado a estar Delfín. Mamá preguntaba si no nos parecía que venía demasiado por casa, y Carlota, haciéndose la inocente, decía: ¿Quién? Pero ¿quién iba a ser?, ¿quién era el único que iba por nuestra casa? Según mi hermana, Delfín sólo iba por casa para ayudar, para recortarles las patas a los armarios y colgar cuadros y percheros, pero era cierto que, cuando ya no quedaban patas que recortar ni cuadros y percheros que colgar, Carlota le llamaba con cualquier excusa y allí estaba él con su caja de herramientas y su taladro.

—¿Y de Delfín qué sabemos? —preguntó aquel día en el coche—. A lo mejor le habría gustado venir...

—¿Quieres dejarle en paz? —la reconvino mamá con resignación—. ¿Te crees que no se habrá dado cuenta de tus intenciones?

—Yo sólo quería... —trató ella de defenderse.

—Tú sólo querías... —Me eché a reír—. ¡Una celestina!, ¡eso es lo que eres!

—Una Emma más bien —intervino Paloma, y yo supuse que aludía a la novela que esa misma semana había prestado a Carlota y que ésta (¡con lo poco aficionada que era a la lectura!) había devorado con auténtica pasión.

–La verdad es que haríais muy buena pareja... –volvió Carlota a la carga–. Tú estás más guapa que nunca, y él ha perdido algo de pelo pero sigue siendo un hombre apuesto.

–¿Te refieres a Delfín? –preguntó Paloma, que luego imitó la voz de Delfín para decir–: Podéis llamarme papá.

–¡El tío Delfín convertido en papá Delfín! –Se echaron las dos a reír–. ¿Y nosotras qué seríamos? ¿Las delfinas?

–¿Queréis callaros de una vez? –dije yo, y ellas juntaron las manos y remedaron los gestos de los delfines zambulléndose en el agua.

–¿Qué te pasa, María? ¿Por qué te pones así? –dijo Carlota con aire ladino, y por un momento me pregunté cómo habría reaccionado si hubiera sabido que Delfín y yo habíamos vivido una larga historia de amor.

–A ti te gustaba –dije a Paloma.

–¿Quién? ¿Delfín? A la que le gustaba era a ella.

Carlota se sonrojó:

–A mí no me gustaba.

–A ti te gustaba –dije.

–A ti te gustaba –dijo Paloma.

–¡A mí no me gustaba! –protestó Carlota cómicamente.

Fue entonces cuando, sin razón aparente, el coche salió despedido por una curva en dirección a una familia de domingueros que almorzaba junto a un pinar. El Simca 1200 había aguantado bien esos cuatro años posteriores a la muerte de nuestro padre, pero aquel día, por lo que fuera, decidió rebelarse. No se trató de un error mío ni de un despiste. De golpe noté cómo el volante se bloqueaba.

–¡Cuidado! –gritó Paloma, echando las manos sobre el salpicadero.

Tenía la impresión de haberlo soñado alguna vez: el volante que no respondía, el coche saltando fuera del asfalto, los domingueros mirando horrorizados lo que les venía encima... La dirección se desbloqueó en el último instante. Di un volantazo hacia la derecha y luego otro hacia la izquierda, y el Simca lanzó por los aires una silla plegable, cruzó un caminito de arena y, en medio de una nube de polvo, acabó chocando contra un pino.

—¡Ay, Dios mío! —gritó mamá.

Germán, que ya tenía dos años, reía como si todo aquello le pareciera muy divertido.

—¡Otra vez, tía! —exclamó.

—Me duele el cuello —dije.

El polvo se metió por las ventanillas. Paloma tosió, auch, y el niño la imitó, auch-auch. Los domingueros rodearon el Simca. La abuela se abanicaba con la mano como si le faltara oxígeno. Dos niños flacos y feos correteaban de un lado para otro. El hombre llevaba en la mano un estuche blanco con una cruz roja y repetía excitado: ¡El botiquín, el botiquín!

—No hace falta —dijo mamá, abriendo su puerta—. Estamos bien.

—Me duele mucho el cuello —volví a decir—. Creo que tengo algo en las cervicales.

A los demás no les había pasado nada. Alguien me ayudó a salir y a sentarme en una de las sillas. A mi lado estaba la abuela, que, tendida sobre una manta de cuadros rojos y blancos, como los manteles de las pizzerías, todavía no se había recuperado del susto. Cerré los ojos. Por momentos el dolor se me hacía insoportable. Cuando los volví a abrir, la mujer repartía servilletas húmedas para que nos limpiáramos. Luego nos ofreció té de un termo.

—También tenemos rosquillas —dijo.

—No, si está claro que con ese monasterio tengo la negra... —se quejó mamá.

—¿Cómo ha quedado el coche? —pregunté.

Había perdido el parachoques delantero, uno de los faros se había roto y en el cristal se habían formado unas grietas en forma de telaraña, pero el hombre lo probó y dijo que funcionaba. Un cuarto de hora después, la abuela seguía tendida sobre la manta y la mujer insistiéndonos para que probáramos su té y sus rosquillas. Mamá y mis hermanas me rodeaban con expresión preocupada.

–Y ahora, ¿qué hacemos? –se preguntaban–. En ese estado no puede conducir...

–Yo, si quieren, las acerco a algún sitio... –se ofrecía el dominguero sin demasiada convicción.

La cosa se presentaba complicada. Carlota y Paloma no tenían carnet de conducir, y era verdad que yo no estaba en condiciones de agarrar el volante. Podíamos pedir una ambulancia, pero lo mío tampoco era tan grave. Lo más sensato era ir al pueblo más cercano y desde allí avisar a una grúa para que pasara a recoger el coche; luego ya buscaríamos la manera de volver a la ciudad.

–Les va a salir carísimo –decía el hombre, que se diría que disfrutaba poniendo inconvenientes–. Y esa gente cobra al contado...

–¿Cuánto dinero lleváis? –pregunté.

–Yo poco –dijo Carlota.

–Yo nada –dijo Paloma.

–¿Y si conduzco yo? –propuso Carlota–. Me explicas lo que tengo que hacer y...

Entonces habló mamá.

–Conduciré yo –dijo, y me pareció que temblaba sólo de pensarlo.

La miramos las tres, yo con el rabillo del ojo para no mover el cuello. De todas las posibilidades, ésa no la habíamos descartado porque ni siquiera nos la habíamos llegado a plantear. El hombre asintió como diciendo: Si la señora tiene carnet...

–No, mamá –dijimos–. Muchas gracias pero no hace falta.

–He dicho que conduciré yo –volvió a decir con esa rara autoridad que a veces mostraba delante de extraños, y por un instante esperé que añadiera que había llegado el momento de coger el toro por los cuernos.

Apartaron el parachoques y los cristales rotos del faro, y nos acomodamos en el interior del coche, Carlota, Paloma y Germán en el asiento de atrás, yo en el del copiloto con el respaldo reclinado, y mamá, que se había descalzado para controlar mejor los pedales, en el del conductor.

–¿Estáis listas? –preguntó, santiguándose.

Fue aquélla la última vez que vimos las fundas y los cojines, esas fundas de ganchillo y esos cojines con nuestros nombres que siempre nos habían parecido horribles. Alguien los había sacado para sacudirles el polvo, y debieron de quedar allí, entre los enseres de los domingueros, junto a la fiambrera de las rosquillas y el termo del té. Creo recordar que sobre uno de los cojines (¿cuál de ellos?, ¿el de Paloma?, ¿el de Carlota?, ¿el mío?) reposaba la cabeza de la abuela, que siguió gimoteando hasta el final, complacida por las atenciones que todos le dispensaban.

Pero lo más importante no fue eso.

Lo más importante fue que mamá condujo aquel día como nunca creyó que podría hacerlo. Puso el contacto y la marcha atrás con la seguridad de un conductor veterano, maniobró luego con destreza para salir a la general y, pasadas las primeras curvas, aceleró con suavidad hasta alcanzar a los coches que nos precedían. A través de la luna agrietada del parabrisas veíamos la carretera, los otros coches, el paisaje soleado, y para nosotras, silenciosas todas, era como estar volando.

Más tarde, en la cafetería del hospital en el que me pusieron el collarín, no paraba de hablar.

–Lo habéis visto –decía, ufana–. ¡Yo, en aquella carretera plagada de curvas y de coches, conduciendo un cacharro que se caía a pedazos!

Estuvimos en aquella cafetería hasta que se hizo de noche, escuchando una y otra vez el relato de su hazaña, de cómo había hecho la maniobra para dar la vuelta y cómo se había enfrentado a la primera curva y a la segunda y a la tercera, de cómo había enfilado las rectas posteriores y mantenido la velocidad adecuada, de cómo al llegar a la ciudad había salvado un peligrosísimo ceda el paso... Cada vez que lo contaba incorporaba algún detalle nuevo o matizaba alguno anterior, y aquel detalle o matiz bastaba para justificar la nueva versión.

La noche caía al otro lado de los ventanales, las enfermeras iban y venían con bandejas de plástico y vasos de café, y nosotras no nos cansábamos de escuchar a nuestra madre. La escuchábamos con el mismo embeleso con que los niños escuchan los cuentos de ogros y fantasmas, dejándonos cautivar por la épica menor de su aventura, participando de su modesto heroísmo, sintiendo como propia su victoria. Qué poco nos importaban entonces los pequeños problemas de nuestras pequeñas vidas y cuánto la felicidad de nuestra madre. Sin duda, aquél había sido uno de los grandes días de su vida.

ÍNDICE

COLECCIÓN COMPACTOS

214 Cedave ? Rt Wing Group.
fachas - fascist
Capitanía

244 Pincharse/caballo - drug